Les Mystères d'Eure-et-Loir

Alain Loison

Les Mystères d'Eure-et-Loir

De Borée

Du même auteur

Autre éditeur

Du sang sur les notes
Fallait pas s'approcher de l'hélice
L'Argent de l'évêque
La Veuve de la place Saint-Pierre
Manuscrit mortel
Quand les momies se baignent

Imprimé en U.E.
Dépôt légal : mai 2012
ISBN : 978-2-8129-0609-1

Avant-propos

Que les amateurs de lectures sur les miracles, la sorcellerie et les phénomènes surnaturels ne soient pas déçus s'ils ne trouvent pas dans cet ouvrage les sujets que laisse augurer son titre ! *Les Mystères d'Eure-et-Loir* leur donneront à découvrir d'authentiques histoires si extraordinaires et si étonnantes qu'elles piqueront à coup sûr leur curiosité et les surprendront jusqu'à les passionner, car le mystérieux n'est pas seulement le monde de l'incompréhensible et du surnaturel, il est aussi celui de l'inconnu et du secret, où règnent pour notre plaisir l'étrange et l'exceptionnel. Et, précisément, l'histoire a honoré le département d'Eure-et-Loir de quantité d'événements de ce genre !

En raison de leur proximité avec la capitale, les régions constituant l'Eure-et-Loir d'aujourd'hui ont longtemps été l'arrière-cour des palais royaux. C'est ainsi que, plus qu'ailleurs peut-être, le passé du département se trouve jalonné d'événements notoires ainsi que de nombreuses affaires d'État et d'intrigues où se retrouvèrent de tout temps quantité de grands seigneurs et d'hommes célèbres.

Cette abondance d'événements historiques, pour certains présents dans les mémoires, hélas ! très souvent de manière imparfaite, et pour la plupart tombés dans l'oubli, constitue un précieux champ d'investigation... mystérieux et secret à souhait !

Les « curiosités historiques », telles que la soirée à peine vraisemblable de la fameuse bataille dite « de Dreux », les « mystères, croyances et légendes », avec par exemple l'étonnant entretien entre l'*aricotier* de Gallardon et le roi Louis XVIII, les « faits divers insolites », avec les momies de la collégiale Saint-André de Chartres, les « crimes et châtiments », avec l'inexpugnable vindicte de Louis XI à l'encontre de son beau-frère le seigneur de Rouvres et d'Anet, et, enfin, les « étonnants destins », narrant entre autres les cinq curieuses inhumations du duc de Sully, permettent de traverser plaisamment dix siècles d'histoire et de mieux connaître le passé eurélien.

Retrouver les traces de ces événements les plus surprenants, y détecter l'insolite ou le mystérieux, s'assurer de la pertinence des narrations et des témoignages et, enfin, rechercher les documents probants les plus anciens, tout cela justifie l'abondance des sources et de la bibliographie consultées, figurant à la fin de l'ouvrage.

Reste à préciser que *Les Mystères d'Eure-et-Loir* ne sont pas un ouvrage d'histoire écrit par un historien, avec analyses, réflexions et mises en perspective, mais un ouvrage d'histoires pour le plaisir de la lecture, pour la perpétuation du souvenir d'un passé exceptionnel et, à l'occasion, pour d'agréables promenades en Beauce et ailleurs...

Première partie

Curiosités historiques

On s'est beaucoup battu pour de sérieuses raisons en Eure-et-Loir au cours des siècles, et assez souvent avec une extrême violence. Mais on s'est également affronté de manière incohérente, qui plus est tout aussi souvent pour des motifs manquant de sérieux.

La bataille dite « de Dreux » de 1562 et le siège de la même ville trente ans plus tard seraient à ranger dans la première catégorie, tant les conséquences sur l'histoire justifièrent une incroyable brutalité. En dépit du contexte, les relations entre les protagonistes furent si particulières qu'elles méritent d'être rapportées !

La bataille des harengs en pleine Beauce (!) et les huit attaques contre un paisible village du pays drouais en une année à peine sont à l'évidence à classer dans la seconde catégorie, d'autant que l'absurde et le ridicule furent chaque fois au rendez-vous ! Comme d'ailleurs également à Serazereux en 1791, lorsque les habitants partirent combattre un farouche ennemi sorti tout droit de leur imagination !

Par bonheur, l'histoire du département n'est pas uniquement faite de batailles et d'assauts meurtriers. D'autres événements méritent qu'on s'en souvienne, d'autant qu'ils véhiculent aussi leur lot de surprises et d'étonnement : la pompe pour l'entrée à Chartres du roi Henri II et l'érection à Senonches d'une « pyramide » à la gloire de Napoléon en sont deux exemples !

Chapitre I

Visite royale

À UN MOMENT ou à un autre de leur règne, tous les rois de France – ou presque – vinrent accomplir leurs dévotions à Notre-Dame de Chartres. Ces pèlerinages constituaient autant d'occasions pour la ville de manifester son attachement à la couronne et d'honorer les souverains par des manifestations et des festivités somptuaires. La plus mémorable de ces réceptions demeure celle organisée en novembre 1550 pour la venue du roi Henri II, accompagné de sa famille au grand complet et d'une partie de sa cour la plus proche. La pompe extraordinaire dont ce pèlerinage fut accompagné lui a donné une juste célébrité. À dire vrai, les échevins chartrains n'eurent pas d'autre choix que d'essayer de se montrer à la hauteur de leurs hôtes illustres. Élus et habitants y contribuèrent bon gré mal gré, sans jamais envisager l'inattendu, qui ne manqua pas de survenir !

Lorsque la chambre de ville reçut le 9 octobre la nouvelle de la visite royale, il restait tout juste un mois aux échevins pour se préparer à accueillir dignement le souverain et sa nombreuse suite. Henri II voyageait alors avec sa cour en Normandie. Il avait décidé de faire étape à Chartres sur le chemin de son retour, début novembre, afin de rendre grâce à Notre-Dame pour ses récents succès militaires. Son fils, le dauphin, venant quant à lui de Paris, le précéderait de quelques jours.

Christophe de Hérouard, le lieutenant général[1] de Chartres, prit en main l'organisation des festivités comme d'usage en pareilles circonstances exceptionnelles, sans trop se soucier des conséquences sur les deniers de la ville... N'était-il point avant tout le représentant du roi dans la cité ? À son initiative, les réunions de la chambre, d'habitude de périodicité hebdomadaire, le mardi dès 8 heures du matin, dans une salle de la Tour du Roi, se multiplièrent pour devenir quasi journalières au fil des semaines, au grand dam des échevins qui, pour certains, ne parvenaient plus à concilier leurs propres affaires et les missions que leur confiait pour l'occasion le lieutenant général. Il y avait tant de choses à entreprendre, à faire exécuter et à surveiller ! Par exemple, faire nettoyer la ville, la décorer, décider de l'itinéraire des cortèges de la porte Drouaise vers la cathédrale, désigner les processionnaires, faire écrire les discours, songer aux cadeaux, habiller les participants, composer avec le pouvoir religieux... La tâche était immense pour satisfaire les ambitions affichées dans les délais impartis.

L'année 1550 fut celle du nettoyage et de l'embellissement de la ville ! On commença par exiger le ramassage des boues et de toutes les immondices pourrissant sur la voie publique, et on ordonna leur dépôt dans des fosses et des fossés situés près des portes. À défaut, dans le quartier de la porte Drouaise, on réquisitionna trois caves près de Saint-Julien. On lava ensuite les portes, les rues, les passages et les chemins, et on termina par le curage et le nettoyage des fossés en levant le lançoir de la Courtille.

Quand, à l'avant-veille de l'arrivée du dauphin, tout fut enfin récuré et lavé, on procéda sur le trajet royal à la pose d'arcs de triomphe en buis et en lierre, puis on dressa des échafaudages aux portes et carrefours ainsi que sur toute la rue Muret pour tendre sur les façades des bâtiments des tapisseries et des peintures représentant des scènes de mystères...

1. *Fonctionnaire royal exerçant des droits de contrôle et de surveillance. Sorte de « maire permanent », il présidait les séances de la chambre de ville, qui réunissaient les échevins élus. L'office de maire ne fut créé à Chartres qu'en 1692.*

Le jeudi 6 novembre, les échevins Hubert Guillart et Philippe Desportes[1] négocièrent avec Étienne Le Tonnelier, Adam Soudier, Pierre Bascot et Thomas Gassot, quatre peintres décorateurs, un marché pour l'ornementation d'un arc de triomphe accolé le temps des festivités à la porte Drouaise, par laquelle le roi entrerait dans la ville. Les travaux, estimés à 60 livres tournois, devaient être réalisés en douze jours maximum. Les artistes, dont trois peintres verriers reconnus pour leurs qualités de dessinateurs, se virent confier, en plus de la peinture de l'arc de triomphe, la réalisation des portraits en belles dimensions du roi et de la reine, de deux fresques allégoriques aux motifs des déesses Cérès et Diane – pour une allusion à la maîtresse royale –, de douze armoiries et de plusieurs frises avec l'inscription des devises du roi et de la reine[2] – textes fournis par la chambre à la demande expresse des peintres.

On choisit également les deux meilleurs brodeurs de la cité, Guillaume Bernard et Pierre Hazon, pour l'ornementation de deux dais destinés au couple royal pendant le défilé de la porte Drouaise à la cathédrale. Il en coûta dix-huit écus d'or à la ville... On demanda à Hugues Salel, alors abbé de Saint-Chéron, un des poètes éminents de cette époque, apprécié de la cour, et plus particulièrement de la reine Catherine de Médicis, de prêter sa plume aux réjouissances de la ville. Il intitula sa pièce *Sonet au roy présenté le jour de son entrée à Chartres souz le nom de Mercure*. En évoquant les armes de ses armoiries, dont le fameux croissant, il ne manqua pas, comme les décorateurs, de faire une allusion à Diane de Poitiers, la favorite du souverain, qui l'accompagnerait.

Comme le protocole l'exigeait en pareilles circonstances, on décida d'offrir des coupes en argent au roi et à la reine. On se les procura à Paris. Celle destinée au monarque, taillée à la mauresque, pesait douze marcs (trois de nos actuels kilos). Plus petite

1. *Le père du futur poète chartrain Philippe Desportes.*

2. *Extraits des minutes de Jean Guignard l'aîné, en l'étude de Me René Besnard, en date du jeudi 6 novembre 1550 : « [...]* Paindre *et enrichir la porte Drouaze de* Chartres *[...], selon les* portraiz *qui ont* esté baillez *[...]* esquels parquetz *seront les* divises *du* Roy *et de la* Royne *[...],* mectront *les* divises *qui leur seront baillées par* lesdictz *Guillard et Desportes [...]. »*

et plus simple, celle prévue pour Catherine de Médicis ne pesait que cinq marcs et demi. On ne s'attarda pas sur le choix des cadeaux destinés aux enfants du couple royal. Les autres invités se verraient remettre, comme à l'ordinaire, des pots de vin pour les hommes et des boîtes de confitures et des fruits pour les femmes.

Vint ensuite le moment de s'accorder sur l'accueil de leurs majestés et, point de discorde le plus fréquent, sur la désignation des personnalités admises à escorter au plus près le roi et la reine, puis de celles venant en tête des cortèges devant la foule des habitants et autres manants anonymes qui suivraient. Après de longues discussions, du genre de celles que laissait se développer bien volontiers le lieutenant général, car elles ne décidaient en fait de rien quant à la conduite de la cité qu'il se réservait, la chambre désigna ses quatre plus anciens membres pour porter le dais du roi, puis quatre autres pour porter celui de la reine. Juste derrière viendraient, dans l'ordre, les autres échevins, le bailli, le lieutenant général, les autres officiers du roi, les clercs de la Tour, les procureurs et les praticiens, les avocats, la compagnie d'arbalétriers avec ses enseignes et tabourins, les sergents royaux et, enfin, la milice bourgeoise avec ses capitaines.

Pour clore ce chapitre si délicat à trancher, on se mit d'accord pour admettre à la suite les maîtres et meilleurs compagnons de chaque métier avec, à leurs côtés, des enfants d'honneur à pied et à cheval. Restaient à déterminer les indemnités à verser à tous ces personnages pour leur permettre de se faire tailler les plus beaux habits, comme le réclamait avec autorité le lieutenant général Hérouard. Aux échevins porteurs des dais qui devaient s'habiller de damas avec sayons de velours et d'un pourpoint de satin, le tout aux couleurs royales, on s'accorda sur la somme de 25 livres tournois chacun. Aux autres échevins, on s'arrêta à 10 livres. Chacune des autres personnalités reçut en fonction de sa charge une allocation allant de 2 livres pour le procureur et les avocats à 18 livres pour le bailli et le lieutenant général. On discuta longuement de l'attribution par la ville d'un bonnet aux échevins, sans parvenir à se mettre d'accord... La population quant à elle, bourgeois et autres manants, n'eut d'autre solution que d'assurer à ses frais la confection de ses habillements « de velours satin, taffetas et autres richesses... sous peine de prise de corps et de biens », comme l'exigeait avec menaces le commandement du lieutenant général ! Le résultat fut exceptionnel, du moins de l'avis d'un témoin de l'époque, le sergent royal au bailliage de Chartres Jean Bouvart, qui consigna dans son journal, à la date du 18 novembre 1550, que « [...] *honnestement* l'on ne vit jamais en la ville de Chartres gens *mieulz* habillés [...] ».

Le vendredi 14 novembre, vers 3 heures de l'après-midi, le long cortège de carrosses du dauphin, accompagné d'une importante escorte, se présenta devant la porte Drouaise, où l'attendait Mgr l'évêque Louis Guillart entouré d'une partie du clergé chartrain, de plusieurs représentants de la justice séculière et de quelques échevins. Comment s'imaginer la scène de cet aréopage de personnalités religieuses et de notables des plus sérieux, figés de respect, devant les portières des carrosses d'où s'échappaient des enfants rendus volontiers impatients par un voyage interminable, comme le sont depuis toujours tous les enfants de leur âge ? De la première voiture descendit sans doute le dauphin, le futur roi de France François II, dans sa sixième année, suivi de sa petite fiancée écossaise, Marie Stuart, reine d'Écosse et future reine de France, âgée de huit ans. Du deuxième carrosse sortit la sœur du dauphin, la princesse Élisabeth de France, future reine d'Espagne, tout juste âgée de cinq ans. Et enfin, du troisième, dans les bras de sa nourrice, descendit leur très jeune frère, le duc Charles d'Orléans, le futur roi de France Charles IX, dernier-né de la famille, âgé seulement de quatre mois[1].

Après les harangues et discours d'usage que ces majestés écoutèrent avec l'intérêt et l'attention qu'on devine, on leur offrit des boîtes de confiture, des dragées et autres cotignacs, sorte de pâtes de coing très sucrées, sans omettre pour la troupe les rituels poinçons de vin, qu'on avait limités à deux, soit deux cents litres ! On fit remonter les enfants royaux dans leurs carrosses pour les conduire devant le portail royal de Notre-Dame, où l'évêque, cette fois accompagné du chapitre cathédral au grand complet,

1. La deuxième fille de Henri II et de Catherine de Médicis, Claude, duchesse de Lorraine, née en 1547, ne fit pas le pèlerinage de Chartres. À noter le décès, trois semaines avant ce pèlerinage, de Louis, alors duc d'Orléans, à l'âge de dix-huit mois.

les attendait pour les bénir et les conduire dans le chœur pour une première prière. On les logea deux nuits à l'évêché, et tout ce petit monde repartit le dimanche matin, après une messe dite très tôt dans la crypte, pour donner le temps au lieutenant général de conduire dans l'après-midi avec toute la population chartraine une répétition générale de l'accueil du roi prévu le surlendemain.

Arriva enfin le mardi 18 novembre. Dès la fin de la matinée, les groupes de représentants des corporations et autres sociétés convergèrent vers la porte Drouaise pour y patienter, qui dans la basse-cour de la porte, qui hors de l'enceinte, jusqu'à la constitution du cortège. Des centaines de notables, religieux, robins, soldats, miliciens, compagnons, bourgeois, manants et habitants anonymes attendaient les ordres du lieutenant général, qui lui-même attendait le retour de ses informateurs partis sur la route de Dreux à la rencontre du roi.

Enfin, vers 2 h 30, sous un ciel qui s'engraissait de plus en plus au nord-ouest, et malgré l'absence de nouvelles du convoi royal, le cortège se mit en place et s'ébranla lentement sur la route de Lèves pour aller au-devant du monarque. La tête du défilé avait à peine parcouru cent mètres que les premières gouttes d'un orage inattendu pour la saison commencèrent à tomber. Dans l'instant, une sorte de tourmente s'abattit, déversant sur l'assistance une pluie roulante et glacée à laquelle succédèrent neige et grêlons comme personne n'en avait jamais vu à pareille époque de l'année. La débandade générale disloqua le cortège en un clin d'œil, chacun voulant à tout prix protéger son précieux costume en trouvant un abri au plus vite. Les notables, engoncés pour beaucoup dans de lourds habits de gala, se bousculèrent pour aller s'abriter dans la petite église Saint-Maurice. Les porteurs des dais royaux abandonnèrent leurs ciels en pleine voie et coururent se réfugier dans des hôtels du voisinage rapidement bondés. Les participants les moins chanceux et les moins rapides, restés à l'extérieur, faisaient le dos rond sous des abris de fortune où leurs costumes se détrempaient. L'orage gronda une éternité. Christophe de Hérouard, emporté par une vague de fuyards jusqu'au fond de l'église, avait définitivement perdu tout contact avec le cortège royal, qui ne se présenta jamais à la porte Drouaise. Et pour cause ! Souhaitant échapper à l'orage qui le rattrapait inexorablement, le roi avait exigé de gagner Chartres par le chemin le plus court. Son convoi avait alors quitté dans Lèves le chemin de Josaphat pour couper par la Croix-Jumelin. Ainsi, Henri II était déjà au sec en ville quand, à la porte Drouaise, les bourgeois se bousculaient pour sauver leur costume !

Le roi et la reine, puis leur impressionnante cour, descendirent de leurs carrosses devant le portail royal de Notre-Dame, où l'évêque Guillart, esseulé mais bien au sec, les accueillit au dépourvu. Il les conduisit jusqu'au chœur de sa cathédrale, où ils firent leurs premières dévotions avant de gagner le palais épiscopal préparé à leur intention et à celle de leur suite. La foule de Chartrains massée autour de Notre-Dame, aussi trempée et grelottante de froid que le cortège de la porte Drouaise en débandade, mais en revanche bien plus chanceuse, admira et applaudit à la sortie puis tout au long du court trajet à pied jusqu'à l'évêché tout ce que la France comptait de plus grands seigneurs et de plus hautes dignités. Aux côtés du roi marchaient ses conseillers influents : d'un côté, la famille de Guise, avec le duc François et son frère le cardinal de Lorraine ; de l'autre, un Coligny, le cardinal de Châtillon, le frère de l'amiral. Derrière suivait celui que le roi appelait familièrement son « compère », le duc Anne de Montmorency, connétable de France, puis une cohorte de prélats et d'autres seigneurs. En retrait arrivait la reine, Catherine de Médicis, avec à ses côtés Marie de Lorraine, la sœur du duc François, reine douairière d'Écosse, la mère de la petite fiancée du dauphin. Juste derrière suivaient Marguerite de France, la sœur de Henri II, duchesse de Berry et de Savoie, accompagnée de la duchesse Anne de Guise, et enfin Diane de Poitiers, duchesse de Valentinois, la maîtresse du roi. Sa présence au pèlerinage aux côtés de la reine fit beaucoup gloser en ville sur les mœurs de la cour...

Le lendemain, après une messe chantée à Notre-Dame suivie de prières dans la crypte, puis d'un dîner servi à l'évêché, le couple royal reprit son voyage vers Blois, avec une étape à Illiers, convoyé avec solennité jusqu'aux Cinq-Croix de Luisant par tous ceux qui, la veille, n'avaient pu les accueillir. Aucun chroniqueur de l'époque n'a jamais précisé l'état des costumes de ces braves gens, ni décrit ce qui restait des décors somptueux installés dans le bas quartier de Chartres.

Henri II revint en pèlerinage à Notre-Dame cinq ans plus tard, sans la reine, mais une fois encore en compagnie de Diane de Poitiers. Catherine de Médicis attendit l'automne 1577 pour revenir. Elle reçut de nouveau un accueil éblouissant. Par crainte peut-être d'un mauvais sort, elle ne franchit pas la porte Drouaise, mais fit son entrée dans la ville par la porte des Épars... Leur fils Henri III, qui n'était pas encore né lors du fameux voyage de novembre 1550, séjourna à Chartres à au moins dix-huit reprises pendant son règne, pour des raisons diverses. La famille des Valois-Angoulême appréciait sans aucun doute l'accueil que lui réservait la ville de Chartres, mais celle-ci a préféré garder plus vivace le souvenir de son successeur sur le trône de France, le Bourbon Henri IV.

Chapitre II

Les huit sièges de Prouais

PENDANT LES LONGUES ANNÉES des guerres de Religion, le pays drouais, à la charnière de régions chargées d'histoire, fut l'un des théâtres d'affrontement entre ligueurs et huguenots. Si les fameuses batailles de Dreux en 1562 et d'Ivry en 1590, ainsi que les longs sièges mis devant quelques cités, dont celui de Dreux en 1593, restent dans la mémoire collective, en revanche on évoque rarement les conséquences souvent épouvantables pour les populations des va-et-vient incessants des troupes et les exactions des bandes de mercenaires en attente d'engagement dans l'un ou l'autre des deux camps.

L'accalmie relative qui s'installa à partir des années 1593 et 1594 n'amena pas davantage sécurité et meilleure fortune aux paysans et villageois, qui subirent comme auparavant le bon vouloir des soldats et de leurs officiers. Chaque jour, le cantonnement d'usage chez l'habitant, faute de caserne, ruinait villages et hameaux, quand ce n'était pas les mêmes qui voyaient au matin partir une compagnie et le soir en arriver une autre.

Lieu d'étape idéal entre Beauce et Normandie pour la soldatesque soucieuse d'éviter les villes fortifiées de Dreux, Nogent-le-Roi et Houdan, ainsi que les vastes forêts de l'Yveline et de Crotas – les forêts de Rambouillet et de Dreux d'aujourd'hui –, le village de Prouais n'en finissait pas de « recevoir » plus que d'autres des hôtes insatiables. Chaque passage les exaspérant davantage, ses habitants se résolurent en mars 1595 à relever la tête et à montrer leur désapprobation. C'est ainsi que, sans l'avis de leur voisin d'Ouerre, le seigneur de Prémont, qui les avait contraints quelque temps auparavant à démolir leur fortin, ils entreprirent de le rebâtir en relevant un épais mur de bauge derrière un fossé autour du cimetière et de l'église, dont le clocher massif servait de tour de guet. Jugeant par trop provocatrice la réinstallation du pont-levis dont ils étaient pourtant fiers, ils renforcèrent l'entrée du bastion par une énorme porte en chêne, puis celle de l'église par une non moins imposante herse et une grosse chaîne scellée dans les murs.

Personne ensuite ne contesta l'organisation d'une garde appropriée pour avertir la population de l'arrivée d'un danger et l'inviter à se réfugier derrière les murs. Les braves habitants de Prouais se trouvaient ainsi prêts à résister aux attaques des maraudeurs, sans toutefois pouvoir refuser le gîte et le couvert aux compagnies régulières, qui disposaient du droit de les réclamer... et, si besoin, de les obtenir par la force. La communauté villageoise persista dans sa volonté de s'affranchir de cette contrainte qu'elle trouvait injuste. Aussi envoya-t-elle son curé, Thomas Maillard, obtenir auprès des autorités compétentes une sauvegarde plaçant Prouais sous protection. S'ensuivraient alors, logiquement, la légalisation des constructions défensives et l'autorisation de s'armer pour enfin résister à bon droit aux prétentions de cantonnement des chefs de guerre arrogants.

Le vieil abbé Maillard alla bien au-delà des attentes de ses paroissiens. Après avoir obtenu la sauvegarde, légitime, du duc d'Épernon[1], sur le domaine duquel se trouvait la paroisse de Prouais, il recueillit rien moins que celle du commandant en chef des armées de France, le maréchal de Biron[2], puis, mieux encore, celle du roi Henri IV lui-même ! Aussi illusoires fussent-elles, ces

1. *Jean-Louis de Nogaret de la Valette (1554-1642), gentilhomme gascon, l'un des mignons du roi Henri III. Sous son règne, puis sous ceux de Henri IV et de Louis XIII, il fut l'un des principaux personnages de la noblesse française. Le duché-pairie d'Épernon lui fut offert par Henri III, qui le tenait de son cousin Henri de Navarre. Il se trouvait dans le carrosse de ce dernier lors de son assassinat en 1610.*

2. *Charles de Gontaut-Biron (1561-1602), gentilhomme périgourdin, célèbre compagnon du roi Henri IV, qui le fit maréchal de France. Il se couvrit de gloire notamment à la bataille d'Ivry (1590). Il conspira contre son roi et fut décapité en 1602.*

sauvegardes donnaient aux quatre cents paroissiens de Prouais le sentiment de pouvoir attendre de pied ferme toute nouvelle demande de casernement militaire et de résister si nécessaire. Restaient cependant encore quelques travaux à terminer et des armes à se procurer pour être fin prêts... Le sieur de Hartré n'attendit pas l'achèvement des ouvrages pour se présenter avec sa compagnie d'une quarantaine d'hommes et réclamer son dû. On discuta sans doute, on présenta certainement les lettres officielles, et finalement, après quelques apartés, on jugea qu'on n'était pas encore en état de résister ! Les villageois se retirèrent alors dans leur église et leur tour, avec leurs biens les plus précieux, laissant les soldats se loger tranquillement dans les chaumières désertées pour passer une agréable nuit. Satisfaits et reposés, ceux-ci quittèrent Prouais le lendemain matin sans être inquiétés davantage.

Moins d'un mois après ce qui resta comme une honteuse reculade, une bande armée non régulière déboula sans crier gare, avec force et violence, par la rue de la Colletière aboutissant directement au pied du mur du cimetière... Les hommes de guet dans la tour de l'église, surpris par la rapidité d'exécution des assaillants, tirèrent une dizaine de coups d'arquebuse dans leur direction, sans affecter aucunement leur détermination. La soldatesque défonça et brûla les portes et fenêtres des misérables chaumières pour se loger, puis, à la stupeur des occupants, vint faire le siège de l'église, dans laquelle la population était parvenue à se réfugier. Elle y resta bloquée trois jours durant, sans munitions pour contre-attaquer, sans nourriture et sans eau potable. Au soir du deuxième jour, un dimanche, les assiégés tentèrent en vain une sortie pour se ravitailler en eau. En représailles, les assiégeants les narguèrent en remplissant sous leurs yeux une douzaine de baquets dans leurs fossés pour les déverser au pied de la porte. Finalement, les villageois purent se désaltérer avec l'eau miraculeusement jaillie d'un puits creusé à la hâte sous le clocher... Le siège fut levé le surlendemain à l'aube, et les pauvres habitants retrouvèrent leurs demeures une nouvelle fois complètement dévastées en moins de quatre semaines.

Après deux mois de guet renforcé, sans attaque aucune, Prouais pensa avoir circonvenu son problème. On s'en félicita certainement,

L'église de Prouais et sa tour-beffroi.
(Photographie de l'auteur.)

jusqu'à croire peut-être que la notoriété des sauvegardes dissuadait enfin les troupes. Comme souvent en pareil cas, aux propos optimistes succédèrent une moindre vigilance et un retour de l'insouciance, dont profita un jeudi matin de juin la quarantaine de gens d'armes de pied d'une compagnie pour investir l'église ainsi que la tour et dérober à l'insu de tous les biens qui s'y trouvaient ! Après son passage, on se rendit compte que la garde de nuit était partie à l'aube en forêt de Crotas chercher du bois, sans attendre sa relève...

En d'autres lieux, l'abattement eût certainement atteint les esprits les moins combatifs. À Prouais, au contraire, il semble que la série de déconvenues eut pour effet de renforcer la détermination de tous, y compris chez ceux coupables d'imprudence. Il en sortit des engagements sur l'honneur et la religion de rester vaillant et solidaire, au péril de la vie si nécessaire. Une organisation quasi militaire, avec nomination de caporaux et constitution d'escouades de sentinelles affectées spécialement au guet de nuit dans le clocher, paracheva le système d'alerte et de défense.

L'efficacité du dispositif fut mise à rude épreuve un mois et demi après, un soir d'août, lorsque cinq guetteurs eurent à interdire l'entrée d'une compagnie de cent vingt arquebusiers dans le village, dont une partie de la population était encore aux champs. Le guet, après avoir repoussé courageusement et à plusieurs reprises les envahisseurs à coups d'arquebuse, refusa tout compromis avec leur capitaine, mais ne put s'opposer à l'occupation de quatre maisons pour la nuit. Le lendemain matin, vexés sans nul doute d'avoir concédé le gîte, les défenseurs interdirent à coups d'arquebuse toute sortie aux occupants des quatre habitations jusqu'à ce que le capitaine réclame grâce avec humilité et propose une évacuation sans condition. L'honneur était sauf !

Vint le mois d'octobre qui, un soir, vit arriver le baron de Courtomer[1] à la tête d'un important détachement, dont il décida de faire loger une compagnie à Prouais malgré le refus obstiné des villageois réfugiés dans le fortin et dans les étages de la tour. Mal

1. Jean-Antoine de Saint-Simon, seigneur de Sainte-Mère-Église, lieutenant général d'armée, compagnon du roi Henri IV. Il faisait partie de son escorte lors de son assassinat.

lui en prit ! Ses soldats essuyèrent une fusillade si nourrie qu'ils renoncèrent à donner l'assaut et s'enfuirent tenter leur chance dans le hameau voisin de Rosay, où ils se vengèrent. Pour la première fois, Prouais avait repoussé ses envahisseurs, au prix peu cher payé d'un blessé léger, qui avait reçu une balle de pistolet à la jambe.

La seconde occasion de briller survint à peine deux semaines plus tard, le jour de la Toussaint 1595, quand cette fois l'armée de quatre à cinq mille hommes tant à pied qu'à cheval du maréchal de Lavardin[1] se présenta devant Prouais pour y faire cantonner trois de ses compagnies d'argoulets, des arquebusiers à cheval, soit quelque cent vingt hommes et autant de chevaux. Trois capitaines sommèrent le brave curé Maillard, sorti tout seul devant la porte du fort comme par provocation, de faire ouvrir les maisons pour y loger leurs soldats. La requête ayant été refusée, les gens d'armes commencèrent à rompre quelques murs et à forcer des portes, jusqu'à ce qu'une riposte soudaine des habitants à coups de mousquet, d'arquebuse et de pistolet les contraigne à se retirer et fuir à Rosay, dont on ne saura jamais si les habitants éprouvèrent un nouveau ressentiment envers leurs voisins. Furieux de la débandade de leurs troupes et impuissants, les officiers n'avaient plus d'autres armes que l'invective ainsi que la menace de mettre le feu partout et de pendre tous ceux du fort, ce qui déclencha une riposte verbale tout aussi vengeresse des assiégés ! L'affaire en resta là, même si, plusieurs jours après, les mêmes chefs repassant sous les murs de Prouais réitérèrent leurs invectives, s'attirant les propos moqueurs des guetteurs...

L'expérience de deux assauts repoussés en moins d'un mois enhardit les villageois tant dans la pratique des armes que dans la provocation verbale, dont ils avaient pu juger de l'efficacité, du moins avec un adversaire en état d'infériorité. La venue d'une nouvelle troupe leur donna l'occasion d'exercer une fois encore leurs talents.

---

1. Jean III de Beaumanoir, marquis de Lavardin (1558-1614), connu sous le nom de maréchal de Lavardin, gouverneur du Maine. Compagnon d'enfance du roi Henri IV, il était présent dans son carrosse lorsqu'il fut assassiné.

Le vendredi de la semaine suivante, à midi, le guet signala l'arrivée devant Prouais d'un détachement de vingt-deux compagnies de gens à pied que le capitaine de Grillon[1] entendait loger dans tous les villages de la région. Il souhaitait en faire bivouaquer six à Prouais, soit quelque deux cent cinquante hommes. Valeureux soldat, noble et courtois, il dépêcha un de ses officiers devant l'entrée du fort pour réclamer le nom du villageois chargé d'indiquer les logis mis à disposition de ses gens. Avec non moins de courtoisie, il lui fut répondu que personne ne se chargerait de cette tâche, puisque aucun logis ne serait prêté, et on ajouta qu'il serait tiré à vue sur tout soldat qui s'aventurerait à vouloir entrer quelque part. Contrairement à ce qui se passait auparavant, la réponse ne fut pas le signal de déclenchement des violences, mais la venue d'une estafette aux fins de parlementer. La diplomatie était en marche, et l'abbé Maillard devint le porte-parole officiel des villageois.

Quand Grillon arguait être serviteur du roi Henri en tant qu'officier de sa garde, le curé répondait tenir du même souverain le droit de se défendre. Quand le capitaine déclarait se porter garant de la bonne conduite de ses troupes, l'abbé lui rétorquait qu'en tant que subalterne du duc d'Épernon, colonel général de toute l'infanterie française, il ne pouvait prétendre loger au village, puisque le même duc d'Épernon avait délivré une sauvegarde à Prouais... Lassé, ulcéré, Grillon finit par se retirer, non sans avoir aboyé quelques menaces de représailles, qui eurent pour effet de déclencher les invitations provocatrices des villageois juchés sur les murs du cimetière :

« Approchez, ceux qui sont ennemis de la vie, afin qu'on vous fasse mourir ! Approchez-vous, enfin ! Ça nous ennuie de tant causer et parlementer ! »

Rarement au cours de son existence guerrière Grillon avait eu à subir un tel affront... Tournant la bride, il prit la tête de son détachement et poursuivit sa route pour tenter sa chance du côté de Berchères-sur-Vesgres.

1. *Louis des Balbes de Berton, seigneur de Grillon (ou Crillon), gentilhomme provençal, valeureux compagnon d'armes de Henri IV. Il mourut en 1615.*

Le vendredi 17 novembre, ce fut au tour du gouverneur de Blois[1] de se présenter à la porte du fortin à la tête de neuf compagnies et de réclamer le cantonnement de trois d'entre elles dans Prouais, au nom de sa haute autorité et du pouvoir attaché à sa charge de loger ses troupes partout où il le désirait. L'abbé Maillard, avec une malice à peine contenue, en appela au roi et à sa sauvegarde pour refuser le logement, en ajoutant craindre par-dessus tout la colère du maréchal de Biron, autre garant de la sécurité du village ! N'acceptant pas l'impertinence du propos, le seigneur de Montigny, soldat de haut rang et habile stratège, envahit Prouais par les voies non couvertes par les tirs de la tour et l'occupa jusqu'au lendemain matin. Hélas ! pour ses hommes, il avait omis d'anticiper les conditions de leur départ, et quarante d'entre eux furent blessés par les tirs des habitants quand ils voulurent s'en aller... On en enterra plusieurs à l'hôtel-Dieu de Houdan, où ils avaient été transportés.

La chronique de Marie-Louise Blondeau, copiée sur le registre paroissial, s'arrête à cet épisode. Sans doute parce que l'année 1595 s'était terminée sans nouvel assaut et que Prouais pouvait enfin prospérer dans la sérénité tant espérée par sa population.

Le même registre révèle en août 1597, le mardi 12 précisément, le trépas « de vénérable et discrète personne messire Thomas Maillard, lors de son vivant curé de Proues (*sic*), mort de la contagion ». Il n'est pas dit qu'il fut remplacé à la cure de Prouais par l'abbé... Philippe Maillard, son propre fils !

---

1. François de la Grange (1554-1617), seigneur de Montigny, gouverneur successivement du Berry, de Blois, du Dunois, de Vendôme et de Gien... puis de Metz, Toul, Verdun et Paris. Fidèle du roi Henri III, il se rallia à Henri IV après avoir été son prisonnier à la bataille de Coutras (1587). Il fut fait maréchal de France en 1615.

Chapitre III

À la bonne franquette

DEVANT LE FEU qui les réchauffait, deux cousins partageaient un souper en évoquant leur dure journée passée à sillonner en tous sens la plaine au sud de Dreux. Qu'importe si la rusticité des lieux et la simplicité du dîner tranchaient avec les fastes auxquels ils étaient habitués, l'essentiel pour eux était d'oublier un temps leur ressentiment réciproque, afin de vivre une soirée tranquille et courtoise.

Il était difficile de croire que, dans l'après-midi, ces deux-là s'étaient affrontés les armes à la main pendant des heures et avaient mené à la mort huit mille de leurs trente mille soldats ! Il était tout autant difficile d'imaginer que l'un avait fait l'autre prisonnier et mis son armée en déroute !

Devant leur modeste cheminée comme à la cour du roi où ils se rencontraient, ils se donnaient volontiers du « mon cousin » – la mère de l'un était la sœur du père de l'autre – ou s'apostrophaient par des virils : « Guise ! », « Condé ! ».

Le premier était duc et fervent catholique. Il nourrissait des ambitions combattues par le second, un prince du sang, qui avait adhéré très jeune aux idées de la Réforme. Ils se haïssaient au plus haut point, mais par calcul, ils confiaient à d'autres le soin de le montrer...

L'affrontement de leurs armées le 19 décembre 1562 ouvrit une série de rencontres sanglantes qui allaient ponctuer trente années de guerre civile. Pour plusieurs raisons, la bataille de Dreux reste unique en son genre... comme la soirée en tête à tête entre les deux protagonistes !

Le massacre des protestants de la grange de Wassy le 1er mars 1562 par les troupes catholiques du duc de Guise ouvre dans l'histoire de France la longue période grise des guerres de Religion, avec ses haines implacables et son lot d'horreurs et de massacres commis de part et d'autre. Au printemps 1562, le parti huguenot s'arme très vite avec à sa tête le prince de Condé[1]. Sous sa conduite et celle de l'amiral de Coligny[2], le mouvement s'empare de nombreuses villes telles Orléans, Tours, Angers, Le Mans, Poitiers, Lyon, Mâcon, Valence, La Rochelle... reconquises presque toutes, une à une, dès l'été suivant par les armées catholiques emmenées par un triumvirat constitué du connétable Anne de Montmorency[3], du duc de Guise[4] et du maréchal de Saint-André[5], son fondateur en avril 1561.

Le 20 novembre, Condé et Coligny sortent d'Orléans pour marcher sur Paris à la tête d'une armée de neuf mille hommes de pied, dont quatre mille lansquenets[6], de quatre mille cinq cents chevaux, dont deux tiers de reîtres[7] et un tiers de cavaliers français, et de cinq pièces d'artillerie. Aussitôt, le duc de Guise, dont les forces sont inférieures en nombre, entreprend de parlementer... le temps nécessaire à des renforts espagnols de trois mille hommes de pied pour venir le rejoindre. Dès leur arrivée, il rompt les négociations et, le 12 décembre, se lance avec son armée de nobles français, de

1. Louis Ier de Bourbon (1530-1569), de famille convertie à la religion protestante, frère du roi de Navarre Antoine de Bourbon, le père du futur Henri IV.

2. Gaspard II de Coligny (1519-1572), amiral de France, fils de Louise de Montmorency, la sœur du connétable Anne de Montmorency. Il adhéra à l'Église réformée en 1560.

3. Ami intime de François Ier puis de Henri II, grand connétable, maréchal de France, duc et pair, vainqueur de nombreuses batailles, oncle de l'amiral de Coligny (1493-1567).

4. François Ier de Lorraine (1519-1563), compagnon d'enfance du roi Henri II, fils de Claude de Lorraine et d'Antoinette de Bourbon, sœur de Charles de Bourbon, le père du prince de Condé.

5. Jacques d'Albon de Saint-André (1505-1562), compagnon d'enfance du roi Henri II.

6. Fantassins allemands renommés pour leur courage.

7. Gendarmes allemands, armés de pistolets, qui chargeaient au trot. Ils étaient renommés pour leur passion du pillage !

fantassins espagnols ainsi que de mercenaires allemands et suisses à la poursuite de Condé qui, finalement, s'est détourné de Paris pour filer vers la Normandie rejoindre des renforts envoyés par la reine d'Angleterre contre la folle promesse de lui livrer une partie de la Normandie, dont le port du Havre.

L'armée huguenote passe par Ablis, Gallardon, et traverse l'Eure à Maintenon. Le 17 en fin d'après-midi, le corps de l'armée bivouaque à Ormoy, près de Nogent-le-Roi, tandis que son avant-garde, sous le commandement de l'amiral de Coligny, vient s'installer à Néron, une lieue en arrière (!), ralentie par les chariots des reîtres débordant déjà de butin... Aux mêmes heures, le triumvirat catholique est à Mézières-en-Drouais. Son armée de seize mille fantassins, deux mille cavaliers et vingt-deux canons s'apprête à traverser l'Eure nuitamment pour ne pas éveiller l'attention des espions du camp adverse. Guise entend gagner le sud de Dreux et se mettre en ordre de bataille du côté de Nuisement, où il compte aussi établir ses quartiers. Il sait que, le matin venu, il découvrira devant lui une immense plaine à perte de vue vers le sud, que Condé devra nécessairement traverser pour venir sur Dreux ou gagner la vallée de la Blaise.

Le 18, le prince consacre la journée entière à rétablir l'ordre de marche de son armée curieusement désorganisée, faisant laborieusement repasser en tête son avant-garde à la traîne. Le 19 au matin, il dirige ses troupes sur Tréon, par Neuville-la-Mare, pour franchir la Blaise. On lui apprend alors la présence sur sa droite de l'armée catholique, déjà en ordre de bataille entre Blainville et l'Épinay (hameau aujourd'hui disparu de la commune de Garnay, à l'est de la piste de l'aérodrome de Vernouillet). Après quelques tergiversations avec l'amiral de Coligny, lequel entend poursuivre la marche vers la Normandie sur conseil insistant de son frère Andelot, qui juge trop imposantes les forces de Guise, Condé décide finalement d'affronter le duc et déploie à son tour ses troupes en ordre de bataille entre le bois de Montmousset au nord du village de Marville-Moutiers-Brûlé et la ferme des Yeux-Bleds à Garnay, au sud du hameau de l'Épinay. La préparation dure deux heures sans qu'aucune escarmouche soit lancée par aucun des deux camps. Comme il n'existe à l'époque aucun uniforme distinctif, l'armée catholique arbore des enseignes de couleur rouge, tandis que les rangs protestants adoptent le blanc. La bataille peut commencer : la charge est sonnée, et la cavalerie huguenote se met en mouvement. Il est presque midi.

Le premier assaut de l'amiral de Coligny à la tête de ses gendarmes et de ses reîtres est irrésistible. Le choc avec les lignes de son oncle, le vieux connétable de Montmorency, âgé de soixante-neuf ans, est terrible et provoque une mêlée indescriptible. Les reîtres passent et repassent dans les rangs serrés des gendarmes catholiques et y font un affreux carnage. Le connétable est lui-même blessé et aussitôt fait prisonnier. La charge n'a duré que quelques minutes. Déjà, certains crient victoire, tandis que Condé, à la tête de sa cavalerie, s'applique de son côté à réduire les rangs des troupes suisses du camp adverse. Les lansquenets survivants du duc font retraite vers Nuisement, suivis de près par les reîtres allemands avides de piller le bagage des troupes catholiques qui s'y trouve entreposé. On racontera plus tard que la nouvelle de ce premier assaut donnant l'avantage aux protestants, parvenue très vite à Paris, aurait fait dire à Catherine de Médicis : « Eh bien, nous dirons la messe en français ! »

La bataille ne sera ensuite qu'un enchaînement de charges et de contre-charges, le plus souvent frontales, entrecoupées de courts moments de répit. Pour la première fois, on verra se déployer, évoluer et s'affronter deux armées conséquentes, subdivisées en plusieurs corps très mobiles lançant des charges d'une violence inouïe, sans jamais poursuivre les fuyards pour les exterminer, comme il était d'usage auparavant. La brutalité des assauts en grande masse assurait la victoire, elle ne laissait aucune chance aux moins téméraires. Henri de Navarre adoptera plus tard cette tactique destructrice, à Ivry notamment.

La combinaison des trois armes, avec une infanterie très mouvante, une cavalerie robuste et une artillerie balbutiante encore lourde et embarrassante – elle était réservée jusqu'alors à la protection des troupes en repli stratégique ou en manœuvre de retraite –, se révèle efficace pour bousculer rapidement les avantages adverses les plus solides. Après deux heures de combat, Coligny, isolé devant Blainville, demeure cependant perplexe face à l'inaction du duc de Guise et du maréchal de Saint-André, qui paraissent depuis trop longtemps en position d'attente. Il est dubitatif. Il a raison de ne pas croire encore à la victoire. Le duc, qui assiste depuis la fin de la première charge au dispersement sur toute la plaine des reîtres allemands ennemis impatients d'aller piller son campement à Nuisement, voit se rééquilibrer progressivement à son profit les forces de cavalerie, au début de l'affrontement au net avantage du prince de Condé, alors qu'il aligne quant à lui une infanterie supérieure en nombre. Quand il jugera disposer enfin de l'avantage numérique, il lancera la troisième charge de la bataille par un « En avant, Saint-André, ces gens-là sont à nous ! » qui anéantira l'infanterie de Condé, préoccupé à rassembler ses chevau-légers dispersés et ses reîtres pilleurs qui, ne comprenant pas les ordres donnés en français, se trouveront vite coupés de leurs officiers par les lignes d'infanterie du maréchal de Saint-André. L'issue de la bataille bascule peu après quand Condé est fait prisonnier par Damville, le fils du malheureux connétable de Montmorency aux mains des huguenots depuis le tout début de l'affrontement !

Au cours de la quatrième et dernière grande charge de la journée, Coligny tentera un ultime assaut sur Blainville, sans succès. Il capturera cependant à cette occasion le maréchal de Saint-André, qu'un individu, rendu haineux pour d'obscures raisons personnelles, tuera presque aussitôt d'un coup de pistolet traîtreusement tiré à bout portant dans la nuque... L'amiral donnera alors le signal de la retraite, abandonnant la victoire au duc de Guise, avec ses cinq pièces d'artillerie... et le prince de Condé ! Il se repliera sur Neuville-la-Mare, où il avait laissé son bagage, serrant de près son prisonnier Anne de Montmorency, sa « monnaie d'échange ». La bataille était terminée. Elle avait duré cinq heures. La nuit était tombée. Plus de huit mille hommes manquaient à l'appel dans les rangs des deux armées.

Le duc, accompagné du prince son prisonnier, gagna le hameau de Nuisement, qui s'étire longuement d'ouest en est, au sud de Dreux, comme pour protéger la cité encore lointaine. Guise s'y était installé la veille de la bataille et y avait laissé son « bagage », consciencieusement pillé pendant la journée par les reîtres de Condé. La tradition veut que les deux cousins aient passé ensemble la soirée et la nuit dans une grange du hameau, connue à l'époque comme le lieu de prêche des premières assemblées de huguenots de Dreux. Les historiens locaux du XIXe siècle ont tous affirmé que le bâtiment – longtemps signalé par une plaque commémorative du séjour de Condé et de Guise posée par un élu drouais[1], un certain Lamesange – était encore debout vers 1850 et a été atteint par des obus prussiens en 1870, avant sa destruction totale par un incendie quelques années plus tard... La réalité, rapportée dans ses mémoires par l'abbé Brantôme, qui se trouvait sur place, est différente : Guise et Condé logèrent dans une modeste maison du hameau, « [...] car c'*estait* une maison de *vilage* fort *champestre*[2] [...] », appartenant à Pierre Gauthier, un paysan. Le prince y arriva affligé et anxieux. Brantôme nous fournit des précisions sur le déroulement de la soirée :

« [...] Il (Guise) *luy* fit force honneur et bonne chère [...]. »

Les deux hommes, après avoir soupé frugalement près d'une cheminée, demeurèrent longtemps ensuite à échanger sur la bataille, chacun racontant ses exploits et faisant état de ses réflexions. Puis ils se couchèrent, ensemble :

« [Guise] présenta [à Condé] la *moytié* de son *lict*, et (ils) *coucharent* tous deux ensemble aussi familièrement comme si jamais n'eussent *estez* ennemis, mais comme bons amis et cousins germains qu'*ilz estoient* [...] ».

Brantôme affirme donc avoir assisté à la discussion auprès du feu et vu également le lendemain matin le prince dans le lit du duc :

« *Luy* (Guise) et M. le prince *coucharent* ensemble, et *l'endemain* nous *allasmes* à son lever [...]. Cependant le prince se leva, qui *estoit encor'* au *lict* quand nous *estions* en sa chambre [...]. »

Brantôme loue ensuite « [...] la magnanimité et la générosité de ce grand prince et capitaine M. de *Guyze*, qu'il usa à l'*endroict* de son ennemi prisonnier, à le *traicter* de *ceste* façon si *honneste* qu'il fit [...] ». C'est à coup sûr cette magnanimité ducale qui a

1. *Cette plaque aurait été déplacée à l'entrée d'un petit caveau situé à environ cent cinquante mètres.* (*PHILIPPE-LEMAÎTRE, Delphine,* Histoire de la ville et du château de Dreux, avec une notice archéologique et historique sur l'église Saint-Pierre de Dreux, *Lemenestrel et Huchot, 1850, p. 455.)*

2. *BOURDEILLE, Pierre de (abbé de Brantôme),* Œuvres complètes de Pierre de Bourdeille, seigneur de Brantôme, *Mme veuve Jules Renouard, 1864.*

amené la tradition à rapporter qu'il avait dormi profondément, tandis qu'à ses côtés le prince était resté éveillé, perplexe et inquiet. Condé avait de bonnes raisons pour rester en éveil : son voisin ronfleur ne l'avait-il pas accusé d'être le fameux « capitaine muet » de la conjuration d'Amboise fomentée par les protestants pour enlever le roi et la reine mère ? N'avait-il pas obtenu précédemment sa condamnation à mort pour une seconde tentative d'enlèvement du roi, finalement levée au décès de ce dernier ? Louis de Bourbon devait effectivement rester sur ses gardes, à une époque où beaucoup de gentilshommes avaient le coup d'épée facile !

Le lendemain[1], Guise se rendit à l'église Saint-Pierre de Dreux pour une messe d'action de grâces. Il mit ensuite son prisonnier sous la garde du maréchal de Damville dans une maison de la rue Parisis appartenant alors à une dame Belleperesse. Au même moment, le chirurgien Ambroise Paré arpentait le champ de bataille et notait dans ses carnets :

« Je voulus aller au camp où s'était donnée la bataille pour voir les corps morts. Je vis à une grande lieue d'alentour la terre toute couverte. On avait estimé à vingt-cinq mille hommes ou plus : tout cela fut dépêché en moins de deux heures[2]. »

Assurément, Paré était meilleur chirurgien que chroniqueur...

Les cadavres des soldats de l'armée catholique furent enterrés dans la partie nord de l'actuel cimetière de Marville. Ceux du camp protestant furent inhumés à l'extrémité méridionale du bois de Montmusset, le long du ravin nommé « vallée des Tombes ». Les officiers catholiques de haut rang furent inhumés à Dreux en l'église Saint-Pierre, dans les chapelles Saint-Pierre, Saint-Crépin et Saint-Jacques[3].

Le corps du maréchal de Saint-André fut inhumé à Mézières-en-Drouais, dans la chapelle de son château. Son mausolée de marbre noir et son gisant en marbre blanc ont été détruits à la

1. *Selon l'érudit drouais Toussaint-Antoine Donnant.*

2. PARÉ, *Ambroise, « Voyage de la bataille de Dreux », in* Les Œuvres d'Ambroise Paré, conseiller et premier chirurgien du roi, *1585.*

3. *Il n'existe aujourd'hui plus aucune trace de ces inhumations dans l'église Saint-Pierre.*

Révolution, tout comme son effigie peinte sur un mur de la chapelle Saint-Jacques de l'église Saint-Pierre de Dreux. Ses entrailles avaient été placées dans une urne scellée dans le chœur de la même église, non loin de l'entrée de la sacristie, comme celles de Gabriel de Montmorency, tué pendant la bataille, dont une épitaphe[1] au mur, aujourd'hui également disparue, rappelait encore la mémoire en 1794.

Le prince de Condé resta à Dreux sous la garde du maréchal de Damville jusqu'à ce que Catherine de Médicis, venue à Chartres, le fasse transférer au château de Levéville à Bailleau-l'Évêque pour parlementer avec lui et tenter d'obtenir par son intermédiaire le dépôt des armes des huguenots. Les négociations durèrent jusqu'au début du mois de février, sans résultat aucun, et le prince fut de nouveau transféré, cette fois à Amboise[2]. Il fallut la mort du duc de Guise le 24 février 1563 pour que le connétable de Montmorency, libéré par l'amiral de Coligny, et le prince de Condé, élargi par la reine mère, ouvrent le 7 mars des négociations de paix. La première guerre de Religion prit fin le 19 mars 1563 par la signature de l'édit d'Amboise, qui reconnaissait la liberté de conscience aux réformés et le libre service de leur culte dans les villes, Paris excepté.

La destinée des cinq principaux protagonistes de la bataille de Dreux montre, si besoin en était, la cruauté qui régnait pendant la période, mais également l'étrange similitude des circonstances de leur mort : le maréchal de Saint-André mourut le jour de la bataille de Dreux, assassiné alors qu'il venait d'être fait prisonnier d'un coup de pistolet tiré à bout portant par le dénommé

1. *« Ci-gît le cœur et les entrailles de Mgr Gabriel de Montmorency, baron de Montbrun, capitaine des cent hommes d'armes du roi Charles IX, fils quatrième de Mgr Anne de Montmorency, pair et connétable de France, lequel Gabriel mourut à la bataille qui se donna près de Dreux, accompagnant le seigneur son père, le samedi 19 décembre 1562, pour soutenir l'honneur de Dieu et la gloire de son Église. » (L'*HOSTE *(abbé de),* Notice archéologique et historique sur l'église Saint-Pierre de Dreux.*)*

2. LÉPINOIS, *Ernest de,* Histoire de Chartres, *tome II, Garnier imprimeur, 1858, pp. 218-219. Des historiens locaux, tant de Dreux que de Chartres, ont longtemps prétendu à tort que le prince avait été détenu un mois à Chartres dans les geôles de la Renardière, la prison de l'abbaye Saint-Père, dans des conditions matérielles précaires.*

Aubigny-Mézières, de confession réformée, le motif de l'assassinat étant la vengeance personnelle ; le duc de Guise mourut le 24 février 1563, assassiné d'un coup d'arquebuse pendant le siège d'Orléans par un gentilhomme protestant, Jean de Poltrot de Méré ; le connétable Anne de Montmorency mourut le 12 novembre 1567, tué à la bataille de Saint-Denis d'un coup de pistolet dans le dos, très certainement tiré par un soldat protestant ; le prince de Condé mourut le 13 mars 1569 pendant la bataille de Jarnac, alors qu'il se rendait après une mauvaise blessure, assassiné d'un coup de pistolet à la tête par le capitaine de Montesquiou, aux ordres du duc d'Anjou, le futur Henri III ; l'amiral de Coligny fut l'une des premières victimes de la nuit de la Saint-Barthélemy le 24 août 1572.

La bataille de Dreux, avec ses huit mille victimes – chiffre dont on ne sait précisément s'il inclut les morts et les blessés –, demeure l'événement le plus sanglant jamais survenu sur le territoire du département d'Eure-et-Loir.

Chapitre IV

Mé-garde des Sceaux

TROIS RAISONS permettraient d'affirmer que la bataille de Fréteval[1], qui a vu s'affronter les armées de Philippe Auguste et de Richard Cœur de Lion le 5 juillet 1194, n'a tout simplement pas eu lieu, du moins dans les circonstances que la tradition rapporte ! De bataille au sens militaire du terme, avec stratégie et mouvements de troupes coordonnés, il n'y en eut point. Ce fut juste une embuscade suivie d'une échauffourée dans lesquelles agresseurs et agressés se livrèrent à des corps à corps désordonnés, le temps pour les premiers de s'emparer des bagages des seconds. Qui plus est, le combat n'eut même pas lieu à Fréteval ! Les ennemis se combattirent à six kilomètres plus au sud, sur la rive gauche du Loir, en face du petit village de Pezou, au lieu-dit autrefois dénommé « Belfogia », puis « Beaufou » ou « Belfoge », aujourd'hui un endroit sans nom entre la Guizonnière et Saint-Ouzille. Et enfin, comble de l'affaire, au moment du guet-apens, Philippe Auguste était occupé ailleurs, au grand dam de Richard Cœur de Lion, bien présent, lui, au milieu de sa troupe !

Les récits des deux chroniqueurs contemporains de l'événement, Guillaume Le Breton, prêtre puis chapelain et biographe de Philippe Auguste, auteur de *La Philippide*, et l'Anglais Raoul de

1. Bien sûr, Fréteval ne se situe pas en Eure-et-Loir ! Cependant, nous avons choisi d'évoquer la fameuse « bataille » qui s'y déroula pour les conséquences qu'on lui prête sur la gestion administrative du royaume de France, en nous affranchissant des quelques kilomètres d'une limite territoriale qui ne s'imposera que six cents ans plus tard...

Dicet, ont servi de références aux historiens, qui se sont cependant bien plus intéressés aux effets sur l'administration du royaume de cette prétendue bataille qu'à ses circonstances.

À la mort de Henri II Plantagenêt, roi d'Angleterre, survenue en juillet 1189, son fils et successeur Richard Ier, passé à la postérité sous le nom de « Richard Cœur de Lion », et le roi de France Philippe Auguste se jurèrent amitié et s'engagèrent à partir ensemble pour la Terre sainte afin de délivrer le tombeau de Jésus-Christ. Aussi impétueux, hautains, avides de puissance et de gloire l'un que l'autre, les deux rois se ressemblaient trop pour s'aimer vraiment, et très longtemps... Ils partirent néanmoins ensemble pour la troisième croisade à la fin de l'été 1190. Philippe Auguste rentra à Paris en décembre 1191, ne supportant plus son allié. Richard poursuivit seul l'épopée jusqu'à l'automne 1192, date à laquelle il fut fait prisonnier et livré à Henri VI, l'empereur germain, qui le retint jusqu'en février 1194. Pendant sa captivité, son frère Jean, dit « Jean sans Terre », fit tout pour s'emparer de sa couronne... avec l'aide de Philippe Auguste. En janvier 1194, les deux hommes signèrent dans ce but un traité secret stipulant en contrepartie de l'aide apportée divers échanges de provinces et de villes françaises...

Richard, informé des manœuvres de son frère, quitta les geôles germaniques avide de vengeance. Après un court séjour en Angleterre en mars 1194, il remit les pieds sur le sol français au début du mois de mai à Barfleur, impatient de se mesurer au plus vite avec Philippe Auguste. Ce dernier tentait à ce moment-là de prendre possession par la force des villes promises par Jean sans Terre. Verneuil sut lui résister. Évreux, restée anglaise par trahison, tomba à la fin du mois de mai. En représailles de sa déloyauté, Philippe Auguste la détruisit de fond en comble et massacra tous ses habitants. Pendant ce temps, Richard Cœur de Lion guerroyait sur les bords de la Loire...

Les deux souverains se retrouvèrent au tout début du mois de juillet à Vendôme. Philippe Auguste, qui tenait déjà la ville dépourvue de défense, assiégeait alors le château tenu fermement par une garnison anglaise. Richard, quotidiennement informé des progrès de son rival, y accourut et installa son campement dans la plaine hors de la ville, en attendant son heure. En position indéfendable, coincé dans un lieu bas entre le château fort bien défendu qui le dominait et le camp de Richard, Philippe Auguste comprit que, faute de déguerpir, il risquait à tout moment d'être surpris et mis à mal par les Anglais bien mieux positionnés. Certains ont qualifié plus tard son départ de piteuse retraite. D'autres y ont vu une manœuvre stratégique opportune. Dans la journée du 4, le roi français prit le parti d'aller se repositionner plus au nord, dans la ville de Châteaudun, distante d'une dizaine de lieues, en passant par le château de Fréteval à mi-parcours. Il lui fallait cependant pouvoir lever son camp sans risquer à ce moment-là une attaque fatale de Richard Cœur de Lion. Il pensa le tromper sur ses intentions en lui faisant porter, le soir venu, par un héraut d'armes, le défi de se battre le lendemain à la première heure dans la plaine hors de la ville de Vendôme.

Le monarque anglais, prévenu du stratagème par ses espions, décida de tendre une embuscade au convoi de Philippe Auguste et de le faire prisonnier avec tout son bagage... Il constitua aussitôt une troupe d'hommes éprouvés, une sorte de corps d'élite, composée de chevaliers bien armés et de soldats plus légèrement équipés. Conseillé et guidé par des complicités locales, il fonça au milieu de la nuit par la rive droite du Loir vers Lisle, avec pour destination le village de Pezou, distant d'une douzaine de kilomètres. La troupe y traversa la rivière à gué et alla se positionner en face, au pied du coteau longeant le vieux chemin de Fréteval à Blois. Le gros de la chevalerie se massa, invisible, dans le ravin de la Cave qui, traversant le coteau, débouche de la plaine des Lignières à la ferme de la Guizonnière. Le reste des cavaliers prit position dans d'autres trouées. Les hommes d'armes à pied se cachèrent, sur plusieurs centaines de mètres, dans les fourrés sur les pentes boisées qui surplombent le chemin. Une attente de plusieurs heures dans un silence absolu leur permit de se reposer avec profit après leur marche forcée.

Pendant ce temps, à Vendôme, dans la nuit encore profonde, Philippe Auguste hâtait la levée de son campement. Son plan était d'atteindre Fréteval, distant d'une vingtaine de kilomètres, au plus tard à la mi-journée, pour arriver à Châteaudun en début de soirée. Il emprunterait le vieux chemin de Fréteval à Blois, situé sur la rive gauche du Loir. On lui avait vanté la sûreté de l'itinéraire, suffisamment discret entre bois et rivière. On avait sans doute omis de lui préciser qu'il s'agissait avant tout d'une chaussée assez étroite avec, à partir de Chicheray et pendant deux bons kilomètres, sur la droite, un coteau assez pentu et bien boisé et, sur la gauche, une prairie marécageuse qui s'étalait jusqu'à la rivière... Par imprudence ou excès de bravoure, il n'envoya aucune avant-garde ni ne déploya de gens d'armes aux flancs de son convoi en raison du relief. La caravane s'étira sur plusieurs kilomètres avec une armée de quatre mille gens d'armes et chevaliers escortant des dizaines de chariots, attelés le plus souvent de bœufs. Il y avait de tout dans ces chariots : des ustensiles nécessaires à la vie quotidienne du campement, les objets précieux de la pompe royale pour satisfaire aux désirs du roi – vaisselle d'or et d'argent, chapelle, ornements, tentes d'apparat, lits, habits... –, les archives, documents et matériels pour l'administration quotidienne du royaume, dont les fameux titres de la couronne, les rôles des contribuables ainsi que les sceaux, et enfin des tonneaux remplis d'écus et d'or, produits de la levée d'impôts, recouvrés par force auprès d'une population réticente à l'idée de financer les croisades royales, quand bien même cette levée de décimes sur tous les revenus du royaume avait-elle été accordée par le pape ! Le convoi progressa à l'allure d'une lieue[1] à peine à l'heure. Il traversa le hameau de Chappe, passa au large des villages de Meslay, puis de Saint-Firmin-des-Prés et de Lisle sur sa gauche...

En milieu de matinée, Philippe Auguste, qui chevauchait avec ses barons en seconde partie du convoi, sortit de la file pour s'en aller entendre la messe et déjeuner dans un château proche. Le retard qu'il s'imposait serait rapidement comblé, pensait-il, pour rattraper le convoi en forçant si nécessaire l'allure de sa monture. Il se rendit au *châtel* de Lisle, à peine à cinq cents mètres de la route suivie par sa caravane. Le château, bâti sur un îlot du Loir devant le village de Lisle, n'était qu'une sorte de grosse tour en bois entourée de palissades de pieux, au milieu des saules et des aulnes. Philippe Auguste et ses proches traversèrent la rivière au

1. *Entre trois et quatre de nos kilomètres.*

gué de Savateau, puis entrèrent dans le fortin et allèrent aussitôt se recueillir dans la chapelle.

Pratiquement au même moment, à trois kilomètres en avant, un ordre pour une halte d'une heure fut donné aux chariots de tête arrivant en vue de la Guizonnière. Devant eux, les premiers conducteurs apercevaient déjà la plaine immense de Lignières qui les conduirait jusqu'à Fréteval. La colonne entière s'arrêta progressivement au fur et à mesure que l'ordre s'y répandait de proche en proche. La soldatesque entreprit de déposer ses armes pendant que les charretiers débridaient les chevaux. Bientôt, toute la troupe se relâcha, qui à se restaurer, qui à se reposer sous la fraîcheur verdoyante, par une belle matinée d'été ensoleillée. Ce fut ce moment d'imprudence et d'abandon que saisit Richard Cœur de Lion pour lancer son attaque. Ses chevaliers surgirent par vagues du ravin de la Cave juste devant les premiers chariots, pendant que ses soldats à pied bondissaient de leurs buissons sur les gens désarmés dont les chefs dispersés ne savaient que faire :

« Tout à coup, le roi des Anglais s'élance au sein de sa retraite et disperse facilement ce peuple désarmé et tout chargé de vivres et d'effets [...]. On était encore au premier moment du repos quand on crie aux armes ! Tous les hommes courent aux armes pêle-mêle ; nul ne s'informe s'il s'empare des armes qui lui appartiennent ou de celles de son compagnon, et chacun prend pour lui celles qu'il trouve le plus à sa portée[1]. »

L'affrontement fut bref. Les soldats français furent rapidement mis hors de combat, tués ou repoussés vers les marais, où ils se noyèrent. Les plus chanceux furent faits prisonniers. La troupe anglaise s'empara du convoi :

« Il tue, emmène, enlève les chariots, les bagages, les chevaux, les corbeilles et les vases des cuisines et des tables [...]. Le ravisseur n'épargna pas davantage les petits tonneaux remplis d'écus non plus que les sacs qui renfermaient les ornements, les registres des impôts et les papiers du fisc[2] [...]. »

---

1. *Le Breton, Guillaume, «* La Philippide, *poème, par Guillaume Le Breton », in* Collection des mémoires relatifs à l'histoire de France, *J.-L.-J. Brière, 1825, chant quatrième.*
2. Ibid.

Des traductions des poèmes épiques de Guillaume Le Breton et de Raoul de Dicet, à l'origine en langue latine, ne manquent pas... ainsi que des versions différentes de l'attaque. La tradition veut que Richard Cœur de Lion se soit emparé de la totalité des chariots et de leur contenu pour les ramener à Vendôme le soir même. La configuration des lieux fait douter de la pertinence de cette version de l'événement. En effet, en surgissant du ravin des Caves sur le chemin enserré entre le coteau et les marais, la chevalerie anglo-saxonne ne pouvait que remonter la colonne sans avoir la possibilité de se déployer, pendant que les gens d'armes descendus du coteau attaquaient simultanément son flanc droit. Sauf à imaginer une troupe anglaise forte de plusieurs milliers de combattants agissant à la vitesse de l'éclair, on ne peut croire qu'elle ait pu remonter et assaillir efficacement toute la ligne de chariots qui s'étirait sur plusieurs kilomètres ! Pour notre part, nous pensons que Richard Cœur de Lion a opéré un coup de main limité à la tête du convoi, où il pensait trouver Philippe Auguste qui, par tradition, devait y chevaucher en compagnie de ses barons. Pendant que ses soldats s'emparaient des premiers chariots dans lesquels se trouvaient les bagages les plus précieux et qu'ils les dégageaient pour les ramener à Vendôme – probablement par les ravins et trouées du coteau –, le souverain anglais chercha vainement son adversaire pour l'affronter en face à face... et se laissa finalement abuser par un soldat français, qui l'envoya chevaucher à sa poursuite en forêt de Fréteval !

Quand la nouvelle de l'attaque de la tête du convoi parvint enfin à Philippe Auguste au *châtel* de Lisle, à presque trois kilomètres, il ne disposait plus du temps nécessaire pour galoper jusqu'à la Guizonnière, affronter l'Anglais et défendre ses chariots. Les barons qui l'entouraient, dans l'ignorance de la cavalcade de Richard vers la forêt de Fréteval, parvinrent avec peine à le convaincre du danger qu'il courait de rester sous la menace de son ennemi. S'ils finirent par le persuader de s'échapper vers Châteaudun, en passant au plus court par la forêt du Perche située au-dessus de Lisle pour gagner ensuite celle de Fréteval, en revanche ils ne purent l'empêcher d'incendier le *châtel* de

Lisle et les pontons d'accès, dans un mouvement de fureur bien plus que pour protéger sa retraite, comme on le dira plus tard.

Le hasard aidant peut-être, les deux rois ne se rencontrèrent pas au détour d'un sentier de la forêt de Fréteval ! Philippe Auguste ne s'attarda pas à Châteaudun et fonça dès le lendemain au Vaudreuil[1] pour en chasser Jean sans Peur qui l'assiégeait. Pendant ce temps, Richard Cœur de Lion, après son retour à Vendôme, décidait de gagner lui aussi la Normandie. Batailles, trêves et traités de paix jalonnèrent les relations tumultueuses entre les deux rois jusqu'à la mort du souverain anglais en mars 1199.

Dans sa *Philippide*, Guillaume Le Breton énumère les pertes subies par Philippe Auguste à Fréteval avec tant de détails qu'on peut croire qu'il ne restait rien à son monarque ! Cette version fut combattue dans le temps par nombre d'historiens qui cherchèrent dans les chroniques postérieures à l'événement les changements dans l'administration du royaume en rapport avec les disparitions alléguées. Bien plus que la confiscation des biens matériels et de l'or provenant des décimes, c'est l'éventuelle perte des titres de la couronne, des ordonnances et des sceaux royaux, en quelque sorte tous les symboles et toutes les preuves emblématiques du pouvoir, qui les intéressait.

L'existence d'une version complète des rôles de l'impôt établie postérieurement à la bataille prouva la disparition, en totalité ou en majeure partie, des registres d'origine. Le travail de reconstitution fut confié à un certain Gaultier le Jeune, fils d'un chambrier de France, « un homme d'une patience infinie dont le zèle intelligent parvint à reconstituer tous les documents perdus », *dixit* Le Breton. C'est, pense-t-on, cette reconstitution complète qui a fait croire à tort pendant longtemps à la création du Trésor des Chartes en conséquence directe de la bataille de Fréteval.

La découverte de l'apposition du grand sceau sur des actes immédiatement postérieurs à la date du 5 juillet 1194 démontra qu'il n'avait pas été subtilisé par Richard Cœur de Lion. Par tradition, au moment de l'assaut, il devait être au cou du chancelier Guérin de Senlis, un proche du roi, bien évidemment à ses côtés

1. *Dans l'Eure.*

côté au *châtel* de Lisle. En revanche, on constata le remplacement du petit sceau pour sceller les lettres et les chartes au cours des déplacements du roi : un indice en quelque sorte de la disparition de l'original.

On sait qu'à cette époque, pour remplacer quelques archives perdues, Philippe Auguste ordonna la réalisation de copies à Nicolas Guérin, son chancelier, évêque de Senlis. Celui-ci recueillit tout ce qu'il put trouver dans les monastères et abbayes et rétablit du mieux qu'il put le surplus de mémoires manquants. Rien n'indique cependant s'il s'agissait de pièces prises par les Anglais...

Bien plus tard, au XVIIe siècle, l'historien Bréquigny puis, au XIXe siècle, l'érudit Jules Delpit entreprirent des recherches laborieuses au *British Museum* et à la tour de Londres pour vérifier si des archives de la couronne de France, titres ou objets, datant de l'époque de Philippe Auguste pouvaient s'y trouver. Leurs prospections infructueuses firent taire ceux qui entretenaient des doutes à ce sujet. On peut penser cependant que d'anciens titres pourraient avoir effectivement disparu à l'occasion de la bataille et qu'ils ne furent jamais reconstitués, puisqu'on ne trouve rien au Trésor des Chartes antérieurement au roi Louis le Jeune, dont la première ordonnance conservée date de 1145... Il convient enfin d'ajouter à cet état très limité de pertes des textes d'accords secrets passés entre Philippe Auguste et des barons traîtres à Richard Cœur de Lion !

L'opinion qui attribue à la bataille de Fréteval la perte des archives du royaume serait ainsi un préjugé populaire, comme l'idée qui en fait l'origine des archives centrales de la France, puisqu'une notice insérée dans les anciens *Mémoires de l'Académie des inscriptions et belles-lettres* indique que la véritable origine du Trésor des Chartes, l'ancêtre des archives publiques en France, est concrétisée par des registres ouverts seulement en 1220 sur ordre du vice-chancelier Guérin de Senlis pour transcrire les titres de la couronne. C'est à cette époque, vingt-six ans après la défaite de Fréteval, que la chancellerie aurait éprouvé le besoin d'assurer une conservation plus systématique et plus sécurisée des documents qui fondent les droits du roi sur son royaume, pour lui permettre de les défendre judiciairement et diplomatiquement.

Nous nous rangeons volontiers à l'avis d'auteurs qui attribuent cependant à la péripétie de Fréteval, d'une part, l'habitude progressivement prise à partir des années 1194 à 1199 de conserver véritablement exemplaires ou copies des actes reçus ou expédiés et, d'autre part, les premières réflexions de Philippe Auguste sur la réorganisation de la conservation des documents d'État. Ne créa-t-il pas la charge et la dignité de garde des Sceaux pour la conservation des sceaux et des archives dès 1203, pour aussitôt y élever son chancelier Guérin, qu'il avait précisément chargé auparavant de reconstituer les titres perdus ? Le souvenir douloureux de Fréteval n'a pas pu ne pas peser en 1220 dans sa réflexion puis dans sa décision de rassembler les documents officiels les plus importants et de ne plus les emmener avec lui dans ses déplacements. Le Trésor des Chartes devint alors une réalité pour laquelle il réserva la tour du Louvre.

Chapitre V

Les harengs de Beauce

À LA FIN du mois de janvier 1429, Anglais et Bourguignons assiégeaient depuis plus de trois mois la ville d'Orléans sans parvenir à vaincre la résistance de sa quinzaine de milliers d'âmes.

Prévenus du péril qui les menaçait depuis que le duc de Bedford[1], régent d'Angleterre, avait décidé de s'emparer du cours de la Loire pour s'ouvrir les provinces méridionales, les Orléanais avaient su prendre préventivement les mesures nécessaires pour assurer leur défense.

À la tête de son armée de dix mille hommes, composée d'autant de Saxons que de Français, le comte de Salisbury, commandant en chef des troupes anglaises, avait commencé par nettoyer la rive droite de la Loire de toutes les garnisons françaises au-dessus et au-dessous d'Orléans, enlevant au passage les forteresses du sud de l'Île-de-France et de la Beauce : Rambouillet, Nogent-le-Roi, Janville ou encore Le Puiset... Le mardi 12 octobre 1428, après avoir conquis Beaugency, Marchenoir, Jargeau puis Sully-sur-Loire, il vint planter ses pavillons devant Orléans, côté Sologne, afin de priver la ville de ses communications avec les provinces méridionales fidèles au roi Charles VII.

Les gens d'Orléans, qui avaient compris le devoir de résistance qui leur était imposé, avaient fait appel aux plus valeureux des gens d'armes du moment : Jean d'Orléans, dit « le Bâtard », frère

1. *Jean de Lancastre, frère du roi d'Angleterre Henri V.*

de leur suzerain ; Jean de la Brosse, seigneur de Boussac, de Saint-Sévère et d'Hulier, maréchal de France – l'un des deux maréchaux de France ; les inséparables et fiers Gascons Jean Poton de Xaintrailles et Étienne de Vignolles, surnommé « la Hire » par les Anglais du fait de son caractère violent et coléreux[1] ; Archambaud de Villars, capitaine de Montargis ; Pierre de la Chapelle, gentilhomme beauceron, etc. Ces hommes très aguerris, qui deviendront tous quelques mois plus tard fidèles compagnons de la Pucelle, avaient rallié la ville, amenant avec eux sept cents soldats d'élite italiens, espagnols, allemands, basques, écossais... et quelques Français, venus aussi bien des provinces du sud que de celles du nord tenues par les Anglais.

À l'approche de l'ennemi, les Orléanais avaient terminé dans la précipitation la destruction du faubourg de Portereau et le renforcement du châtelet des Tournelles, sur la rive gauche de la Loire, ultime protection du seul pont de la ville. En face, de l'autre côté de la Loire, les Anglais avaient consolidé leurs positions en quelques jours, et le dimanche 17 octobre, en début d'après-midi, leur artillerie tira ses premières pierres de bombarde sur la cité... Une semaine plus tard, face à la détermination des assiégés et aux renforts qui les rejoignaient quotidiennement par la Loire et par la campagne au nord, que ce soit en hommes, en armes ou en vivres, le comte de Salisbury cerna entièrement la ville. Le siège en règle d'Orléans commença alors dans toute sa rigueur. Pendant les huit mois qu'il allait durer, les coups du sort – le premier survenant dès le 24 octobre avec la mort du comte de Salisbury – n'entamèrent jamais la pugnacité d'aucun des deux camps qui, sans cesse, lancèrent contre l'ennemi des escarmouches et des assauts aussi spectaculaires que vains. Il en fut ainsi chaque jour de l'hiver : tantôt les assiégés chargeaient jusque dans les lignes ennemies, tantôt les assiégeants tentaient de surprendre la ville par des escalades nocturnes...

À plusieurs reprises, grâce à des coups d'audace, les assiégés parvinrent à tromper la vigilance ennemie et introduisirent des troupeaux d'animaux vifs dans la ville pour leur ravitaillement, jusqu'à l'interception par les Anglais, le 18 janvier à Sandillon,

1. Hire *signifie « colère »*.

village sur la rive gauche de la Loire en amont d'Orléans, d'un convoi de plusieurs centaines de têtes de bovins destinées à l'approvisionnement de la cité. L'amertume causée par la perte d'une si grande quantité de vivres et le ressentiment d'une trahison probable des habitants de Sandillon, qui auraient alerté, contre récompense, les Anglais du passage du convoi, restèrent vivaces dans l'esprit de nombreux soldats.

Au début du mois de février, le bruit courut dans Orléans du départ imminent de Paris d'un important convoi destiné à ravitailler les assiégeants, sous le commandement de John Falstolf, le grand maître d'hôtel du duc de Bedford. Au même moment, Poton de Xaintrailles apprenait du roi la présence à Blois de Charles de Bourbon, le jeune comte de Clermont, accompagné de sa noblesse du Bourbonnais et d'Auvergne et de celle des provinces du Berri et du Poitou, ainsi que d'auxiliaires écossais, tous venus dans le but de faire lever le siège de la ville d'Orléans. Si les informateurs qui propageaient les nouvelles disaient vrai, en se lançant à l'attaque du convoi de ravitaillement de Falstolf, les défenseurs d'Orléans tenaient là une occasion de revanche à ne pas laisser passer, d'autant que jamais les forces des assiégés n'avaient été si nombreuses, en comptant toutefois celles du comte de Clermont cantonnées à quelques distances.

Le mercredi 9 février, une vingtaine d'hommes sortirent de la ville en direction de Blois pour aller proposer au jeune Bourbon le projet d'attaque du convoi et le convaincre d'y participer. Ils furent arrêtés par les Anglais et faits prisonniers. Le jeudi 10, alors que le second maréchal de France, Gilbert de la Fayette, venait renforcer la défense de la ville, le bâtard d'Orléans sortit à son tour et parvint à gagner Blois, où il rallia le comte de Clermont à l'idée de détourner la caravane de chariots anglais. Les deux hommes arrêtèrent une stratégie commune : aux quatre mille soldats dont se prévalait le comte se joindraient le lendemain à Janville quinze cents combattants pris sur la défense d'Orléans, emmenés par le Bâtard et le connétable écossais John Stuart. L'immense armée ainsi constituée représentait presque la moitié des troupes que Charles VII pouvait espérer lever sur tout son royaume. Avec à sa tête la fine fleur de la noblesse française accompagnée des plus valeureux chevaliers et dotée d'une impressionnante artillerie qui faisait chaque jour ses preuves sous les murailles d'Orléans, elle se lancerait alors vers le nord à la rencontre du convoi. Dans l'esprit de tous ces hommes, malgré les cuisantes défaites qu'ils avaient essuyées au cours des dernières années, laissant le royaume de Charles VI se réduire comme peau de chagrin, la victoire ne faisait pas de doute. Ils se rabattraient ensuite sur la ville assiégée et, les habitants se joignant à eux, ils étaient certains que les bastides anglaises privées de renfort et moralement abattues par la perte de leur approvisionnement ne résisteraient plus.

Dans le camp adverse, à Paris, le duc de Bedford avait fait former un convoi de cinq cents attelages hétéroclites « fournis » par les paysans des environs : des chariots, des charrettes, des haquets qui servaient habituellement au transport des barriques de vin, des tombereaux, etc., tous lourdement chargés d'armes, de munitions, de matériels et de vivres – des harengs pour l'essentiel, pour le maigre du carême – « prélevés » dans les provinces de Normandie et d'Île-de-France ou, plus simplement, réquisitionnés chez les marchands forains parisiens, lesquels allaient devoir – en plus ! – livrer eux-mêmes leurs marchandises.

Pour encadrer cet interminable convoi long de plusieurs kilomètres (!), John Falstolf constitua une escorte militaire de mille cinq cents archers et hommes d'armes. Près du tiers était enrôlé dans des détachements français emmenés par des capitaines eux-mêmes sous le commandement de gentilshommes français, dont Simon Morhier, seigneur de Villiers-le-Morhier non loin de Nogent-le-Roi, institué garde de la prévôté de Paris par le duc de Bedford depuis 1422 et chargé pour l'occasion de l'artillerie anglaise, Robert de Brichanteau, neveu de Morhier, seigneur de Nigelles près de Maintenon, ou encore Jehan de Thian, bailli de Senlis, dit « le bâtard de Thian », homme d'armes redoutable.

Le convoi s'ébranla de Paris le jeudi 10 février. Il avait une trentaine de lieues à parcourir pour rejoindre Orléans, en une quarantaine d'heures de marche.

Le vendredi 11 février au matin, les seigneurs la Hire et Xaintrailles, les deux maréchaux de la Fayette et de Saint-Sévère, Guillaume d'Albret, seigneur d'Orval, l'Écossais William Stuart, frère du connétable d'Écosse – ce dernier se trouvait à Blois – ainsi que de nombreux seigneurs et capitaines quittèrent Orléans sous les acclamations de la population et les bénédictions du clergé. Ils avaient à peine une dizaine de lieues à couvrir pour rejoindre Janville, c'est-à-dire autant d'heures de marche pour la troupe à pied – archers et servants des pièces d'artillerie avec leurs attelages – et beaucoup moins pour la chevalerie. Tous arrivèrent à Janville bien avant le comte de Clermont, lequel devait abattre une vingtaine de lieues en compagnie du prudent bâtard d'Orléans, qui l'avait rejoint à Blois afin de s'assurer de sa participation effective...

Une fois la jonction réalisée, tardivement en soirée, les troupes repartirent pour installer leur campement nocturne non loin du village de Rouvray-Saint-Denis, par où des espions affirmaient que le convoi anglais passerait le lendemain.

Le samedi 12 février, tôt le matin, les troupes venues d'Orléans reprirent leur progression vers le nord et, très rapidement après leur départ, aperçurent à l'horizon l'avant-garde du convoi anglais qui sortait en désordre d'Angerville. À ce moment, rien n'aurait été plus facile que de l'attaquer pendant qu'il s'avançait en longue file. C'était du moins l'avis des la Hire, Poton de Xaintrailles et John Stuart, mais, sur ordre maintes fois répété, il leur fallait attendre l'arrivée du comte de Clermont et de ses fameux barons du Bourbonnais et d'Auvergne, qui n'en finissaient pas de quitter leur campement au sud de Rouvray-Saint-Denis !

Au sortir d'Angerville, Falstolf, au courant par ses éclaireurs de la présence de l'armée française à une distance d'à peine deux lieues, voyait s'étendre devant lui la plaine de la Beauce et ses immenses étendues de terres plates dénudées par l'hiver qui ne lui laissaient guère de choix quant à son itinéraire : aucun pli de terrain au fond duquel se faufiler, aucun village suffisamment important pour recevoir son convoi et le protéger, aucun bois où introduire ses chariots et se retrancher. Quant à s'échapper par la fuite, il n'en avait ni la pensée ni l'espoir.

L'inaction de l'ennemi le rendit perplexe. Aussi, en fin stratège, il prit le parti d'en profiter et ordonna dans l'instant d'organiser la défense de son convoi, faute d'avoir su conforter une position idéale pendant la nuit. Sa décision d'aménager un camp retranché en plein champ, dans une zone totalement découverte, étonna à coup sûr beaucoup de ses soldats, mais il savait qu'aucune contestation réelle ne viendrait de la valetaille française qu'il avait recrutée. Il avait la chance de pouvoir décider seul et d'être ainsi facilement obéi, un avantage dont il disposait sur le chef du camp adverse, avec ses très nombreux seigneurs toujours prêts à donner leur avis. Il fit positionner ses innombrables chariots en une sorte de triangle laissant une brèche à la pointe face à l'ennemi, telle l'entrée tentatrice d'une nasse pour attirer l'adversaire imprudent et l'amener à affronter ses gens d'armes à l'intérieur d'un champ clos. Derrière les fourgons, il fit dresser plusieurs centaines d'épieux qu'il convoyait, sur lesquels s'empaleraient les chevaux qui oseraient s'élancer par-dessus la première ligne de défense.

Le retranchement était prêt : les archers positionnés entre les chariots et les épieux, les hommes d'armes derrière et les rares pièces d'artillerie en position. Au centre du dispositif, les centaines de marchands de Paris et les charretiers réquisitionnés, sans doute inquiets quant à leur sort et à celui de leurs marchandises au moment des assauts, n'avaient aucune place assignée, ni ne bénéficiaient de protection particulière. Tout comme les bœufs et les chevaux de trait qui, pour l'essentiel, étaient restés attelés...

En face, le retard du comte de Clermont avait compromis l'assaut rapide du convoi avant son retranchement. L'indiscipline, la précipitation et l'absence de coordination allaient maintenant tout faire perdre.

Lassés d'attendre, le bâtard d'Orléans et John Stuart, accompagnés de tous les gentilshommes venus d'Orléans, avaient rejoint leurs troupes déjà en ordre de bataille, avec canons et couleuvrines pointés sur un des flancs du parc, hors de portée des flèches anglaises.

À 2 heures de l'après-midi, l'artillerie française ouvrit le feu sur les chariots derrière lesquels s'abritaient les archers. En peu d'instants, les boulets de pierre firent voler en éclats charrettes, haquets et caques[1] sans atteindre en nombre les Anglais, la narine toutefois bien chatouillée par la forte odeur du *Clupea harengus* pulvérisé qui leur rappelait, non sans plaisir, leur port de Yarmouth, célèbre à l'époque pour ses pêcheries, ses saurisseries, et plus encore pour ses relents pénétrants de saumure.

Déconcertés par l'absence de réaction des autres gens d'armes du camp retranché, qu'ils espéraient voir sortir de leur position pour les combattre, et sans attendre que leurs propres gens de trait engagent l'attaque à pied, les frères Stuart et leurs Écossais mirent pied à terre, sitôt imités par Jean d'Orléans, par les Gascons de Guillaume d'Albret et par environ quatre cents chevaliers, contrairement à ce qui avait été convenu de se battre à cheval. Ils s'ébranlèrent aussitôt, confusément et pataudς à l'assaut des retranchements.

Falstolf ne pouvait espérer mieux que cette attaque précipitée. Il fit donner ses archers sur des adversaires lourdauds dans leurs armures de chevalier, avant leur arrivée sur sa ligne de défense. Puis, voyant que le corps principal de l'armée adverse ne se mettait toujours pas en devoir de venir en soutien, il lança ses gens d'armes de pied hors de ses lignes pour affronter les survivants au corps à corps et les poursuivre dans leur retraite au plus loin dans la plaine. Le bâtard d'Orléans, blessé au pied, et ses compagnons non moins braves furent entraînés comme les autres.

Une vaine contre-attaque menée par la Hire, Poton de Xaintrailles et plusieurs autres, rassemblant soixante à quatre-vingts compagnons autour d'eux, ne renversa pas l'issue du combat, qui s'acheva moins de deux heures après avoir été lancé, sous le regard du comte de Clermont – et de ses trois mille soldats... –, resté spectateur, comme s'il voulait voir châtier ceux qui combattaient contre son ordre. À 4 heures du soir, il prit la route d'Orléans avec ses troupes, laissant sur le champ de bataille les cadavres de pas moins de quatre cents soldats et vingt-six seigneurs parmi les plus braves : les frères Stuart, John le connétable d'Écosse et William, tous deux inhumés peu de temps après dans la cathédrale Sainte-Croix d'Orléans, le Landais Guillaume

1. Les barriques pour la conservation des harengs saurs.

« En peu d'instants, les boulets de pierre firent voler en éclats charrettes, haquets et caques sans atteindre en nombre les Anglais, la narine toutefois bien chatouillée par la forte odeur du Clupea harengus *pulvérisé qui leur rappelait, non sans plaisir, leur port de Yarmouth, célèbre à l'époque pour ses pêcheries, ses saurisseries, et plus encore pour ses relents pénétrants de saumure. »*
(Aquarelle originale de Christian Lefort.)

d'Albret, seigneur d'Orval, grand panetier[1] de Charles VII, Jehan de Lesgot, seigneur de Verduran, Jehan Nilhat, seigneur de Châteaubrun et vicomte de Bridier, Geoffroy de Rochechouart, Jean Chabot, les seigneurs de Monpipel, d'Yvery, de la Grève, de Prully...

Dans le camp adverse, parmi les rares gentilshommes engagés, seul Robert de Brichanteau paya de sa vie sa participation à la bataille.

L'armée en déroute se présenta aux portes d'Orléans vers minuit, après avoir essuyé au passage les attaques des bastides anglaises et laissé de nouveaux cadavres derrière elle. Le trouble et la confusion furent partout en ville et augmentèrent au fur et à mesure qu'arrivaient des groupes d'hommes harassés, souvent sans chef, des seigneurs isolés n'ayant plus aucune troupe à commander et des chariots ramenant les blessés et les cadavres.

Le lendemain, la population reprocha au comte de Clermont son inaction ignominieuse à Rouvray-Saint-Denis. À défaut des vivres qu'il devait lui procurer, c'est le découragement qu'il avait livré. Il quitta la ville le vendredi 18 février avec deux mille combattants pour rejoindre le roi à Chinon, en promettant de revenir prendre sa revanche, promesse qu'il ne tint jamais.

Il fallut aux assiégés résister encore trois mois avant de voir arriver Jeanne d'Arc menant au combat les mêmes hommes, toujours aussi courageux, mais cette fois autrement résolus et davantage disciplinés.

Falstolf, quant à lui, atteignit Orléans le mardi 15 février, sans doute très satisfait de livrer son chargement quasi intact, augmenté de ce qu'il avait récupéré sur le champ de bataille, et prêt à célébrer sa victoire en compagnie du comte de Suffolk, William de la Pole, le nouveau commandant en chef des troupes anglaises après la mort du comte de Salisbury. Au déchargement du convoi, ses soldats se portèrent devant les murailles de la ville pour exhiber bien haut les barils de harengs qu'ils avaient

1. *Le grand panetier était l'un des grands officiers de la cour, chef du service de bouche.*

convoyés, au grand dam des assiégés qui répondirent par quelques coups de canon.

La « journée des harengs » apparaît dans l'histoire de France comme une défaite inimaginable des armées françaises plus courageuses que prudentes attaquant à trois contre un banal convoi de caques de harengs saurs !

Rouvray-Saint-Denis garde un souvenir discret de l'événement, avec une plaque commémorative à l'intérieur de son église et l'appellation évocatrice du « Camp ennemi » pour ce qui pourrait être la parcelle de terre en pleine Beauce où sont tombés quatre cents hommes un triste et froid après-midi de février 1429...

Chapitre VI

La bonne mine de la tour Grise

VERS 1220, LE COMTE de Dreux, Robert III dit « Gâteblé[1] », s'engagea vis-à-vis de son roi Philippe Auguste à améliorer le système défensif de sa cité à la frontière des territoires des Capétiens et des Plantagenêt. En octobre 1224, il passa un marché[2] pour la réalisation des travaux à un architecte normand, maître Nicolas de Beaumont-le-Roger. Il s'agissait de transformer en une véritable forteresse le plateau de Danemarche avoisinant la colline où s'élevait alors son château et aujourd'hui la chapelle royale.

Le marché prévoyait au nord-ouest du plateau l'achèvement d'une enceinte et de trois tourelles en l'état de délaissement, ainsi que la construction d'une quatrième. Sur son côté sud-est, vers la ville, il commandait l'édification de deux tourelles supplémentaires et, enfin, la pièce maîtresse du dispositif à l'extrémité orientale, à savoir une grosse tour ronde de conception identique à celle du château de Nogent-le-Rotrou, la forme mise à part.

Dans le détail, il s'agissait de construire un véritable donjon, formidablement haut et massif, intégralement en maçonnerie, équipé d'un puits et accessible seulement de l'intérieur de l'enceinte par un unique pont. Son emplacement excentré et sa position à cheval sur le mur de fortification devaient satisfaire aux

1. *Surnom donné suite à une mésaventure de jeunesse qui l'avait vu endommager fortuitement du blé.*
2. *Bibliothèque nationale, fr. 26731, dossier Beaumont (5433), pièce n° 2.*

principes architecturaux des nouvelles forteresses de l'époque, qui faisaient des nouveaux donjons des constructions dites « en bord d'attaque », abandonnant leur destination primitive d'ultime refuge.

L'endroit envisagé pour l'édification nécessita l'acquisition des terres et des censives appartenant aux moines de Saint-Vincent-du-Bois, situées autour de la chapelle de Danemarche, qu'il fallait de plus démolir et reconstruire plus à l'ouest, le long du mur d'enceinte. Le comte entama des négociations avec les religieux, et l'affaire fut conclue par échange, avec donations et concessions conséquentes de terres consacrées en totalité à la culture de la vigne : un demi-arpent à Comteville, un autre situé à Marche-Bré, ainsi que des clos donnés en location aux dénommés Robert de Verneuil et Adam Lignehaste à Chemur... Pour enlever sans doute la décision, Robert III donna en sus aux moines la faculté de planter, d'étendre et d'enclore leurs vignes sur les pentes de ses propres fossés, en se réservant toutefois pour lui-même et ses héritiers un espace de « seulement » quatre pieds[1], pour s'en servir si nécessaire[2] !

Faut-il voir dans cet accord la détermination du comte d'obtenir quel qu'en soit le prix les terres nécessaires à la réalisation de son projet ? Ou bien, là comme ailleurs, le talent à négocier des religieux, qui cédaient un lopin de terre assez pentu et mal exposé – au nord-est – contre de beaux arpents de bonnes terres certainement mieux orientées ? Ou encore l'effet d'aubaine pour les moines de s'emparer pour rien de vignes en pleine production ?

Haute de trente-cinq mètres, visible selon la tradition de six lieues à la ronde, par exemple de Chartres (!), la tour était élevée sur une motte d'une circonférence d'environ cent trente mètres. De forme circulaire de vingt-cinq mètres de diamètre, avec sept contreforts, elle était protégée, comme le donjon de Nogent-le-Rotrou à l'origine, d'un fossé particulier de sept mètres quatre-vingts de profondeur sur huit mètres quatre-vingts de large, lui-même ceinturé d'une chemise, sorte de mur épais !

1. *Environ un mètre quarante.*

2. *DUCHESNE, André,* Histoire généalogique de la maison royale de Dreux et de quelques autres familles, *Sébastien Cramoisy, 1631, pp. 77 et 270.*

Il en coûta au comte la somme de 1 175 livres parisis... et deux paires de robes, pour la main-d'œuvre uniquement. Une dépense très conséquente pour l'époque, à laquelle il dut ajouter le coût de la fourniture de la pierre, du sable, de l'eau ainsi que du bois nécessaire aux échafaudages, le tout à pied d'œuvre bien évidemment.

On ne connaît pas la durée des travaux. Sans doute s'étalèrent-ils sur plusieurs années. On sait que la tour fut d'abord dénommée la « Grosse Tour », avant de devenir au Moyen Âge la « tour Grise », nom sous lequel elle est passée dans l'histoire... après les circonstances saisissantes qui présidèrent à sa destruction en 1593.

À cette date, elle avait déjà résisté à trois sièges. Le premier fut établi en 1412 par le maréchal de Loigny venu de Paris avec sa milice pour réduire le comte de Dreux de l'époque, le connétable Charles d'Albret. Fort heureusement pour la ville, le bon état des fortifications et une réconciliation de dernier instant la sauvèrent ! En 1421, Dreux se rendit après six semaines d'un siège imposé par le roi anglais Henri V, qui l'avait intensément bombardée avec son

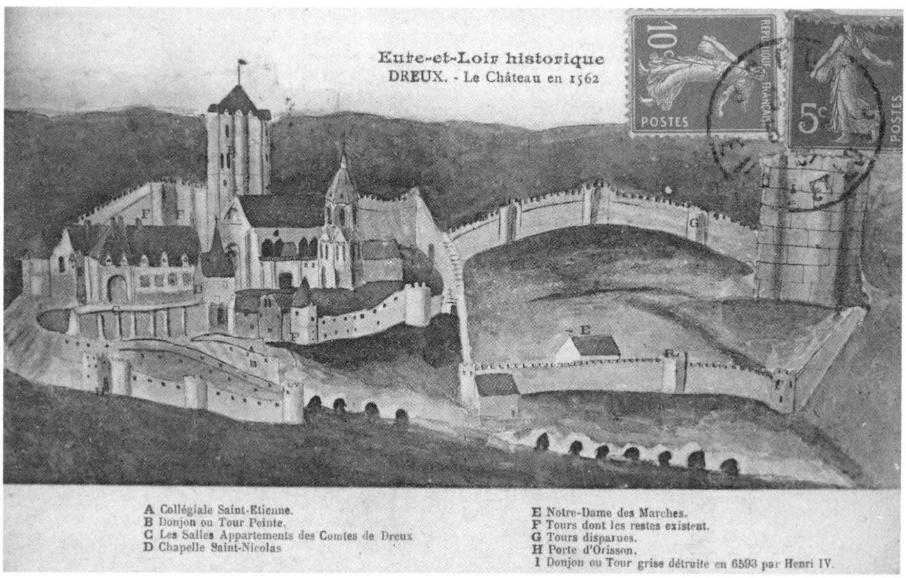

Le château de Dreux en 1562 : la tour Grise apparaît sur la droite.
(Collection de l'auteur.)

artillerie. Des brèches furent ouvertes çà et là dans l'enceinte, sans qu'il soit rapporté de dommages à la fameuse tour Grise.

Le 28 février 1590, ce fut à Henri IV de venir devant Dreux. Il resta treize jours devant la citadelle à la bombarder – on compta en une seule journée cinq cent soixante-seize boulets de canon contre le château –, avant de partir dans la plaine de Saint-André au-devant du duc de Mayenne, qu'il rencontra non loin d'Ivry... On sait quel fut le résultat de leur affrontement. Les habitants de Dreux, ne sachant rien du motif de son départ inopiné, qu'ils prirent pour une retraite, le conspuèrent du haut de leurs remparts. Le roi s'en serait souvenu, dit-on, lors du siège suivant.

Les Drouais ne se bornèrent pas à réparer les dommages causés à la muraille par l'artillerie royale, notamment du côté de la tour Grise. Pensant, à juste titre, que le roi reviendrait, ils consolidèrent leurs fortifications... En deux mois, le cours de la Blaise fut dévié vers un ancien fossé à sec qui entourait la ville. Des buttes de terre furent construites aux portes Chartraine, Parisis et d'Orisson...

Henri IV se présenta effectivement trois ans plus tard, en juin 1593, décidé cette fois à investir Dreux pour stopper l'envoi vers Paris aux mains de la Ligue de grands convois de vivres et libérer du même coup le passage de ses troupes entre Normandie et Beauce.

Le samedi 19 juin, la ville tombait aux mains des troupes du maréchal de Biron. Investie par trois côtés après avoir été soumise au feu de vingt canons contre les portes Chartraine et Parisis, elle fut finalement incendiée en partie par les assiégés eux-mêmes, avant qu'ils aillent se réfugier dans la citadelle ou, pour les plus prudents, dans l'imposante tour Grise réputée à l'épreuve des canons.

Le siège traîna en longueur, car les habitants et la garnison, retirés au château, savaient se défendre et disposaient, pensaient-ils, d'un stock de vivres suffisant, en comptant les animaux de ferme qu'ils avaient fait rentrer avec eux. Hélas ! le trop grand nombre de bouches à nourrir épuisa plus vite que prévu les réserves, et la disette apparut au bout de trois semaines.

De son côté, Henri IV, peu disposé à lever le siège une nouvelle fois, s'était confortablement installé à Bû. Il y avait invité sa sœur, bientôt suivie de Mme de Nevers, des dames de Guise, dont Mlle de Guise, la toute nouvelle princesse de Conty, sans oublier la belle Gabrielle d'Estrées. En fin de journée, il venait les retrouver, et on parlait de tout... sauf du siège. On évoquait un possible mariage de Madame, la sœur du roi, avec le duc de Montpensier, ou celui du duc de Guise avec l'infante d'Espagne...

Pendant ce temps, Rosny, le futur duc de Sully, dont on vantait le goût pour les sièges et les talents pour l'attaque et la défense des places, faisait manœuvrer ses troupes, lançait des assauts, déplaçait et assemblait son artillerie, et bombardait la tour Grise sans répit... et sans résultat !

Un soir, à Bû, où il avait coutume de venir souper et narrer ses exploits aux dames de la cour, il promit au roi d'emporter la ville en attaquant la fameuse tour Grise, seul endroit où, selon lui, la place n'était pas inexpugnable... Il demandait seulement de pouvoir disposer de quelques mineurs anglais et écossais, les plus réputés dans le domaine des explosifs à l'époque, et de nombreux « travailleurs ». On se gaussa de sa conviction. Gabrielle d'Estrées pouffa et dit que « la mine de M. de Rosny réjouirait jusqu'au moindre goujat » ! Le roi lui-même douta, puis finalement accepta ce que Rosny demandait, non sans convenir, le lendemain, que celui-ci « avait la bonne volonté mais [qu'il était] si étourdi qu'il [voulait] que tout cède à ses imaginations ». Henri IV se rangeait ainsi dans le camp de ceux, nombreux, qui trouvaient la promesse « ridicule ».

Dans ses écrits, le futur duc rapporte l'épisode avec l'assurance du grand chef de guerre qu'il était, s'attribuant au passage l'initiative de l'utilisation d'une mine explosive et montrant un savoir-faire quasi évident dans cette technique de siège. Il convient cependant de relever la présence dans l'armée royale d'un corps auxiliaire anglais, fourni par la reine Élisabeth Ire, dans les rangs duquel se trouvait précisément l'ingénieur inventeur du procédé de minage utilisé à Dreux[1] ! Laissons néanmoins le marquis de Rosny rapporter à sa manière son action décisive telle qu'elle

1. DAVILA, *Henri-Catherin,* Histoire des guerres civiles de France, *volume II, Pierre Rocolet imprimeur, 1657, p. 376.*

paraît dans ses *Économies royales*, fort opportunément richement détaillées sur l'événement :

« [...] Ne restaient plus que le château et une grosse tour nommée la Grise, contre laquelle le *Roy*, désespérant de rien faire avec le canon, se résolut de la miner, sur l'assurance que vous[1] et quatre mineurs anglais et écossais lui donnâtes d'y travailler en sorte qu'il en aurait contentement. De fait, vous étant logé à son pied, à la faveur de quelques mantelets et grandes pièces de bois [...] afin d'y être à couvert des quartiers de pierres qui étaient jetés d'en haut ; avec trente-six forts corroyeurs avec des pics à têtes, marteaux de corroyeurs et de maçons propres à tailler, des râpes, limes, scies à pierre, pinces, pieds de chèvres, tenailles et autres instruments nécessaires, vous en faisiez toujours travailler quatre, avec tant d'âpreté qu'ils étaient incontinent mis hors d'haleine et tous en sueur [...], puis quatre autres se mettaient en leur place, les changeant aussi de temps en temps ; tellement que dès le premier jour ils eurent fait une entaille dans la tour de cinq pieds de haut, trois pieds de large et quatre de profond. Les autres jours on n'alla pas si vite, à cause que les ouvriers se trouvaient à l'étroit ; mais dans les six jours vous eûtes fait un approfondissement de huit à neuf pieds de creux en ligne droite ; puis vous fîtes tourner vos ouvriers moitié à gauche, moitié à droite, afin de faire deux chambres dans le milieu de l'épaisseur de la muraille de six à sept pieds de creux, qui furent élargies par le fond ; puis ayant mis trois à quatre cents livres de poudre de la plus fine en chacune, et posé deux longues saucisses de cuir bien sec, grosses de trois pouces, remplies de poudre bien battue, qui prenaient leurs racines dans le milieu de chaque chambre, et se rejoignirent au sortir d'icelles pour n'en composer qu'une, dont le bout venait sortir hors de la tour, vous fîtes murer tout cela avec des pierres et du meilleur plâtre pour faire corps. Toutes ces choses ainsi préparées, on fit faire une longue traînée de poudre qui allait rejoindre le bout de la saucisse, à laquelle le feu ayant été mis [...] cela fit une grande fumée et un bruit sourd sans autre effet pendant près d'un demi-quart d'heure.

1. Le « vous » utilisé désigne Sully, qui a dicté ses Économies royales *à quatre secrétaires successifs.*

On commençait déjà à parler contre vous, criant “la mine de M. de Rosny ! La mine de M. de Rosny !” [...]. »

Il convient de rappeler qu'à partir de l'époque où furent construits des donjons et des tours avec des maçonneries basses et épaisses, comme la tour Grise à Dreux, la sape qui autrefois suffisait pour provoquer l'écroulement de hautes murailles devint insuffisante et inopérante, sans que les assaillants puissent compter sur les effets d'une artillerie encore balbutiante et manquant singulièrement de puissance. Ce fut la judicieuse combinaison de la sape et de la mine explosive, avec les effets de la poudre noire, qui permit d'obtenir les résultats recherchés. À la simple sape « à l'ancienne » de la muraille de la tour impossible à miner succéda la mine explosive destinée à provoquer l'effondrement de la plate-forme.

« [...] Chacun commençait déjà à se séparer, lorsque l'on vit sortir de la tour une beaucoup plus grosse fumée que la première, et la tour se fendre par la moitié depuis le haut jusqu'en bas, et qui se renversa par terre [...], emportant avec elle une quantité d'hommes et quelques femmes et enfants qui furent tous écrasés et brisés dans la chute ; et l'autre moitié demeurant debout, l'on vit sur quelques restes de voûtes et de planchers, et dans les embrasures et renfoncements de portes et de fenêtres, d'autres hommes, femmes et enfants, tous à découvert sans pouvoir se cacher, tendant les mains et criant miséricorde [...]. Quelques soldats commençant à les tirer comme à l'affût, il en fut tué cinq ou six, et les autres eurent couru la même fortune sans le *Roy* qui en prit pitié, fit cesser ceux qui les tiraient, et envoya des gardes avec douze soldats les chercher et les lui amener. Ce qui étant fait, il leur fit donner à chacun un écu et leur permit d'aller où bon leur semblerait [...]. »

À cet instant, on peut considérer que le siège de Dreux était terminé ! La destruction de la réputée invincible tour Grise avait consterné et découragé les derniers assiégés du château qui y assistèrent. Il s'en trouva néanmoins plusieurs qui, apercevant Henri IV accompagné de sa sœur et de plusieurs autres dames venues contempler (!) la ruine de la tour, tirèrent encore quelques coups d'arquebuse dans sa direction, atteignant et tuant plusieurs officiers.

Sur les demandes de la population à bout, le lieutenant Talmondier, qui commandait en l'absence du sieur de Vieux-Pont, gouverneur de Dreux « réfugié » à Verneuil, se décida le jeudi 8 juillet à se rendre et implora la clémence du roi. Henri IV pardonna à tous, sauf à ceux qui, par leur acharnement, avaient encouragé la résistance. Pierre Gravelle, le procureur du roi au bailliage de Dreux et aux Eaux et Forêts, Antoine Delaval, le maire de la ville, Pierre Chaillou le jeune, seigneur du Cornet, son frère Guy Chaillou, Pierre Brochand et un sixième personnage dont l'histoire n'a pas retenu le nom furent pendus sur la place vis-à-vis de la brèche par où la ville avait été investie et où on a construit plus tard le couvent des Capucins, avec des pierres de la tour. L'endroit se situe dans l'actuelle rue des Soupirs, précisément dénommée, paraît-il, en souvenir de l'événement.

Les vestiges de la tour Grise ne furent rasés qu'au XIXe siècle sur ordre du duc d'Orléans, futur roi Louis-Philippe. Sur la motte conservée, on éleva peu après une assise cubique de pierre sur laquelle vint prendre place une tour cylindrique en briques. Au sommet de celle-ci, on installa un appareillage télégraphique de Chappe, qui fut supprimé en 1846 au moment de l'installation des premières lignes de télégraphe électriques. Cette tour resta en l'état jusqu'au début du XXe siècle. Une vue de carte postale ancienne l'atteste. Il en subsiste aujourd'hui quelques rangées de briques visibles pendant la saison d'hiver de la rue de Lamballe qui passe en contrebas.

Après la prise de la ville, Henri IV confirma le marquis d'Ô dans la jouissance du comté de Dreux, malgré les prétentions de Rosny, qui pensait y avoir droit pour le service d'avoir fait sauter la tour Grise :

« Je comptais que cette fois on ne me refuserait pas le gouvernement d'une ville prise presque par mon seul moyen ; mais d'Ô se fit un triomphe de l'emporter encore sur moi, et je lui cédais après que le roi m'eut représenté que dans les termes où il en était avec le parti catholique, la politique ne demandait pas qu'on l'aigrît pour un sujet si léger. »

Chapitre VII

Un chapitre bien borné

En parcourant la cathédrale de Chartres, les observateurs les plus attentifs peuvent apercevoir de nombreuses petites reproductions stylisées de la célèbre « chemisette de la Vierge » dans l'ornementation du tour du chœur, sur les vitraux éclairant l'escalier vers la chapelle Saint-Piat ou, bien plus inattendu, sur une porte du portail septentrional... Emblème du chapitre cathédral depuis quatre siècles, la chemisette évoque la relique unique en son genre de la « sainte chemise » offerte à l'église de Chartres par le roi Charles le Chauve en 876 et rendue célèbre pour avoir protégé la ville des assauts normands en 911. Exposée dans sa chapelle du déambulatoire, elle porte aussi le nom de « tunique de la Vierge » ou « voile de la Vierge[1] ».

L'image de la relique apparut vers la fin du XIIIe siècle au revers des petites médailles que les pèlerins rapportaient de Chartres, comme une sorte d'attestation de pèlerinage. Fabriqué en plomb exclusivement jusqu'au XVe siècle, puis en cuivre émaillé à partir du siècle suivant, l'insigne devint véritablement populaire quand sa forme évolua vers le modèle stylisé que l'on connaît d'une chemisette avec bélière. Les enseignes de Notre-Dame de Chartres devinrent alors les « chemisettes de Notre-Dame »,

1. Ce fut seulement en 1712, à l'occasion de la première ouverture de la châsse dans laquelle la relique était conservée, qu'on découvrit qu'il s'agissait d'un voile et non d'une chemise.

universellement reconnues, avec pour conséquence la disparition progressive des anciennes médailles de différents modèles.

Leur succès ne se ralentissant pas, bien au contraire, elles connurent au cours des XVIIe et XVIIIe siècles le fol engouement des fidèles, des pèlerins et des visiteurs. On en fabriqua des centaines de milliers en cuivre. On en coula en métaux précieux, en or et en argent, de toutes tailles et de tous poids. On les travailla à l'émail fin... On en fit des séries spéciales pour des pèlerinages particuliers, et le chapitre mais aussi les échevins de la ville en offrirent aux princes et nobles personnages en visite dans la cité[1]...

Si la Révolution de 1789 et l'évolution des modes et des goûts ont quasiment fait disparaître ce petit objet d'art religieux populaire, en revanche la représentation de la chemisette reste très présente dans le paysage chartrain, pour autant qu'on décide de la chercher, y compris dans les endroits les plus improbables ! Très tôt, vers la fin du XVIe siècle probablement, le chapitre cathédral décida de l'adopter pour ses armoiries et abandonna du même coup son antique sceau capitulaire représentant au XIIe siècle la Vierge assise tenant l'Enfant Jésus sur ses genoux, puis l'Annonciation à partir du XIIIe siècle. Au fil du temps, il la déclina en toute occasion : sur la couverture des ouvrages de sa bibliothèque, sur les meubles et objets du culte ou profanes de la cathédrale lui appartenant, ou encore, plus curieusement, en plaques de serrure sur des portes...

Elle fut également présente au fronton de ses immeubles – près de cent cinquante à Chartres à la veille de la Révolution – et au portail des églises rurales dépendantes de ses seigneuries, ou, plus insolite encore, sur les bornes agraires disséminées à partir du XVIIe siècle sur ses six mille sept cents hectares de terres en pays chartrain et au-delà ! Symboles du droit de propriété et des limites territoriales, ces bornes armoriées, qui portaient sur une face l'emblème du chapitre et sur l'autre le blason du seigneur voisin, s'élevaient alors par centaines – par milliers ? – en Beauce. Elles furent pour la plupart arrachées, concassées ou ensevelies au moment de

1. *Voir, dans la deuxième partie, le chapitre intitulé « Les prêches du père Bridaine ».*

la tourmente révolutionnaire, puis à l'occasion de ventes ou d'opérations de remembrement, et les rares exemplaires encore en place, ou conservés ailleurs, sont devenus de précieux monuments, souvent témoins de situations locales révolues, dont on trouve trace dans les archives judiciaires, civiles et religieuses.

La borne des Bois du chapitre à Lanneray, non loin de Châteaudun, pourrait être l'une des toutes premières armoriée à l'emblème de la chemisette de la Vierge. Elle a été implantée vers 1570 après la signature d'un acte, dont on a conservé la trace, entre le chapitre de Chartres et Jean de la Chasteigneraie, seigneur de la Varenne, pour délimiter leurs propriétés respectives contiguës dans les bois de Lanneray et Bourgouin.

Sous l'Ancien Régime, le chapitre possédait entre Épernon et Rambouillet un vaste domaine agricole et forestier sur les paroisses de Saint-Hilarion, Gazeran, Raizeux et Émancé, délimité

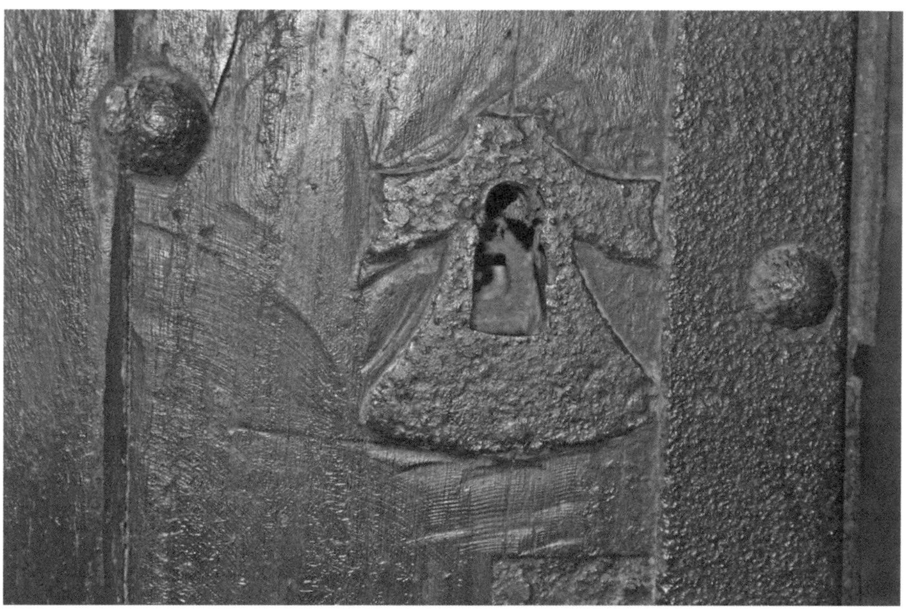

Une chemisette de la Vierge en plaque de serrure au portail nord de la cathédrale Notre-Dame.
(Photographie de l'auteur.)

par quantité de bornes à son emblème et aux armes des seigneuries de Gazeran et de Saint-Hilarion.

Vers 1643, un différend sur les limites de propriété opposa les trois voisins après le renversement de plusieurs bornes des champs de la Ganivelle et le long de la forêt royale du Bois-Billard, aggravé par le piquetage des emblèmes du chapitre. L'affaire se régla sur le terrain judiciaire par une sentence du tribunal des requêtes de Paris qui, le 7 octobre 1644, ordonna la remise en place de l'ensemble des bornes, qui plus est restaurées à l'emblème du chapitre. Ce fut à cette occasion qu'une pierre plus haute et plus grosse fut placée au seul point de limite commune aux trois domaines et aux trois paroisses. Elle donna naissance au *champtier* de la Grosse Borne, dûment cadastré encore de nos jours. Elle disparut peu après, mais fut retrouvée en 1899 dans une carrière où elle avait été en partie débitée. On y voit cependant distinctement les armoiries de Nicolas de Prunelé, le seigneur de Gazeran, de gueule à six annelets d'or, celles du chapitre de la cathédrale de Chartres, d'azur à la chemisette de la Vierge, et celles de Catherine du Mas, dame de Saint-Hilarion et Rossay, incomplètes avec seulement deux croix en face[1].

Plus près de Chartres, les terres de la ferme de Seresville alors aux mains du chapitre jouxtèrent pendant longtemps celles de la seigneurie de Bailleau, propriété de l'évêque du diocèse chartrain. Une borne, armoriée de façon peu commune eu égard à la personnalité des deux voisins, avait été dressée près du lieu dit « la Mare des Trois Saules », précisément sur ce qui deviendra plus tard la limite territoriale entre les communes de Bailleau-l'Évêque et de Mainvilliers. De forme carrée, haute de soixante-dix centimètres hors sol et épaisse d'une trentaine de centimètres, elle était gravée d'une crosse épiscopale très en relief sur la face regardant Bailleau-l'Évêque et de la chemisette du chapitre sur celle opposée. Elle fut connue sous l'appellation de « borne de la Crosse ». Peut-on penser qu'elle portait ce nom pour avoir été

1. Cinq de ces bornes, dont la grosse borne, sont aujourd'hui alignées devant la mairie de Saint-Hilarion.

Une borne armoriée du chapitre cathédral à l'emblème de la chemisette de la Vierge sur le territoire de la commune de Chartainvilliers.
(Photographie de l'auteur.)

financée par l'évêque uniquement, le chapitre étant connu pour ergoter sur le coût de ses bornages, il est vrai conséquent ?

À Châteaudun, sur la parcelle du « *champtier* des vingt-deux setiers » appartenant autrefois à l'hôtel-Dieu de la ville, au hameau de Nivouville, une borne quadrangulaire profondément enfouie, de vingt-sept centimètres sur vingt-quatre de section, longue de quatre-vingt-dix centimètres, a été récemment déterrée. Seule la partie autrefois hors sol était parfaitement taillée. Elle portait sur l'une de ses faces l'emblème du chapitre à la chemisette de la Vierge et, sur la face opposée, une croix de Saint-André pour la collégiale Saint-André de Châteaudun, cantonnée des lettres « S » et « V » pour la paroisse Saint-Valérien. Un acte d'arpentage de la parcelle des vingt-deux setiers, datant du 20 mai 1757, confirme l'identité de tous les propriétaires limitrophes. L'enfouissement de la borne pourrait avoir été réalisé très tôt après la sécularisation des biens de la paroisse Saint-Valérien en 1789 et les disparitions de la collégiale Saint-André et du chapitre cathédral de Chartres en 1790 et 1791 qui rendaient caduques les informations affichées.

C'est à cette époque qu'on fit disparaître le plus grand nombre de bornes, enterrées ou détruites en tant que symboles d'une puissance économique exécrée, en plus d'être devenues inutiles. Les rares spécimens isolés, encore *in situ*, ne donnent, hélas ! qu'une vague idée du paysage d'autrefois, lequel subsiste néanmoins quelque peu aux frontières des communes de Bouglainval, Chartainvilliers et Berchères-Saint-Germain, en pleins champs, non loin, à l'ouest, du hameau de Théléville.

Sur un axe nord-sud, six bornes sont encore alignées sur une distance d'environ un kilomètre et demi. Elles constituent ce qu'on appelle sur place le « chemin des Bornes » ou « chemin Saint-Louis ». Elles ont été dressées, probablement avec beaucoup d'autres, en 1734, suite à un accord entre le marquisat de Maintenon et le chapitre cathédral. Bien curieusement, elles portent, outre l'emblème de la chemisette de la Vierge, les armoiries[1] du duc de Noailles, Adrien-Maurice de Noailles – également

1. *De gueules à bande d'or.*

comte de Nogent-le-Roi –, qui avait épousé en 1698 Françoise-Aimable d'Aubigné, nièce et héritière de Mme de Maintenon. Par ce mariage, le duc était aussi devenu seigneur de Maintenon.

Pour la plupart de forme tronconique, ces bornes en grès émergent d'environ un mètre du sol et sont enterrées sur une profondeur de soixante centimètres.

Un premier groupe de trois est implanté non loin des Terrasses – canal Louis-XIV – et coupe le chemin départemental 327. Un second, plus au sud, à environ six cents mètres, coupe le chemin de Berchères allant de Théléville à Chartainvilliers.

On peut penser qu'il en existait d'autres vers le sud, aux limites de la commune de Jouy, aujourd'hui peut-être enfouies à quelques dizaines de centimètres sous les blés, à l'abri des mouvements d'humeur des cultivateurs, comme celui qui, il y a quelques années, lassé de contourner celle qui le narguait au milieu de sa parcelle, l'avait déterrée pour l'allonger sur la berme de la route toute proche...

Chapitre VIII

Aux armes, citoyens !

Ce jeudi 23 juin 1791, l'Assemblée nationale siégeait sans discontinuer depuis 8 heures du matin, expédiant son ordre du jour entre deux dépêches sur l'arrestation du roi à Varennes et la lecture des messages de soutien envoyés par les provinces.

Vers 10 h 30 du soir, le président Dauchy conclut précipitamment la cérémonie de prestation de serment[1] de la garde nationale parisienne commandée par le général La Fayette et réclama le silence pour entendre la lecture d'un nouveau courrier :

« Messieurs, c'est une lettre du directoire du département d'Eure-et-Loir qui renouvelle à l'Assemblée l'hommage de son dévouement à la Constitution et de sa fidélité pour obéir aux décrets de l'Assemblée nationale[2] ! »

Malgré la brièveté de l'annonce, les applaudissements s'enchaînèrent pendant plusieurs minutes, amenant le président, incapable de faire revenir les députés à plus de sérénité, à lever la séance et annoncer la reprise des travaux pour le lendemain, vendredi 24 juin, à 5 heures !

---

1. *L'Assemblée nationale avait décrété la prestation de serment de fidélité à la Constitution et à la nation de tous les officiers.*

2. *Le Hodey de Saultchevreuil, Étienne,* Journal des états généraux convoqués par Louis XVI, le 27 avril 1789, aujourd'hui Assemblée nationale permanente, ou journal logographique, *tome XXVIII, Le Hodey, 1791.*

Dans la matinée déjà, le département d'Eure-et-Loir avait été ovationné après l'ouverture d'un pli de la commune d'Épernon, le premier du genre :

« Nous apprenons par un courrier le départ subit du roi, la patrie est en danger, ses ennemis vont redoubler d'efforts : au nom de la liberté que vous avez conquise pour nous, n'abandonnez pas à vos successeurs notre bonheur. D'Épernon, ce 21 juin, à 11 heures du soir[1]. »

Ce mardi 21 juin 1791, soit deux jours avant l'épisode rappelé ci-dessus, l'Assemblée nationale avait fait expédier dans tout le royaume un courrier annonçant la nouvelle alarmante du départ du roi avec une partie de sa famille et ordonnant, pour la sûreté du royaume, à tous les fonctionnaires publics et gardes nationales d'arrêter tout individu attaché à la famille royale...

Grâce à sa proximité de Paris, la commune d'Épernon reçut la missive le jour même, et en soirée, François Perot, le maire depuis février 1790, réunissait sans tarder son conseil sur réquisition du procureur de la commune[2] pour satisfaire aux exigences du décret. On décida rapidement des mesures simples à mettre en œuvre, comme de monter une garde de jour et de nuit avec la trentaine d'hommes de la garde nationale, d'organiser des patrouilles en ville et en proche campagne, et de sonner au besoin le tocsin comme signal de ralliement. Après de plus longues discussions, on décréta finalement indispensable la contribution de la population et on décida « [...] d'engager les citoyens à veiller à ne laisser passer aucun inconnu sans la représentation de bon et loyal passeport [...] et d'arrêter tous inconnus et d'en déférer [...] à la municipalité[3] ». Enfin, au terme de la réunion, on rédigea le message de soutien à l'Assemblée nationale, qu'on expédia le matin à la première heure. Il fut ainsi l'un des tout premiers que les députés reçurent de la province avec, en fin de soirée, celui du

1. Ibid.

2. *La loi du 14 décembre 1789 relative à l'organisation des communes du royaume de France avait institué la fonction de procureur de la commune. Nommé par les citoyens, il était chargé de défendre les intérêts et de poursuivre les affaires de la commune. Il siégeait aux séances du conseil municipal sans voie délibérative.*

3. *Extrait du compte rendu de la séance du conseil municipal du mardi 21 juin 1791, convoqué à 8 heures du soir, dressé par Doisneau, procureur de la commune d'Épernon.*

département d'Eure-et-Loir, ce qui justifia leurs interminables acclamations. Pour l'anecdote, dès le lendemain, les députés décidèrent de n'interrompre leurs travaux qu'à réception des messages émanant des villes « sensibles », les autres faisant l'objet d'une énumération à chaque fin de séance.

La population d'Épernon prit connaissance, d'abord dans le calme, des dispositions arrêtées par ses élus. Mais, au fil de la journée, on se prit à les commenter entre soi, on échangea les avis et les idées, et finalement, les réflexions allèrent bon train... Certaines personnes, se prétendant bien informées, affirmèrent que le roi avait été victime d'un enlèvement ! À l'appui de leur allégation, elles rappelaient la situation politique du royaume, avec la présence importante de troupes étrangères massées aux frontières, voire déjà dans quelques provinces de l'Est... De là à imaginer un complot ourdi par des ennemis intérieurs de connivence avec les puissances étrangères, il n'y avait qu'un pas... Là-dessus, les plus boutefeux remémorèrent le trop fameux « complot » fomenté par les aristocrates en juillet 1789, « courageusement écrasé (!) grâce aux soulèvements des campagnes »... L'épisode passa dans l'histoire sous le nom de « la Grande Peur ».

Rapidement, on en vint à s'interroger sur l'appel à la vigilance de tous. Ne s'agissait-il pas, comme l'estimaient certains avec conviction, d'un ordre déguisé de mobilisation du peuple ? Il faudrait alors réclamer des armes... Le doute se trouva renforcé le lendemain quand on apprit les décisions de la municipalité d'interdire la vente de poudre et d'exhumer des cercueils de plomb pour fondre des balles... La peur s'ancra alors dans les esprits, au risque de basculer dans l'émeute si d'aventure un citoyen plus terrorisé que d'autres prenait l'initiative malencontreuse de sonner le tocsin...

Comme beaucoup de gens le craignaient, une nouvelle alarmante arriva à Épernon. On était vendredi soir. Un cavalier venant de Maintenon criait partout en ville qu'« ils » arrivaient ! Cette fois, c'était certain : les ennemis étaient déjà en Eure-et-Loir ! Tout près, même ! On sonnait le tocsin, affirmait le messager, à Hanches, Saint-Martin-de-Nigelles et Maintenon ! Des bandes de brigands à la solde d'aristocrates dévastaient les récoltes, tuaient les paysans et incendiaient tout ! Aux armes ! Doisneau, le procureur de la commune, tout à son excitation et certainement imbu de ses prérogatives, trouva face à lui un conseil plus mesuré. Certes, pour répondre à sa demande insistante, on décida d'envoyer un petit détachement de la garde nationale vers Hanches et Maintenon, mais on missionna en même temps discrètement trois conseillers pour aller s'enquérir de ce qui s'y passait réellement.

François Perot aurait-il agi différemment s'il avait su ce qui se déroulait au même moment dans d'autres communes ? Au Boullay-Thierry, le calme régnait, même si on patrouillait intensément depuis deux jours, précisément depuis la réception du décret de l'Assemblée nationale. Il n'y avait là rien d'anormal... En revanche, à Serazereux, personne, le vendredi 24 en fin d'après-midi, ne doutait plus de la réalité du danger ! Les rumeurs les plus folles circulaient dans le village. D'aucuns assuraient la présence dans la plaine de Prouais et de Broué d'une horde d'aristocrates et de brigands qui coupaient les moissons ! D'autres savaient, avec certitude disaient-ils, que les gardes nationales de Nogent-le-Roi, Lormaye et Coulombs étaient déjà armées ! Le maire de Nogent n'avait-il pas écrit à ses collègues de la région pour les appeler à aider les populations attaquées ? Contre l'avis de leur maire, les hommes de Serazereux, armés de leurs fourches et de leurs faux, décidèrent de marcher vers Prouais pour aller aider ses habitants à se défendre, quand bien même cette commune se situait à une vingtaine de kilomètres de chez eux. Dans leur fougue, aucun d'eux ne songea à organiser la défense de Serazereux ! Ils partirent tard, à la nuit tombée... et on attendit leur retour, comme le maire d'Épernon attendit avec patience les trois émissaires qu'il avait envoyés s'informer à Maintenon.

Le conseiller Hardouin et ses deux compagnons revinrent à Épernon dans la nuit. Ils avaient trouvé Maintenon paisible. Le tocsin n'y avait jamais retenti, pas plus qu'à Hanches ou à Saint-Martin-de-Nigelles. Selon les conseillers de la ville, une rumeur avait effectivement circulé en fin d'après-midi quant à des troubles du côté de Nogent, mais aucun élu n'y avait cru, et la population avait gardé son calme.

« Contre l'avis de leur maire, les hommes de Serazereux, armés de leurs fourches et de leurs faux, décidèrent de marcher vers Prouais pour aller aider ses habitants à se défendre... »
(Aquarelle originale de Christian Lefort.)

Les combattants de Serazereux parcoururent quant à eux trois kilomètres dans la nuit noire. Ils étaient entrés vers minuit dans le bois de la Folie, un bois isolé au milieu de la plaine, pour s'y reposer quelque temps, en sécurité, avant de reprendre leur marche. Ce fut là qu'on vint les avertir de la fausse alerte. Déçus sans doute de ne pas avoir eu l'occasion de montrer leur détermination, mais satisfaits de s'être révélés si intrépides, ils rebroussèrent aussitôt chemin...

Les élus de la nation pouvaient légiférer en toute sérénité et confiance. Dans les provinces, le peuple veillait et n'hésiterait jamais à défendre la patrie, quitte à marcher de nouveau vers quelque folie qui ne serait pas celle des bois...

Portrait de Michel Pôtel, curé de Serazereux

On doit à Michel Pôtel, curé de Serazereux, le récit des événements de la soirée du vendredi 24 juin 1791, consigné dans le registre paroissial :

« Le vendredi [24] juin [1791] sur les [4] heures du soir, un bruit se répand à l'assemblée de Lormaye près Nogent-le-*Roy*[1] que quinze cents brigands, armés de *faulx*, faucilles et autres instruments de moissonneurs, sont répandus dans la plaine de *Proüais*[2] et Broué et qu'ils *couppent* tous les grains. Sur ce bruit, la garde nationale de Nogent, celles de Coulombs et de Lormaye s'arment de toutes pièces pour combattre cette horde aristocrate. Le maire de Nogent écrit un formulaire aux municipalités des environs pour les inviter à secourir leurs frères opprimés. Au *vû* et lu de cette missive, les citoyens de Serazereux s'arment et partent tous à [10] heures du soir dans une nuit très obscure, contre l'avis du maire, qui demandait qu'une partie *gardat* les *foïers* de la communauté et que l'autre irait défendre ceux de *Proüais*. L'armée fut jusqu'au bois de la Folie, *ou* elle triompha, n'*aïant* trouvé aucun ennemi à combattre[3]. »

1. *Nogent-le-Roi.*
2. *Prouais.*
3. *Copie* in extenso *du registre paroissial de Serazereux, de la main de Michel Pôtel ; non signé.*

Le constat que, en douze ans de sacerdoce sur la paroisse, Michel Pôtel ne se soit autorisé à rapporter que ce seul épisode de l'histoire communale nous a laissé perplexe, tout autant que certaines de ses expressions et le trait d'ironie de sa dernière phrase. Qui était donc cet homme ?

Il voit le jour en 1743 à Bernières-le-Patry, dans le Calvados. En 1772, il se dit maître ès arts et gradué en théologie lors de son arrivée comme vicaire dans la paroisse de Hanches. Il est nommé curé de Serazereux en octobre 1779, charge qu'il conserve au moins jusqu'en 1795. On le retrouve père de famille une première fois en décembre 1796 (nivôse an V du calendrier républicain), bien avant son mariage en novembre 1798 (brumaire an VII) avec la mère de sa fille. La mariée, Marie-Madeleine-Rose Grout, est âgée de vingt-six ans. Il en accuse cinquante-cinq... Il est alors établi cultivateur à Serazereux. Leur deuxième enfant, un fils, naîtra en août 1799 (prairial an VII). Un troisième, un autre fils, naîtra en 1813. Michel Pôtel a alors soixante-dix ans. Il décédera quatre années plus tard, le 20 août 1817.

Cette étonnante destinée montre combien la période révolutionnaire a pu affecter l'existence de certains hommes. Le curé Michel Pôtel, qui avait tenu à ce qu'on se souvienne de ses « frères opprimés » attaqués par une « horde aristocrate », avait très tôt pris parti...

Chapitre IX

Vive l'Empereur !

« Senonchois, du haut de cette pyramide,
Depuis deux siècles, je vous contemple ! »

IL S'EST DIT que les paysans percherons eurent peu d'estime et de considération pour l'empereur Napoléon Ier, dont les besoins militaires contribuèrent à la désertification de leurs campagnes. Cette aversion paysanne pour l'Empereur n'était, semble-t-il, pas partagée par les ouvriers des hauts-fourneaux de Boussard[1], hameau situé au nord de Senonches, en lisière orientale de la forêt.

En 1806, pour commémorer la bataille d'Austerlitz et glorifier l'Empereur, on lança à Paris l'érection de la colonne Vendôme, avec le bronze des centaines de canons pris aux armées russes et autrichiennes. Les métallurgistes senonchois, dont d'anciens grognards des armées napoléoniennes, eurent l'idée de suivre l'exemple parisien pour leur village en prenant à leur compte la réalisation d'une effigie en fonte de leur Empereur, pour la fixer au sommet d'une colonne... qui restait à construire. Senonches s'associerait ainsi à la démarche de glorification de l'illustre souverain. Les ouvriers lancèrent alors une souscription publique pour

1. Les hauts-fourneaux de Boussard constituaient un très ancien établissement d'apanage royal. Au début du XVIIIe siècle, celui-ci exportait mille quatre cents tonnes de fonte moulée et en utilisait mille deux cents tonnes pour fabriquer des outils et objets domestiques destinés au marché local. La fonderie ferma en 1885 et fut remplacée par des fours à chaux, qui s'arrêtèrent de fonctionner en 1954.

financer l'achat d'un modèle « en pied » et en plâtre du personnage, qu'ils trouvèrent à Paris, « grand » d'environ un mètre seulement, sans doute à cause du peu de « hauteur » des fonds récoltés... La statue en sera quitte pour être plus tard familièrement surnommée le « petit Napoléon » par la population senonchoise !

La meilleure équipe de fondeurs de l'entreprise Goupil, celle du Banc des Pontonniers, les spécialistes des fabrications délicates, se chargea de réaliser un moule de la statue achetée, puis effectua la coulée de la fonte. L'opération réussit parfaitement, mais la statue, faute d'une colonne d'accueil, alla, hélas ! aussitôt rouiller sous un bâtiment de la fonderie pour réapparaître un peu plus tard, tel Napoléon de retour de l'île d'Elbe, car l'histoire de la statue, comme celle de l'Empereur, ne devait pas s'arrêter là.

Au cours de l'année 1807, la poursuite inlassable des travaux pour l'élévation de la colonne Vendôme ne cessa d'aiguillonner la jalousie des vieux grognards senonchois. De nouveau, ils s'adressèrent au conseil municipal qui, une fois encore, refusa de donner suite à leur idée ! Furent-ils insuffisamment convaincants ? Les élus trouvèrent-ils inconvenant d'exposer une effigie en modèle réduit du grand Empereur ? Qui plus est en fonte, métal bien trop commun en regard du noble bronze utilisé pour les réalisations impériales officielles ?

Peut-être pour montrer que Senonches s'associait néanmoins à la démarche parisienne de glorifier l'Empereur avec un monument d'un nouveau genre, le conseil vota le remplacement de la pyramide surmontée d'une boule de pierre élevée sur le champ de foire dans la plaine des Évés par une belle colonne élancée couronnée d'un chapiteau ! La pyramide changea ainsi de forme et se transforma en cylindre en tout point semblable, si ce n'est par sa taille, aux nombreuses colonnes érigées au centre des ronds forestiers des massifs du Thymerais pour guider les travailleurs de la forêt... Quelle que soit sa nouvelle forme, elle restera néanmoins pour la population senonchoise la « pyramide de Senonches » ! Au fil des ans, on agrémentera sa cime de la croix chrétienne ou du coq gaulois, selon les événements et les régimes politiques qui allaient se succéder.

Il fallut attendre vingt-six ans, l'été 1833, pour entendre de nouveau une demande d'installation du « petit Napoléon » à son sommet. Elle émana cette fois d'un habitant du Perthuis de Manou, un certain André Drouin, peut-être lui-même ancien soldat du Premier Empire – il était âgé de quarante-huit ans en 1833 –, lassé par la vue qu'il avait de ses fenêtres sur une colonne des Évés disgracieuse, comme écimée et prisonnière au centre de son terre-plein ceinturé de bornes et de chaînes. Ne fut-il pas le porte-parole de quelques-uns de ses compatriotes désireux d'amener la municipalité de Senonches à « imiter » une fois encore l'exemple de Paris, qui venait de réinstaller Napoléon au faîte de la fameuse colonne Vendôme ? L'initiative émanait du roi Louis-Philippe qui, dans le souci politique de contenter les nostalgiques de l'Empire, avait ordonné la réinstallation d'une statue, en petit caporal toutefois, de Napoléon Bonaparte à son sommet, en remplacement du drapeau à fleur de lys qui y flottait depuis 1814...

L'idée fit son chemin chez les élus de Senonches, mieux disposés *a priori* que leurs prédécesseurs. Le 31 août, le conseil, emmené par son maire, Poucin, vota l'installation du « petit Napoléon » sur la colonne des Évés, au motif, quasi identique à celui avancé par l'autorité royale, « [...] qu'un assez grand nombre d'officiers et sous-officiers retraités de l'ancienne armée habitaient Senonches et étaient favorables à la demande ». Une fois encore, l'exemple était venu d'« en haut » !

« [...] Vu la demande faite par la plus grande partie des habitants, le conseil est d'avis : que la colonne des Évés, construite en 1807 et consacrée à cette époque à Napoléon, soit rendue à sa première destination ; que la statue de l'Empereur soit placée sur le chapiteau et que sur le côté du piédestal qui regarde Senonches, il soit incrusté une plaque en marbre qui portera l'inscription suivante : “À la mémoire de Napoléon Bonaparte, empereur des Français. Les habitants de Senonches, 6 octobre 1833, la [quatrième] année du règne de Louis-Philippe.” »

La décision historique fut ratifiée par l'administration royale, donnant au maire tout pouvoir pour passer un marché avec un maçon local. Il fut convenu d'entreprendre les réparations nécessaires et de préparer la colonne à supporter la glorieuse statue en toute sécurité. Il en coûta 105 francs à la collectivité, payés grâce à une souscription publique ouverte à cet effet.

La date de la pose de la statue et de l'inauguration de la colonne ainsi remaniée fut finalement repoussée au dimanche 3 novembre, alors qu'on avait déjà gravé la date du 6 octobre sur la plaque à fixer au piédestal !

Au jour dit, à 7 heures, l'aube à peine levée, un détachement de la garde nationale quitta le centre de la ville précédé de tambours et de clairons pour parcourir à pied le trajet de deux kilomètres et demi jusqu'aux forges de Boussard et prendre possession de la statue impériale, qu'on avait préalablement débarrassée de sa rouille. Placée sur un brancard couvert d'un voile et portée par six hommes de la garde, elle fut escortée par la même troupe jusqu'à sa nouvelle résidence. Aux Évés, des ouvriers la hissèrent au sommet de la colonne, où elle fut boulonnée sur son chapiteau, puis redrapée de son voile en attendant son inauguration prévue à 1 heure de l'après-midi par les autorités municipales.

Il n'est rapporté nulle part dans les archives communales la tenue d'un débat sur l'orientation de la statue impériale solidement campée sur ses jambes et au regard portant loin. On ne sait donc pas pourquoi l'Empereur toise Senonches dans une attitude dominatrice, les bras croisés haut sur la poitrine, plutôt que la forêt, telle une sentinelle résolue de la cité ! Qu'importe ! À 1 heure de l'après-midi, tous les corps constitués et la presque totalité de la population se retrouvèrent autour du monument. La cérémonie fut grandiose, avec les discours des édiles, les chants de circonstance, l'instant d'émotion à la chute du voile, l'exécution des hymnes, les salves des gardes nationaux, les acclamations et les vivats de la foule, les applaudissements répétés... La célébration dura deux heures pleines, puis laissa la place aux réjouissances populaires jusqu'à la tombée du jour. Senonches retrouva dès le lendemain sa tranquillité et sa sérénité séculaires.

Il en fut ainsi jusqu'en février 1848, quand quelques individus soucieux d'imiter les révolutionnaires parisiens s'attaquèrent en vain à la colonne pour en faire tomber l'effigie d'un empereur déchu depuis une trentaine d'années, mais toujours symbole d'une autorité contestée ! Le « petit Napoléon » défendu par ses

La pyramide de Napoléon Ier à Senonches au tout début du XXe siècle, avant son raccourcissement.
(Collection de l'auteur.)

vaillants grognards senonchois sut leur résister et se cramponna à son chapiteau.

L'année 1870 vit tomber le Second Empire... L'année 1871 vit s'écraser la colonne Vendôme, à l'initiative du peintre Courbet... La chute de la colonne de Senonches, ruinée par les ans et les intempéries, n'allait pas tarder ! On choisit de l'abattre pour la reconstruire, et on envoya une seconde fois le « petit Napoléon » en exil. Ce ne fut plus l'île d'Elbe, ce ne fut pas encore Sainte-Hélène... Ce fut la rue des Vallées, non loin du ruisseau de la Goëtte. Son Hudson Lowe[1] se dénommait Pioux et était maître maçon. Il mit l'Empereur sous la garde de son chien, dans sa cour, le temps des travaux sur le monument, dont on raccourcit le fût à cette occasion.

Le « petit Napoléon » devait par la suite livrer encore plusieurs batailles avant d'assurer définitivement sa place sur sa pyramide. Il y est toujours, sous la protection d'une brigade territoriale de gendarmerie installée juste à ses pieds.

1. *Le gouverneur de l'île de Sainte-Hélène pendant la captivité de Napoléon Ier.*

Chapitre X

Des chaises jaunes et vertes

LES VOYAGEURS qui découvraient Chartres dans les années 1850 s'étonnaient à leur descente de diligence d'y apercevoir encore d'antiques chaises à porteurs, qu'ils pensaient reléguées au grenier de l'histoire. Les plus âgés d'entre eux étaient d'autant plus surpris en constatant qu'elles avaient également conservé leur livrée jaune à filets vert olive imposée par les ordonnances de police et autres patentes de l'Ancien Régime...

Aux dires de la presse progressiste de l'époque, cette étrange survivance du passé, bannie presque partout ailleurs par les révolutionnaires de 1789 pour ses origines aristocratiques, contribuait à donner à Chartres, avec ses maisons à pignon sur rue, ses voies encore empierrées et ses réverbères pâlots, son caractère de ville endormie attachée à ses traditions et à son cadre de vie suranné. La légèreté du ton de l'article[1] a sans doute empêché le journaliste de montrer davantage de compassion pour les porteurs, ces hommes suants et ahanants affectés au transport de leurs semblables...

La chaise à porteurs a été pendant longtemps un des moyens de transport privés de la société aristocratique. Sa démocratisation date du début du XVIIe siècle, quand un certain Souscarrière, qui s'arrogeait la qualité de seigneur en tant que soi-disant fils naturel d'un duc, obtint du pouvoir royal le privilège exclusif d'exploiter

1. Le Glaneur, journal d'Eure-et-Loir, *11 février 1841.*

une société publique de louage de chaises à porteurs pour le transport des Parisiens. Ni le fiacre ni la vinaigrette – une chaise à porteurs dont le porteur arrière était remplacé par une paire de roues[1] – inventée quelques années plus tard n'affectèrent son « succès », tant son confort était apprécié des usagers. Quel luxe de pouvoir être pris en charge et descendre à l'abri des intempéries sous un porche d'immeuble ou directement dans le hall de son habitation ! Que d'agrément à ne plus devoir escalader un marchepied instable pour s'installer ! Mieux encore, quel bonheur de ne plus être cahoté sur les pavés !

Les Chartrains avaient une autre bonne raison pour conserver plus longtemps qu'ailleurs leur antique mode de transport : le relief de leur ville ! Pouvait-il exister un véhicule plus sûr que la chaise à porteurs pour parcourir les rues pentues de la cité ? Nul besoin d'expliquer la dangerosité d'une vinaigrette mal maîtrisée dans la montée ou la descente de la rue Muret ou de la rue Chantault ! Nul besoin de décrire les affres de la passagère d'un fiacre attelé d'un cheval subitement ombrageux dans la déclivité digne des montagnes russes à l'angle des rues des Écuyers et de la Porte-Cendreuse !

Certes, il faut ajouter à cet argument sécuritaire celui de la modicité du coût du transport, dû pour l'essentiel à la taille relativement modeste de la ville de Chartres. Ce fut d'ailleurs aussi pour cette raison que la chaise se maintint jusque dans les années 1920 dans les petites villes de cures comme Bourbon-l'Archambault, Royat ou La Bourboule, pour les courts trajets des malades de leur hôtel à l'établissement de cure.

Le pavé des rues chartraines a été battu par les porteurs de chaises bien longtemps après l'arrivée du train en 1849. Quel contraste frappant pour les voyageurs parisiens, qui débarquaient d'un wagon tracté par une « moderne » machine à vapeur pour monter dans un véhicule mû par la seule force humaine ! Les frères Goncourt, invités à Chartres par leur ami Camille Marcille pour une exposition de peintures au musée municipal, en furent si

1. *On l'appelait également « brouette » et « roulette ».*

surpris qu'ils consignèrent leur étonnement dans leur célèbre journal. C'était le 24 mai 1858 !

Loin de s'émouvoir d'un tel décalage technologique, certains Chartrains utilisaient encore à cette époque, bien plus que d'autres habitants, le service des chaises à porteurs. Dans la journée, les avocats en faisaient leur moyen de locomotion privilégié pour se rendre de leur étude au tribunal ou chez un confrère. Les médecins en étaient les usagers les plus assidus pour visiter leurs malades, louant même une chaise pendant plusieurs heures d'affilée pour leurs plus longues tournées. Le soir venu, c'était au tour des noctambules de s'asseoir sur le coussin de velours gris et râpé pour se rendre au spectacle ou au souper de quelque relation, ou encore à une réception mondaine en ville haute. Qu'il pleuve, qu'il neige ou qu'il gèle, la bourgeoise à l'abri dans sa chaise gardait toujours sa toilette impeccable, pendant que son époux qui n'avait pu trouver de second véhicule suivait l'attelage à pied, sous un parapluie éventuellement. C'était l'un des inconvénients de la chaise pour un couple de voyageurs. De moindre portée peut-être que ceux éprouvés par ces malheureux usagers qui eurent à subir, pour certains, l'incommodité du véhicule et, pour d'autres, un excès de tempérament des porteurs.

La Révolution ayant abrogé les ordonnances royales quant à l'exploitation des services publics de chaises à porteurs[1], l'entretien du matériel précédemment exigé était laissé au XIXe siècle, faute d'arrêté municipal particulier, à l'initiative des propriétaires, plus soucieux pour certains de rentabilité économique que du confort de leurs voyageurs. Aussi les garnitures intérieures de tissu et les coussins accusèrent-ils rapidement le poids des ans... et des passagers, et l'étanchéité à l'air et à la pluie, des planchers notamment, laissa-t-elle à désirer en peu de temps. Quant aux peintures, elles allaient vite dater du siècle précédent... Comment, avec de telles conditions de transport, être surpris par

1. *La dernière, en date du 31 mai 1782, encadrait, entre autres points, les tarifs des courses de jour, de nuit, en zone urbaine, hors des barrières, etc., l'immatriculation, le stationnement et la prise en charge, les systèmes de serrures, la restitution des objets oubliés... Les dispositions particulières éventuelles concernant la discipline des porteurs – dont l'uniforme – étaient du ressort des municipalités.*

l'observation publiée dans la revue professionnelle *Le Journal complémentaire* par un éminent physiologiste chartrain, plus tard élu municipal et maire adjoint, le docteur Durand ?

« Le 1er avril 1822, Mme V., convalescente d'une affection catarrhale de la poitrine, quitte Paris pour aller à Chartres ; elle voyageait de nuit[1], et le lendemain matin, à son arrivée, elle se fit conduire chez elle en chaise à porteur ; dans le trajet, elle se sentit frappée au visage par l'air extérieur. Aussitôt, elle éprouve un malaise général, accompagné de fièvre, mais qui disparaît promptement par l'emploi des boissons pectorales, dont Mme V. faisait usage avant son départ de Paris. »

Qu'on se rassure ! Après trois jours d'anxiété extrême, de frissons très prononcés, de fièvre assez vive, d'une forte douleur avec tension à la joue droite, et après une « rechute », la dame V. se rétablit, mais elle n'oublia sans doute jamais le courant d'air pernicieux qui la transperça dans sa chaise un frais matin d'avril... La santé dans les chaises à porteurs n'était-elle donc pas la préoccupation des autorités municipales de l'époque ? Il leur aurait suffi de s'inspirer des directives de la ville de Nancy, qui exigeaient le transport des malades et des « personnes suspectes de mauvais air » dans des chaises spéciales qui ne devaient en aucun cas servir pour les courses communes !

Faut-il penser, par les anecdotes que se chargea de rapporter la presse locale, que personne ne s'intéressait non plus à la qualité du service ? À qui allèrent se plaindre les clients victimes des querelles des porteurs ou de leurs facéties ? Les passagers des deux chaises renversées lors d'une algarade entre coursiers rivaux en basse ville trouvèrent-ils une oreille compatissante pour entendre leurs doléances ?

En revanche, nul doute que le client rondouillard qui avait eu l'indélicatesse de « subtiliser » la chaise d'une demoiselle un soir à la sortie de la préfecture n'eut aucune envie de se plaindre, sa mésaventure n'étant en quelque sorte que le prix de sa muflerie : à peine l'équipage était-il entré dans la rue Sainte-Même que le

1. *À cette époque, le voyage en diligence entre Chartres et Paris se faisait le plus souvent de nuit. Il durait une dizaine d'heures.*

plancher de sa cabine céda sous son poids ! Malgré ses cris, que les porteurs ne voulurent pas entendre, le goujat passager dut courir à leur rythme jusqu'à sa destination...

Quant à la dame en tenue de bal délibérément coincée dans sa chaise au toit retiré, par une nuit pluvieuse, sous une descente de gouttière, elle en voulut certainement autant à ses poltrons de porteurs qu'aux quatre chenapans qui lui jouèrent un si mauvais tour, sur ordre d'une rivale en amour.

Le temps eut peu à peu raison du service des chaises, qui disparurent totalement des rues de Chartres avant la fin du XIXe siècle. Les fiacres les remplacèrent, plus nombreux, plus rapides, plus bruyants aussi. Ils rendirent avant tout de la dignité à ceux qui avaient usé leur santé au service d'une société en quête de confort.

Deuxième partie

Mystères, croyances et légendes

L'omniprésence du clergé dans la vie publique a si longtemps façonné l'histoire de Chartres et du pays chartrain qu'il en reste d'innombrables témoignages, dont certains ne manquent pas de piquer la curiosité.

Les curés Laperruque de Gallardon, Pierre Lambert de Lèves, Louis Landry de Pré-Saint-Évroult, Alexandre Perdreau de Faverolles, Germain-Napoléon Venard de Crucey, les abbés Martin de Rouvray, prieur de l'abbaye de Coulombs, et Jean-Baptiste Frion, de l'abbaye de la Madeleine à Châteaudun, le père prédicateur Jacques Bridaine, sans oublier le jeune vicaire de Nogent-le-Roi Paul-Étienne Mahé, qui termina sa vie au bagne de Cayenne, ont tous connu un épisode de vie curieux au cours de leur mission pastorale.

Visions, croyances, mystères, conviction, ferveur ou crédulité de leurs fidèles leur ont donné un jour du souci. Il nous en reste d'insolites histoires, auxquelles viennent s'ajouter d'autres énigmes relevant de la légende ou de l'ignorance...

Chapitre I

Autour du baquet...

IMPLORER LES DIVINITÉS et les saints a été pendant des siècles une démarche ordinaire pour soigner les maux du corps quand la médecine se réduisait à des connaissances empiriques souvent inefficaces. La multitude et la fréquentation considérable des anciens lieux de pèlerinages en sont des preuves immémoriales.

Puis vinrent le siècle des Lumières et la primauté des sciences sur l'irrationnel. Des esprits charitables, hélas ! souvent ignorants et maladroits, y virent de nouveaux moyens pour soulager les corps accablés. Louis Landry, curé de la paroisse de Pré-Saint-Évroult, haut lieu de pèlerinages beaucerons, fut de ceux-là. Ouvert au monde mais un peu imprudent, il sut se montrer convaincant. À sa mort, son éloge alimenta une brève polémique.

En 1605, Christophe Blandin, alors curé de Pré-Saint-Évroult, obtint du doyen de la collégiale Saint-Pierre-en-Pont d'Orléans quelques reliques de saint Évroult, moine du VIIe siècle, fondateur, entre autres, de l'abbaye de Saint-Évroult dans la forêt ornaise d'Ouche. Après la désolation vers 950 de leur abbaye, les religieux s'étaient retirés à Orléans, emmenant avec eux les reliques de leur saint patron qui, déjà à l'époque, leur procuraient de substantielles offrandes.

Réputé pour apaiser les maladies de la peau – dont les boutons surnommés « fleurs de Saint-Évroult » –, mais aussi pour arrêter la fièvre, l'épilepsie, la folie, etc., protéger les troupeaux, voire même rétablir le beau temps (!), saint Évroult était un saint « universel », un « maléficient » à la fois dispensateur et guérisseur, comme l'étaient saint Antoine et saint Julien.

Ses reliques firent rapidement de Pré-Saint-Évroult une « maîtresse place » des pèlerinages aux frontières de la Beauce et du Perche. Pendant trois siècles, elles attirèrent des foules immenses à l'occasion du pèlerinage annuel du dimanche précédent l'Ascension. On rapporte que, ce jour-là, les curés des paroisses voisines annulaient leurs messes, faute de leurs fidèles tous partis pour la journée, dès l'aube et à jeun, à Pré-Saint-Évroult !

On y venait des campagnes limitrophes, certes, mais également de bien plus loin, comme de Blois et de Tours, car on pouvait invoquer saint Évroult non seulement pour guérir ses fameuses « fleurs », mais aussi les « feux de Saint-Antoine » ou les « boutons de Sainte-Anne ». On y venait enfin comme ultime étape, pour être assuré d'une complète et définitive guérison, après avoir prié saint Julien au Coudray, près de Chartres, et saint Arnoult à Saint-Arnoult-des-Bois... On y venait à pied ou en chars à banc, lesquels encombraient par centaines dès le matin très tôt les rues du minuscule village...

Sur place, après avoir sacrifié aux rites d'usage, comme toucher et vénérer la statue du saint ou planter une épingle, préalablement piquée dans les boutons cutanés, dans la croix en bois avant d'entrer dans l'église, les pèlerins assistaient à une des messes du matin, puis, l'après-midi, suivaient les processions ou écoutaient la lecture des Évangiles, ou encore, à partir du début du XXe siècle et jusque dans les années 1980, déambulaient dans une grande foire aux comestibles au milieu d'attractions foraines.

Pendant le quart de siècle de son sacerdoce à la cure de Pré-Saint-Évroult commencé en 1760, Louis Landry[1] vécut ce singulier amalgame de religion et de superstition, d'ignorance et de foi, sans se montrer pour autant hostile aux pèlerinages, qu'il favorisa peut-être. Sans doute y trouvait-il une source de revenus conséquente pour sa paroisse ? Sans doute y perçut-il, mieux que quiconque, le désarroi de ses semblables confrontés à la maladie si souvent

1. *Né à Dreux le 9 juin 1724, mort le 9 avril 1785 et inhumé dans sa paroisse.*

insurmontable à l'époque et leur vaine quête d'un mieux-être? Comment expliquer autrement son dévouement à la bonne santé de ses ouailles? Comment expliquer ses nombreux achats de «bons ouvrages[1]» de médecine, dont des *Abrégés de médecine pratique* en vogue à l'époque?

Il consacra beaucoup de son temps et de ses revenus à soigner gratuitement les plus pauvres de sa paroisse et de bien plus loin, préparant lui-même les remèdes qu'il administrait[2]. Quand l'argent venait à lui manquer, il sollicitait le trésorier de la fabrique paroissiale pour financer l'achat des matériels et ustensiles indispensables. Ainsi trouve-t-on dans les comptes de cette dernière, pour les années 1772 et 1773: «Plus a payé à Salmond la somme de 13 livres 15 sols pour un bassin de lit, une *serinque*, sa *boétte*, une *hurinal* et une *canul* d'étain pour *servire* au malades (*sic*)»; puis, pour 1781 et 1782: «Plus a payé à M. le curé la somme de 40 livres 13 sols savoir [...] 5 livres 7 sols pour plusieurs ustensiles, une grande seringue avec deux canules de bois et une canule d'étain de 12 sols, le tout pour les pauvres malades»; et enfin, pour 1784 et 1785: «Plus a payé à Murisson la somme de 26 livres pour le prix d'une baignoire que j'ai fournie», «Plus a payé à Flamant, serrurier, la somme de 14 livres pour avoir ferrer (*sic*) la baignoire cidessus suivant sa quittance[3]».

L'éloge public de Landry après son décès dresse le portrait d'un curé soucieux d'entretenir en permanence ses connaissances médicales et attentif à une pratique journalière de la médecine:

«À toute heure, en tout temps, ses soins étaient assurés à ceux qui les réclamaient[4].»

De sorte qu'il n'est pas interdit de penser qu'il s'est intéressé dès 1778-1779 à la théorie sur le magnétisme et aux pratiques thérapeutiques du médecin allemand Franz Mesmer. Dans son hôtel

1. Annonces, affiches et avis divers du pays chartrain, *27 avril 1785 (médiathèque municipale de Chartres, collection Juss. R. 34/1).*
2. Ibid.
3. Comptes de la recette et dépense de la fabrique de Pré-Saint-Évroult *(archives départementales d'Eure-et-Loir, G 6069 à G 6071).*
4. Annonces, affiches et avis divers du pays chartrain, *27 avril 1785 (médiathèque municipale de Chartres, collection Juss. R. 34/1).*

particulier de la place Vendôme à Paris, grâce à ses prétendues guérisons spectaculaires, celui-ci attira tout autant les plus hautes personnalités du royaume que l'élite de la société parisienne et acquit en quelques mois renommée et fortune ! Ne bénéficiait-il pas de la protection de la reine Marie-Antoinette elle-même ? Ne voyait-on pas se presser autour de son « baquet magnétique » le comte d'Artois – futur Charles X –, le duc de Chartres, la princesse de Lamballe, le général La Fayette et... le Chartrain Brissot ?

Fondateur de la Société de l'harmonie, Mesmer affirmait l'existence d'un fluide universel dans tous les corps, en interaction avec les corps célestes et tous les corps animés. En conséquence, puisque ce « magnétisme animal » expliquait la plupart des phénomènes de la vie, il se faisait fort d'en faire le remède contre toutes les maladies par des cures « merveilleuses ». Dans son salon aux rideaux tirés où, derrière un paravent, un musicien jouait en permanence de l'harmonica, un instrument juste inventé qui jouissait d'un grand engouement, les patients se tenaient immobiles assis autour d'un caisson. Les pieds sur des coussins, ils se tenaient par un doigt et se touchaient du pied ou du genou pour assurer la circulation du fluide magnétique. Du baquet en bois de chêne, d'environ un mètre et demi de diamètre sur cinquante centimètres de profondeur, émergeaient des tringles de fer dirigées sur les parties corporelles malades des participants. À l'intérieur, dissimulées sous un couvercle en deux parties, des bouteilles d'eau « magnétisée » disposées en étoile étaient recouvertes d'eau sulfureuse et de matières diverses, telles que de la limaille de fer, du verre pilé ou du sable[1]...

La pseudo-libération du « magnétisme animal » de l'homme produisait des effets d'imagination diversifiés sur les humains, hommes et femmes, qui se prêtaient aux cures « merveilleuses », mais aussi d'autres effets physiques bien plus spectaculaires, souvent incontrôlables, comme des convulsions...

Bientôt, partout en France, tout le monde voulut posséder son baquet magnétique, à Chartres et en Beauce comme ailleurs !

1. Le seul exemplaire conservé du baquet magnétique se trouve au musée d'histoire de la médecine et de la pharmacie à Lyon.

Des patients autour du baquet magnétique de Mesmer.
(Collection de l'auteur.)

Louis Landry en acheta un pour sa paroisse au cours de l'hiver 1783-1784. La fabrique lui remboursa « [...] la somme (de) 150 livres pour l'établissement et l'entretien du baquet magnétique[1] [...] », quand à cette époque une vache et son veau en valaient environ 40... Il avait préalablement sollicité, et obtenu, l'autorisation de Mgr de Lubersac, bien introduit à la cour royale un temps complaisante à l'égard de Mesmer. Peut-être l'évêque prit-il aussi l'avis de son grand vicaire, l'abbé Sieyès, qui étudiera un temps le mesmérisme ?

Quel usage Louis Landry fit-il de l'appareil ? Nul ne le sait. Sut-il démontrer son efficacité ? Sut-il convaincre son « troupeau » (*dixit* le rédacteur de sa nécrologie dans *Annonces, affiches et avis divers du pays chartrain*) de se prêter à ses séances de magnétisme ? Comment parvint-il à reconstituer à Pré-Saint-Évroult la mise en scène indispensable au mystère imaginée par Mesmer dans son hôtel particulier de la place Vendôme ? Fit-il, par exemple, appel à quelque violoneux pour interpréter une discrète musique pendant les longues séances curatives ? Eut-il affaire à des Beaucerons suffisamment patients et disposés à l'autosuggestion, comme l'étaient les aristocrates parisiens maniérés et vaniteux ? Fut-il lui-même assez suggestif et convaincant ? Il n'existe aucun témoignage qui permettrait de le savoir. La sagesse et la suite des événements nous font cependant douter d'un quelconque vrai succès.

En décembre 1784, plusieurs mois après les avis hostiles d'éminents savants appelés par le roi, la presse chartraine, réduite à l'époque à la seule feuille d'information *Annonces, affiches et avis divers du pays chartrain*, tirée à quatre cent cinquante exemplaires, informa ceux de ses lecteurs qui désiraient reproduire chez eux un baquet magnétique de la vente de trois cents bouteilles magnétisées à 12 sols la bouteille (« s'adresser au bureau d'avis, où l'on donnera la manière de les arranger dans le réservoir[2] »). À cette date tardive, nul doute qu'une grande partie du stock restât sur les bras du vendeur !

---

1. Comptes de la recette et dépense de la fabrique de Pré-Saint-Évroult *(archives départementales d'Eure-et-Loir, G 6071).*
2. Annonces, affiches et avis divers du pays chartrain, *15 décembre 1784 (médiathèque municipale de Chartres, collection Juss. R. 34/1).*

Dans son numéro du 30 mars de l'année suivante, le même journal publia les vers à la mode du temps – parmi beaucoup d'autres – qu'un abbé chartrain, l'abbé M., aurait fait graver au bas de son baquet :

« Gloire, bonheur, amour, confiance,
Au plus étonnant des mortels ;
Puisse un jour la reconnaissance,
Mesmer, te dresser des autels ;
Malgré les fureurs de l'envie,
Et les cris du peuple ignorant,
Tu seras le Dieu de la vie,
Ton baquet en est le garant. »

Doit-on comprendre qu'il s'agissait là d'une sorte de « réclame » à l'initiative d'un propriétaire de journal ardent défenseur du magnétisme animal ? Ce sera en effet en Beauce la dernière allusion au mesmérisme, puisqu'à cette époque Mesmer s'apprêtait déjà à quitter la France pour l'Angleterre, après les deux condamnations sans appel de sa théorie par les commissions de l'Académie des sciences et de la faculté de médecine diligentées par Louis XVI. Les savants, dont Bailly, Guillotin, Franklin, Lavoisier et Jussieu, s'étaient montrés bien moins crédules que les patients et n'avaient trouvé dans le magnétisme animal que charlatanisme et chimère, laissant aux esprits vertueux l'évocation des fréquentes transgressions à la morale perpétrées pendant les séances de cure au moyen du baquet magnétique...

L'interdiction de l'usage du baquet, jugé non scientifique et licencieux, mit fin à la renommée de Mesmer en France, sans toutefois mettre un terme aux travaux et aux études sur le magnétisme. Des écrivains comme Honoré de Balzac, Victor Hugo et Alexandre Dumas en seront des adeptes au siècle suivant.

Louis Landry, qui n'exerçait plus son sacerdoce depuis février, rendit son âme à Dieu le 9 avril 1785 et fut inhumé le lendemain dans le cimetière de sa paroisse. La fabrique procéda alors à la vendition du baquet et de ses accessoires achetés l'année précédente :

« Chapitre [quatrième], de vendition du *bacquet*. Le couvercle adjugé à Étienne Aubry à 2 livres 8 sols [...]. Plus le *bacquet* adjugé à Jacques-Gabriel Guillaumin pour la somme de 5 livres 10 sols [...]. Plus *baillettes* de fer des cordages, un tuyau de fer-blanc adjugé à Louis Connais à 4 livres 16 sols [...]. Plus six chaises adjugées à M. le curé pour 3 livres 3 sols [...]. Plus trois autres chaises adjugées à Jean Carré à 1 livre 13 sols 6 deniers[1]. »

Au total, une recette dérisoire de 12 livres et 14 sols pour le baquet équipé, pour une dépense de 150 livres un an auparavant...

Dans son édition du mercredi 27 avril 1785, la gazette d'information *Annonces, affiches et avis divers du pays chartrain* faisait paraître un éloge appuyé du défunt curé, décrit comme un homme bon, sensible, doux, liant et paisible, ayant cultivé la bienfaisance telle une vertu favorite. Hélas ! l'auteur égratignait au passage la susceptibilité des médecins en évoquant la conjecture de leur science.

La réponse du corps médical chartrain, emmené par son doyen le docteur Mahon, ne se fit pas attendre. Elle parut dans la dix-neuvième feuille de l'hebdomadaire, en date 11 mai, sur l'équivalent d'une page entière du journal, qui n'en comptait que quatre. À une époque où il était toujours d'usage dans les campagnes de recourir d'abord aux services des rebouteux, guérisseurs et autres empiriques, voire sorciers, pour soigner bêtes et humains, l'article dénonçait la concurrence récente des lecteurs assidus d'ouvrages de vulgarisation, dont des *Abrégés de médecine pratique*, qui se livraient dorénavant à la pratique de soins médicaux, à l'exemple du curé Landry. Il fustigeait d'autant plus ces « Esculapes de contrebande » que l'auteur de l'éloge du brave curé avait argumenté sur le manque de certitude et les errements de la médecine officielle, laissant à penser aux lecteurs que l'empirisme des uns valait les incertitudes des autres... La contre-offensive des médecins ironisa de belle manière en laissant échapper que pour bien traiter la maladie, encore fallait-il savoir bien conjecturer (douter), ce qui n'était certainement pas à la portée des empiriques formés à la seule lecture des *Abrégés*, à l'exemple du curé Landry :

1. Comptes de la recette et dépense de la fabrique de Pré-Saint-Évroult *(archives départementales d'Eure-et-Loir, G 6071).*

« C'est avec peine que nous le disons, M. Landry en est lui-même un triste exemple [...], s'étant très mal gouverné dans la maladie qui l'a enlevé. Il a omis, du moins en partie, les principaux remèdes. Il est vrai que ce qui a fait le comble du malheur de cet honnête ecclésiastique, c'est de s'être enthousiasmé pour une nouvelle méthode [...] en faveur de laquelle [...] on ne peut pas citer l'approbation [...], au point de préférer ses vains procédés aux règles les plus constantes de la médecine ordinaire. Il est fort à souhaiter pour le public que tous ceux qui l'ont adoptée, comme lui, ne soient pas aussi (in)conséquents que lui dans leur conduite. »

Chapitre II

L'étrange conversion de madame sainte Soline

QUELQUES ANNÉES encore après la Révolution, quand le voyageur arrivait à Chartres de Dreux ou par Maintenon, il se trouvait bientôt au milieu des vignobles de Lèves, qui le délassaient sans aucun doute de la longue monotonie de la plaine à blé qu'il venait de parcourir. Le pays chartrain de l'époque conservait en effet la particularité d'une tradition viticole séculaire, certes modeste mais quasi indispensable à l'économie locale et à la survie des petits cultivateurs, pour qui elle constituait souvent la seule source de revenus conséquente grâce à la vente de leur vin. Une quasi-prouesse en soi dans une région à la limite septentrionale de la culture de la vigne en France !

Très nombreux à travailler sur le millier d'hectares de vignes qui cernait Chartres – ils étaient par exemple à Mainvilliers, en 1809, cent seize vignerons à posséder et exploiter trente-trois hectares de vignes[1] –, souvent dans des conditions bien plus précaires que celles de leurs confrères laboureurs, les cultivateurs vignerons redoutaient par-dessus tout l'adversité de dame nature qui, par un seul gel de printemps ou par un violent orage d'été, pouvait anéantir tous leurs espoirs de récoltes... et de vie meilleure.

Pendant des temps immémoriaux, quand apparaissaient les signes avant-coureurs d'une dégradation du temps ou quand

1. *FRANÇOIS, Jean-Jacques,* Au temps des vignes et des vignerons du pays chartrain, *tome III, autoédité, 2004, p. 281.*

persistaient des conditions climatiques défavorables, tous les hommes travaillant la terre, qu'ils soient cultivateurs, vignerons ou laboureurs, s'inquiétaient bien évidemment pour leurs récoltes futures, sans pouvoir agir autrement qu'en se remettant à Dieu, à ses saints et au clergé.

De l'imposant et riche chapitre cathédral au plus humble curé de paroisse, le clergé chartrain savait répondre aux demandes d'intercession souvent empressées qui lui étaient faites, tant pour l'amélioration du climat en général que pour des actions particulières, par exemple en cas de sécheresse interminable ou d'excès durable de pluie.

Implorer le secours du ciel pour les « biens dessus la terre[1] » par l'intercession des saints dont l'église locale conservait fort opportunément des reliques constituait de fait l'unique réponse aux sollicitations. Néanmoins, encore fallait-il le faire en adoptant le cérémonial approprié et en le respectant à la lettre, ce qui n'était pas toujours le cas... Les reliques ne manquaient pas en pays chartrains ! On en trouvait pratiquement dans toutes les églises pour faire exaucer tout type de vœux.

L'église Saint-Maurice de Chartres, dotée d'un chapitre fort de neuf chanoines, était reconnue pour être la mieux « nantie » de la région. Outre qu'elle abritait le corps de saint Blaise dans sa crypte où on soignait les maladies nerveuses, huit autres châsses bien pleines y étaient conservées, renfermant pêle-mêle le chef de saint Éman, la mâchoire et un doigt de saint Laurent, un doigt de saint Chéron, un autre de saint Symphorien, le bras de saint Siméon, celui d'un Innocent, une pierre du Calvaire, quatre couronnes, un morceau de la vraie Croix, un vêtement de saint Solein, de saint Pierre et de saint Paoul, des cheveux de Notre-Dame, une ceinture de sainte Thècle[2]...

La cathédrale Notre-Dame détenait dans sa chapelle du même nom des reliques de saint Piat, réputé pour faire cesser la pluie, et de saint Taurin, renommé quant à lui pour faire pleuvoir. Des réponses à toutes les situations en quelque sorte !

---

1. *Archives départementales d'Eure-et-Loir, H 38.*
2. LÉPINOIS, *Ernest de,* Histoire de Chartres, *tome I, Garnier imprimeur, 1858, pp. 262 et 263.*

À l'abbaye Saint-Père, les moines bénédictins conservaient, dans une châsse de belle facture, des reliques de sainte Soline, la « sœur » de saint Taurin, elle aussi invoquée pour obtenir de la pluie !

Quand le ciel ne cessait de déverser son trop-plein d'eau sur la région, le chapitre « descendait[1] » la châsse de saint Piat de sa chapelle pour sa vénération dans la cathédrale ou organisait des processions « générales », sur la demande des paroisses ou à son initiative. L'annonce en était faite par une sonnerie particulière du carillon du clocher neuf afin d'attirer le plus grand nombre possible de processionnaires, car saint Piat exigeait pour satisfaire les demandes, affirmait-on, une foule conséquente et les prières les plus ferventes ! *Intra-muros*, on transportait le reliquaire à Saint-Aignan, Saint-André, Saint-Jacques, Saint-Maurice... Hors les murs, on l'accompagnait jusqu'à Josaphat ou à Saint-Martin-en-Vallée.

La rareté des allusions dans les archives civiles et religieuses à un retour du temps sec après des cérémonies de vénération de saint Piat laisse penser à une certaine inefficacité du saint. À l'inverse, les performances de saint Taurin et de sainte Soline ne font aucun doute ! Leurs succès en appelant d'autres, leurs châsses furent toujours en bonne place dans toutes les processions religieuses importantes, à croire qu'autrefois il faisait bien plus souvent trop sec à Chartres que trop pluvieux !

Du XVIe au XVIIIe siècle, il ne se trouve pas un seul défilé religieux, qu'il ait été organisé pour le roi, pour le retour de sa santé, pour la paix du royaume, la prospérité, l'extirpation des hérésies, ou contre la peste – en juillet 1583 –, sans la présence des châsses de madame sainte Soline ou de monsieur saint Taurin[2], ou des deux réunies, afin d'obtenir de Dieu de « l'eau pour les biens dessus la terre » ou de « la rosée du ciel sur les biens de la terre qui ont grand besoin d'eau », ou encore « un temps commode pour

1. On accède à la chapelle Saint-Piat par un escalier d'une vingtaine de marches, d'où l'expression d'autrefois.

2. C'est ainsi qu'étaient souvent dénommés les saints dans les chroniques paroissiales...

les fruits de la terre », ou enfin de « l'eau pour les fruits étant sur la terre[1] »...

Les chroniqueurs ont relevé des intercessions favorables après la procession du dimanche 15 juin 1578 – « [...] Ledit jour grande abondance d'eau nous fut donnée[2] [...] » –, après celle du lundi 11 juillet 1583 à Saint-Martin-en-Vallée – « [...] Ledit jour, après *vespres*, et lendemain tout le jour, il pleut en grand abondance[3] [...] » – et, enfin, après celle du dimanche 18 mai 1659, encore une fois en l'église Saint-Martin-en-Vallée – « [...] Et ledit jour, après la procession, il tomba de l'eau[4] [...] » !

Aucune de ces processions cependant ne semble avoir eu l'éclat de celle du mercredi 18 juin 1681, conduite de la cathédrale à l'abbaye de Josaphat sur la paroisse de Lèves. Depuis des mois, la sécheresse faisait le désespoir des travailleurs de la terre du pays chartrain. Ni l'exposition du reliquaire de monsieur saint Taurin ordonnée par le chapitre, ni la procession de la châsse de madame sainte Soline par les frères bénédictins de l'abbaye Saint-Père, les deux « aqueducs ordinaires par lesquels les peuples de Beauce reçoivent les eaux fécondes du ciel[5] », n'avaient eu d'effet. Le chapitre cathédral ordonna alors une procession générale à Josaphat. « Si grande était la détresse que tout le monde accueillit cet ordre comme une véritable satisfaction. »

Dès la veille de la marche, les futurs participants se massèrent dans la cathédrale. Au jour dit, derrière la sainte châsse et celles de madame sainte Soline et de monsieur saint Taurin, on fit défiler les reliquaires détenus par les églises Saint-Prest, Saint-Maurice, Sainte-Foy, Saint-Chéron... L'affluence fut si grande, avec tous les curés et paroissiens de Saint-Hilaire de Chartres, Mainvilliers, Champhol, Ver-lès-Chartres et Saint-Germain-de-la-Gastine, portant croix et bannières, en chapes et surplis, et la « grande multitude de peuple, et tous les officiers de la justice de la maison de céans », que les derniers fidèles n'étaient pas encore sortis de la

1. *Archives départementales d'Eure-et-Loir, H 38.*
2. Ibid.
3. Ibid.
4. Ibid.
5. *ANQUETIN, Jacques,* La Beauce desséchée, *1681.*

cathédrale que l'église Josaphat – à trois kilomètres – était déjà remplie ! « Tout le monde sait que depuis cette procession il s'est passé fort peu de jours que nous n'ayons eu quelques petites pluies douces[1]... »

Puis arriva le printemps 1747 avec une dégradation inhabituelle du temps à partir du 26 mai. Rapidement, « [...] les biens de la terre furent en perdition par la trop grande abondance des eaux[2] ».

Le dimanche 18 juin, après les vêpres, le chapitre cathédral « descendit » la châsse de saint Piat, après l'avoir annoncé le matin même à 7 heures par le carillon de la grosse cloche. La nouvelle se répandit en ville et dans toutes les paroisses autour de Chartres, où elle fut, hélas ! mal interprétée en de nombreux endroits !

Ainsi, le lendemain lundi, à 7 heures, sous la pluie, un cortège de paroissiens de Saint-Lazare de Lèves, avec à sa tête le curé Pierre Lambert, se présenta devant l'abbaye Saint-Père. On sonna la cloche du porche d'entrée, et le frère portier entrouvrit son guichet pour apprendre que la foule désirait honorer la châsse de madame sainte Soline séance tenante. Le dialogue qui ne manqua pas de s'instaurer fut sans doute baigné d'incompréhension et devint peut-être véhément :

« Mes frères ! Je vous assure que la châsse de madame sainte Soline n'est pas exposée ! D'ailleurs, vous le voyez vous-même : il pleut ! C'est devant celle de monsieur saint Piat qui a été sortie hier soir dans la cathédrale qu'il faut aller prier ! C'est lui qui fera arrêter la pluie !

– Vous vous trompez ! Allez donc vous renseigner ! Nous, on ne bouge pas !

– C'est que vous avez mal compris ! »

Faut-il voir dans cette méprise une erreur du curé de Lèves, qui avait amené ses ouailles à aller prier une sainte pour obtenir de la pluie alors qu'il tombait des cordes ? Est-il vraiment déraisonnable d'imaginer que, devant l'obstination des processionnaires, le brave

1. Ibid.
2. GESLAIN, *Jean (dom),* Journal de dom Geslain, souvenirs historiques chartrains, 1746-1758, *Pétrot-Garnier libraire, 1862.*

« Aucune de ces processions cependant ne semble avoir eu l'éclat de celle du mercredi 18 juin 1681, conduite de la cathédrale à l'abbaye de Josaphat sur la paroisse de Lèves. »
(Aquarelle originale de Christian Lefort.)

portier s'en remit finalement à sa hiérarchie, qui fit remonter l'affaire jusqu'au prieur ? Est-il absurde de penser que ce dernier prit la décision de leur donner satisfaction sans chercher à les dissuader d'implorer une sainte réputée pour faire pleuvoir ? N'y vit-il pas un intérêt ? La perspective de recueillir de conséquentes oboles, par exemple ? Quoi qu'il en soit, il ordonna sur-le-champ de sortir la châsse du trésor de la sacristie et de l'exposer sans attendre dans le sanctuaire de l'église abbatiale, sur une table du côté de l'Évangile.

Pendant deux heures, les fidèles, ravis d'avoir obtenu satisfaction, défilèrent, se prosternèrent et prièrent la sainte d'intercéder auprès du divin... pour faire cesser la pluie ! Tout le monde y trouva sans doute son compte, les fidèles comme le prieur, les premiers gonflés d'espoir et le second satisfait du produit des offrandes...

À 9 heures, les derniers processionnaires partis, deux moines rentrèrent le reliquaire dans la sacristie. À 10 heures, juste avant une grand-messe, ils revinrent le sortir et, avec tous les autres religieux de l'abbaye, le ramenèrent dans l'église pour l'exposer de nouveau dans le sanctuaire. Le même cérémonial eut lieu le lendemain après les vêpres. Qu'avait donc en tête le prieur en laissant la châsse exposée ? Entendait-il profiter de la méprise des paroissiens de Lèves, pensant que, grâce au bouche à oreille, les foules viendraient prier sainte Soline nouvellement convertie ? S'il en fut ainsi, la suite des événements lui donna semble-t-il raison.

Le surlendemain, le mercredi 21, pas moins de six paroisses vinrent en procession à Saint-Père : Luisant, Champhol, Saint-Prest, Jouy, Chartainvilliers et Saint-Piat. Les jours suivants, ce fut au tour des paroissiens de Sours, Mainvilliers et Gasville de venir s'agenouiller devant les reliques de la sainte. Le dimanche 25 juin, à 9 heures, ceux de Coltainville étaient à l'abbaye pour prier sainte Soline. À 10 heures, les mêmes suivaient – par précaution ? – une procession avec la châsse de saint Piat de la cathédrale à l'église Saint-Maurice ! Après les vêpres, les religieux de Saint-Père allèrent quant à eux en procession aux Minimes par la basse ville avec leur châsse. Le lendemain, à 11 heures, arriva la procession de la paroisse d'Houville-la-Branche. Hélas ! force est de constater qu'aucune archive datant de cette période ne mentionne un éventuel changement de temps après une semaine de processions et de vénération...

Le mardi 27, le défilé reprit dès 6 h 15 du matin à Saint-Père : les paroisses de Nogent-le-Phaye, de Bailleau-l'Évêque, du Coudray et de Jouy défilèrent. Le lendemain, ce fut au tour de celles de Gellainville, Saint-Brice, Berchères-l'Évêque et Sours... Pendant les deux jours suivants, sans doute excédés par le succès de la sainte, qui détournait les foules de saint Piat et les privait de dons par la même occasion[1], les chanoines du chapitre cathédral transportèrent la châsse de leur saint dans l'abbaye même de Saint-Père pour l'exposer. Sans demander l'avis aux moines, ils la placèrent dans le sanctuaire, sur une table du côté de l'Évangile, vis-à-vis de celle de sainte Soline, transférée d'autorité en face, du côté de l'Épître ! Le jeudi 29, après les vêpres, les paroissiens de Saint-Chéron vinrent à Saint-Père avec le reliquaire de leur saint.

Alors que la neuvaine de sainte Soline s'achevait le dernier jour de juin, la décision fut prise de poursuivre les processions avec la châsse chaque dimanche de juillet et de la laisser exposée dans le sanctuaire jusqu'au 6 août[2]. Au soir de ce jour, les chanoines de Notre-Dame remontèrent la châsse de saint Piat dans sa chapelle, donnant le signal à ceux de Saint-Père de rentrer celle de sainte Soline dans le trésor de l'abbaye.

Faut-il s'étonner de l'absence d'observation de dom Geslain pendant cette période quant aux effets des processions et des vénérations des reliques de madame sainte Soline sur le climat ? Il faut poursuivre la lecture de ses souvenirs jusqu'au 20 août pour apprendre que ce jour-là, à 6 h 30, un orage avec pluie et grêle extrêmement grosse, « *mesme* carré et sécante », coupa le raisin et fit un très grand dommage aux vignes, suivi d'un second deux jours plus tard, à pareille heure, qui fit encore beaucoup de mal

1. L'irritation des moines de Saint-Père pointe dans le compte rendu que fait dom Geslain de la péripétie : « [...] Ils firent apporter leur châsse de saint Piat. Elle était portée par dix hommes du commun, assez mal assortis et habillés [...]. »

2. Trois paroisses vinrent à Saint-Père en juillet : Corancez, Fontaine-la-Guyon et Champhol.

tant aux blés et autres grains qu'à la vigne. L'eau séjourna dans les champs pendant trois jours et plus... Manifestement, ni madame sainte Soline fraîchement convertie, ni monsieur saint Piat n'avaient pu intervenir pour faire cesser complètement la pluie, bien au contraire ! La production viticole de l'année 1747 dans le pays chartrain figure parmi les plus faible jamais enregistrée.

Les révolutionnaires violèrent et détruisirent la châsse de la sainte. On peut cependant voir aujourd'hui dans la chapelle Sainte-Soline de l'église Saint-Pierre un vitrail de facture récente la représentant.

Qui était sainte Soline ? Canonisée par l'Église catholique, elle est fêtée le 17 octobre. Il n'existe aucune information précise ou fiable sur sa vie. Certaines sources indiquent que son martyre aurait eu lieu en l'an 80.

Vierge et martyre, elle aurait donné son nom à son village natal en Poitou. Elle serait venue à Chartres pour accomplir un pèlerinage à la Vierge Marie, mais aurait été inquiétée par Quirinus, le gouverneur romain, qui l'aurait accusée d'engager des jeunes filles à la vie consacrée. Amenée au tribunal, elle aurait refusé de se soumettre. Livrée à deux femmes de mauvaise vie pour la corrompre corps et âme, elle les aurait converties à la foi chrétienne avant de subir avec elles le martyre. Ses restes auraient été inhumés dans la vallée à l'endroit où fut construit plus tard le monastère de Saint-Père.

« Le verre de Charlemagne autrefois pieusement conservé dans le trésor de l'abbaye de la Madeleine de Châteaudun a été pendant des siècles un de ces objets mystérieux à l'origine de multiples études et d'autant de contrevérités ! »
(Aquarelle originale de Christian Lefort.)

Chapitre III

Le verre de Charlemagne

CHARLEMAGNE FUT un empereur comblé de riches présents, du moins c'est ce que l'histoire nous a rapporté. Il le fut à tel point que, pendant longtemps, on lui attribua hâtivement la propriété de quantité d'objets précieux sur lesquels on savait peu de chose. Ainsi en fut-il de nombreuses pièces d'orfèvrerie religieuses qu'il avait, disait-on, offertes aux abbayes et aux monastères en témoignage de son attachement et de sa dévotion.

Le « verre de Charlemagne » autrefois pieusement conservé dans le trésor de l'abbaye de la Madeleine de Châteaudun a été pendant des siècles un de ces objets mystérieux à l'origine de multiples études et d'autant de contrevérités ! Il est de nos jours exposé dans les vitrines du musée des beaux-arts de Chartres.

Tout commença en novembre 1739 quand dom Verninac[1], contributeur à la nouvelle édition du *Gallia Christiana*, osa le premier contester la tradition qui faisait de Charlemagne le fondateur de l'abbaye de la Madeleine, arguant du fait que le titre le plus ancien présenté par les abbés, en l'occurrence une bulle du pape Innocent II à l'abbé Archambaud plaçant l'abbaye sous la protection du Saint-Siège, datait « seulement » de 1131 ! Son allégation déclencha la fureur des religieux de Châteaudun, et notamment celle du prieur, le révérend père Jean-Baptiste Frion qui, ulcéré, déchira le mémoire de dom Verninac et le pria de quitter

1. *Bibliothécaire du monastère de Bonne-Nouvelle d'Orléans (1690-1748).*

sur-le-champ son abbaye. Pour l'anecdote, celui-ci se vengea de l'affront en faisant état dans son article à paraître du comportement irascible du prieur :

« En vérité, le prieur de la *Magdeleine* donne une idée peu avantageuse de son discernement : il est jaloux d'une antiquité chimérique qui n'est fondée sur rien [...] ; le mauvais goût et l'ingratitude se trouvent ici réunis[1]. »

L'excès de rigueur du bénédictin, dont la sagacité d'esprit était cependant partout reconnue, fut bien évidemment dénoncé puis combattu par le clergé dunois et les érudits locaux, qui convinrent néanmoins bien plus tard, au terme de longues réflexions, qu'il y avait lieu d'abandonner la tradition carolingienne et de ramener la date de fondation de l'abbaye à une époque plus récente...

En toute logique, dom Verninac avait parachevé son mémoire en précisant qu'il fallait également écarter les assertions émises par deux auteurs du XVIe siècle qu'il soupçonnait d'être à l'origine de la « légende », à savoir René Chopin dans son *Sacra Politia Monasticon* et le poète Raoul Boutray dans son *Castello-Dunum*[2] qui accréditaient la thèse d'un Charlemagne fondateur de l'abbaye.

De même, il avait pointé la faiblesse de l'argumentation développée six ans auparavant, en avril 1733, par l'éminent historien Antoine Lancelot, pour qui la tradition « carolingienne » pouvait ne pas être très éloignée de la vérité. Ce dernier, inspecteur du Collège royal, avait réalisé pour l'Académie des inscriptions et belles-lettres dont il était membre un mémoire descriptif de l'abbaye après une visite à Châteaudun. Eu égard à trois observations qui constituaient selon lui sinon des preuves, au moins des présomptions suffisamment sérieuses, il avait conclu que Charlemagne avait été pour le moins le restaurateur de la

1. *Doublet de Boisthibault, Jules,* La France, description géographique, statistique et topographique présentant l'état actuel, physique, moral, politique, militaire, administratif, judiciaire, religieux, financier, agricole, industriel, commercial, scientifique et littéraire des départements de la France et de ses colonies : l'Eure-et-Loir, *Verdières libraire-éditeur, 1836, p. 66.*

2. *« Dans ce moutier fameux, dans son temple sacré, / Des mains de Charlemagne autrefois réparé, / Que ce roi revêtu de la pourpre romaine / Dota sous le nom de Sainte-Madeleine... »*

Madeleine. Dans ses investigations, il avait en effet retenu la présence de l'« aigle bicéphale déployé » dans les armoiries de l'abbaye, à son avis une indéniable marque impériale s'il en fut, et la probable représentation de l'empereur lui-même dans l'une des onze figures sculptées à la porte de l'église, hélas ! détruites pendant la Révolution.

Mieux ! la présence du fameux verre de Charlemagne détenu depuis des temps immémoriaux dans le trésor de l'abbaye était une preuve indiscutable des bienfaits de l'empereur en faveur du chapitre[1] ! Antoine Lancelot, savant respectable, avait examiné le verre sans aucun doute très attentivement... Il l'avait trouvé curieux et ancien, mais sans s'interroger toutefois sur son origine... Était-il convaincu, comme tant d'autres érudits avant lui, que sa seule illustrissime appellation était le gage suffisant et le plus irréfutable de sa provenance et de son antiquité ? Depuis des temps ancestraux, ne disait-on pas dans l'abbaye qu'il s'agissait d'un présent remis à l'empereur par un calife célèbre ? On peut regretter que, à l'occasion de son passage à Châteaudun, dom Verninac n'ait pas vérifié, avec la sagacité qui l'animait, la pertinence de cette dernière affirmation...

La mise en cause de l'origine du verre survint une trentaine d'années plus tard, formulée par l'abbé Bordas, historien et érudit dunois, qui contesta l'interprétation des textes d'Éginhard, l'écrivain biographe de Charlemagne, et du moine Engolis sur lesquels la tradition s'était établie. Fort opportunément, il releva que ce verre qu'on faisait passer pour être un présent du célèbre calife abbasside Haroun Errachid à Charlemagne en 807, lors d'une ambassade à Aix-la-Chapelle, ne figurait pas sur la liste des somptueux cadeaux qu'il lui remit à cette occasion ! L'inventaire établi au XVIIIe siècle par dom Bernard de Montfaucon éclaire néanmoins sur la considération que les deux hommes éprouvaient l'un pour l'autre. Charlemagne s'était en effet vu offrir une splendide et rare clepsydre, ou horloge d'eau, un fabuleux jeu d'échecs, le plus

1. *Selon Lancelot, Charles le Chauve, qui avait battu monnaie à Châteaudun, aurait pu restaurer et achever la façade de l'église commencée sous Charlemagne...*

ancien connu déposé de nos jours à la Bibliothèque nationale, une paire de candélabres de grandeur exceptionnelle, plusieurs manteaux de soie rare, des parfums, des encens, des plants de légumes et de fruits[1]...

Empruntons à l'abbé Bordas la description qu'il fit du verre en 1762 dans son ouvrage *Histoire sommaire du comté de Dunois, de ses comtes et de sa capitale* :

« C'est une coupe d'un verre qui a peu d'épaisseur et qui est taillé en forme de gobelet. Elle est enchâssée dans une soucoupe d'argent qui m'a paru de bas aloi et qui a une patte qui la rend assez semblable à un calice ; le tout a neuf pouces de hauteur, et la coupe cinq de diamètre. Le verre est orné de filets d'or et de compartiments en émail et en petits grains, les uns bleus, les autres blancs, séparés par des filets d'or. On y voit une inscription arabe qui indique que ce vase a été la coupe d'un monarque. »

Cette ultime information ne manque pas de surprendre, car l'inscription, traduite en langue latine deux siècles auparavant par Frédéric Morel, interprète du roi et professeur de langues orientales à Paris, révélait qu'il ne s'agissait que d'une banale formule votive à l'adresse du possesseur de l'objet. Les traductions françaises réalisées postérieurement par Joseph-Toussaint Reinaud[2] en 1821 puis par Armand-Pierre Caussin de Perceval[3] en 1845 le confirmèrent : « Que sa gloire soit éternelle et sa vie longue et saine, son sort soit heureux, son siècle favorable et sa fortune faite » ; « Gloire durable, vie longue et exempte de maladie, succès croissant, fortune toujours favorable, prospérité parfaite ». Pourquoi alors l'abbé Bordas, fin latiniste, précisa-t-il que le verre avait appartenu à un monarque ? Aurait-il voulu entretenir avec quelque malice le doute sur une haute origine possible ?

Le début du XIXe siècle vit l'histoire du verre de Charlemagne s'éclairer au fil des études qu'on lui consacra.

---

1. *MONTFAUCON, Bernard de (dom),* Les Monuments de la monarchie française, *tome I, 1729, pp. 230 et 231.*

2. *Historien et orientaliste, membre de l'Académie des inscriptions et belles-lettres (1795-1867).*

3. *Orientaliste et lexicographe, membre de l'Académie des inscriptions et belles-lettres (1795-1871).*

En 1821, après un voyage à Chartres le 9 juin pour examiner la pièce dans les locaux de la bibliothèque communale qui avait recueilli les objets apportés au chef-lieu du département au cours de la Révolution, Joseph-Toussaint Reinaud décréta le verre d'origine égyptienne et son ancienneté la plus lointaine à la fin du XIIe siècle. Pour preuve, avança-t-il, la forme des caractères neskhis composant l'inscription... Il ajouta de façon péremptoire :

« [...] Il paraît certain que quelque croisé l'aura rapporté d'Égypte comme souvenir [...] soit après la prise de Damiette en 1215, soit à la première croisade de Saint Louis[1]. »

L'avenir montrera qu'il ne se trompait que sur un seul point, à savoir l'origine de la pièce...

En 1839, Jean-Joseph Marcel, interprète franco-arabe, proposa une nouvelle traduction de l'inscription, qui se révéla à peu près identique à celles précédemment réalisées. À cette occasion, il fit part de la découverte récente de papyrus écrits en caractères neskhis datant de l'an 670, aux premiers temps de la religion musulmane, ce qui ouvrait la voie à une possible datation bien plus ancienne du verre... Aussitôt, le respecté Joseph-Toussaint Reinaud entendit réagir et rappela son jugement de 1821. Il fut conforté dans sa position en 1845 par son collègue Caussin de Perceval :

« [...] Je doute qu'au commencement du IXe siècle on donnât [...] des formes aussi arrondies, aussi semblables aux formes modernes qu'on remarque dans l'inscription. J'inclinerais à penser que l'inscription et la coupe appartiennent à des temps plus rapprochés de nous que le siècle de Charlemagne. »

Il faudra attendre les dernières années du XIXe siècle pour voir enfin tomber de manière définitive le mystère sur l'origine du fameux verre. L'article de référence sur ce qui allait devenir aussitôt après le « verre dit "de Charlemagne" » pourrait être celui présenté en 1890 par Charles Schefer, un autre membre éminent de l'Académie des inscriptions et belles-lettres.

---

1. Note autographe de Joseph-Toussaint Reinaud du 9 juin 1821 (musée des beaux-arts de Chartres).

Charles-Henri-Auguste Schefer vécut une quinzaine d'années en Orient comme attaché d'ambassade interprète à Beyrouth, Jérusalem, Damas, Alexandrie, Smyrne, Constantinople... Il parlait couramment l'arabe, le persan et le turc avec une facilité qui surprenait les Orientaux. Il occupa plus tard à Paris une chaire de professeur de persan, avant d'être élu administrateur puis président de l'école des langues orientales, dont il assura le renouveau. Par l'abondance et la qualité de ses nombreuses publications, telle « Musée de Chartres : le verre dit de Charlemagne », il a été considéré comme le patriarche incontesté des orientalistes français qui se sont voués à l'étude du monde musulman.

Quand il assura que l'inscription permettait d'affirmer que l'objet ne remontait pas à l'époque de Charlemagne, il en apporta pour preuve la forme des lettres conforme aux règles de la calligraphie arabe très précisément en usage entre 1032 – règles établies par Ibd el Bawwab – et 1222 – règles établies par Yaqout el Moustassemy... Quand il affirma que le verre ne provenait pas d'un trésor, il souligna le peu de valeur du pied en cuivre – de fabrication tardive et de facture chrétienne –, ainsi que l'absence d'un écusson, d'un nom ou d'un titre, habituellement gravés sur les objets de prestige. Quand il déclara qu'il ne saurait être un présent offert par un personnage de rang élevé, il évoqua les innombrables objets de commerce gravés d'une inscription identique vendus dans les bazars des villes de l'Orient musulman : coupes, tasses, vases en cuivre, miroirs en bronze, boîtes en ivoire... Quand il certifia son origine syrienne, et plus précisément de Damas, il cita les nombreux témoignages de géographes arabes, de voyageurs et d'écrivains occidentaux de l'époque des croisades ainsi que les inventaires de musées datant du Moyen Âge qui évoquaient tous l'importance et la renommée de l'industrie du verre dans ce pays – Damas, Alep... – et dans la ville libanaise actuelle de Tyr... Quand il allégua, enfin, qu'il avait été apporté en France par un pèlerin ayant visité la Syrie ou par un marchand pratiquant le négoce avec ce pays, il rappela la présence de centaines d'établissements français, catalans, génois et vénitiens à Damas et Beyrouth au XIVe siècle, ainsi que la fréquence des voyages annuels des galères narbonnaises vers la Syrie précisément...

Charles Schefer se permit également d'affirmer que, à l'exception de deux pièces préservées en Italie, les coupes, flacons, bouteilles et lampes conservées dans les musées d'Europe à son époque ne remontaient jamais au-delà de la fin du XIIIe siècle... Il conclut néanmoins son mémoire en précisant que « le verre dit “de Charlemagne” constitue un spécimen très intéressant d'une industrie perdue depuis longtemps en Orient et, à ce titre, il mérite d'être précieusement conservé par le musée de la ville de Chartres ».

Un siècle plus tard, la pertinence de son article est intacte... Elle a été renforcée par nombre de travaux sur l'art oriental de la verrerie réalisés au cours du XXe siècle. Le fabuleux verre de Charlemagne y a, hélas ! définitivement perdu la part de rêve qu'il réservait aux amateurs de belles histoires...

Il reste néanmoins une dernière énigme à propos des conditions de son long « périple » de la salle du trésor de l'abbaye de la Madeleine au musée de Chartres. Débuté en 1798, il s'est achevé seulement en 1838 avec son intégration définitive dans les collections de ce musée.

Dans son article intitulé « Le verre de Charlemagne », publié en 1883 dans le *Bulletin de la Société dunoise d'archéologie, histoire, sciences et arts*, Louis-Désiré Coudray, alors vice-président de cette société, explique qu'en 1798, à la demande de la Bibliothèque nationale qui le réclamait pour enrichir son fonds, le verre fut envoyé par la municipalité de Châteaudun au président du directoire exécutif du département d'Eure-et-Loir, à charge pour lui de le transmettre à l'autorité parisienne... Il resta « en souffrance » à Chartres pendant une quarantaine d'années dans les locaux successifs de la bibliothèque communale, au désespoir des habitants de Châteaudun qui, par exemple, le samedi 6 novembre 1819, par l'intermédiaire de leur journal local, en réclamaient le retour :

« [...] Sans vouloir entrer dans les détails des moyens employés pour le tirer des mains de l'abbé d'Harbouville alors bibliothécaire, nous nous bornerons à formuler des vœux, ceux de nos concitoyens, pour que les magistrats de cette ville sollicitent auprès de M. le préfet et des autorités de la ville de Chartres la restitution du verre de Charlemagne et qu'il vienne reprendre dans notre bibliothèque la place qu'il y occupait jadis. »

Les vœux des Dunois restèrent lettre morte et, hélas ! faute d'archives, rien n'explique comment, en 1838, le fameux verre fut l'objet d'un mystérieux « don » au musée municipal chartrain installé depuis 1834 dans le bâtiment de l'hôtel de ville...

Une autre version des conditions du transfert émane d'Achille Guenée, président de 1877 à 1881 de la même Société dunoise d'archéologie, histoire, sciences et arts. Elle pourrait apporter un début d'explication au mystère... Dans l'ouvrage de l'abbé Bordas *Histoire sommaire du comté de Dunois, de ses comtes et de sa capitale*, auquel il contribua pour l'édition de 1850, Achille Guenée indique à la page 26 en note de bas de page :

« Ce vase, échangé vers la fin de l'an VII (1799) avec l'administration départementale pour une assez grande quantité de livres qui formèrent le noyau de la bibliothèque de Châteaudun, est maintenant dans le musée de la ville de Chartres. »

L'information que nous avons pu trouver sur la création en 1817 de la bibliothèque de Châteaudun[1] nous apprend que, effectivement, le fonds initial de six mille volumes qui se trouvait en dépôt à la sous-préfecture après la Révolution provenait, pour partie, de la bibliothèque de l'abbaye de la Madeleine de Châteaudun et, pour le reste, de celles de l'abbaye Saint-Florentin de Bonneval et du château de Rambouillet. Peut-on avancer que l'« échange » évoqué par Achille Guenée n'en fut pas réellement un ? Ne fut-ce pas plutôt une sorte de partage « à l'amiable » entre l'administration départementale et la commune de Châteaudun de certains biens sécularisés de l'abbaye de la Madeleine, en l'occurrence le verre et la bibliothèque, jamais adressés par le département à la Bibliothèque nationale, qui les réclamait ? Il n'y aurait là rien d'anormal s'agissant d'une démarche dont la louable finalité était de conserver en Eure-et-Loir des biens appartenant au patrimoine local. S'opposer au centralisme et, bien plus encore, à la convoitise des administrations nationales de l'époque

1. Catalogue général des manuscrits des bibliothèques publiques de France, *tome XXI, Éditions Plon, 1893, p. 318.*

– Bibliothèque nationale, Archives nationales, musée des monuments français, etc. – comportait des risques... Mais, on le constate aujourd'hui, le but de ces administrations n'était-il pas d'abord d'enrichir leurs collections, voire d'en constituer de nouvelles, en dépouillant, au nom de la nation, en droit seule propriétaire des biens après les lois de sécularisation des biens de l'Église en 1789, les milliers de communes des plus intéressants objets d'art religieux qu'elles conservaient ? Nombre de départements, profitant de la confusion extrême qui régnait à l'époque dans l'administration, n'ont heureusement jamais satisfait aux demandes, permettant ainsi aux musées provinciaux de détenir et d'exposer de nos jours des pièces exceptionnelles, à l'image de celles que proposent les musées nationaux !

Le verre dit « de Charlemagne », répertorié sous l'appellation de « hanap oriental », est toujours exposé au musée des beaux-arts de Chartres, dont il est l'une des pièces les plus précieuses. Il fait régulièrement l'objet de prêts à des musées français et étrangers pour des expositions sur l'art médiéval de la verrerie orientale. Il est inscrit depuis le 18 mai 1949 sur la liste des objets classés monuments historiques.

Chapitre IV

Les visions de l'*aricotier*

Le retentissement de l'affaire des apparitions de Martin de Gallardon s'est propagé à la France entière pendant le règne de Louis XVIII bien plus par son caractère éminemment mystérieux et énigmatique que par ses péripéties, au demeurant peu spectaculaires, ou ses réelles conséquences politiques. De nos jours, deux siècles après l'événement, malgré des dizaines d'enquêtes, d'études, de réflexions, de colloques et tout autant d'ouvrages savants ou fantaisistes réalisés sur le sujet – dans toutes les langues... –, le mystère n'a toujours pas été percé : de qui Martin tenait-il réellement ses « prédictions » ? A-t-il effectivement agi seul comme il l'a toujours prétendu ? Pourquoi le pouvoir politique, les partis (politiques) et la hiérarchie catholique se sont-ils tant intéressés à l'affaire ? Pourquoi le monarque, d'ordinaire si soucieux de l'étiquette, a-t-il accepté de recevoir en tête-à-tête un paysan beauceron qui lui était parfaitement inconnu ?

Nous avons tenté de relater l'affaire selon la chronologie des faits avérés, sachant que mystique et enjeux politiques ont pesé sur le comportement des acteurs pendant et après les apparitions, amenant par exemple Martin à revisiter la version initiale de son tête-à-tête avec Louis XVIII qui, de son côté, n'a laissé aucun mémoire probant[1].

1. *Étienne-Léon de Lamothe-Langon, véritable auteur des* Mémoires de Louis XVIII, recueillis et mis en ordre par M. le duc de D., *en douze volumes, édités par Hauman à Bruxelles en 1832 et 1833, ayant été suspecté d'être l'auteur de quelques faux mémoires, les propos qu'il attribue au monarque sur son entretien avec Thomas Martin ne sauraient être cités.*

Le lundi 15 janvier 1816, vers 3 heures de l'après-midi, au *champtier* des Longs-Champs sur la commune de Gallardon, Thomas-Ignace Martin est occupé à épandre du fumier sur une de ses pièces de terre. Il est seul dans son champ avec son cheval attelé d'un tombereau, perdu dans l'immensité d'un paysage dénudé.

La courte journée d'hiver s'achève. Dans quelques minutes, le soleil va enflammer l'horizon très loin au-delà du chemin de Gallardon au Gas, et déjà la brume en profite pour se lever. Du taillis le plus proche, vers Jonvilliers, montent les croassements des corneilles chamailleuses. Thomas-Ignace Martin s'affaire depuis plusieurs heures, sans fatigue. C'est un homme de taille moyenne – un mètre soixante-cinq –, mais robuste et dur à la tâche, en pleine force de l'âge. Un médecin de l'hôpital de Charenton qui l'examinera plus tard dira que « tout son extérieur porte l'empreinte de la santé ».

Il est né à Gallardon le 18 février 1783, dans une des plus anciennes familles de la commune, d'un père *aricotier*[1], comme lui-même est devenu. Son exploitation s'étend sur une quarantaine d'arpents, une surface non négligeable sur la commune de Gallardon. Il s'est marié en 1810 avec Marie-Madeleine Croullebois, la fille d'un cultivateur, âgée de vingt-trois ans. Elle lui donnera quatre enfants au cours de leurs cinq premières années de mariage, puis deux autres après l'« événement ». On le connaît comme bon père et bon mari, jamais exalté ni même enthousiaste, avec un air de quiétude et d'assurance.

Thomas Martin est un homme simple, somme toute peu instruit. S'il sait lire et écrire, il n'a en revanche reçu aucune espèce de culture : on ne lui connaît que des livres d'office, et il ne lit jamais les journaux. Il n'est pas préoccupé par la politique, ne sait pas grand-chose de l'histoire de France, mais remplit sans faillir ses devoirs de religion...

1. Ou aricandier, *termes de patois présents dans de nombreuses régions françaises. En Beauce, ils désignaient un petit cultivateur, sans retenir le sens péjoratif rencontré ailleurs. L'origine serait étrangère au fait que Gallardon était autrefois renommé pour la qualité supérieure de ses haricots, estimés à l'égal de ceux de Soissons.*

En cette fin d'après-midi du 15 janvier, une envolée de corneilles plus bruyantes qu'à l'ordinaire attira le regard de Martin vers le taillis affleurant tout juste à l'horizon vers Jonvilliers. À mi-distance du bois, en plein champ, il aperçut alors un homme se diriger vers lui, vêtu d'une longue redingote en forme de tunique, bizarrement de couleur « blonde », qui lui descendait jusqu'au bas des jambes. Plus surprenant encore, il était chaussé de souliers à lacets et coiffé d'un chapeau haut de forme. D'allure fluette, tout juste grand d'un mètre soixante, il marchait légèrement et paraissait à peine toucher le sol. Alors qu'il s'approchait encore, Martin découvrit son visage allongé et imberbe, pâle et délicat. Parvenu tout près, il s'adressa sans préambule au laboureur ébahi, d'une voix douce, accompagnant ses paroles de gestes lents :

« Il faut que vous alliez trouver le roi, que vous lui disiez que sa personne est en danger, ainsi que celle des princes ; que de mauvaises gens tentent encore de renverser le gouvernement ; que plusieurs écrits ou lettres ont déjà circulé dans quelques provinces de ses États à ce sujet ; qu'il faut qu'il fasse faire une police exacte et générale dans tous ses États, et surtout dans la capitale ; qu'il faut aussi qu'il relève le jour du Seigneur, afin qu'on le sanctifie ; que ce saint jour est méconnu par une grande partie de son peuple ; qu'il faut qu'il fasse cesser les travaux publics, ces jours-là ; qu'il fasse ordonner des prières publiques pour la conversion du peuple ; qu'il l'excite à la pénitence ; qu'il abolisse et anéantisse tous les désordres qui se commettent, dans les jours qui précèdent la sainte quarantaine ; sinon toutes ces choses, la France tombera dans de nouveaux malheurs. »

Martin l'écouta et lui répondit dans son langage :

« Mais vous pouvez bien en aller trouver d'autres que moi pour faire une commission comme ça.

– Non, c'est vous qui irez.

– Mais puisque vous en savez si long, vous pouvez bien aller trouver vous-même le roi et lui dire tout cela. Pourquoi vous adressez-vous à un pauvre homme comme moi qui ne sait pas s'expliquer ?

– Ce n'est pas moi qui irais, ce sera vous, faites attention à ce que je vous dis, et vous ferez tout ce que je vous commande[1]. »

Sur ces paroles, l'inconnu fantastique parut s'élever de terre, puis il s'évanouit sous une forme vaporeuse. Terrifié par ce qu'il venait de vivre, Martin termina son ouvrage à la hâte et regagna le bourg de Gallardon distant des Longs-Champs de trois quarts de lieue. Il courut se confier à son frère Jacques, puis alla en sa compagnie chez le curé Laperruque desservant la paroisse. Ce dernier, croyant sans doute à quelque excès inhabituel à l'origine de son hallucination, lui recommanda d'oublier l'épisode, de se reposer et de reprendre sa vie ordinaire.

Dans la quinzaine qui suivit, le mystérieux inconnu se manifesta à cinq reprises à Martin, avec au fil des rencontres une fermeté de plus en plus affirmée, voire menaçante : « Acquittez-vous de votre commission et faites ce que je vous dis [...] » ; « Fais ce que je te commande, il est temps[2] ». Devant l'agitation et l'inquiétude grandissante de son paroissien, le curé, qui notait ce que ce dernier lui déclarait, crut bon, après une messe du Saint-Esprit inefficace, de l'envoyer à l'évêque de Versailles, à l'époque à la tête du diocèse de Chartres.

Thomas Martin rencontra Mgr Charrier de la Roche en audience particulière le samedi 27 janvier. Il lui répéta ce qu'il avait confié à son curé. Rassuré par les bonnes paroles et les conseils du prélat, il revint chez lui se croyant débarrassé à tout jamais des apparitions qui lui gâchaient la vie. Il avait à peine prêté attention à la demande de l'évêque qui, à toutes fins utiles dans l'hypothèse où l'inconnu se manifesterait de nouveau, l'avait prié de lui demander son nom et celui de la personne qui l'envoyait. Le soir même, l'évêque informait par courrier le curé Laperruque qu'il était de son devoir d'avertir au plus tôt le ministre de la Police générale du royaume en raison des propos entendus lors de la première

1. *SILVY, Louis,* Relation concernant les événements qui sont arrivés à un laboureur de la Beauce dans les premiers mois de 1816, *Adrien Égron, 1817, pp. 2 et 3. Propos recueillis de la bouche même de Thomas Martin et consignés par le curé de Gallardon, Laperruque.*

2. Ibid., *p. 5.*

apparition, quand bien même Martin lui semblait honnête et de bonne foi.

Trois jours plus tard, le mardi 30 janvier, au grand désespoir de Martin, l'inconnu se manifesta, hélas ! de nouveau. Sans attendre, il fit comprendre au laboureur décontenancé qu'il était à ses côtés chez l'évêque, invisible. Il lui annonça qu'il lui tairait son nom, mais qu'il pouvait lui révéler être l'envoyé de celui qui était au-dessus de tout... Ce faisant, il pointa le ciel du doigt, avant de disparaître... Durant le mois de février, après quatre autres vaines « visites » et confronté à l'immobilisme persistant de Martin, l'inconnu se montra finalement plus bavard. Il lui prodigua même des conseils :

« [...] Pratiquez la vertu, assistez à tous les offices [...], évitez les cabarets et les mauvaises compagnies [...], ne faites aucun charroi les jours de dimanches et de fêtes [...]. On met bien de la lenteur dans ce que je commande ; voilà pourtant le temps de la pénitence et de la réconciliation [...]. L'usurpateur est venu l'an passé : c'était pour châtier la France [...]. La famille royale [...], une fois revenue, a tout oublié [...], après un second exil [...] elle retombe dans le même penchant [...]. La France est dans un état de délire : elle sera livrée à toutes sortes de malheurs [...]. Vous irez trouver le roi, vous lui direz ce que je vous ai annoncé [...]. Si on ne fait pas ce que j'ai dit, la majeure partie du peuple périra, la France sera livrée en proie et en opprobre à toutes les nations. »

Début mars, après une apparition au cours de laquelle l'inconnu lui prédit qu'il aurait à se rendre à Chartres auprès des autorités du département, Martin fut convoqué par le préfet d'Eure-et-Loir, le comte de Breteuil. L'éminent fonctionnaire avait été chargé par le ministre de la Police, alerté par l'évêque de Versailles, de vérifier « si les apparitions [...] n'étaient pas un jeu de l'imagination de Martin, une véritable illusion de son esprit exalté, ou si le prétendu envoyé, et peut-être Martin lui-même, ne devaient pas être sévèrement examinés par la police et ensuite livrés aux tribunaux[1] ».

Le tête-à-tête entre le préfet et Thomas Martin eut lieu à la préfecture de Chartres, pendant une heure, le mercredi 6 mars.

1. Ibid., *p. 11.*

Frappé par la contenance et l'assurance de son interlocuteur, puis par sa narration, le comte de Breteuil décida sur-le-champ de l'envoyer rencontrer le ministre de la Police en personne pour qu'il l'entende et porte son jugement sur l'homme, et bien évidemment pour qu'il prenne lui-même les décisions qui s'imposaient !

Dès le lendemain à 5 heures du matin, Thomas Martin et le lieutenant André de la gendarmerie de Chartres partirent pour Paris. Ils logèrent en chambre commune à l'hôtel de Calais, rue Montmartre.

Le vendredi 8, à la préfecture de police de Paris, après une énième apparition de l'inconnu qui lui conseilla de rester sans crainte et de dire toute la vérité, Martin fut interrogé successivement par deux secrétaires qui cherchèrent sans succès à trouver des contradictions dans ses propos. Introduit enfin auprès du ministre de la Police générale Élie Decazes, le favori du roi, il passa trois quarts d'heure à lui raconter une nouvelle fois son histoire et répondre aux questions sans jamais être décontenancé par l'extrême autorité dont fit preuve à dessein le haut personnage. Il ne sortit rien de nouveau de l'entretien : Martin demandait toujours à rencontrer le roi pour l'informer des dangers qu'il encourait, sans toutefois pouvoir préciser lesquels, car l'inconnu l'avait averti qu'il n'en aurait connaissance qu'au moment où il serait introduit en sa présence. Le ministre ordonna en conséquence au lieutenant de gendarmerie de rester résider à Paris avec Martin en attendant que des décisions soient arrêtées et de lui adresser chaque soir un rapport sur le comportement et les déclarations de ce dernier.

Le samedi 9 mars, le docteur Philippe Pinel, médecin aliéniste renommé à l'époque pour le traitement des affections mentales, vint l'examiner à l'hôtel de Calais sur ordre du ministre et s'entendit dire par son patient, « visité » juste auparavant par l'inconnu :

« Vous venez voir si j'ai perdu la tête, mais il m'a été dit que ceux qui vous envoient sont plus fous que moi[1]. »

1. *Ibid., p. 21.*

Puis arriva le dimanche 10, qui resta gravé dans la mémoire de Thomas Martin. Sur les 8 heures du matin, alors qu'il était seul dans sa chambre, il reçut une nouvelle fois la visite de l'inconnu, qui lui tint enfin les propos attendus mais proféra aussi des menaces terribles :

« [...] Puisque l'incrédulité est si grande, il faut que je vous découvre mon nom : je suis l'archange Raphaël, ange très célèbre auprès de Dieu, j'ai le pouvoir de frapper la France de toutes sortes de plaies[1] [...]. »

Le mercredi 13[2], sur ordre du ministre Decazes qui avait pris connaissance du rapport du docteur Pinel déclarant Martin atteint d'« hallucination des sens ou d'aliénation intermittente », le lieutenant André, sous prétexte d'une promenade – prétexte bien inutile, car Martin venait d'en être avisé par l'archange –, conduisit son compagnon à la maison de santé royale de Charenton. Au médecin chef qui le reçut, il ne sut donner la raison de son internement, mais lui fit le récit de toutes ses visions.

Le 15 au matin, l'archange lui réapparut pour le prévenir qu'il ne viendrait plus le voir, puisqu'on le traitait ainsi de la sorte. Fataliste, il avait même ajouté :

« [...] Ce qui est prédit arrivera [...], je vous donne la paix, n'ayez nul chagrin ni inquiétude [...]. »

Le même jour, Martin écrivit une lettre à son frère :

« Je t'écris cette lettre pour te faire savoir que je suis en bonne santé [...]. Je te dirai que je suis à l'hospice de Charenton [...]. Je te dirai que je ne prends aucun chagrin [...] pour moi, je mets tout à la volonté de Dieu [...]. On croit que c'est par fantaisie que je tiens toujours le même langage : tu me connais bien [...], je suis toujours le même. Je prendrai toujours les remèdes [...], mais tout cela sera inutile, parce que je suis toujours bien comme je suis et que cela ne venait pas de moi ; mais la chose m'est bien commandée : tant que ma commission ne sera pas faite, je ne serai pas tranquille [...]. »

---

1. Ibid., *p. 33.*

2. Le mardi 12, Thomas Martin avait adressé une lettre à son frère pour l'avertir qu'une enquête allait être menée sur lui à Gallardon. Il en profitait pour le rassurer sur sa santé et lui faire part des derniers développements de son affaire. Il lui demandait de dire à sa femme de ne pas s'inquiéter. Cette lettre sera plus tard « récupérée » par les aliénistes.

Thomas Martin resta à Charenton jusqu'au 2 avril, à subir des examens mentaux menés par le docteur Pinel et le médecin en chef de l'établissement, le docteur Royer-Collard, sous la surveillance particulière et constante d'un médecin adjoint flanqué d'un élève interne et de plusieurs infirmiers. Il ne montra ni trouble ni émotion passés les premiers instants d'enfermement bien naturellement pénibles et déroutants. À ceux qui lui demandaient ce qu'il avait, il se bornait à répondre dans une parfaite tranquillité :

« Moi ? Je n'ai rien ! »

Il reçut quelques visites, étranges pour certaines. La première, le 22 mars, fut celle de son frère Jacques, qui fut appelé à rencontrer les médecins et le directeur pour évoquer la santé mentale de son cadet. Puis, le 29, ce fut au tour de son « voisin » du château d'Esclimont, le vicomte Sosthène de la Rochefoucauld, gendre du duc Mathieu de Montmorency, des proches du comte d'Artois, frère du roi, dirigeants du parti ultraroyaliste fermement opposé au gouvernement de tendance libérale de Louis XVIII... Que vint dire au laboureur Martin cet ardent ultra, fougueux chevalier de la Foi[1] ? Vint-il le visiter en tant que membre de la Congrégation « par sentiment de protection naturelle et [...] curiosité envers la célébrité et la gloire du pays[2] » ? Et l'abbé Dulondel qui était passé la veille ? Était-il effectivement venu, comme il s'annonça, en tant qu'envoyé de l'archevêque de Reims, le grand aumônier de France, Mgr de Talleyrand-Périgord, ou, lui aussi, en tant que membre de la Congrégation et chevalier de la Foi ? Le dimanche 31, en milieu d'après-midi, pendant une demi-heure, ce fut au tour d'un militaire de haut rang, commandant de place, de faire le déplacement à Charenton... Tous ces gens ne vinrent-ils pas

1. *Organisation secrète et politique fondée en 1810 sur le modèle de la franc-maçonnerie pour « le triomphe de la cause de l'Autel et du Trône ». En 1816, aux côtés des ultras Montmorency, Laval, Noailles, Polignac, Berthier, La Rochefoucauld, Villèle, La Rochejaquelein, etc., on trouvait des aumôniers... comme l'abbé Dulondel et l'abbé Perreau ! Les chevaliers de la Foi étaient membres de la Congrégation, organisation occulte de clercs et de laïcs affichant une vocation caritative, prônant les bonnes mœurs et la bonne pensée... en réalité, une organisation politique ultraroyaliste.*

2. LA ROCHEFOUCAULD, *Sosthène de,* Les Mémoires de M. de la Rochefoucauld, duc de Doudeauville, *tome XII, Michel-Lévy frères, 1864, chapitre* XXI, *pp. 521 et 522. Curieusement, La Rochefoucauld précise qu'il n'avait jamais rencontré ou même aperçu auparavant Martin lors de ses visites et chasses à Esclimont...*

chercher à savoir ce que le Beauceron visionnaire entendait révéler au roi, pour ensuite rendre compte qui à un chef de parti, qui à un évêque, qui à un ministre, qui peut-être au roi lui-même ?

Bien qu'il eût annoncé le 15 mars son intention de ne plus réapparaître, l'archange Raphaël se manifesta de nouveau le 26 à côté de la table sur laquelle Martin écrivait à ce moment-là une lettre à son frère. Le laboureur transcrivit ce que lui disait l'ange :

« [...] Je vous assure que le plus terrible fléau est prêt à tomber sur la France et qu'il est à la porte [...]. »

Le courrier, confié à un gardien pour être posté, fut aussitôt remis au directeur, puis communiqué au ministre de la Police... Il n'arrivera à Gallardon que bien après le retour de son auteur ! Chaque jour qui suivit jusqu'à sa date de sortie, Martin reçut la visite de l'archange. Le 31 mars, il lui aurait même serré la main ! Le mardi 2 avril après dîner, il sortit libre de Charenton. Le docteur Royer-Collard ayant conclu son rapport sur une absence d'aliénation, mentionnant également l'inutilité d'un traitement, on l'emmena aussitôt à la préfecture de police rencontrer le ministre Élie Decazes pour être – enfin ! – conduit chez le roi, informé par son grand aumônier de son élargissement. Une dernière fois, l'archange lui apparut :

« Vous allez parler au roi et vous serez seul avec lui [...] pour ce que vous avez à lui dire : les paroles vous viendront à la bouche. »

L'entretien dura cinquante-cinq minutes.

Extraits de la relation par Thomas Martin de son entretien avec Louis XVIII, écrite, sous sa dictée, par M. Laperruque, curé de Gallardon, le 13 mai 1816 (document signé de la main des deux personnes)[1] :

« Le roi était assis à côté de sa table [...]. J'ai salué le roi, et je lui ai dit, mon chapeau à la main : "Sire, je vous salue" ; le roi m'a dit : "Bonjour, Martin" ; et j'ai dit en moi-même, il sait bien mon nom, toujours. "Vous savez, Sire, sûrement pourquoi je viens ?" "Oui, je sais que vous avez quelque chose à me dire, et l'on m'a dit que c'était quelque chose que vous ne pouviez dire qu'à moi ;

1. *Silvy, Louis*, op. cit., *pp. 53 à 62.*

asseyez-vous." [...] Quand j'ai été assis, je lui ai dit : "Comment vous portez-vous ?" Le roi m'a répondu : "Je me porte un peu mieux que ces jours passés ; et vous, comment vous portez-vous ?" "Moi, je me porte bien." "Quel est le sujet de votre voyage ?" [Thomas Martin reprend ici dans le détail les péripéties de son affaire et répète précisément ce que lui a dit l'archange lors de sa première apparition.] "Il m'a été dit qu'il faut que le roi examine tous ses employés et surtout ses ministres." "Ne vous a-t-on pas nommé les personnes ?" "Non, il m'a été dit qu'il était facile pour le roi de les connaître, pour moi, je ne les connais pas." Ici le roi a levé les mains et les yeux au ciel, et il a dit : "Ah ! faut-il !..." Et il s'est mis à pleurer et il a continué jusqu'à la fin ; et moi, quand j'ai vu le roi pleurer, j'ai pleuré aussi avec lui. "Il m'a été dit de vous dire : 'Que le roi envoie dans ses provinces des gens de confiance, pour examiner les administrations [...] !' Il m'a encore été dit : 'Que le roi se souvienne de sa détresse [...] du temps de son exil ! [...] Il a été un temps que le roi n'avait plus aucun espoir d'y rentrer [...].'" "Oui, il a été un temps où je n'avais aucun espoir [...]." "Dieu n'a pas voulu perdre le roi ; il l'a rappelé dans ses États [...]. Le roi est rentré dans sa légitime possession. Où sont les actions de grâces qui ont été rendues pour un tel bienfait ? Pour châtier encore une fois la France, l'usurpateur a été tiré de son exil[1] [...]. Vous êtes encore rentré en France ; où sont les actions de grâces qui ont été rendues à Dieu pour un miracle si éclatant ?" Le roi pendant ce récit pleurait [...]. Il m'a dit : "Gardez-en le secret, il n'y aura que Dieu, vous et moi qui sauront jamais cela." "Il m'a été dit que vous ne chancelleriez pas pour croire quand je vous dirais ces choses." "Non, je ne puis chanceler, puisque c'est la vérité. Ne vous a-t-il pas dit comment il fallait que je m'y prenne pour gouverner la France ?" "Non, il ne m'a fait mention que de tout ce qui est dans les écrits [...]." [À la demande du roi, Thomas Martin reprend ici le récit de ses pérégrinations ; il répond ensuite à ses questions sur le curé de Gallardon, puis en vient aux diverses demandes faites par l'archange au sujet des dimanches et fêtes, et des désordres, etc.] Ici j'ai répété au roi ce que je lui avais dit au sujet des dimanches et fêtes, et des désordres, etc., et je lui ai dit

1. *Retour de Napoléon Ier de l'île d'Elbe pendant les Cent-Jours.*

que c'était là le principal, et le roi m'a répondu : "Je ferai en sorte d'y remédier." J'ai salué le Roi en lui disant : "Je vous souhaite une bonne santé [...]." »

Après une ultime entrevue avec Élie Decazes et un détour par Charenton pour remercier les médecins (!), Thomas Martin repartit le lendemain pour Gallardon, l'esprit tranquille. À Chartres, il rencontra le préfet, à qui il déclara avec simplicité mais détermination qu'il lui était interdit de révéler à quiconque la teneur de son entretien avec le roi.

Le brave laboureur pouvait raisonnablement penser en avoir terminé avec l'affaire. L'archange ne lui avait-il pas dit qu'il serait tranquille après sa commission faite ? Hélas ! la célébrité le rattrapa. Sitôt connues la raison de sa disparition soudaine de Gallardon et sa rencontre avec le roi, on vint le consulter et l'inviter pour entendre ses prophéties. Ainsi, en 1818, le duc Matthieu de Montmorency le convia-t-il à Chartres pour rencontrer des aristocrates anglais venus tout exprès... Le 12 mai de la même année, ce fut la police secrète qui le débusqua dans le salon de la baronne de Corberon à Paris...

Thomas Martin sombra alors lentement dans une forme de délire. À côtoyer royalistes illuminés, dévots de la défunte monarchie de droit divin, douairières imaginatives et érudits mythomanes, il se perdit dans les salons à annoncer ses prophéties qu'il diffusait par l'intermédiaire de l'abbé Laperruque sous la signature de « Dieu » !

Le 29 juin 1825 à Bleury, neuf mois après la mort de Louis XVIII, il s'affranchit du secret sur son entretien et révéla au duc de Montmorency ainsi qu'au vicomte de la Rochefoucauld une version complète et « définitive » de sa conversation avec le roi. L'abbé Perreau la transcrivit sous sa dictée le 9 mars 1828[1], mais attendit la chute des Bourbons pour la publier en 1832. À ses propos initiaux de 1816, Thomas Martin ajouta des révélations

1. *PERREAU, Pierre (abbé),* Le Passé et l'Avenir expliqués par des événements extraordinaires arrivés à Thomas Martin, laboureur de la Beauce, *Édouard Bricon, 1832, pp. 69 et 70.*

donnant du sens au secret exigé par le roi et expliquant ses abondants sanglots :

« [...] Et alors je sentis venir à ma bouche les paroles que l'ange m'avait promises, et je dis au roi : "Le secret que j'ai à vous dire, c'est que vous occupez une place qui ne vous appartient pas [...]. Et c'est aussi vrai qu'un jour étant à la chasse avec le roi Louis XVI votre frère [...], vous avez eu l'intention de le tuer [...]. Vous avez été embarrassé par une branche d'arbre [...] de manière à vous empêcher de commettre ce meurtre [...]." C'est à ce moment que le roi frappé d'étonnement et profondément ému dit : "Ô mon Dieu ! Cela est bien vrai. Il n'y a que Dieu, vous et moi qui sachions cela, promettez-moi de garder sur toutes ces communications le plus grand secret." Après cela, je lui dis : "Prenez garde de vous faire sacrer, car si vous le tentiez, vous seriez frappé de mort dans la cérémonie du sacre." Dans le moment et jusqu'à la fin de la conversation le roi pleura toujours [...]. »

Sitôt connue cette révélation, Martin devint le prophète « à temps plein » du parti légitimiste, abandonnant par là même tout travail sur sa ferme. La révolution de juillet 1830, les Trois Glorieuses, lui fit vivre ses heures de gloire, mais précipita aussi sa chute.

Dans la nuit du 2 au 3 août 1830, le roi Charles X en fuite pour échapper aux révolutionnaires parisiens vint se réfugier dans son château de Rambouillet et missionna aussitôt à Gallardon le comte de la Rochejaquelein pour le consulter. Thomas Martin lui annonça la fin du règne du souverain et lui conseilla l'abdication et l'exil. Charles X quitta Rambouillet et passa la nuit suivante au château de Maintenon. Hélas ! considéré lui-même comme un représentant du régime déchu pour cause de proximité avec les Montmorency et La Rochefoucauld, fin août, Martin fut l'objet de la vindicte de ses compatriotes de Gallardon et dut à son tour fuir son village. Se croyant à tort persécuté à mort, il n'y revint par la suite que nuitamment pour visiter sa famille. Pendant trois ans, il vécut de l'hospitalité de ses fidèles – à Versailles, chez Mlle Pitet, la nièce du curé Laperruque, et chez Mme de Saint-Hilaire, à Paris, chez Mme de Rambaud, ou à Saint-Arnoult chez le curé Appert. À

Chartres, il trouva refuge rue Chantault chez la comtesse de Walon de Lancé.

À l'automne 1833, il perdit son crédit auprès du parti légitimiste après sa rencontre – le 28 septembre à Paris – avec Karl-Wilhelm Naundorff, celui qui prétendait être le prince Louis, le fils de Louis XVI, l'enfant du Temple, l'héritier légitime du trône. Son ralliement à la cause du soi-disant Louis XVII signa définitivement son isolement, d'autant que depuis quelque temps ses obsessions et ses visions diaboliques, devenues son pain quotidien, faisaient entrevoir le trouble profond qui s'était emparé de son esprit.

Le 12 avril 1834, Martin était à Chartres chez la comtesse de Walon de Lancé le temps d'une neuvaine à la cathédrale. Sa santé était chancelante. Le jeudi de l'Ascension, le 8 mai, il fut pris de douleurs intenses à l'estomac. On réclama son épouse à Chartres. Elle accourut, mais à son arrivée, on lui annonça la mort de son mari suite à une indigestion. Elle apprit alors qu'aucun médecin n'avait été appelé pour le soigner.

Les circonstances de la mort, les conditions du rapatriement du corps à Gallardon et les péripéties de l'inhumation firent douter la famille Martin sur la cause du décès. Elle soupçonna un empoisonnement et demanda en conséquence une autopsie, laquelle eut finalement lieu le vendredi 24 mai dans le cimetière, au bord de la tombe, devant une foule d'une centaine de curieux... Quatre médecins, les frères Ortiguier de Gallardon, le docteur Duval de La Madeleine-Bouvet et le docteur Mellier de Saint-Arnoult pratiquèrent l'autopsie sous les yeux du maire de Gallardon et de plusieurs membres de la famille de Thomas Martin, dont son fils Antoine – médecin lui-même –, son beau-frère Charles Francheterre et son cousin l'abbé Martin, curé de Bleury, sans oublier Charles-Victor Pasquier, le bedeau et chantre de Saint-Arnoult.

Insatisfaite des conclusions du procès-verbal, qui relevaient seulement une inflammation intestinale, la famille tenta de faire paraître, au titre du droit de réponse, un article dans le journal *L'Ami de la religion* qui avait évoqué à sa manière la mort de Thomas Martin. Devant le refus du rédacteur en chef de la publication de s'y plier, elle fit éditer à ses frais une plaquette intitulée

La Vérité sur la mort de Thomas Martin de Gallardon, ou réponse à un article inséré dans le journal intitulé « L'Ami de la religion », dans laquelle elle contesta la version officielle de sa mort et les résultats de l'autopsie. Pour les Martin, leur parent « [...] avait été la victime d'une barbare tentative répétée pendant neuf jours, non dans le dessein de lui ôter la vie, mais pour le contraindre à des rétractations ; qu'au moment d'échapper au pouvoir de ses persécuteurs, il ne soit venu une cause externe quelconque, laquelle cause aurait provoqué et déterminé sa suffocation [...] ».

L'affaire Martin de Gallardon ne connut plus de développement après 1834. Néanmoins, elle inspira, et inspire toujours, de très nombreux auteurs.

Les hypothèses les plus invraisemblables pour expliquer l'affaire n'ont cessé de naître. Martin était-il aliéné ? Était-il un imposteur ? A-t-il été dupe de gens très habiles pour servir leur cause ? Nul ne le saura sans doute jamais. Reste à chacun à se faire son intime conviction.

Martin conserva toute sa vie durant une réputation d'homme honnête, d'une grande simplicité de mœurs, d'une grande timidité, d'une excessive bonté, incapable de nuire à autrui. Il y a peu de gens à penser le contraire à Gallardon encore aujourd'hui.

Chapitre V

Le saint prépuce de l'abbaye

L'ABBAYE NOTRE-DAME de Coulombs, près de Nogent-le-Roi, a longtemps détenu une insigne relique de Jésus-Christ appelée « saint prépuce » ou encore « circoncision de Notre-Seigneur ». Selon la croyance locale, elle aurait été rapportée de la première croisade (fin du XIe siècle) par deux frères de la famille Le Morhier, des seigneurs de Villiers, qui l'auraient achetée à des Grecs (?) pour l'offrir à l'abbaye, avant de venir plus tard s'y retirer.

Hélas ! comme cela arrivait souvent à l'époque médiévale, la relique du saint prépuce de Coulombs était loin d'être unique en son genre ! Ses « concurrentes » étaient nombreuses, et quelques-unes étaient de bien plus haute origine. Qu'on en juge...

... Avec celle offerte au pape Léon III par Charlemagne lors de son couronnement en l'an 800, lui-même l'ayant reçue d'un ange ! Le souverain pontife l'aurait aussitôt déposée dans la basilique Saint-Jean-de-Latran à Rome. Elle y resta jusqu'au sac de la ville en 1527 au cours duquel elle fut subtilisée par un soldat allemand. Retrouvée dans le village voisin de Calcata, elle y fut vénérée chaque 1er janvier depuis l'an 1557 jusqu'en 1983, quand elle disparut de nouveau, et à jamais, volée par on ne sait qui !

... Ou encore avec celle envoyée de Jérusalem par l'illustre Godefroy de Bouillon, duc de Lorraine et marquis d'Anvers, à la collégiale Notre-Dame d'Anvers après la première croisade – étrangement comme celle de Coulombs ! – afin de faire oublier aux Anversoises en mal d'enfant leur culte pour une autre représentation bien plus réaliste de la virilité. Cette relique du saint prépuce disparut elle aussi en 1571, dérobée, a-t-on affirmé à l'époque, par un chanoine apostat, un certain Herman.

... Ou enfin avec la sainte vertu détenue par l'abbaye bénédictine de Saint-Sauveur-de-Charroux dans le diocèse de Poitiers, acquise selon les moines de façon miraculeuse, ou plutôt grâce à leur adroite falsification de l'histoire, et qu'une bulle bien opportune du pape Clément VII du 15 avril 1379 déclara être « la » relique, la seule et la vraie relative au saint prépuce...

Ces multiples saints prépuces de haute origine ou dûment certifiés ne parvinrent cependant jamais à détourner de leur certitude les pèlerines qui, partout en Europe, et en France plus particulièrement, vénéraient une semblable relique de moins noble extraction. Elles venaient s'agenouiller devant celles exposées dans les cathédrales de Saint-Jacques-de-Compostelle, de Sainte-Marie à Hildesheim en Saxe, de Saint-Étienne à Metz, de Notre-Dame au Puy-en-Velay, ou dans les églises Sainte-Marie de Vebret dans le Cantal, Notre-Dame-en-Vaux de Châlons-sur-Marne, de Besançon, Langres, Fécamp... sans oublier le saint prépuce du « reliquaire de Pépin » dans l'abbaye Sainte-Foy de Conques.

Restait celui de Coulombs... Selon les religieux de l'abbaye et leurs fidèles paroissiennes comblées, aucun de ces « concurrents » ne pouvait prétendre à l'authenticité, puisque seul le leur était entier ! Et cette intégrité était le gage d'un pouvoir inégalable pour apporter avec certitude la fécondité aux femmes stériles et permettre à toute épouse enceinte d'accoucher sans difficulté... Le saint prépuce de Coulombs était bel et bien « la » relique parfaite et idéale ! Sans oublier qu'il procurait à l'abbaye de très substantiels revenus par le biais des offrandes[1]...

---

1. *Selon le fameux abbé Jean-Baptiste Thiers (curé chartrain), dans son célèbre* Traité des superstitions qui regardent les sacremens *(tome I, Jean de Nully, 1697, livre II, chapitre* I*), « les moines de Coulombs dans le diocèse de Chartres [...] le montrent aux femmes grosses, enchâssé dans un reliquaire d'argent, afin qu'elles puissent accoucher sans peine, ce qui leur attire aussi des oblations, des évangiles et des messes en grande quantité ».*

C'est ce que savait bien entendu le roi d'Angleterre Henri V quand il le réclama à l'évêque de Chartres, au cours de l'été 1421, pour l'accouchement de son épouse ! En juin, il avait franchi la Manche pour rejoindre sur ses terres françaises son frère le duc de Bedford et les Bourguignons. Il venait réduire les derniers fidèles de son beau-frère le dauphin Charles, écarté de la succession au trône de France par le roi fou, Charles VI. Après son mariage avec une des filles de ce dernier, Catherine de Valois, il voyait ainsi la perspective d'unir bientôt sous sa couronne les royaumes de France et d'Angleterre pour les transmettre à son fils à naître.

Il avait laissé à Londres, sous la protection d'un autre de ses frères, sa jeune épouse enceinte de trois mois qui accoucherait en novembre ou en décembre. Le futur roi d'Angleterre ne pouvait naître ailleurs que sur ses terres anglaises. Henri V en avait décidé ainsi et avait cru son autorité suffisante pour emporter le consentement de Catherine. Il se trompait. Elle lui désobéit quelques semaines après son départ, courant août, en traversant à son tour la Manche pour retrouver à Vincennes ses parents, dont elle se languissait peut-être, comme n'importe quelle jeune femme de dix-neuf ans enceinte d'un premier enfant, qui plus est délaissée pour plusieurs mois par son époux...

Dès qu'il apprit la nouvelle, Henri V, qui guerroyait à la fin du mois d'août du côté de Chartres, résolut aussitôt de la renvoyer à Londres. Chercha-t-il alors à rendre plus acceptable son exigence d'un retour immédiat en Angleterre en lui offrant un cadeau ? Voulut-il lui faire comprendre qu'il se préoccupait autant qu'elle de la naissance de leur premier enfant ? Pensa-t-il qu'une divine protection, par l'intercession d'une relique, valait tout autant que la présence au moment de l'accouchement de sa belle-mère, Isabeau de Bavière ? Toujours est-il que, en passant à Chartres, il s'adressa à l'évêque Jean de Frétigny[1], qui lui était tout dévoué, pour qu'on lui remette momentanément la relique de Coulombs,

1. En 1420, Robert Dauphin, élu par les chanoines partisans du roi de France, et Jean VIII de Frétigny, partisan du roi d'Angleterre, se disputaient le siège de l'évêque de Chartres. C'était ce dernier qui le détenait effectivement.

dont il connaissait la vertu. L'histoire ne dit rien sur le versement d'une éventuelle offrande ou d'une compensation quelconque...

Eut-il à lui rappeler le privilège dont il disposait par une bulle complaisante du pape Martin V du 18 août 1418 de transporter d'un lieu dans un autre, en France et en Normandie, les reliques des saints qui, d'ordinaire, recevaient exclusivement sur place les hommages des fidèles ? Le prélat intima rapidement l'ordre à l'abbé Martin de Rouvray, le prieur de Coulombs, de se défaire de sa précieuse relique. Que pouvait faire d'autre l'abbé que s'exécuter, lui qui en peu d'années avait assisté à la dévastation de son abbaye par les troupes anglaises et leurs bandes mercenaires ? L'église, le monastère, les bâtiments monastiques, les fermes, tout avait été pillé et incendié. Les frères s'étaient dispersés et vivaient tous dans la plus grande misère. De la belle abbaye bénédictine, immense, forte d'une centaine de religieux, il ne restait que des ruines et une poignée de moines parmi les plus téméraires.

Sitôt entré en possession du précieux reliquaire, Henri V s'empressa de le faire parvenir à son épouse, qui passa une dernière nuit en France, à Saint-Denis. Le 4 septembre au matin, escortée de près, elle reprit la route de la Normandie pour s'embarquer à Harfleur vers les côtes anglaises et la lointaine et grise ville de Londres. Elle était restée moins d'un mois en France sans avoir eu le plaisir de rencontrer son époux. Il attendit même son départ vers l'Angleterre pour regagner Paris, avant d'aller le 6 octobre mettre le siège devant la ville de Meaux, dont il n'obtint la capitulation qu'au mois de mai de l'année suivante.

Grâce à la relique (?), Catherine de France accoucha sans problème d'un fils le 15 décembre 1421 au château de Windsor. Le nourrisson deviendra roi d'Angleterre neuf mois à peine plus tard, sous le nom de Henri VI, puis roi de France et d'Angleterre en 1431.

Respectueux de sa parole donnée, Henri V fit renvoyer en France l'inestimable reliquaire au début de l'année 1422. Le prieur de Coulombs l'attendait avec une réelle impatience afin de pouvoir de nouveau faire bénéficier son abbaye des offrandes des futures parturientes pour financer ses travaux de reconstruction. Il dut déchanter. Prenant prétexte que la région chartraine, pourtant passée sous sa coupe, restait trop exposée aux raids des troupes ennemies qui pourraient s'en emparer, le monarque anglais décida de mettre la relique en sécurité à Paris et de l'exposer à la vénération ainsi qu'à la dévotion des fidèles dans la Sainte-Chapelle, aux côtés de la sainte couronne et de plusieurs autres reliques prestigieuses, au – grand – bénéfice des religieux en charge du lieu.

Bien naturellement, les moines de Coulombs s'émurent d'une telle décision qui les privait de leur principale source de revenus à une époque de disette et leur interdisait toute possibilité de reconstruction. Ils s'adressèrent en vain aux chanoines de la Sainte-Chapelle pour réclamer le retour de leur reliquaire chez eux. Ceux-ci, forts de la décision royale, refusèrent bien entendu toute discussion et continuèrent à encaisser les offrandes des Parisiennes enceintes...

Le temps passa. Le 31 août 1422, Henri V, vaincu par la dysenterie, rendit son dernier soupir au château de Vincennes. Il avait juste trente-cinq ans. Son fils de neuf mois devint roi d'Angleterre, et son frère Jean de Lancastre, le duc de Bedford, fut nommé régent en France de l'enfant-roi. Martin de Rouvray, le prieur de Coulombs, en habile négociateur, renouvela aussitôt à ce dernier sa demande de restitution, qu'il assortit cependant d'une suggestion pour régler enfin le différend. Si le duc considérait, comme son frère avant lui, qu'il y avait toujours un risque pour la sécurité du reliquaire dans son abbaye, il lui proposait de le confier, en attente de jours meilleurs, aux religieux bénédictins de l'abbaye de Saint-Magloire de Paris[1], du même ordre que le sien. Il allait de soi que cette solution permettrait à son abbaye de bénéficier de nouveau des offrandes faites chaque jour à la relique...

Le duc de Bedford trancha cinq ans plus tard, le 24 mai 1427 ! Il acceptait la proposition du transfert sous condition que le reliquaire reste dans l'abbaye de Saint-Magloire – où une partie des moines de Coulombs s'étaient réfugiés – et ne sorte pas de Paris sans la permission du grand conseil du roi, Henri VI. Il nommait son conseiller ecclésiastique, l'évêque de Beauvais Pierre

1. *Située sur l'emplacement actuel de la rue Rambuteau ; détruite à la Révolution.*

Cauchon, ancien chanoine de Chartres, pour veiller à l'exécution des termes de l'ordonnance. Martin de Rouvray trouva bien évidemment la décision satisfaisante et accepta. Il décéda en 1438 dans l'abbaye même de Saint-Magloire, tout près de son reliquaire... De cette affaire, les chanoines de la Sainte-Chapelle restèrent néanmoins les « grands gagnants »...

L'abbé Ferrand de Montreuil succéda à Martin de Rouvray à la tête de l'abbaye de Coulombs, où l'on ne comptait plus sur place qu'une petite dizaine de religieux. En 1440, la paix étant revenue en Beauce repassée sous l'autorité de Charles VII, il résolut de réclamer au nouveau roi de France le retour définitif de la relique du saint prépuce dans son abbaye. Par lettres patentes en date du 23 mai 1441, le monarque reconnut le droit de propriété de l'abbaye de Coulombs sur le reliquaire, mais maintint curieusement l'impossibilité de le faire sortir de Paris sans le consentement du roi anglais et de son grand conseil !

Il fallut attendre encore six ans pour que le successeur de Ferrand de Montreuil, l'abbé Jean VI Lamirault, qui avait engagé la remise en état de l'abbaye en comptant sur la piété des fidèles et la renommée de la sainte relique pour en assurer le financement, obtienne du roi Henri VI les fameuses lettres patentes restituant enfin à l'abbaye ses droits complets sur la relique. On était en juillet 1447, le saint prépuce avait quitté Coulombs pour quelques semaines vingt-cinq ans auparavant !

Jean Lamirault acheva presque entièrement la reconstruction de l'abbaye Notre-Dame et eut la satisfaction, en avril 1464, de recevoir la visite royale de Louis XI, en séjour non loin de Coulombs, à Rouvres, chez son beau-frère Pierre de Brézé, seigneur de Nogent-le-Roi. À cette occasion, en présence de l'évêque de Chartres Miles d'Illiers, on ouvrit le reliquaire[1], et chacun put – crut ? – apercevoir à travers le verre de cristal de roche la fameuse relique du prépuce divin... Bien étrangement, c'est à partir de cette époque que les textes n'évoquent plus la relique du saint prépuce et lui substituent

1. *Le reliquaire dit « de la Circoncision de Notre-Seigneur » conservé aujourd'hui a été offert à l'abbaye plus tard, au tout début du* XVI*e siècle, par l'abbé Miles d'Illiers – le neveu de l'évêque du même nom.*

un fragment de la vraie Croix, conservé dans un reliquaire dit cependant « de la Circoncision », dont on se garde d'expliquer la dénomination...

Pendant trois siècles, le reliquaire de Coulombs fut l'objet d'une grande dévotion, précisément jusqu'en 1790, année de la fermeture des portes de l'abbaye et de la dispersion des moines. Au cours de l'année 1791, l'administration du district de Dreux mit en vente tous les biens de la communauté, puis les bâtiments conventuels furent démolis progressivement. Il n'en reste aujourd'hui qu'un magnifique portail d'époque romane en pierres qui servait autrefois d'entrée à l'abbaye et, sur sa gauche, le pied d'un clocher dit la « grosse tour de Coulombs ».

Les objets furent vendus aux enchères le 10 février 1791. Ils furent attribués pour 40 100 livres au sieur Jean-Baptiste-Hyacinthe-Marie Dutertre de Sancé, maréchal de camp demeurant à Garancières. L'année précédente, ils avaient été estimés à 64 000 livres par le prieur à l'occasion de sa déclaration de biens et de revenus à l'Assemblée nationale. Dans l'état d'estimation, on trouve la « châsse des reliques de saint Gratien et le chef de sainte Scholastique, la relique de la Circoncision avec une parcelle de la vraie Croix », le tout pour une valeur de 900 livres[1].

On ne sait si le reliquaire fit partie de la vente en 1791. Il réapparut soixante-dix ans plus tard... trouvé, abandonné, dans une vieille armoire de la sacristie de l'église Saint-Chéron de Coulombs par l'archiviste Lucien Merlet[2], qui raconta en 1891 :

« [...] Quant au reliquaire de Coulombs [...], il y a une vingtaine d'années, étant allé à Coulombs pour le rechercher, je le trouvai, après de longues investigations, jeté dans le bas d'une armoire, au milieu d'oignons (*sic*), de vieilles fleurs artificielles et d'autres objets de rebut [...]. C'est un fort joli reliquaire en argent, aux armes de Miles d'Illiers, évêque de Chartres au commencement

1. *Merlet, Lucien,* Histoire de l'abbaye Notre-Dame de Coulombs, *Pétrot-Garnier libraire, 1864, p. 235.*
2. *Archiviste (on lui doit l'inventaire des archives départementales), président de la Société archéologique d'Eure-et-Loir, auteur d'une centaine d'ouvrages sur le département (1827-1898).*

Vestige de l'ancienne abbaye de Coulombs : le porche d'entrée.
(Collection de l'auteur.)

du XVIe siècle : la relique se voit, ou plutôt se devine, derrière un morceau de cristal de roche[1]. »

Pouvait-elle encore s'y trouver quand le reliquaire eut l'insigne privilège d'être retenu parmi les œuvres d'orfèvrerie religieuse hors pair pour être présenté à l'exposition rétrospective de l'art français organisée dans le cadre de l'Exposition universelle de 1900 au Petit Palais à Paris[2] ? Sa description au catalogue ne fournissait pas sa complète appellation, pour raison de bonne convenance peut-être ?

Il vécut une dernière péripétie au tournant des années 1920, quand on le retrouva en possession de l'instituteur de la commune de Coulombs, lequel l'avait reçu du curé de la paroisse à son départ. L'affaire fit grand bruit, d'autant que l'objet, propriété communale depuis 1789 confirmée par la loi de 1905 relative à la

1. L'Intermédiaire des chercheurs et curieux, *n° 565, 25 novembre 1891, p. 913. Lucien Merlet ne précise pas s'il s'agit de la relique de la vraie Croix ou du crucifix en ivoire.*

2. *MÉTAIS, Charles,* Archives du diocèse de Chartres, églises et chapelles du diocèse de Chartres, *quatrième série, C. Métais éditeur, 1908.*

séparation de l'Église et de l'État, était placé sous la surveillance du curé en charge de la paroisse. Qui plus est, son classement sous protection des monuments historiques en date du 17 novembre 1906 attestait ses qualités esthétiques et sa valeur historique. Suite à cette affaire, le précieux reliquaire a été versé vers 1925 au trésor de la cathédrale de Chartres, où il se trouve toujours. Si sa fiche d'inventaire descriptive et historique indique précisément le remplacement du morceau de la vraie Croix par un Christ en ivoire du XIIe siècle, certes à une date inconnue, en revanche elle ne fait aucune allusion à la présence autrefois d'une quelconque relique de prépuce, ni ne fait état de ses pouvoirs pourtant précisément décrits dans les sources d'information citées...

Les reliques ont de tout temps nourri commentaires et réflexions, et servi de prétexte à quantité de débats et de polémiques. Notre récit des pérégrinations du saint prépuce de Coulombs ne nous imposait pas d'entrer dans ces controverses, et nous nous sommes gardés de le faire, à l'exemple du pape Innocent III qui, à propos des églises qui prétendaient posséder le prépuce de Jésus-Christ, disait qu'il « [...] vaut mieux laisser cette discussion tout au jugement de Dieu que d'en vouloir décider témérairement[1] [...] ».

---

1. THIERS, *Jean-Baptiste (abbé),* Dissertation sur la sainte larme de Vendôme, *Veuve Claude Thiboust, 1699.*

Chapitre VI

Les épis d'or de Henri

QUAND, AU XIXe SIÈCLE, on était reçu au château d'Oysonville, on pouvait voir, au premier étage de sa partie la plus ancienne, la chambre dite « du roi », où Henri IV avait couché à plusieurs reprises, et, au rez-de-chaussée, son portrait dans la galerie qui doublait le vieux salon[1]. À l'époque de ses séjours à Oysonville, qu'il appréciait particulièrement, le roi était reçu par le seigneur du lieu, le baron François d'Allonville d'Oysonville, et son épouse, Jeanne de Billy, dame de Vertron.

La maison d'Allonville, connue depuis le XIIe siècle, était originaire du pays chartrain, où elle possédait nombre de terres et de seigneuries.

On ne compte pas les membres de cette maison qui se sont illustrés aux croisades, sur des champs de bataille, à la cour des rois ou dans l'exercice de charges honorifiques, comme grand panetier de France, grand maître des Eaux et Forêts, chambellans, gentilshommes de la chambre, écuyers ou encore comme gouverneur de ville – de Chartres, Blois, Étampes, Montlhéry, etc.

Outre sa branche d'Oysonville, la maison d'Allonville a produit la branche cadette des d'Allonville de Réclainville[2], connue pour le rôle joué par Jehan II de Réclainville, gouverneur de Chartres, lors

1. *MÉTAIS, Charles,* Châteaux en Eure-et-Loir, *volume I, C. Métais éditeur, 1902, p. 50.*
2. *Issue de Colin d'Allonville de Réclainville (1405-1483), écuyer, seigneur de Réclainville (canton de Voves).*

du siège de la ville en 1591, et la branche de Louville[1], éteinte en 1734.

François d'Allonville, né au château d'Oysonville vers 1530, fut nommé, comme son père, chevalier de l'ordre du Roi puis, en 1570, gentilhomme de la chambre. Il fut également gouverneur de la ville d'Étampes et député de la noblesse aux états généraux d'Orléans, puis de Blois. Après ses campagnes aux côtés du roi Henri II dans les guerres d'Italie de 1552 à 1559, il s'illustra pendant les guerres de Religion comme l'un des chefs catholiques partisans de la Ligue. Conquis par la noblesse du duc de Guise, il resta cependant à l'instar des gentilshommes de Beauce un ligueur modéré, ne se sentant aucune affinité avec les révoltes des villes. Son opposition à Henri III tenait avant tout aux maladresses de ce dernier et aux prétentions de ses favoris. Finalement, il se rallia assez tôt à Henri IV, et les deux hommes s'apprécièrent sincèrement malgré leur différence d'âge.

Quand ils reçurent le roi, au tournant de l'année 1600, les Allonville étaient à l'apogée de leur gloire à Oysonville. Le couple y séjournait longuement chaque année avec sa nombreuse descendance. Il se mêlait bien volontiers aux affaires locales, faisait des acquisitions, terminait la reconstruction du château, secourait les pauvres, dotait la fabrique, portait des enfants sur les fonts baptismaux... Le baron, alors gouverneur d'Étampes, fit rayonner Oysonville à tel point que plusieurs membres éloignés de la famille souhaitèrent à l'époque en faire le lieu de leur sépulture et dotèrent l'église en conséquence...

Les séjours de Henri IV n'étaient certes pas étrangers à cette renommée. Ce serait précisément à l'occasion d'une de ces visites, dont la date n'est pas connue, qu'un événement insolite serait survenu. Assez étrangement, on n'en trouve trace pour la première fois qu'en juin 1857 dans les colonnes du magazine hebdomadaire encyclopédique *Le Magasin pittoresque*[2], hélas ! sans indication de source ni de signature :

---

1. Issue de Jehan d'Allonville de Louville (1360-1405), écuyer et sieur de Louville-la-Chenard (canton de Voves).

2. Créé en 1833 par Édouard Charton, Le Magasin pittoresque *tira jusqu'à cent mille exemplaires. Il cessa de paraître en 1938.*

« Oysonville, aujourd'hui petite commune de l'arrondissement de Chartres, possédait autrefois un très beau château qui, au commencement du XVIe siècle, appartenait à messire François d'Allonville, chevalier de l'ordre du roi. Henri IV, qui aimait beaucoup ce seigneur, vint un jour lui rendre visite à son château d'Oysonville. Après le déjeuner, François d'Allonville, ayant mené le roi dans le parc, se plaisait à lui faire admirer les plantes rares dont il avait décoré ses plates-bandes. Henri IV s'arrêtait surtout devant les diverses espèces de rosiers qui ornaient le parterre et faisait compliment à son hôte sur la richesse de son jardin. Alors, un laboureur du pays nommé Cadot, le plus riche tenancier du seigneur d'Oysonville, se hasarda à dire au roi qu'il avait encore de bien plus belles fleurs et en grande quantité, et que si Sa Majesté voulait le suivre, il serait heureux de les lui montrer. Henri IV était bon prince : il consentit à accompagner le laboureur. Celui-ci les conduisit dans une pièce de blé en fleur, et, lui montrant les épis : "Sire, dit-il, voilà les plus belles fleurs que je connaisse." "Tu as raison, mon ami, lui répondit Henri, ce sont aussi celles que je préfère." Et, de retour à Paris, le roi envoya au laboureur quatre épis de blé en or que les descendants de Cadot ont conservés longtemps[1]. »

Ce texte sera repris plus tard *in extenso* dans différents ouvrages rapportant l'histoire de la commune. Le comte de Rilly ajoutera en 1892 que Cadot le laboureur se serait prénommé Jean, qu'il aurait été boucher à Oysonville et qu'il vivait encore en 1618.

Aujourd'hui, l'anecdote semble être admise plus comme une légende que comme une histoire vraie, peut-être à cause du manque de rigueur de l'article du *Magasin pittoresque*, qui affirme que Henri IV aimait beaucoup François d'Allonville, propriétaire du château au début du « XVIe siècle » (!), ou que Cadot emmena le roi admirer son champ de blé « en fleur » (!), ou, enfin, que le roi lui envoya pas moins de « quatre épis de blé en or », comme si de nos jours on épinglait en une unique occasion quatre médailles de chevalier du mérite agricole au revers du veston d'un même récipiendaire ! Le rédacteur de l'article ignorait-il en effet que ce fameux « épi d'or » était à l'époque une distinction honorifique

1. Le Magasin pittoresque, *vingt-cinquième année, juin 1857, p. 183.*

officielle créée par Henri IV lui-même ? On connaît l'intérêt de ce roi pour l'agriculture et l'estime qu'il portait aux paysans, dont il appréciait la compagnie, ne s'offensant jamais de la hardiesse de leurs reparties. On sait moins qu'il fut le premier des souverains à accorder une distinction honorifique, en l'occurrence l'« épi d'or », à ceux de ses sujets qui se distinguaient dans l'art de l'agriculture... Le récipiendaire et ses descendants pouvaient le porter en manière de décoration « et de noblesse », fixé sur leur chapeau !

Si l'on peut regretter l'absence de documents probants sur l'anecdote des quatre épis d'or d'Oysonville, il faut savoir qu'il n'en existe pas non plus pour un fait quasi identique survenu à une trentaine de kilomètres, à Césarville-Dossainville, petite commune du Loiret, entre Malesherbes et Pithiviers ! La plus ancienne relation de cette autre anecdote est parue dans l'édition du mardi 21 avril 1778 de la sérieuse *Gazette d'agriculture, commerce, art et finances*, créée par Choiseul en 1763. Elle émane d'un « lecteur anonyme de Fontainebleau » – procédé couramment utilisé qui masquait le nom du rédacteur de la revue :

« Un jour, Henri IV, traversant la galerie du château de Fontainebleau, vit un laboureur nommé de la Foy qui, appuyé sur une croisée, regardait attentivement dans le jardin de l'orangerie. Le roi, lui frappant sur l'épaule, lui dit : "Mon ami, que considères-tu là ?" "Sire, c'est votre jardin : il est certainement très beau, mais j'en ai un qui vaut mieux encore." "Et où est ton jardin ?" "Près de Malesherbes." "Je ne serais pas fâché de le voir." En effet, Henri alla quelques jours après à Malesherbes pour y rendre visite à la belle d'Entragues à qui cette terre appartenait alors. Il se fit conduire à la ferme de la Foy et lui demanda à voir son jardin. Notre bon laboureur le mena dans une vaste pièce de *bled* qui était de la plus grande beauté. "Ventre-saint-gris, lui dit le roi, tu avais raison, ton jardin est plus beau et meilleur que le mien." Le bon prince, pour lui témoigner sa satisfaction et pour honorer en sa personne le plus ancien et le premier de tous les arts, lui accorda le privilège de porter un épi d'or attaché à son chapeau. Il existe encore plusieurs descendants de ce digne laboureur dans divers cantons du Gâtinais et dans la Beauce, où ils exercent avec honneur la profession de leur ancêtre. »

La tradition locale ajoute que le laboureur s'appelait précisément Étienne Delafoy et que sa ferme se situait à Bléville sur la paroisse de Césarville...

Contrairement à celle d'Oysonville, l'anecdote de Césarville est citée à titre de référence dans bon nombre d'ouvrages évoquant la création de la distinction honorifique de l'« épi d'or » par Henri IV, sans qu'il existe à notre connaissance de preuve de véracité !

Il n'en existe pas davantage pour la troisième évocation que nous avons trouvée. Elle a été rapportée en 1938 à l'académie d'agriculture de France. Elle figurait dans un dossier soumis par une commission régionale pour une demande d'attribution de distinction à un certain Lepelletier, dont, affirmait le rapport d'honorabilité, un ancêtre avait reçu un « épi d'or » des mains de Henri IV ! La ferme du laboureur se trouvait au lieu dit « la Malvoisie » sur la commune d'Obsonville en Seine-et-Marne, en frontière de ce département avec celui du Loiret, à seulement vingt-cinq kilomètres à vol d'oiseau de Bléville !

S'il n'y avait la certitude de la création de la distinction honorifique de l'« épi d'or » par le roi Henri IV qui crédibilise en partie ces anecdotes, la proximité géographique des trois histoires et l'absence de tout document probant les concernant pourraient faire penser à une légende régionale, quasi impossible à explorer faute d'archives, d'autant que celles de l'académie d'agriculture ont disparu en grande partie lors de l'inondation de Paris en 1910 ! La belle anecdote des quatre épis d'Oysonville gardera ainsi longtemps encore tout son mystère...

Chapitre VII

Les prêches du père Bridaine

Le chapitre cathédral de Chartres accorda en novembre 1751 au père Jacques Bridaine une « chemisette » d'or en remerciement[1] pour sa mission lors du jubilé du demi-siècle. L'attribution à un « modeste » prédicateur d'une médaille si prestigieuse, par tradition réservée aux princes et nobles visiteurs de la cité, témoigna de l'immense satisfaction du clergé chartrain à son égard. Sermons, prêches, retraites spirituelles, processions, quête, confessions... le père Bridaine et les cinq missionnaires qui l'accompagnaient n'avaient en effet pas ménagé leur peine pendant les quatre semaines de leur présence à Chartres. Les fêtes du jubilé du demi-siècle organisées au cours de l'année 1751 prirent ainsi place grâce à lui parmi les manifestations chartraines les plus surprenantes de la période de l'Ancien Régime !

Invité à Chartres conjointement par le chapitre et l'évêque, Mgr de Fleury, pour donner de la solennité aux fêtes du jubilé et, à l'occasion, pour faire oublier la piètre « prestation » des pères jésuites venus en 1727, le père Bridaine débarqua dans la capitale beauceronne le lundi 25 octobre avec ses cinq compagnons, les pères Curade, Guinot, Camartin, Gauchard et Dolonne.

La notoriété du prédicateur originaire d'Uzès n'était plus à faire après ses vingt-cinq années passées à prêcher dans les diocèses de

1. *Les cinq autres missionnaires reçurent également une « chemisette » d'or, d'une valeur toutefois deux fois moindre que celle offerte à Bridaine.*

France, où on louait partout son zèle et son éloquence pour frapper ses auditoires et les enthousiasmer. Son premier prêche à Aigues-Mortes en 1725 l'avait d'emblée fait connaître tant il avait été mené de main de maître : à l'heure annoncée, n'ayant trouvé aucun fidèle dans l'église à l'attendre, le jeune missionnaire avait parcouru sans un mot les rues de la ville, précédé d'un enfant de chœur qui agitait sa sonnette ; les habitants, intrigués de voir un prêtre se promener ainsi, le suivirent piqués de curiosité... jusqu'à leur église, où ils se retrouvèrent à devoir l'écouter après quelques éclats de rire bien vite avalés ! L'habile curé utilisa à plusieurs reprises par la suite ce savoir-faire particulier de conduire des foules, tel le joueur de flûte de Hamelin.

Pendant douze ans, il prêcha dans les Cévennes et le Vivarais, puis le cardinal de Fleury l'engagea dans une organisation de missionnaires pour porter la bonne parole dans toutes les régions françaises. Il sillonna alors les diocèses un à un et accomplit ainsi deux cent cinquante-six missions en quarante années de sacerdoce. Juste avant Chartres, il venait de subjuguer un auditoire imposant d'évêques, d'ecclésiastiques et de hautes personnalités à l'église Saint-Sulpice de Paris, venus par curiosité entendre son exorde sur l'éternité. Son sermon fit une telle impression qu'il demeura longtemps pour certains un chef-d'œuvre digne de Bossuet.

Sa vive imagination, ses tournures de phrase hardies, sa franchise aux limites de l'insolence et son langage populaire frappaient sans ménagement, au prix quelquefois d'incohérences et de grotesque. Habile, il avait au fil du temps mis au point une sorte de code des oraisons qu'il appelait « [sa] méthode ». Ses cérémonies débutaient toujours par un cantique simple de sa composition, à plusieurs couplets, sur un air connu. Puis il déroulait son prêche fait d'explications raisonnées avec force exemples, pour bien accrocher son auditoire, toujours dans des envolées oratoires foudroyantes, d'une voix puissante et sonore qui produisait un grand effet sur les masses, même les plus nombreuses. Pendant trois à quatre heures, il accrochait ses auditeurs et se retrouvait, à trop gesticuler en chaire, le plus souvent en sueur, voire avec son surplis de travers ou même décousu, ce qui lui valait tout à la fois admiration et moqueries.

Le père Bridaine prit «possession» de Chartres sans rien changer à ses habitudes. D'emblée, nombre de fidèles furent réservés à la vue de sa tenue négligée. Ils furent encore plus décontenancés quand, au moment de l'ouverture de la cérémonie du jubilé par l'évêque, il fit entonner sans concertation avec quiconque un cantique de sa composition par un chœur de jeunes filles... À partir de cet instant, rien ne l'arrêta plus, un mois durant ! Ni la maladie du père Curade, ni la fatigue de ses autres compagnons, qui essayaient de suivre son rythme. Bien vite, ses trois sermons journaliers dans la cathédrale ne purent satisfaire tous les fidèles avides de savoir et passionnés, d'autant qu'on lui demanda d'en bisser les meilleurs ! Le chapitre décida alors, vue l'affluence, de commencer le premier prêche de la journée à 5 heures du matin, au tarif préférentiel de 1 liard la place pour le premier sermon... Mais contre toute attente, les fidèles restèrent écouter pendant sept heures d'affilée les trois sermons de la matinée, acceptant de payer leur place, pour chacun des deux suivants, jusqu'à quatre fois plus cher !

Devant tant de succès, le père Bridaine proposa l'organisation de retraites spirituelles, dont l'idée fut de prime abord décriée, puis finalement admise. La première méditation, réservée aux femmes, réunit mille cinq cents d'entre elles pendant trois jours consécutifs dans l'église des jacobins – autrefois couvent des dominicains, à mi-hauteur de la rue Muret. Elle se termina par une procession impressionnante des participantes pieusement recueillies, marchant lentement deux par deux jusqu'à la cathédrale pour y faire pénitence.

Puis ce fut au tour des hommes d'entrer en retraite, sous la direction du père Dolonne. Dès 2 heures du matin, le premier jour, plusieurs dizaines d'entre eux attendirent l'ouverture des portes de l'église. À 5 heures, on refusa du monde. Ils étaient au moins quatre mille (?). Bridaine prêcha le premier, à genoux, cinq heures durant, baigné de sueur comme à son habitude. Pendant son sermon sur la pénitence, l'auditoire pleurait... Pendant celui sur la confession, chacun descendit dans sa conscience. Il en fut ainsi pendant trois jours... Nicolas Guiard, un modeste vigneron de la paroisse Saint-Denis de Champhol, se trouvait parmi les milliers hommes attentifs. Il a relaté son inoubliable retraite dans son journal :

« [...] Des pères *missionnerre*, qui enseignent et *préchoist* la parole de Dieu et la conversion des pécheurs à la perfection et qui ont *mesme* mis les homme (*sic*) et les femme (*sic*) en retraite dans l'*églize* des jacobins, pendant chacun trois jours, par des sermon vif et menace rigoureux (*sic*), dont il *étoit* presque impossible de les entendre sans pleuré (*sic*) et sans se *requemendé* à Dieu d'un cœur *contris* et humilié[1]. »

Au troisième et dernier jour, comme les femmes l'avaient fait précédemment, les participants se rendirent à la cathédrale toute proche en trois quarts d'heure, en une procession lente et solennelle, pour faire amende honorable :

« [...] Et [ont] mené les homme (*sic*) et les femme (*sic*) au bout de chacun leur retraite en procession à la *catédralle*, dans un *arangement gratieux*, et [ont] fait *mesme* au home (*sic*) *ausi* bien qu'aux femme (*sic*), sur la fin de leur retraite, [ont] forcé de s'*entredoner* le *baizer* de paix[2]. »

Il vint ensuite à l'idée du missionnaire inlassable d'organiser une quête générale dans toute la ville pour faire bénéficier les pauvres de l'esprit de ferveur qu'il avait contribué à développer. Il l'annonça dans un discours sur l'aumône, puis loua au jour dit une charrette et alla recueillir lui-même les objets offerts en parcourant la ville en compagnie des administrateurs de l'hôtel-Dieu et du bureau des pauvres. L'initiative pourrait avoir davantage amusé les garnements que convaincu la population. Pour preuve, selon Vincent Chevard, le futur maire de Chartres pendant la Révolution, les vieilles hardes, vieilles perruques et autres vieux chapeaux que les enfants, dont il était peut-être, jetèrent dans son tombereau. Bridaine récolta néanmoins une somme de plus de 2 000 livres ainsi qu'une bonne quantité d'objets et de vêtements en bon état qu'il remit à l'évêché...

Vint le dimanche 21 novembre, dernier jour de la mission du père Bridaine. Il en conçut lui-même la cérémonie de clôture.

1. *Médiathèque municipale de Chartres, NA n° 48, copie* in extenso.
2. Ibid.

Une procession à Chartres en 1927...
(Collection de l'auteur.)

Elle dura toute la journée presque sans discontinuer avec en point d'orgue en fin d'après-midi l'élévation d'une croix de bonnes dimensions en souvenir de son passage, comme il avait coutume de le faire dans les villes importantes où il achevait sa mission ! Les processions parcoururent le centre de la ville et rassemblèrent plus de dix mille personnes, sans compter les autorités civiles de la cité subjuguées par l'élan populaire à défaut d'être convaincues !

Le matin, plus de mille cinq cents fidèles coururent à Notre-Dame pour recevoir une dernière fois la communion de ses mains... L'après-midi, la cérémonie reprit avec un nouvel office célébré en présence de l'évêque dans une cathédrale qui se révéla insuffisamment grande pour accueillir la foule immense qui souhaitait y entrer. Après la messe, la procession se mit en ordre sur le parvis pour parcourir les rues de la ville. Une troupe de symphonistes prit la tête du défilé, aussitôt suivie d'un millier de jeunes filles arrivées en priant de l'église des jacobins toute proche sous la conduite enthousiaste du père Bridaine. Vêtues de voiles blancs et couronnées de fleurs, elles accompagnèrent, en chantant des hymnes et des cantiques, une image de la Vierge portée par quatre d'entre elles. Derrière marchèrent les cortèges des deux mille femmes réunies depuis le début de l'après-midi dans l'église des carmélites – aujourd'hui le bâtiment de la cour d'assises. Vinrent ensuite les rangs des jeunes garçons, regroupés pendant l'office dans l'aile gauche de la cathédrale par deux abbés, puis les quatre mille hommes (?), rassemblés dans l'aile droite, marchant par rangées de quatre... Suivit le chœur d'instruments annonçant le passage de la croix, portée sur un brancard doré par quarante-huit jeunes gens aux pieds nus. Enfin, le clergé de toutes les paroisses de la ville, le chapitre en soutane noire portant des châsses et l'évêque se placèrent immédiatement derrière[1], talonnés par la duchesse de Fleury, la mère du prélat avec ses gens, le présidial et le corps de ville en robes, ainsi que six pompiers une torche à la main, mais sans toutefois la traditionnelle compagnie de l'Oiseau-Royal, écartée du cortège pour d'obscures raisons...

Aux sons des roulements de tambours et des décharges de mousquets, les porteurs de la croix et les autorités religieuses et civiles se dirigèrent vers la porte des Épars, par la rue des Changes, de la Pie, du Chapelet – aujourd'hui rue Marceau – et la grand-rue des Épars – de nos jours rue Noël-Ballay. Une pièce d'artillerie tonna, secondée aussitôt par des salves de mousquets, quand le cortège des ecclésiastiques déboucha sur la place devant la porte des Épars, couverte de fidèles qui agitaient les petits crucifix dont on leur avait demandé de se munir. Ce fut alors que l'évêque bénit la croix. Haute de six mètres et pesant trois cents kilogrammes, usinée en métal par des ouvriers de la cité et dorée aux frais du prélat, elle prit place dans le cimetière Saint-Thomas... jusqu'à la Révolution, qui la verra mise à bas. Le père Bridaine prit alors la parole pour un dernier sermon sur le thème de la Croix. Le brouillard et la nuit l'interrompirent deux heures plus tard, après quoi il rejoignit la cathédrale pour le terminer et faire ses adieux.

1. *Plusieurs ordres, tels les bénédictins, ne participèrent pas à la cérémonie.*

En à peine un mois, celui qu'on surnomma « le Bossuet des villages » avait prononcé une soixantaine de sermons et de discours, réuni six mille fidèles des deux sexes dans des retraites spirituelles, confessé et donné la communion à des milliers de repentants, récolté 2 000 livres pour les pauvres, fait processionner plus de dix mille fidèles à travers la ville... et fait dresser une croix de six mètres de haut en souvenir de son passage !

Chapitre VIII

Jean Valjean, émondeur à Faverolles...

Au temps de Louis-Philippe, à une époque de déclin religieux où les liens de sympathie entre les curés de campagne et leurs paroissiens allaient en s'amoindrissant, il était courant de voir les prêtres se réunir pour échapper à leur désœuvrement et à leur ennui. Ils appréciaient ainsi de pouvoir discuter entre eux des sujets les plus temporels, de s'asseoir ensemble autour d'une bonne table pour dîner ou de jouer aux cartes, quelquefois jusqu'à point d'heure[1] !

C'était ainsi que, le samedi 15 février 1840, le vieux curé Jacques Amard desservant la paroisse de Coulombs avait convié à dîner et à une partie de piquet ses confrères des paroisses voisines de Faverolles, Nogent-le-Roi, Pierres, Villiers-le-Morhier et Bréchamps[2]. On se mit à table à 1 h 30. Bien évidemment, on commença par évoquer les derniers mouvements d'humeur de l'évêque, Mgr Clausel de Montals, dont les malheureux curés du diocèse étaient souvent les victimes.

Les échanges sur le sujet s'achevèrent cependant dans un éclat de rire général quand un des convives, le nez dans son assiette, lança le fameux « C'est délicieux ! » utilisé à tout propos par le prélat...

---

1. *Sevrin, Ernest (abbé),* Monseigneur Clausel de Montals, évêque de Chartres (1769-1857), un évêque militant et gallican au xixe siècle, *tome I, Librairie philosophique J. Vrin, 1955.*

2. *Audition du curé Perdreau pour le procès Mahé (archives départementales d'Eure-et-Loir, cote 2 U 2 273).*

« Puisque nous parlons de notre évêque, dites-nous, père Perdreau, avez-vous des nouvelles de notre ami Venard que monseigneur a exilé à Crucey ?

– L'abbé Venard se porte bien. Il a toujours une pensée émue pour sa paroisse de Faverolles... et il regrette nos sympathiques réunions !

– Se consacre-t-il toujours à la poésie ?

– Plus que jamais ! L'encouragement de Victor Hugo[1] a semble-t-il aiguillonné sa fibre poétique. Il lui faut maintenant trouver de l'argent pour publier son prochain recueil... Il songe à une souscription. »

Vers 3 h 30, alors que le fromage arrivait enfin sur la table, le jeune vicaire Mahé, attaché à la paroisse de Nogent-le-Roi, se leva subitement et s'éclipsa dans le corridor... pour ne plus revenir.

« Voilà un vicaire préoccupé et bien impoli, lança le curé Amard, l'œil noir.

– Sa conduite intrigue le père Legendre depuis plusieurs semaines, lui répondit-on. Ils ne se parlent plus. À se comporter comme il vient de nous le montrer, je ne serais pas étonné qu'il reçoive bientôt une lettre de monseigneur !

– Aurait-il des soucis ?

– À n'en point douter, ce garçon a l'esprit ailleurs. Rendez-vous compte, le père Legendre m'a dit qu'il lui arrive d'oublier ses prières d'action de grâces ! On peut certes comprendre la distraction d'un ouvrier dans l'exécution de sa tâche. En revanche, on ne peut admettre semblable comportement chez un prêtre quand il sert la sainte messe. Notre fonction sacerdotale n'est pas un métier, il semble l'oublier... »

Vers 4 h 30, alors que le crépuscule d'hiver assombrissait déjà la campagne, l'assemblée se sépara après sa partie de piquet, et chacun regagna sa paroisse, l'esprit léger et le ventre plein.

Sitôt arrivé devant son presbytère à Faverolles, vers 5 h 45, le temps de parcourir la lieue et demie depuis Coulombs, Alexandre-Henri Perdreau aperçut la fenêtre de sa chambre à coucher

1. *Germain-Napoléon Venard, alors curé de Faverolles, avait dédié en 1835 un poème à Victor Hugo.*

étrangement ouverte et un carreau cassé. Il s'y précipita et constata qu'on avait forcé son secrétaire. La plaque de marbre couvrant le meuble avait été déposée et le fond du compartiment supérieur défoncé avec les pincettes à feu de la chambre. Le prêtre se hâta alors chez Nicolas-Jean Gibot, le maire de la commune, pour faire établir un constat du vol[1] et dresser une première liste des objets subtilisés. Il déclara lui manquer douze cuillères et neuf fourchettes en argent à ses initiales, une ancienne montre à répétition également en argent, au verre cassé, deux chandeliers en cuivre argenté, ainsi qu'une conséquente somme d'argent composée de 420 francs en pièces d'or et d'environ 300 francs en pièces d'argent... Il remettra plus tard au maire une tabatière en copeaux de bouleau trouvée au pied du meuble, sans doute perdue par le cambrioleur...

Malgré les nombreux témoignages recueillis dès le lendemain par la maréchaussée, le coupable demeura introuvable. Plusieurs villageois avaient bien vu un individu errer dans les rues du bourg. Certains l'avaient même aperçu entrer dans le jardin de la cure, et d'autres en ressortir une demi-heure plus tard. Mieux, plusieurs habitants l'avaient salué, ayant cru reconnaître de loin leur curé Perdreau, car l'homme était vêtu d'un costume d'ecclésiastique sous un long manteau au collet fourré !

Le vendredi 13 mars, ce fut au tour du presbytère de Nogent-le-Roi d'être « visité » pendant que le curé Legendre officiait à Saint-Sulpice. Il était 8 heures. La nièce du prêtre, qui entrait chez son oncle par la porte donnant sur la grand-rue, avait entraperçu une silhouette s'enfuir du logement par une autre porte donnant sur la cour et le jardin vers la rue des Remparts. Il ne lui fallut que quelques instants pour découvrir la serrure fracturée du secrétaire où son oncle conservait son argent, une somme d'environ 700 à 800 francs en pièces de 5 francs et de la menue monnaie, dans deux bourses de cuir qui n'étaient plus là. Une fourchette de table aux dents recourbées qui avait probablement

1. Procès-verbal du samedi 15 février 1840, dressé à 6 heures du soir, par le maire Nicolas-Jean Gibot, versé au dossier du procès Mahé (archives départementales d'Eure-et-Loir, cote 2 U 2 273). La liste des objets volés sera plus tard complétée par un vase pour les saintes huiles et un reliquaire en argent.

servi à fracturer le meuble gisait au pied du secrétaire. La jeune fille courut chez des voisins, qui lui déclarèrent que le vicaire Mahé, aperçu sortant par la porte arrière de la maison, avait pu surprendre le voleur...

Le juge de paix de Nogent alla vers 10 heures rencontrer le jeune prêtre au vicariat installé dans la maison faisant l'angle des rues de la Volaille et de la Cloche. Il avait auparavant entendu plusieurs témoignages spontanés qui l'avaient rendu perplexe quant au comportement de l'ecclésiastique. On l'avait vu en effet à 7 h 45 quitter précipitamment l'église et se diriger vers son logement par la rue de la Volaille. Puis, un quart d'heure plus tard, quatre personnes l'avaient aperçu sortir de chez lui et se diriger d'un pas rapide par la rue des Remparts jusqu'à la porte du jardin du presbytère. D'autres l'avaient vu en ressortir après une vingtaine de minutes et revenir en courant à son domicile, qu'il avait ensuite quitté peu de temps après pour prendre à pied la direction de Lormaye...

Ses soupçons grandissant après les explications quelque peu embrouillées du vicaire, le juge entreprit une fouille rapide du logement, mais ne trouva qu'une somme d'argent peu importante, entraînant la vive réaction du religieux agacé par la suspicion dont il était l'objet.

Trois jours plus tard, Mahé ne perdit rien de sa superbe quand on découvrit à Nogent, dans un buisson sur le chemin vers Lormaye, sa bourse contenant la somme rondelette de 360 francs en pièces d'or. Il nia farouchement qu'elle lui appartenait malgré un témoignage précis. Il adopta la même attitude quand le juge saisit, sur dénonciation, chez un couple de pauvres journaliers, la somme de 265 francs en pièces de 5 francs, trouvée par la femme curieusement sur le même chemin vers Lormaye... Enfin, ce fut au tour des chandeliers et du vase aux saintes huiles volés au presbytère de Faverolles d'être repêchés de la rivière, au pied d'un saule, encore une fois à Nogent-le-Roi, en remontant vers Lormaye...

Il ne manquait plus qu'à pouvoir établir le lien entre les vols de Faverolles et de Nogent. On le fit quand le juge prouva que la tabatière en bois trouvée dans la chambre du curé Perdreau de Faverolles appartenait à Mahé ! Tout permettait alors de penser que le vicaire, paniqué à l'idée de s'être fait remarquer par son comportement étrange pendant son vol au presbytère de Nogent-le-Roi, avait, aussitôt après son forfait, cherché à se débarrasser au plus vite du produit de ses deux larcins...

La justice l'inculpa en avril de vols qualifiés avec effractions dans des maisons habitées et procéda à son incarcération à la prison de Chartres. L'affaire fut inscrite au rôle de la session de printemps de la cour d'assises d'Eure-et-Loir. En raison du nombre de témoins cités, pas moins de cinquante-cinq, le parquet décida de la faire examiner en toute fin de session.

Le procès s'ouvrit le jeudi 18 juin devant une salle archicomble où avaient pris place de nombreux membres du clergé. Il dura plusieurs jours sans lasser le public. L'affaire était exceptionnelle à plus d'un titre.

Paul-Étienne-Pierre-Jacques Mahé apparut en costume civil bourgeois. On apprit qu'il était issu d'une famille pauvre de Bourseul, petite commune de Bretagne, près de Plancoët. Il était entré au séminaire de Dinan, qu'il avait quitté à l'âge de vingt-deux ans pour occuper pendant quelques mois un emploi de commis chez un marchand drapier de Mayenne. Il était retourné au séminaire, puis avait été nommé vicaire à Nogent-le-Roi au début de l'année 1839. Âgé de vingt-six ans, il entretenait une liaison amoureuse avec une Nogentaise et était criblé de dettes – pour près de 1 400 francs de l'époque ! Pour ces deux raisons, il avait reçu le 15 février de son évêque l'ordre de quitter Nogent-le-Roi et le diocèse de Chartres dans les plus brefs délais...

Lors de son interrogatoire, il persista à nier les deux vols. Son avocat, Me Maunoury, profitant de témoignages discordants sur les heures des différentes phases du vol de Nogent-le-Roi, présenta un alibi disculpant selon lui son client... Puis, reprenant habilement à son compte l'argument du ministère public qui affirmait que le voleur de Nogent était également celui de Faverolles, il soutint que, ne pouvant être le voleur de Nogent du fait de son alibi, Mahé ne pouvait pas être celui de Faverolles !

Les jurés ne suivirent pas l'avocat dans son raisonnement, et le samedi soir, après une demi-heure de délibéré, ils reconnurent Paul-Étienne-Pierre-Jacques Mahé coupable de tous les chefs d'accusation. La cour le condamna à la peine de quinze ans de travaux forcés, sans exposition au pilori. Il se pourvut aussitôt en cassation, mais fut débouté de sa demande. Au cours de sa peine, il formula plusieurs recours en grâce qui furent tous rejetés.

L'affaire du vol du presbytère de Faverolles tomba dans l'oubli au moins jusqu'en 1896, quand, fortuitement, un dénommé Galerne découvrit le 31 janvier les fameux couverts en argent aux initiales « A. P. » enterrés au pied d'un chêne, qu'on appellera bien plus tard le « chêne Jean-Valjean », dans le bois du Thuilay, entre Faverolles et Senantes en direction de Nogent-le-Roi... Les descendants de l'abbé Perdreau en demandèrent la restitution et les récupérèrent[1].

En octobre 1934, peut-être à l'occasion de la projection au cinéma Idéal de Dreux de l'adaptation cinématographique réalisée par Raymond Bernard du roman *Les Misérables*, on évoqua à Faverolles, pour la première fois semble-t-il, l'hypothèse selon laquelle Victor Hugo pouvait s'être inspiré de l'affaire du vol des couverts en argent commis au presbytère de la commune en février 1840 pour donner corps à son personnage de Jean Valjean, vivant du métier d'émondeur dans une localité précisément du nom de Faverolles, en ignorant bien volontiers qu'il s'agissait de la commune de Faverolles en Brie picarde !

Le rapprochement était d'autant plus séduisant que, comme dans le roman, des émondeurs habitaient Faverolles en Eure-et-Loir et qu'un vol de pain y avait également été commis chez le boulanger Trouvé en novembre 1841... Enfin, on avait relevé dans les registres de l'état civil de la commune de l'année 1859 qu'un habitant du nom de Gustave-César M.[2] était mort au bagne de Kourou en Guyane en septembre 1858. Les minutes du procès en assises de cet homme ouvert en août 1857, consultables aux archives départementales d'Eure-et-Loir, révèlent que la nature

1. Sur la découverte des couverts d'argent, voir le dossier du procès Mahé (archives départementales d'Eure-et-Loir, cote 2 U 2 273).

2. Nous avons respecté le souci d'anonymat concernant cette personne qui semble perdurer encore de nos jours...

des « crimes[1] » pour lesquels il fut condamné à cinq ans de bagne était différente de ceux imputés à Jean Valjean. Qui plus est, contrairement à ce qui se disait en 1934, jamais à aucun moment de l'enquête et du procès la justice ne fit état des vols commis dix-sept ans plus tôt au presbytère par le vicaire Mahé... Faut-il ajouter que le mystérieux Gustave-César M. n'était alors âgé que d'une quinzaine d'années ? Qu'importe ! Tout concourait *a priori* pour faire du Faverolles eurélien le vrai pays d'origine du personnage hugolien de Jean Valjean !

Encore fallait-il trouver par qui le grand écrivain aurait pu apprendre ce qui s'était passé du côté de Nogent-le-Roi en 1840 et 1841. On pensa bien entendu assez vite à l'abbé Venard, à une époque curé de Faverolles, dont on savait qu'il avait correspondu, fût-ce par une seule lettre en 1834, avec l'illustre Victor Hugo... N'avaient-ils pas été tous les deux poètes ? N'avaient-ils pas été l'un comme l'autre « exilés » pour des idées politiques volontiers présentées comme assez proches ? On en conclut que ces deux-là ne pouvaient s'être ignorés, et Venard fut désigné comme ayant été son probable informateur...

D'autres arguments, relevés dans la biographie de l'auteur puis dans la lecture attentive du roman, vinrent *a posteriori* renforcer l'hypothèse : Victor Hugo « connaissait » le département d'Eure-et-Loir ! N'était-il pas venu dix jours à Dreux en juillet 1821 pour retrouver Adèle Foucher, sa future femme, dont il était fou amoureux ? Elle y séjournait avec ses parents, qui avaient souhaité la soustraire aux assiduités du jeune homme... Sans le sou, il avait fait le trajet à pied depuis Paris pour la rejoindre ! Qu'importe s'il n'était pas venu par Faverolles ou Nogent-le-Roi... En juin 1836, n'avait-il pas passé trois jours à visiter Chartres, venant de Bièvres par Rambouillet et Maintenon, en compagnie de Juliette Drouet et du dessinateur Célestin Nanteuil ? Les deux amants avaient ensuite filé vers la Normandie par La Loupe, Nogent-le-Rotrou, puis Alençon... N'existait-il pas enfin des ressemblances entre certains lieux de Faverolles – le presbytère, par exemple – et des endroits décrits dans le roman ? N'y avait-il pas quelques

1. *Aujourd'hui, les mêmes actes sont qualifiés de délits punissables de courtes peines de prison, souvent assorties du sursis. Autre temps, autres mœurs !*

analogies entre des habitants de la région et des personnages de l'épopée ?

Malgré toutes ces possibles convergences, on reste aujourd'hui dans la même incertitude qu'il y a bientôt quatre-vingts ans, notamment parce que personne n'a encore pu démontrer la réalité d'une relation épistolière véritable entre Victor Hugo et l'abbé Venard, ni la suprématie incontestable des arguments euréliens sur ceux des nombreuses autres régions partout en France qui revendiquent aussi être les pays d'origine du personnage de Jean Valjean !

L'unique correspondance avérée de Victor Hugo à l'abbé Venard est cette lettre de remerciement et d'encouragement du 19 novembre 1834, quasi identique sur le fond à celles qu'il adressa à des centaines – des milliers ? – de jeunes talents, poètes et prosateurs, qui lui envoyèrent un jour un exemplaire de leur première œuvre. L'abbé Venard, tout juste âgé de vingt-six ans, se comptait parmi eux avec son premier recueil de poésie. Peut-on penser que cette lettre a pu être la première d'une correspondance assidue, mais restée bien bizarrement inconnue et secrète, quand on sait le sort que réservait souvent l'écrivain aux divers ouvrages qu'il recevait de ses admirateurs en veine de reconnaissance ? Rien n'est moins sûr, ainsi qu'en témoigna Albert Lacroix, futur éditeur... des *Misérables*. En 1857, âgé d'à peine vingt-trois ans, il avait adressé à Hugo, alors à Guernesey, un exemplaire de son premier ouvrage, *Shakespeare et le théâtre français*, couronné d'un prestigieux prix de littérature, afin de recueillir les louanges de l'auteur d'*Hernani*. Le courrier de remerciement et d'encouragement qu'il reçut en retour égala en compliments celui reçu par l'abbé Venard vingt ans auparavant... Quatre ans plus tard, le même Lacroix fit le voyage de Guernesey pour conclure le contrat d'édition des *Misérables*. À 9 heures du matin, raconta-t-il, on l'introduisit dans la bibliothèque d'*Hauteville House* pour attendre l'écrivain... et là, sur les rayons de chêne, il avisa son ouvrage, comme disposé en évidence, et s'aperçut « avec mélancolie » que les pages n'en étaient pas coupées ! Victor Hugo ne l'avait pas lu, mais il avait cependant deviné en Lacroix le « porte-flambeau du progrès » !

Victor Hugo, on le sait, a été un auteur des plus prolifiques. On sait moins qu'il s'écoula souvent des mois, voire des années, entre les premières lignes de certaines de ses œuvres et leur édition, quand elles n'étaient pas simplement abandonnées ou, pour certaines, reprises bien plus tard pour être agrégées à une autre œuvre. Le roman *Les Misérables* n'a pas échappé à cette pratique d'écriture, ultime phase d'une démarche créative engagée des années auparavant par la conception de l'intrigue et des personnages dans l'inconscient et l'imaginaire de l'auteur. Il est ainsi patent de constater que, dès les années 1820, Hugo s'intéressait au monde du bagne ainsi qu'aux bagnards et qu'il recueillait déjà des informations et notait des détails qu'on retrouvera précisément trente-cinq ans plus tard dans son roman... On sait avec une quasi-certitude qu'il en a commencé l'écriture définitive le 17 décembre 1845 pour terminer son manuscrit le 30 juin 1861, avec de longues périodes de suspension, notamment entre février 1848 et décembre 1860.

On sait peu, en revanche, qu'il avait, plusieurs années auparavant, vers 1835-1840, entamé l'écriture d'une œuvre, *Le Manuscrit de l'évêque*, qui fut finalement intégrée aux *Misérables* pour y devenir l'épisode où Jean Valjean, après avoir dérobé à Dignes l'argenterie de l'évêque Myriel, échappe à l'arrestation grâce au témoignage que fait ce dernier en sa faveur... Pour l'édition du *Manuscrit de l'évêque*, ainsi que pour deux autres romans, Victor Hugo s'était engagé par contrat dans les années 1830-1835 auprès de l'éditeur Eugène Renduel, sans fixer toutefois les dates de livraison des manuscrits. Finalement, Renduel cessa ses activités d'édition en 1840, avant que Victor Hugo les lui remette[1]. Au moment de la signature du contrat d'édition des *Misérables* en 1862, Hugo se souvint parfaitement de son lointain engagement et exigea de ses nouveaux éditeurs, les Bruxellois Lacroix, Verboekhoven et Cie, qu'ils rachètent à Renduel les droits pour cet ouvrage où apparaissait déjà son héros Jean Valjean...

Il semble donc, hélas ! quasi acquis que le personnage du bagnard Jean Valjean et les crimes que la société lui reprochait

1. *J*ULLIEN, *Albert, « Le romantisme et l'éditeur Renduel »,* La Revue des deux mondes, *décembre 1895.*

étaient présents dans la production littéraire de Victor Hugo plusieurs années avant la survenue des événements de Faverolles... A-t-il pu néanmoins utiliser certains détails de l'affaire du vicaire Mahé, dont il aurait eu ouï-dire, pour parachever son histoire et son personnage ? Pourquoi pas ! Mais il reste à trouver qui, autre que l'abbé Venard, aurait pu être son informateur...

Pourquoi n'a-t-on pas pensé au Chartrain Noël Parfait, qui siégea à la chambre entre 1849 et 1852 aux côtés de Victor Hugo, sur les mêmes bancs ? Ne fut-il pas un temps son compagnon d'exil à Bruxelles après le coup d'État du 2 décembre 1851 ? Ne fut-il pas le correcteur – apprécié – de plusieurs de ses chefs-d'œuvre, comme *Les Châtiments* et *Les Contemplations*, pour le compte de l'éditeur Hetzel ? Ne fit-il pas plusieurs fois le voyage de Guernesey et n'entretint-il pas une correspondance soutenue avec Victor Hugo ? Enfin, et c'est peut-être le plus important, n'était-il pas chroniqueur régulier au journal eurélien *Le Glaneur* précisément à l'époque de l'affaire du vicaire Mahé ?

Chapitre IX

Mystère et boules de gobbe

LES DEUX GENDARMES qui chevauchaient ce matin du mardi 21 décembre 1869 de Châteaudun à Logron étaient sans doute transis de froid tant la température avait chuté dans la nuit et blanchi la campagne dunoise. Ils avaient quitté leur casernement du chef-lieu d'arrondissement avant l'aube pour trouver à coup sûr le maire de Logron chez lui avant 8 heures et entreprendre en sa compagnie les investigations ordonnées par le juge d'instruction.

Vers 9 heures, après un café servi aux gendarmes pour se réchauffer pendant que le premier magistrat de la commune les informait de l'affaire dans ses grandes lignes, les trois hommes prirent la direction du hameau de Villars, situé à quatre kilomètres au sud du bourg, sur la route de Lanneray, au-delà des bois du château de Chantemesle. Ils y rencontreraient Auguste Breteau, le laboureur qui s'était plaint la veille d'une tentative d'empoisonnement sur ses vaches. Une affaire autrefois courante dans cette région du Dunois...

C'était le maire qui avait adressé un courrier au procureur impérial du parquet de Châteaudun. Il avait pris l'initiative de l'aviser de l'événement et de suggérer des recherches immédiates dans le hameau et ses environs pour, peut-être, y découvrir des matières servant à préparer la gomme[1], cette fameuse boule toxique que Breteau avait trouvée dans son étable. En rédigeant la lettre, il

1. Ou « gogue », ou « gobbe », ou « gobe ».

avait avant tout cherché à rassurer son administré fortement troublé, sans s'interroger *a priori* sur l'opportunité de sa curieuse démarche qui ne s'accompagnait d'aucune volonté de dépôt de plainte. Peut-être lui avait-on conseillé d'agir ainsi pour ne pas brusquer la justice, moins disposée hier qu'aujourd'hui à donner suite à ce type de doléance ? « On verrait plus tard... »

Les faits datant de peu, la déposition d'Auguste Breteau fut rapide et explicite : la nuit de la veille, vers 4 heures, il avait été réveillé par des beuglements inhabituels. Avec sa femme, il s'était rendu à son étable et avait découvert une de ses deux vaches qui semblait s'étrangler, étendue sur le flanc, haletante, sur la litière. Ayant aperçu quelque chose d'anormal dans sa gorge, il avait tenté sans succès de l'ôter. Il avait alors alerté des voisins, puis couru à Logron quérir Allouin, l'empirique[1] du village. L'« homme de l'art » était parvenu à extirper une boule de matières aussitôt reconnue par tous comme étant une gogue. Les gendarmes en firent une description assez précise dans leur procès-verbal :

« Cette gomme, nommée vulgairement gogue, est une boule de dix-neuf centimètres de circonférence confectionnée avec de la bourre de collier de cheval très dure et enduite de poix ou d'une autre matière pour faciliter l'animal à l'avaler. Monsieur le maire nous a déclaré qu'elle avait dû être trempée dans du miel ou de la mélasse pour engager l'animal à la prendre ; qu'il en avait déjà vu des semblables, mais bien plus petites, faites pour des moutons ; que tous ceux qui en mangeaient périssaient, vu que cette boule se grossissait dans le ventre de l'animal, interceptait le passage des aliments et par ce moyen occasionnait la mort[2] [...]. »

Breteau déclara qu'elle avait dû être jetée dans l'étable par une ouverture existante dans un mur, laissée béante pour donner de l'air, car la porte du bâtiment était fermée à clé la nuit. Il conclut sa déposition en reconnaissant que sa vache s'était remise et qu'il n'avait aucun soupçon contre quiconque.

---

1. Nom attribué autrefois aux personnes prodiguant des soins aux hommes et aux animaux sans connaissance médicale.

2. COUDRAY, Louis-Désiré, « Les gobbes ou gogues et les empoisonneurs de bestiaux », in Bulletins de la Société dunoise d'archéologie, histoire, sciences et arts, *tome II, 1870-1874.*

Les gendarmes, conformément à l'ordonnance de perquisition décernée par le juge d'instruction, entreprirent ensuite des recherches minutieuses dans les bâtiments du hameau de Villars, sans découvrir nulle part des matières permettant de confectionner une gogue, sauf un petit agglomérat aplati de substances, repéré devant l'âtre d'une cheminée, qui leur sembla suffisamment étrange, donc suspect, pour être ramené au greffe du tribunal de Châteaudun, avec la boule de gogue, à des fins d'analyse...

La contribution de la maréchaussée à la découverte de la vérité se conclut par la rédaction d'un procès-verbal, certes en bonne et due forme, mais s'apparentant davantage à un constat formaliste qu'à un compte rendu de rédacteur éclairé. Il ne rapportait, hélas ! aucun avis personnel des enquêteurs sur la pertinence des propos recueillis, choix surprenant de la part d'hommes connaissant bien la campagne et ce qui s'y passait. Le procès-verbal restait tout aussi muet sur d'éventuels cas similaires survenus dans la région dans un passé plus ou moins lointain.

Pourtant, il aurait pu en énumérer quelques-uns, comme le prouvent les registres de plaintes du bailliage de Janville et du tribunal de Châteaudun, et relever que quasiment toutes concernaient des empoisonnements d'ovins, alors que l'affaire Breteau touchait une vache, ou encore que les faits survenaient toujours dans des herbages et jamais dans un bâtiment... Enfin, il aurait pu rappeler que la dernière enquête du genre sur l'arrondissement de Châteaudun datait d'une cinquantaine d'années... Malgré ces lacunes, le procureur décida sans hésiter le classement du dossier pour une raison évidente que ni le maire ni les gendarmes, des hommes journellement au contact des éleveurs, ne pouvaient méconnaître !

Pendant longtemps, l'empoisonnement a été dénoncé par les éleveurs d'Eure-et-Loir comme responsable de la décimation de leurs troupeaux d'ovins : partout en Beauce, des moutons crevaient subitement par dizaines en l'espace d'une nuit avec, chaque fois, la découverte dans leur panse des fameuses gobbes, dont on retrouvait aussi des spécimens dans les herbages et le long des chemins. À leur grand désespoir, leurs plaintes pour malveillance, même les plus étayées par des témoignages conséquents ou des accusations précises, aboutissaient au mieux à la prise de « décrets

« Cette [...] gogue [...], confectionnée avec de la bourre de collier de cheval, très dure et enduite de poix [...], avait dû être trempée dans du miel ou de la mélasse pour engager l'animal à la prendre. »
(Aquarelle originale de Christian Lefort.)

d'interdiction de jeter des gobbes empoisonnées dans les champs[1] » ! Nombre d'éleveurs et leur famille finirent par penser qu'il ne pouvait s'agir que de sorcellerie, de sortilèges et autres maléfices lancés sur eux par des voisins mal tournés ou envieux... Les plaintes pour ces derniers motifs étant encore moins suivies d'effet que les précédentes, l'irrationnel, avec son lot de préjugés, finit par pervertir les esprits les plus solides, compliquant l'émergence de la vérité.

L'année 1780 vit enfin (!) l'arrestation d'un individu qu'un jugement du bailliage de Janville déclara coupable d'empoisonnement sur des moutons à l'aide de gobbes. Condamné à mort par pendaison et étranglement, le pauvre journalier fut exécuté un jour de marché. La sévérité de la peine aurait dû logiquement anéantir toute velléité d'agir chez ceux qui se livraient à la sinistre occupation et mettre un coup d'arrêt aux actes de malveillance... Hélas ! il n'en fut rien ! Et les malheureux ovins beaucerons continuèrent à endurer leur martyre, sans bêler davantage...

Dix ans plus tard, l'esprit critique et le développement scientifique apportés par le siècle des Lumières avaient enfin pénétré les consciences des classes dirigeantes et des magistrats de province. Le temps était venu de la réflexion critique et de l'analyse, et plus encore de la primauté de la connaissance et des sciences sur l'irrationnel et l'empirisme.

En mai 1792, dans le département de l'Eure, où les éleveurs prétendaient subir la même calamité que leurs collègues d'Eure-et-Loir, un procès très attendu allait s'ouvrir pour juger une affaire d'empoisonnement de bestiaux. Personne ne se doutait que, à cette occasion, un esprit sage et inspiré irait pour la première fois solliciter l'avis de scientifiques pour l'aider à établir la vérité et, par là, tordre le cou à une croyance ancestrale.

Le tribunal d'Évreux était saisi en appel d'un jugement rendu en septembre 1790 par le bailliage de Beaumont-le-Roger condamnant le dénommé Pierre-François Penchon, laboureur de son état, à six ans de galères et 1 500 livres de dommages-intérêts

1. Bailliage des Radrais entre 1751 et 1789 (archives départementales d'Eure-et-Loir, B 3080).

envers les Laurent père et fils, également laboureurs, pour avoir empoisonné quarante de leurs moutons avec des gobbes.

Le juge d'appel, estimant que l'affaire qu'il avait à examiner constituait une opportunité pour apporter aux éleveurs de sa région les informations scientifiques qui leur faisaient défaut, réforma pour vice de forme le jugement prononcé à Beaumont-le-Roger et relaxa Penchon. Puis, avant de faire droit sur le fond, et dans une démarche à laquelle personne n'avait jusqu'alors pensé, il demanda au directeur de l'école vétérinaire d'Alfort, de création toute récente puisque fondée en 1765, d'analyser les gobbes pour déterminer leur provenance : était-ce une fabrication de l'homme ? L'effet d'un maléfice ? Ou simplement un phénomène naturel chez l'animal ?

Les chercheurs, sachant que leurs travaux décideraient de la fortune, de l'honneur et peut-être même de la vie de personnes, ne se contentèrent pas de répondre à la demande du juge : ils allèrent au-delà en analysant le processus d'empoisonnement allégué par l'accusation, en l'expérimentant et, enfin, en faisant valider leurs résultats par la société royale d'agriculture. Leurs conclusions allaient bouleverser les croyances... Les gommes, gogues ou autres gobbes se révélèrent être de simples corps naturels, du nom savant d'« égagropiles », produites couramment par les ruminants dans leur appareil digestif. Constituées à partir de matières ingérées non digestibles – poils, brins de laine, débris de végétaux, etc. –, elles prennent une forme sphérique, s'enduisent d'une sécrétion durcissante et demeurent indéfiniment dans la caillette, sauf rares régurgitations. Il n'y avait donc rien de mortel dans les fameuses boules, sauf à en fabriquer artificiellement en incorporant des substances toxiques[1]...

Le professeur Chabert, directeur de l'école vétérinaire, prouva ensuite par l'expérimentation qu'il était impossible d'empoisonner les pauvres moutons à l'aide de ces boulettes, même recouvertes de substances appétissantes comme le miel, d'une part parce que les ovins, qui n'y trouvaient pas d'odeur familière, les dédaignaient

1. *L'innocuité de certaines gogues était d'ailleurs démontrée par des médecins, qui en prescrivaient des décoctions pour la guérison des affections de la tête et la prévention des vertiges... lorsqu'elles provenaient de l'estomac de chamois qui, comme chacun sait, courent sans crainte sur les bords des plus affreux précipices !*

d'eux-mêmes, d'autre part – « ce qu'aucun éleveur n'avait jusqu'alors vérifié » – parce qu'ils n'étaient pas attirés par les saveurs sucrées, leur préférant le goût salé, et enfin, tout simplement, parce que l'appareil digestif complexe des herbivores s'oppose au passage d'une gogue entière jusqu'à la caillette ! Il démontra pour terminer que, dans l'hypothèse peu probable où les animaux ingéreraient les gogues, il fallait envisager des dosages de poison importants, incompatibles avec un empoisonnement de masse.

Il n'en fallut pas davantage pour que les Laurent se voient condamnés à leur tour. Outre des dommages-intérêts à verser à la victime de leur dénonciation calomnieuse, le juge, dans son souci de faire du jugement une œuvre utile, ordonna l'impression en six cents exemplaires de l'expertise Chabert et de l'avis de la société royale d'agriculture pour un affichage partout dans les districts d'Évreux et de Bernay, aux frais des condamnés ! Il faut regretter qu'il n'ait pas étendu l'affichage dans les régions limitrophes, à l'époque consacrées intensément à l'élevage du mouton, comme le Dunois. Cela aurait peut-être aidé à mieux ancrer l'information dans la mémoire collective que le traditionnel bouche à oreille, dont apparemment ni Breteau, ni son maire, ni les gendarmes ne se souvenaient cinquante ans plus tard...

Il convient de penser que la décision du juge de diligenter une enquête avant de statuer sur la suite à donner relevait du principe de précaution. Il lui appartenait en effet de vérifier s'il ne s'agissait pas d'une tentative d'empoisonnement par d'autre moyen que les fameuses gobbes que son tribunal avait eu l'occasion de connaître par le passé.

Si l'expertise du directeur de l'école vétérinaire d'Alfort en 1792 avait tordu le cou aux prétendues manœuvres d'empoisonnement des ovins par des gobbes, en revanche elle ne changea en rien le triste sort des moutons beaucerons, qui continuèrent à crever par milliers au cours du siècle suivant. Il leur fallut « patienter », pour espérer mourir « dignement » sous le couteau du boucher, jusqu'à la découverte du vaccin contre la maladie du charbon qui les emportait... testé avec succès en 1881 par Louis Pasteur dans la Beauce précisément !

TROISIÈME PARTIE

Faits divers insolites

Toutes les momies trouvées dans la collégiale Saint-André de Chartres ont-elles été effectivement inhumées en 1792 ? Pierre Clément, dit « Brûleville », fut-il véritablement à l'origine de l'incendie qui détruisit totalement la ville de Châteaudun en 1723 ? La succession du riche propriétaire beauceron Benoist-Dumas, ouverte en mai 1777, a-t-elle été réellement close par le jugement du 3 février 1924 ? La révolution des brouettes de Courtalain, survenue en 1781, préfigurait-elle « 1789 » ? De quelles blessures souffrit le capitaine Blanchette après l'écroulement d'une tribune pendant la fête commémorative du 10 août, célébrée le 23 thermidor an VII à Chartres ?

L'histoire du département d'Eure-et-Loir fourmille de ce genre de faits divers insolites, auxquels nous avons ajouté le passage de l'ouragan dévastateur le 13 juillet 1788, ou encore l'étonnant engouement royal, vers 1820, pour les asperges de Denonville et, enfin, l'énigme posée par la momie du musée de Châteaudun...

Chapitre I

Les momies de la collégiale

PENDANT PRÈS de trois siècles, du XVIe au XVIIIe, l'audacieuse architecture de l'église collégiale Saint-André de Chartres n'a cessé d'être admirée tant elle donnait une impression de légèreté, enjambant avec hardiesse la rivière et la rue par ses deux arches successives.

Hardouin-Mansart en aurait fait l'éloge à son roi[1], comme le maréchal de Vauban qui, chargé par le même Louis XIV de visiter tous les monuments de France, l'aurait mise « au rang des merveilles du royaume[2] ».

Bien plus tard, pendant la Révolution, une autre caractéristique de Saint-André, plus étonnante encore que son architecture, suscita cette fois non pas l'émerveillement, mais la curiosité. Une curiosité si exceptionnelle que, sans une décision prise à l'époque révolutionnaire, la collégiale chartraine serait de nos jours aussi réputée pour ses momies naturelles que la basilique Saint-Michel de Bordeaux, le couvent des Cordeliers à Toulouse ou la collégiale de Saint-Bonnet-le-Château dans la Loire.

Saint-André, au temps de sa splendeur, cachait ce bien curieux « trésor » dans un caveau situé sous la chapelle

1. *D'après l'historien chartrain Guillaume Doyen.*
2. Dixit *l'historien du XVIIIe siècle Jean-Aimar Piganiol de la Force, dans sa* Nouvelle description de la France.

Sainte-Marguerite[1], la première chapelle à droite passé le transept. Ce caveau, aménagé dans les années 1545 et 1555 au moment de l'élargissement de l'arche supportant le chœur et un déambulatoire, était la propriété et le lieu de sépulture d'une famille chartraine, les Challine. Cette honorable famille fut, semble-t-il, la seule à avoir obtenu – sans doute comme bienfaitrice – un lieu d'inhumation à l'intérieur de l'église, privilège qui paraît avoir été réservé à quelques rares personnalités. Ainsi Jehan Texier, dit « de Beauce », paroissien de Saint-André, célèbre architecte de la cathédrale, mort le 29 décembre 1529, probablement enterré sous la nef, ou le chanoine flamand Josse von Clicthoue, dit « le Maillet de Luther », doyen de Saint-André, mort en 1543, inhumé au milieu du chœur sous une pierre gravée le représentant prêchant et enseignant au milieu d'une foule de fidèles – une chapelle lui était par ailleurs dédiée à gauche du chœur. À ces deux grands hommes il convient d'ajouter un évêque de Chartres dont la pierre tombale fut retrouvée en 1764 lors de la démolition de la chapelle Saint-Ignace, mais dont les archives, bien ingrates, n'ont pas conservé trace du nom.

Si l'église Saint-André elle-même n'a semble-t-il jamais été un lieu de sépulture conséquent, en revanche sa situation d'église de la paroisse la plus peuplée de la ville l'avait dotée de pas moins de trois cimetières.

Le plus ancien, celui du cloître, se trouvait face à sa principale entrée, de l'autre côté de l'actuelle rue Saint-André. En novembre 1438, année de grande peste en ville, l'absence de clôture pour protéger le lieu fut à l'origine d'un scandale quand des porcs parqués sur le site (!) à l'occasion de la foire de la Saint-André déterrèrent des cadavres ensevelis à la hâte !

Le cimetière des Innocents, avec son secteur réservé aux condamnés et aux excommuniés, occupait l'actuel terre-plein d'entrée de la collégiale et tout le jardin jusqu'au muret surplombant la rivière.

---

1. L'abbé Brillon la nomme indifféremment « chapelle Sainte-Apolline » et « chapelle des Rivrins ». Sur un plan de janvier 1792, elle figure aussi sous le nom de « chapelle des Trois-Marie(s) ».

Enfin, complètement indépendant, le cimetière Haslé, ou Haillé, ou encore Hailé, se situait de l'autre côté du bras de l'Eure. Ce fut justement pour permettre son accès direct à partir de l'église, notamment pour les grandes familles chartraines qui y avaient élevé des chapelles particulières, tels les Aligre, que dans les années 1542 et 1543 on prolongea l'arche au-dessus de la rivière. Une seconde voûte enjamba cette fois l'actuelle rue du Massacre longeant le cimetière, dans lequel on put descendre par deux escaliers de pierre enserrant une chapelle dédiée à la Vierge. La nouvelle arche, dite « aux Harnois », sera inaugurée en 1544. Ainsi, les défunts, sitôt achevée la messe de leurs funérailles, partaient par le plus court chemin jusqu'au lieu de leur repos éternel...

La présence isolée de momies naturelles au milieu de ce qu'il conviendrait d'appeler la nécropole Saint-André tant l'espace réservé aux morts était conséquent dans cette partie de la ville ne put que surprendre ceux qui en firent la découverte vers 1720, mais ce ne fut qu'au moment de la Révolution qu'on en identifia l'origine. Le caveau où on les découvrit se trouvait inclus dans la maçonnerie de l'arche lancée au milieu du XVIe siècle au-dessus de la rivière, précisément dans l'épaisseur de son extrados en appui sur le soubassement du transept[1]. On y accédait par une pierre de forme parallélépipédique, munie de deux anneaux en fer, constituant le sol de la chapelle. Le procès-verbal dressé le 22 janvier 1792 par une commission chargée de l'explorer en fournit les dimensions précises :

« Ce caveau [...] n'a de jour que par l'entrée, à cinq pieds de profondeur du pavé de la chapelle, mais seulement à quatre pieds trois pouces sous clé, six pieds six pouces de longueur et quatre pieds trois pouces de largeur. Sa longueur et sa largeur paraissent égaler celles de la chapelle[2] [...]. »

Il donne également les caractéristiques de sa maçonnerie :

« La voûte est presque plate, les murs, la voûte et le massif qui tient lieu de pavé sont en maçonnerie de petits cailloux, chaux et

1. En examinant la façade de la collégiale donnant sur l'Eure, on repère l'emplacement du caveau, sous la grande verrière en grisaille, à l'endroit d'une maçonnerie de gros moellons.

2. Archives municipales de Chartres, AM RB4.

ciment ; le tout grossièrement enduit de pareil mortier. Cet enduit n'a rien de lisse que quatre croix blanches, au milieu de chaque face des murs. »

La commission ajoutait que « le caveau fut fermé hermétiquement lorsque la pierre qui en bouchait l'entrée se trouvait cimentée de manière à ne laisser aucun vide par ses côtés. Ce caveau a paru parfaitement sec lorsque [la commission l'a] examiné [...], quoique le pavé et les murs de l'église fussent mouillés[1]. »

Par pur hasard, les conditions nécessaires à la dessiccation des corps – un endroit hermétiquement clos et sec, avec présence de chaux – étaient réunies là ! Il y avait donc, *a priori*, peu de chance de trouver ailleurs d'autres momies naturelles, tant dans l'église même que dans les cimetières avoisinants, mais c'était compter sans l'imagination d'individus peu scrupuleux...

Le premier témoignage de l'existence des momies date du 13 mars 1720. Il émane de l'abbé Brillon, chanoine au chapitre cathédral, qui déclare avoir vu, « de ses propres yeux », un des corps momifiés qu'on sortait de la « cave » sous la chapelle Sainte-Apolline, sans doute à l'occasion d'une inhumation. Puis en 1725, dans son numéro de novembre, la revue *Le Mercure de France* rapporte la déposition « indirecte » de l'abbé Duhan, curé de la paroisse :

« On trouva dernièrement dans mon église, en faisant l'ouverture d'un caveau, sept corps très sains et très entiers. De ces corps, il y en avait quatre d'hommes et deux de femmes, et un d'un enfant, d'environ trois ans. Il y en avait un, entre autres, mort depuis cinquante ans, dont les traits se sont si bien conservés qu'il fut aussitôt reconnu par les anciens bourgeois de la ville, son bras droit était ceint d'une bandelette, sous laquelle on remarqua la piqûre d'une lancette, qui était aussi fraîche que si elle eût été faite dans la journée. »

Ce fut sans doute le souvenir de ces témoignages puis ses visites à Saint-André, où les momies avaient fini par être exposées dans le

---

1. Ibid.

chœur sur des tréteaux après juin 1791, qui inspirèrent un certain Alexandre Lesage, médecin de son état à Chartres, pour adresser le 10 janvier 1792 une pétition[1] au corps municipal demandant l'autorisation de faire, parmi les corps, le choix des pièces qui pourraient mériter quelque attention « comme étant des objets de curiosité pour les physiciens... et pour les bibliothèques ».

À une époque où des affaires aux enjeux autrement plus importants étaient expédiées dans l'heure, les élus se montrèrent embarrassés et ajournèrent leur décision. Le lundi suivant, le 16 janvier, ils prirent un arrêté pour qu'il soit demandé à des représentants du corps médical de les éclairer, non sans que certains conseillers entreprennent quelques investigations, comme le rapportera plus tard le député Pierre-Étienne-Nicolas Bouvet-Jourdan :

« J'y suis entré en 1792. Il y avait plusieurs corps rangés le long des murailles et debout. Ils étaient vêtus de leurs habillements : une femme avait encore autour du bras la bandelette qui lui avait été mise pour la saigner dans sa maladie. La peau du cadavre avait la couleur d'un parchemin un peu blanc. Je l'ai pris dans mes bras : il ne pesait pas plus qu'un mannequin d'osier tant il était desséché. J'y vis aussi le squelette d'un enfant d'environ trois ans aussi desséché avec les vêtements de cet âge[2]. »

---

1. *Cette pétition mérite d'être rapportée en partie, tant elle reflète bien les idées de cette fin du* XVIII*e siècle : « Nous ne sommes plus dans les temps de cette superstition honteuse qui nous faisait croire que nous ne pouvons dignement nous sauver de la pourriture et que nous sommes invinciblement destinés à être la nature des vers. Ne pouvons-nous pas croire, avec les Égyptiens, rendre honneur à nos pères, à nos frères, à nos amis, à nos bienfaiteurs, en leur évitant ce dernier traitement de la nature le plus longtemps possible et en les conservant ou les faisant, si je puis m'exprimer ainsi, revivre encore après leur mort ? Le modérateur de la nature ne semble-t-il pas lui-même nous en ouvrir la voie et nous marquer ce que nous avons à faire à cette occasion ? N'est-ce pas ainsi que, de tout temps, on honora les saints et les rois ?... Non, messieurs, le peuple lui-même, celui que vous pourriez peut-être croire avoir à respecter le plus en cette occurrence, le peuple à l'insu duquel, en cas de ménagement nécessaire, cette opération pourrait être achevée, le peuple est à la hauteur de ce point de philosophie et, loin d'en conserver du déplaisir, n'y verrait qu'un témoignage de votre respect et de votre vénération pour les morts [...]. À Paris, et dans toutes les grandes villes, comment se forment les cabinets d'anatomie ? Et d'où viennent les pièces anatomiques si multipliées dans les cabinets de physique ?... De corps exhumés ! » (Transcription de la pétition du citoyen Lesage à la municipalité de Chartres, archives municipales de Chartres, AM RB4.)*

2. BOUVET-JOURDAN, *Pierre-Étienne-Nicolas,* Recherches sur l'histoire de Chartres et du pays chartrain, *manuscrit copié en 1852 par Adolphe Lecocq, médiathèque municipale de Chartres.*

Le samedi 21, le conseil de la commune, réuni une troisième fois en l'espace d'une dizaine de jours (!), prit connaissance d'un courrier en date du 8 janvier émanant d'un certain abbé Challine, prêtre de son état, et adressé au président du directoire du département. L'homme d'Église se plaignait du fait que les corps de ses ancêtres avaient été extraits du caveau familial et maintenus exposés au public dans le chœur de l'église Saint-André. Il réclamait l'autorisation de les inhumer. La délibération qui suivit ordonna la fermeture à clé des portes de l'église ainsi que de la chapelle d'accès au caveau et mit le sursis à statuer sur la demande d'inhumation, en attendant le rapport de la commission *ad hoc*.

Peut-être pressé par les élus, dès le surlendemain, le lundi 23 janvier, un aréopage de médecins, chirurgiens et apothicaires chartrains – pas moins de dix sommités – emmené par le doyen des médecins, le docteur Mahon, se transporta à l'église Saint-André afin d'examiner les lieux et les corps, puis de dresser un procès-verbal. L'apothicaire Haran se chargea de la rédaction d'un rapport spécial sur les causes présumées de la dessiccation et de la conservation des corps. Les commissaires en comptèrent huit, enveloppés seulement de chemises ou de leur linceul, dont cinq de grandes personnes – dont trois hommes – et trois d'enfants. Curieusement, ces comptages sont différents de ceux donnés par l'abbé Duhan en 1725 ! Ils relevèrent l'absence de cercueil et un entassement de suaires dans un angle du caveau, sans doute retirés aux cadavres par des curieux mal intentionnés. L'une des momies d'adulte était en deux parties, séparée au niveau de la taille.

Le vendredi 27 janvier, la commission retourna devant ses pairs pour exposer ses constatations et ses réflexions, puis discuter d'une proposition à présenter aux élus quant au devenir de ces momies. Pour de nombreux médecins, le problème était autant d'ordre moral et philosophique que scientifique. Pouvait-on, au nom d'un intérêt que personne ne parvenait à cerner, manquer de respect à ces morts et porter atteinte à une famille honorablement connue ? Le résultat du vote exprima ce doute, ainsi que le souci de laisser les élus prendre leurs responsabilités. Par huit voix contre deux, la commission proposa de conserver au moins deux momies, une grande et une petite, en précisant toutefois « qu'elle n'en voyait pas l'utilité pour l'avancement de la science médicale [...], mais qu'il pouvait en exister pour d'autres sciences[1] » – sans préciser lesquelles !

Le 14 février, le corps municipal décida du transfert et de l'inhumation des corps dans un cimetière commun de la ville, « [...] considérant que leur conservation [...] ne [pouvait] avoir pour but que la simple curiosité et ne [pouvait] être absolument nécessaire et d'aucune utilité pour la science et les arts[2] ». Le 29 mai 1792, en présence des officiers municipaux Louis Le Tellier et Michel-Mathieu Perier, du vicaire Vitalis et des parents des défunts, à savoir les nommés Claude-Julien Maras, procureur, et Claude-René Romier, commandant de la garde nationale, les huit momies[3] furent transférées et inhumées dans le cimetière Notre-Dame de Chartres[4].

Selon l'historien local Adolphe Lecocq, seules deux des « momies » auraient été identifiées avec certitude, dont celle de Marie Challine, née de Givès, décédée en 1661, épouse de Denis Challine, seigneur de Chambon, avocat au parlement de Paris. La présence du corps de cette dame Challine dans ce caveau révélerait, contrairement à ce qui a été souvent affirmé, que celui-ci n'était pas réservé à la seule branche des Challine de la paroisse Saint-André, puisque l'avocat Denis Challine était l'un des trois frères fameux juristes chartrains – Paul, Charles et Denis –, membres d'une autre branche des Challine, paroissiens de Saint-Aignan.

Au cours du XIXe siècle, l'affaire des momies du caveau de la famille Challine intéressa historiens et érudits locaux. Bizarrement, plusieurs d'entre eux apportèrent un éclairage différent quant au sort des corps, forçant même l'étonnement puisque tous devaient

1. Archives municipales de Chartres, AM RB4.

2. Registre du corps municipal de Chartres, folio 87 (archives municipales de Chartres).

3. En réalité, l'acte dressé le 29 mai fait état de neuf corps... quand la commission de médecins en avait compté huit dans le caveau cinq mois plus tôt et l'abbé Duhan sept soixante-dix ans auparavant !

4. Registre de l'église épiscopale et paroissiale de Notre-Dame de Chartres de l'année 1792.

déjà connaître l'existence des preuves matérielles de l'inhumation – rendues publiques par Adolphe Lecocq en 1875. Que penser alors de la conclusion du mémoire d'un juriste dont le père avait été partie prenante de l'affaire – en tant qu'avocat ou élu municipal : « Nous ignorons si ces corps ont été conservés ; ce qu'il y a de certain, c'est qu'aucune trace ne nous le donne à penser[1] » ? Que penser également de l'article d'un autre éminent historien donnant des détails très précis quant au lieu d'inhumation : « La crypte méridionale est moins irrégulière [...]. Dans le mur qui regarde le midi, il y a une niche assez profonde remplie de terre ; c'est là que l'on a inhumé en 1793 les corps intacts des Challine[2] » ?

Ces deux érudits ne pouvaient pas méconnaître les décisions, datant de moins de cinquante ans, d'une administration communale qu'ils fréquentaient. Pourquoi alors cette ignorance feinte et ces détails inexacts ? Pourquoi a-t-on attendu 1875 pour révéler le lieu d'inhumation ? Cherchait-on à se prévenir de contestations sur l'identité des corps inhumés au cimetière Notre-Dame ou sur leur nombre exact ? Voulait-on éviter quelque action d'individus à la recherche de momies pour enrichir des cabinets de curiosités à la mode dans certain milieu de l'époque ?

La lecture du carnet de voyage d'un Américain, originaire de Baltimore, de passage à Chartres en juillet 1807 révèle une intéressante anecdote qui pourrait fournir un début d'explication. En ce mois d'été impérial, Nathan Pinkney, lieutenant-colonel au régiment *North American native rangers*, traversait la France du nord au sud. Il consignait chaque jour ses découvertes et ses impressions dans son journal, qu'il fit éditer en 1809 en Angleterre[3]. Le

1. *DOUBLET DE BOISTHIBAULT, Jules,* La France, description géographique, statistique et topographique présentant l'état actuel, physique, moral, politique, militaire, administratif, judiciaire, religieux, financier, agricole, industriel, commercial, scientifique et littéraire des départements de la France et de ses colonies : l'Eure-et-Loir, *Verdières libraire-éditeur, 1836.*

2. *BULTEAU, Marcel-Joseph (abbé),* Description de la cathédrale de Chartres, suivie d'une courte notice sur les églises de Saint-Pierre, de Saint-André et de Saint-Aignan de la même ville, *Garnier imprimeur, 1850.*

3. Travels through the South of France, *T. Purday and Son, 1809. Il ne semble pas exister de traduction en langue française.*

mardi 28 juillet 1807, en fin de journée, il se laissa guider jusqu'à Saint-André :

« Après la cathédrale, je dois relater une autre des curiosités de la ville. C'est un souterrain dans l'église paroissiale Saint-André. Quand nous fûmes descendus, notre guide retira le couvercle de six cercueils ; il nous pria d'examiner les corps. C'étaient ceux de quatre hommes et de deux femmes ; les figures, les bras, les poitrines étaient nus, parfaitement conservés ; on les aurait crus morts de la veille. Sur la poitrine de l'un des hommes, on voyait une blessure faite par la pointe d'un sabre ou d'une lance, nette, rouge, fraîche. “Ces personnes, nous dit le guide, les inscriptions en font foi, ont été ensevelies depuis au moins cinquante ans, quelques-unes depuis un siècle. L'homme blessé était le maire de la ville ; il fut frappé il y a soixante ans dans une bagarre ; il est mort de sa blessure.” J'examinai avec soin ce souterrain, il était maçonné tout autour, et le sol était pavé de pierres parfaitement cimentées ; il se trouvait ainsi préservé de toute humidité. »

Une vue ancienne de la collégiale Saint-André de Chartres avec ses arches enjambant l'Eure et l'actuelle rue du Massacre.
(Collection de l'auteur.)

Ainsi, quinze ans après l'inhumation des momies Challine au cimetière Notre-Dame, il restait encore des corps momifiés dans l'une des deux cryptes de la collégiale fermée au culte qu'on montrait bien volontiers au public avec, en prime, des commentaires abracadabrants ! D'où venaient ces corps ? Peut-on imaginer qu'il s'agissait des momies du caveau Challine transférées dans une des cryptes de l'église, comme l'affirmait l'éminent abbé Bulteau ? Que faut-il penser de la tolérance des autorités municipales à l'égard de cette exposition et du commerce qu'on en faisait, quinze années après l'avoir interdit ? Ce qui heurtait la conscience en 1792 était-il devenu acceptable en 1807 ?

De nos jours, il existe toujours un engouement pour les expositions de momies naturelles, voire une exploitation de restes humains à des fins de curiosité, provoquant de fréquentes polémiques après des siècles de tolérance. C'est le paradoxe de notre société actuelle. C'était peut-être déjà le cas au début du XIXe siècle quand certains ont vu dans l'affaire des momies de Saint-André un moyen de rendre la collégiale chartraine aussi célèbre – et financièrement intéressante – que la basilique Saint-Michel de Bordeaux ou le couvent des Cordeliers à Toulouse...

L'histoire récente de la collégiale Saint-André

De sa splendeur passée, avec ses quatre-vingt-treize mètres de longueur du temps où l'abside du chœur rejoignait le cimetière Haslé, il ne reste aujourd'hui de l'église Saint-André sur la rive gauche de l'Eure que la partie primitive datant de la fin du XIIe siècle : la nef, la tour et le transept avec ses cryptes. S'il avait fallu cinq siècles pour l'embellir, à peine soixante-dix ans suffirent pour la voir se ruiner par un enchaînement d'événements catastrophiques. Une erreur récurrente en est la principale cause. Les multiples « améliorations » réalisées au cours du XVIe siècle ont fait intervenir quantité d'architectes, d'entrepreneurs et de maçons, pour des modifications et des rajouts sur les parties anciennes, sans qu'aucun ne s'inquiète réellement des éventuels effets de leurs travaux sur la robustesse, la stabilité et surtout l'étanchéité de l'édifice.

Dès le début du XVIIe siècle, on vit apparaître les premières infiltrations à travers les murs et des auréoles sur les décorations, tant les toitures étaient compliquées et les chenaux mal étudiés, puis, phénomène bien plus inquiétant, une altération çà et là de la pierre qui laissait craindre des menaces d'écroulement... Saint-André se dégrada lentement jusqu'à la période révolutionnaire[1], qui vit le commencement de son véritable calvaire. Comme dans les autres églises de la ville, le culte y fut suspendu, et le bâtiment resta plusieurs années sans affectation en attendant qu'on décide de son sort.

Faute d'entretien, les dégradations dues au temps prirent de l'ampleur et conduisirent à la démolition de la flèche pour cause de vétusté et de risque d'effondrement. En 1803, Saint-André échappa à la vente, comme Saint-Pierre et Saint-Aignan. Deux ans plus tard, le 22 février 1805, l'arche aux Harnois s'écroula, la pierre mangée par l'humidité. Le reste de l'édifice servit alors de magasin à fourrage militaire. On devine les conséquences sur les décorations intérieures... En 1827, ce fut au tour de l'arche de la Rivière de disparaître complètement, déjà démontée pour partie préventivement quelques années auparavant. Le pire était à craindre.

Il survint dans la nuit du 10 au 11 mars 1861, avec un départ de feu dans le fourrage qui se propagea immédiatement à tout l'édifice. Faute de moyens efficaces, on ne le stoppa que le soir vers 6 heures après qu'il eut dévoré les voûtes en bois et fait éclater partout la surface de la pierre – celle des piliers, des arcs, des chapiteaux... Devant l'épouvantable aspect de ce qui restait debout, on prit le parti d'abattre les pans de murs, dont on pensait qu'ils présentaient un danger. Ce fut ainsi que disparut le haut du pignon de la façade ouest, avec sa rosace, qui résista longtemps aux efforts des démolisseurs bien mal avisés.

L'irrémédiable avait eu lieu. L'édifice sommairement recouvert devint un entrepôt qui, en 1944, subit de nouveau l'épreuve du feu.

---

1. Un plan de 1779 montre déjà la disparition de la chapelle dite « de la Vierge », élevée dans le cimetière.

Chapitre II

Jeux interdits

« Extincta revivisco[1]. »

APRÈS LE CATACLYSME du 20 juin 1723 qui détruisit Châteaudun aux deux tiers, la population des sans-abri se prépara à survivre dans ses caves en attendant des jours meilleurs que personne n'osait envisager avant longtemps. Ainsi, au cours de l'été 1723, des centaines de guérites et autant de tuyaux de poêle émergèrent du sol rasé du cœur de la ville et de ses faubourgs...

Jusqu'à ce dimanche funeste du 20 juin, Châteaudun avait tout d'une belle place forte. Entourée de hauts murs épais et de fossés profonds côté plaine, la cité montrait fièrement ses grosses tours et ses portes fortifiées : celle d'Amont, vers Chartres, surmontée d'un dôme couvert de plomb qui abritait le beffroi ; celle d'Abas, à l'opposé, à l'ouest, vers Le Mans ; celle du Guichet, au sud, vers Vendôme, donnant sur une pente abrupte ; et au nord, celle du Coin, une simple poterne, qui donnait accès à la rive du Loir. L'enceinte de la ville close formait un carré presque parfait de trois cent cinquante mètres sur trois cent dix où serpentait une multitude de rues étroites bordées de bâtiments disparates, mais de belle allure, pour la plupart en torchis et ossatures bois, couverts de chaume. Au fil du temps, faute de plan d'ensemble et de place, les habitations ainsi que les édifices publics et religieux

1. La devise de la ville de Châteaudun : « Je renais de mes cendres. »

s'étaient retrouvés dans d'improbables voisinages souvent pittoresques : la maison de ville semblait monter la garde à la porte d'Amont, les halles supportaient le bailliage, les prisons lorgnaient le grenier à sel, les chanoines de Saint-André cernaient l'élection et la boucherie montrait sa tripaille au château...

Au-delà des murs, six faubourgs s'étaient progressivement étendus. À l'est, Saint-Valérien avait toujours été le plus grand, avec d'innombrables petites maisons basses de vignerons faites de bois, de bauge et de chaume. Au sud, Saint-Aignan et Saint-Jacques s'étaient développés au bas des fossés. Au nord, le faubourg de la Tannerie était resté plus modeste, tandis que plus au loin, au-delà du Loir, ceux de Chemars et de Saint-Jean grignotaient la campagne.

L'après-midi du dimanche de Pentecôte, les fidèles s'étaient retrouvés nombreux aux vêpres célébrées dans toutes les églises de la cité. Marguerite Clément assistait à celles de Saint-Valérien, un brin préoccupée par ses enfants laissés seuls à la maison. Elle s'y était résolue après la promesse de son époux, le « Beau » Pierre, de revenir avec eux dès la fin de l'office. Elle pourrait ainsi suivre de son côté la procession à laquelle elle tenait tant. La fin de l'après-midi s'annonçait agréable avec la brise soutenue du sud-ouest qui enfin adoucissait la chaleur accablante d'un été précoce.

L'office à Saint-Valérien s'achevait. Au loin, on entendait déjà l'envolée des carillons de Saint-Aignan et de Saint-Lubin qui annonçaient la fin de leurs vêpres. Soudain, la grosse cloche de Saint-Valérien sonna le tocsin. On se regarda ébahi, incrédule. L'officiant se figea... et ce fut la débandade générale des fidèles vers la sortie pour tenter d'apercevoir du parvis le fatal nuage de fumée annonciateur d'un probable désastre.

« C'est vers l'Éguillerie ! »

Le cri affola les Clément, dont la maison se trouvait justement dans ce quartier, à l'angle de la rue du Saumon. Ils y coururent en coupant par d'étroits raccourcis entre les maisons. Parvenus sur place, ils virent partout autour de chez eux des toits de chaume fumant déjà et, derrière la rangée de bâtiments sur rue, les hautes flammes d'un brasier, qui ne pouvait dévorer que leur propre remise !

Marguerite Clément hurla après ses enfants et voulut se précipiter à l'intérieur de sa maison, dont la couverture de chaume s'écroula à cet instant dans une immense gerbe d'étincelles propageant au gré du vent la désolation plus au nord. On la ceintura vivement, jusqu'à ce qu'une voisine la rassure sur le sort de sa progéniture...

Toutes les églises de la ville sonnaient maintenant le tocsin pour alerter les campagnes et réclamer des secours. Dans les rues, on semblait avoir perdu la tête. On se bousculait : les uns couraient vers le feu, les autres en revenaient qui avec les bras chargés, qui en poussant des charrettes débordant d'objets divers. On tentait, hélas ! de sauver les biens avant de songer à empêcher la propagation des flammes. L'abattement, l'affolement et la résignation étaient déjà dans les esprits quelques minutes seulement après le départ du feu. Mais que faire d'efficace dans une cité aux rues étranglées et tortueuses, aux bâtiments comme des étoupes où on avait stocké du bois de chauffage plus que d'ordinaire[1], sans puits public conséquent, sans moyens de secours organisés et sans l'autorité d'édiles responsables ? Comme souvent en pareilles circonstances à cette époque, on s'en remit à Dieu. Supplier, prier, implorer... Un chantre de Saint-Valérien prit l'initiative de présenter la châsse de saint Vitte aux flammes en différents endroits, comme il l'avait vu pratiquer par le passé dans des situations analogues... On vit des magistrats de la ville se rassembler près de l'auberge des Trois-Rois pour prier à genoux et implorer miséricorde, en l'absence du bailli qui « [...] se défiait de sa fermeté comme de ses talents en pareilles circonstances[2] ».

Alors que le feu mangeait inexorablement le faubourg vers le nord, on alla chercher l'aide des deux compagnies du Royal Cavalerie en garnison. Les soldats gagnèrent mollement le front des flammes, sans leurs officiers tous partis ce jour-là, invités à une fête à Droué, à une vingtaine de kilomètres, chez la marquise de Fienne... Les compagnies de Montbarrey et du Bonrepos, sans ordre ni discipline, se révélèrent si inefficaces que les autorités de la ville leur refusèrent plus tard le traditionnel certificat de bien-

1. *En prévision d'une augmentation des prix programmée.*

2. BORDAS, *Jean-Baptiste (abbé),* Histoire sommaire du comté de Dunois, de ses comtes et de sa capitale, *édition revue par Achille Guenée, Auguste Lecesne éditeur, 1850, p. 387.*

vivre à leur départ de Châteaudun. La rumeur alla même jusqu'à accuser la troupe de vols et d'incendies volontaires...

Si on ne manqua pas de bras, on manqua en revanche d'initiatives appropriées et d'autorité. Des efforts considérables furent déployés sans résultats aucun, car au lieu de faire la part du feu, on s'échina inutilement à tenter d'éteindre les foyers. « Rien ne fut plus mal enfanté et plus mal conduit[1]. »

À 4 heures, un tiers du faubourg Saint-Valérien était déjà détruit quand le vent vira et souffla vers le nord-ouest. Des flammèches et des étincelles gagnèrent alors le chemin de Paris, puis s'envolèrent au-delà du Loir en contrebas vers le faubourg Saint-Jean, par-dessus les prairies, vers le moulin de Chollet pour réduire une écurie en cendres !

À 7 heures, la vingtaine de rues du faubourg des vignerons était en feu sur un front de cinq cents mètres. La confusion y était à son comble, et devant l'inutilité des efforts, le découragement s'installa, d'autant que le secours spontané des « bourgeois » de la ville close n'arrivait pas et que celui des campagnes restait limité.

« Tout est perdu ! » s'écrièrent les plus pessimistes.

On décida alors de déménager au plus vite ce qui était encore indemne, en transportant les biens hors la ville pour ceux qui disposaient d'une charrette et d'un toit à la campagne, ou en remplissant les caves des immeubles déjà détruits.

À 9 heures, au crépuscule qui faisait apercevoir les lueurs de l'incendie à plusieurs lieues à la ronde, la direction du vent s'infléchit encore davantage à l'ouest. Le front des flammes progressa vers la ville close en y expédiant comme en une avant-garde de terrifiantes volutes de fumée chargées de poussières incandescentes.

« Le feu va entrer dans la ville ! Le feu va entrer dans la ville ! »

Il était déjà trop tard. Surchauffés depuis trop longtemps par les flammes qui léchaient les murailles, le toit et la charpente du pavillon en saillie de la porte d'Amont s'embrasèrent d'un coup. L'ennemi prenait pied dans la citadelle par la voie la plus commode pour y pénétrer : par sa porte d'entrée ! Jamais la cité n'était sans doute tombée de façon aussi simple !

1. Ibid.

Le feu gagna aussitôt les quartiers *intra-muros* nord et ouest, courant par le boulevard sur les toits de chaume du vieux marché au blé et de l'élection pour atteindre, par les jardins et les fossés, la collégiale Saint-André, dans laquelle on avait « mis à l'abri » quantité de barils de poudre et autres objets inflammables. L'explosion fut énorme et provoqua l'effondrement de la voûte de l'aile sud.

Dans la nuit, au milieu des flammes et des cris, les malheureux habitants crurent véritablement arrivé le temps de l'Apocalypse quand un spectaculaire orage plus grondant et retentissant que pluvieux s'attarda au-dessus de leur ville, n'y déversant qu'une pluie fine, bien insuffisante pour les aider efficacement dans leur lutte contre l'incendie. À leur tour, les bourgeois attendirent vainement une aide extérieure, dont celle des vignerons de Saint-Valérien, bien trop occupés à se battre contre leur propre funeste sort.

Vers 4 heures du matin, les officiers du Royal Cavalerie, revenus de Droué dès que la marquise de Fienne les eut informés de ce qui se passait à Châteaudun[1], prirent l'initiative d'écrouler à l'intérieur la charpente enflammée de l'église Saint-Pierre. Ils furent suivis par le charpentier Gaudin, qui opéra de même sur sa propre maison située au coin de la rue du Collège et de la Grand-Rue. L'exemple était donné, et on abattit les combles de toutes les habitations voisines vers Saint-Roch pour finir par la boucherie près du bureau des aides. Après tant d'heures de vains efforts, le feu trouva enfin moins d'aliment à consumer, et on se reprit à espérer.

Dans les murs, la situation à l'ouest fut définitivement sous contrôle quand les chanoines de la Madeleine eurent à leur tour fait abattre tous les bâtiments de leur quartier pour préserver leur église et leur propre maison, suivis par les particuliers d'un côté de la rue de la Cuirasserie. Le feu n'alla effectivement pas plus loin. Il couva cependant en maints endroits toute la semaine suivante.

Au lundi 28 juin, quand on eut la certitude qu'il n'existait plus aucun foyer actif nulle part, on constata qu'il ne restait rien du faubourg Saint-Valérien et, *intra-muros*, que plus de la moitié de

1. *Elle aurait attendu la fin du souper pour leur donner la nouvelle...*

la superficie avait été touchée par les flammes : deux mille cinq cents bâtiments de toute nature avaient disparu ou étaient en ruine, dont mille vingt-deux habitations. Dans les zones atteintes, on ne compta que vingt-cinq maisons intactes, dont sept seulement sur la paroisse Saint-Pierre et les autres près de la Madeleine... Tous les édifices publics, et leur contenu, étaient anéantis : la maison de ville[1], le bureau de l'élection, les prisons, le grenier à sel, les halles, l'audience du bailliage, la boucherie... De la collégiale Saint-André, il ne restait que des murailles, et les églises Saint-Pierre et Saint-Valérien étaient en piteux état... Quand, plus tard, il présentera son projet de reconstruction de la ville, l'architecte Jules-Michel Hardouin estimera à 3 774 000 livres le montant des pertes et des dommages !

Deux victimes – seulement – furent à déplorer, toutes deux dans la rue de la Bouverie – sur l'emplacement de l'actuelle place du 18-Octobre : le perruquier Bernard, qui était retourné chez lui pour récupérer son argent dans sa cave quand la maison s'écroula, et un vieil huissier aveugle, qui n'avait pu rejoindre une issue derrière les écuries du Louis-d'Argent... Trois mille personnes se retrouvèrent sans abri. Beaucoup s'en allèrent loger dans leurs familles à la campagne. D'autres profitèrent des largesses du duc de Luynes, qui ouvrit ses appartements et plusieurs salles de son château. Les propriétaires des maisons épargnées, dans les faubourgs essentiellement, louèrent leurs greniers. Les plus pauvres occupèrent les grottes du Foulon, avant de se résigner à se terrer dans les caves, dont les guérites de fortune abritaient les issues, et les misérables bouts de tuyaux sortant des anciens soupiraux évacuaient les fumées...

La solidarité et la charité furent aussi exceptionnelles que l'événement l'avait été. L'épiscopat de Chartres, les religieux de tous les ordres de la région, les seigneurs locaux, les fermiers, les boulangers – de Bonneval – et nombre de particuliers soulagèrent les maux de ceux qui avaient le plus souvent tout perdu. La noblesse locale, avec à sa tête le duc de Luynes, alerta la cour et le roi, car la ville, déjà obérée et écrasée d'impôts, maintenant dépeuplée et

1. *Pour elle seule et son contenu, les dommages furent estimés à 117 500 livres.*

dévastée, était incapable de se relever seule et d'échapper au désastre économique qui s'annonçait.

Le 6 septembre, un arrêt du conseil d'État apporta aux populations une partie de l'aide nécessaire : Louis XV déchargea la ville d'un arriéré d'impôts restant dû sur les années 1722 et 1723 ; il exempta tous les habitants sans exception de toute imposition pendant dix ans à partir de 1724, excepté 5 sols par taillable, à charge pour eux de rester habiter à Châteaudun et de rétablir maisons et bâtiments ; il accorda une somme de 600 000 livres[1], à raison de 200 000 livres par an pendant les années 1724, 1725 et 1726, pour la reconstruction des maisons et des bâtiments des édifices publics ; il ordonna l'organisation d'une quête générale à travers tout le royaume ; enfin, il nomma Jules-Michel Hardouin, neveu du grand Mansart, son architecte et contrôleur en ses bâtiments de Marly, pour la reconstruction de la ville.

Les activités de la cité redémarrèrent timidement en attendant le lancement des grands travaux de reconstruction. On commença par réorganiser les bureaux de la maison de ville[2]. Un semblant de vie économique reparut avec l'organisation d'un premier marché devant Saint-Médard et dans les rues avoisinantes. Puis on installa temporairement, en attendant mieux, ceux aux grains et au gros bétail devant la porte du Guichet, celui aux moutons entre Saint-François et Saint-Valérien, et celui des denrées, essentiel pour la population, devant la Madeleine et dans la rue Saint-François, devant les Cordeliers.

La dynamique pâtit néanmoins du manque d'envie d'entreprendre de la population accablée, ainsi que le démontre la nécessité d'un arrêt du conseil d'État pour ordonner la construction prioritaire de trois ou quatre auberges pour le logement des étrangers et des ouvriers !

On nomma enfin les membres de la commission chargée de recueillir puis de répartir les fonds de la quête générale organisée dans le royaume. Le bureau du conseil d'administration porta à sa tête Jean-Baptiste Frion, prieur de la Madeleine[3].

---

1. *Financée par un impôt levé sur tous les contribuables des vingt généralités du royaume...*
2. *Le nouvel hôtel de ville ne sera achevé qu'en 1779 !*
3. *Voir, dans la deuxième partie, le chapitre intitulé « Le verre de Charlemagne ».*

Peu après, Jules-Michel Hardouin déposa son plan de reconstruction de la ville... La cité qu'il proposait de rebâtir était complètement différente de celle qui venait de disparaître. Il envisageait rien moins que la démolition de toutes les structures défensives de l'ancienne place forte, puis le nivellement du terrain jusqu'aux faubourgs dévastés afin de réaliser un réseau ordonnancé de voies principales, axées sur une place centrale, et de voies de liaison en quadrillage. Pour l'essentiel, il proposa la création d'une grande place centrale de soixante-quatre toises de longueur (cent vingt-cinq mètres) sur quarante-sept de large (quatre-vingt-douze mètres), encadrée par les principaux bâtiments publics, d'où partaient, vers l'est et en éventail, quatre belles rues larges de vingt-huit pieds (neuf mètres environ) qu'on baptisera plus tard rue Royale, rue de Janville, rue de Chartres et rue d'Orléans. Il exigea des façades « type », hautes de dix mètres pour les maisons particulières de la place et de sept mètres ailleurs, en interdisant les façades en bois et les couvertures en bardeau et en chaume, tant en ville que dans les faubourgs. Il envisagea enfin la construction d'un bassin et d'une machine hydraulique au puits Saint-André maintenus en perpétuel état de fonctionnement.

Les critiques ne manquèrent pas face au caractère « révolutionnaire » du projet et au coût prévisible de la reconstruction, incompatible avec l'état des finances de la ville et de ses habitants. Quarante ans plus tard, en 1762, l'abbé Bordas n'écrivit-il pas dans son *Histoire sommaire du comté de Dunois, de ses comtes et de sa capitale* que Hardouin « ne fit qu'occasionner des préparatifs ruineux et des dépenses assez inutiles, et ne réussit qu'à faire paraître nécessaire pendant bien des années la présence de quatre apprentis ingénieurs qui lui furent subordonnés ». Il avait quelque part raison, puisque l'épuisement en quatre années des fonds publics alloués par le roi[1] retarda de cinquante ans (!) l'achèvement du nouvel hôtel de ville ainsi que du bureau de l'élection et stoppa définitivement les travaux autour du puits Saint-André. L'insuffisance des financements privés eut raison par ailleurs des hauteurs minimales des façades et du quadrillage parfait des voies dans

1. *Le roi débloqua une seconde aide de 300 000 livres le 15 septembre 1727.*

certains quartiers, notamment celui des vignerons, qui construisirent leurs nouvelles maisons sur l'emplacement des anciennes !

L'année 1724 se passa à préparer le terrain pour la reconstruction : on rasa les portes, les tours, les murs ; on combla les fossés ; on nivela les terrains ; on ouvrit des carrières ; on se mit à exploiter des forêts et à exiger certaine solidarité, par exemple celle du chapitre de Chartres à propos de la vente de ses coupes de bois de Lanneray en priorité à la ville de Châteaudun.

En 1727, des habitants étaient toujours logés dans le château et demandèrent au duc d'y rester plus longtemps. En 1732, seulement cent cinquante maisons sur les deux cent quatre-vingts à reconstruire étaient achevées et habitées dans l'ancienne ville close. Pire ! dans le faubourg Saint-Valérien, on en dénombrait seulement cinquante-six habitées sur le total de trois cents à bâtir[1] ! Les décombres restés dans les rues gênaient toujours autant la circulation, rendue impossible en hiver faute d'écoulement des eaux et à cause des dégradations commises par les charrois affectés aux travaux de reconstruction.

Châteaudun se relèvera lentement et difficilement de l'incendie de 1723, bien plus important que ceux de 1590 et 1691 ou celui qui surviendra en 1870. En France, nulle autre cité d'importance n'a jamais brûlé à autant de reprises que la capitale du Dunois. Seule la ville de Troyes eut à subir en 1524 un incendie plus cruel encore.

Dans leur procès-verbal des dégâts qu'ils dressèrent le 28 juin 1723, les échevins précisent « que le feu [a] pris [...] sur les 2 heures de l'après-*midy* dans la maison de Pierre Clément, vigneron, située au faubourg Saint-Valérien [...] ».

Pierre Clément, dit « le Beau », demeurait avec sa famille rue de l'Éguillerie, dans le pâté de maisons formé par les actuelles rues de Varize, Jallans et Isambert. Une plaque fixée sur l'immeuble à l'angle des deux dernières rues indique de nos jours que l'incendie

1. Mémoire envoyé à M. de Baussan, intendant d'Orléans, suivant ses ordres, le 29 mars 1732.

du 21 juin 1723[1] y a pris naissance. En réalité, le lieu exact se situait au croisement des anciennes rues de l'Éguillerie et du Saumon, un peu plus à l'ouest, dans l'actuelle rue de Varize. Les échevins ajoutent : « [...] Sans qu'on ait pu *jusques* à présent découvrir de quelle manière [...]. » Aujourd'hui encore, nul ne connaît l'origine réelle de l'incendie...

Cependant, dans les jours qui suivirent le sinistre, comme après tout événement du même genre, les rumeurs sur le départ du feu durent aller bon train. L'abbé Boisganier, curé de Romilly-sur-Aigre à l'époque, écrivit vingt ans plus tard dans ses carnets « qu'on ne *sçait* précisément comment prit le feu ». Il poursuit en rappelant ce qui se disait, à savoir que « ce fut par des enfants » ou que « ce fut par le feu du ciel (l'orage) ». Une quinzaine d'années après lui, l'abbé Bordas, dans son *Histoire sommaire du comté de Dunois, de ses comtes et de sa capitale*, romança l'affaire en citant les enfants Clément et en imaginant leurs jeux :

« [...] Ces petits innocents imitaient les cérémonies de l'église, et malheureusement ils poussèrent l'imitation jusqu'à se servir d'une lumière (bougie) [...] qui fut bientôt l'instrument du désastre [...]. »

La tradition s'est emparée de cette fiction, reprise depuis à quelques variantes de détails près par d'autres historiens locaux. L'abbé Bordas ne fit peut-être que répéter la rumeur la plus persistante, qui affubla pour le restant de ses jours le jeune Pierre Clément, âgé de onze ans, du surnom de « Brûleville », surnom que l'on retrouve sur plusieurs actes administratifs le concernant, à l'exemple de son acte d'inhumation daté du 15 décembre 1787 avec la mention marginale : « P. Clément, dit "Brûleville" ; il fut auteur de l'incendie qui consuma la ville entière en 1723 », et de l'acte d'inventaire de ses meubles établi en 1788 après le décès de son épouse.

Pierre Clément, dit « Brûleville », exerça comme son père le métier de vigneron. Il resta sa vie durant sur la paroisse Saint-Valérien, où il fut inhumé le 15 décembre 1787, une année avant son épouse Christine Houllier, décédée le 30 novembre 1788. Le couple avait eu quatre enfants, dont deux fils, devenus également vignerons.

---

1. *La date indiquée du 21 juin est erronée...*

Chapitre III

Monopoly beauceron

GRÂCE À son immense fortune, Gabriel-Olivier Benoist-Dumas devint au XVIIIe siècle, en quelques années, le plus riche propriétaire foncier de Beauce et, par la même occasion, l'un des plus importants de France. Marquisat, baronnies, seigneuries, châtellenies, métairies... aucun des biens proposés à la vente entre Brou et Voves dans les années 1750-1775 ne lui échappa...

Deux jours seulement après sa mort en mai 1777, à défaut d'héritier direct et faute de testament, le règlement de sa succession s'ouvrit par une première procédure. Des dizaines suivront qui verront s'opposer tout à la fois la couronne de France à de nombreux aristocrates, beaucerons pour la plupart, et à une foule de particuliers. Le dernier acte judiciaire de cette singulière succession fut un arrêt de la cour d'appel de Paris du 3 février 1924 !

Gabriel-Olivier Benoist-Dumas naquit à Paris le 3 juin 1707 du mariage de Pierre Benoist, à l'époque officier, et de Marie Philippe, sans profession. Il était le quatrième enfant du couple. On ne connaît rien sur son enfance et son éducation. On le découvre à l'âge de vingt ans troisième conseiller au conseil supérieur de l'île Bourbon (l'île actuelle de la Réunion), où il avait rejoint son frère aîné, Benoit Benoist-Dumas, alors gouverneur des îles de France et de Bourbon. Il le suivit également aux Indes quand ce dernier y fut nommé gouverneur de Pondichéry. Pendant toute la durée de son séjour dans les Établissements français des Indes, jusqu'en 1741, il se livra essentiellement à des activités commerciales locales, d'où il tira une honnête et belle fortune.

Rentré en France le 30 mai 1742, toujours dans les bagages de son frère nommé directeur de la Compagnie des Indes, il se préoccupa de s'établir et de se trouver une situation en vue. Le 10 octobre, en présence d'un aréopage de hautes personnalités du monde de la finance, il épousa Angélique-Élisabeth Tartarin, fille d'un avocat général de la reine et nièce d'un contrôleur général des finances, par ailleurs directeur général des bâtiments et jardins du roi... Il apporta 100 000 livres au contrat de mariage pour l'acquisition d'un office de secrétaire du roi, maison et couronne de France[1], 180 000 livres en espèces et billets, ainsi qu'un engagement de son frère pour un prêt de 200 000 livres pour l'acquisition de biens ou d'une charge... Au global, un bien modique pécule en comparaison de la fortune qu'il s'apprêtait à constituer !

La célébration en grande pompe de son mariage, auquel il n'avait pas invité sa mère aux origines trop modestes, fut la première manifestation de l'incroyable vanité de parvenu qui l'habita sa vie durant. Elle lui valut l'absence de considération de la plupart des gens de la cour et de l'aristocratie provinciale, celle de Beauce en particulier.

Le 5 décembre, Gabriel-Olivier Benoist-Dumas s'installa dans sa charge de secrétaire du roi. Très vite, il jugea la fonction trop peu lucrative et insuffisante pour satisfaire ses ambitions, même si elle l'avait anobli et lui avait procuré ses entrées à la cour.

En mai 1744, grâce au prêt de son frère, il acquit la charge de receveur général des finances de la généralité d'Orléans pour 697 000 livres, dont il paiera aisément le solde avec les revenus. Il y fut nommé le 6 juin par lettres patentes du roi, qui rappelèrent ses services au conseil supérieur de l'île Bourbon et en tant que commandant pour la nation française en l'île de Moka, modeste terre de la région arabique ! Il n'en fallait pas davantage pour flatter son amour-propre démesuré !

1. *Officier de la chancellerie royale chargé d'en dresser les courriers. Il bénéficiait de la noblesse du premier degré.*

Au cours des vingt années qui suivirent, il vit sa fortune grossir de façon exponentielle grâce aux revenus conséquents issus de sa charge, mais également par une suite d'héritages peu commune. Qu'on en juge... Le 29 octobre 1746, son frère Benoit Benoist-Dumas décéda après une courte maladie et laissa un héritage considérable. Son testament institua Gabriel-Olivier comme légataire universel, laissant à sa veuve, Marie Vanzill, l'usufruit de sa fortune sa vie durant. Gabriel-Olivier reçut également une somme d'environ 750 000 livres, ainsi que l'usufruit pour moitié avec sa belle-sœur de plusieurs domaines aux Indes passés à l'occasion de la succession en propriété à la Compagnie des Indes.

Enfin, au terme d'un procès qui l'opposa à sa mère, Gabriel-Olivier Benoist-Dumas entra plus tard en possession de la majeure partie des biens en propre de son frère et fut ainsi déchargé des rentes qu'il devait encore sur les 200 000 livres avancées par celui-ci pour l'acquisition de sa charge ! À la mort de Marie Vanzill, il réunit à sa nue-propriété l'usufruit de la succession de son frère...

Du mariage de Gabriel-Olivier avec Angélique Tartarin naquirent trois enfants : une fille, Marie, qui épousa le comte de Montbreton en 1762 et décéda sans enfant la même année, un premier fils, Pierre-Gabriel, mort le 14 octobre 1763 à l'âge de dix-huit ans, et un second, Gabriel-Clément, mort dans sa deuxième année en 1752. Le 24 septembre 1763, Angélique Tartarin disparut à la suite d'une maladie et laissa sa fortune personnelle à son fils Pierre-Gabriel, qui lui-même décéda vingt jours à peine plus tard, transmettant ainsi toute la fortune de sa mère à son père...

Ayant perdu son frère en 1746, sa mère en 1751, sa femme en 1763 et ses trois enfants, resté seul au monde, Gabriel-Olivier Benoist-Dumas épousa en secondes noces, au mois de janvier 1764, à l'âge de cinquante-sept ans, Françoise-Adrienne Puissant, fille d'un fermier général et secrétaire du roi, maison et couronne de France. Il reçut à cette occasion des parents de la mariée la modeste somme de 100 000 livres...

S'il voyait depuis 1744 sa fortune s'accroître de jour en jour par les bénéfices énormes que lui procurait la gestion rigoureuse de ses revenus, Gabriel-Olivier Benoist-Dumas n'était cependant pas heureux. Sa noblesse de fraîche date, son avarice et, plus encore, sa vanité de parvenu lui valaient le mépris des hauts personnages qu'il voulait égaler. Il décida alors d'accabler par sa fortune ceux qui le dédaignaient en devenant propriétaire de châteaux et de quantité de domaines.

D'une rare intelligence en affaires, connaissant parfaitement la province dont il était receveur général des finances depuis une vingtaine d'années, il jeta son dévolu sur la Beauce, dont la fertilité des terres lui laissait espérer de confortables revenus. Il y avait déjà acquis en juin 1749 des mains de M. de Fontanieu, pour 300 000 livres, le fameux château de Villequoy et ses dépendances, à Montainville, près de Voves, le domaine de la tristement célèbre empoisonneuse marquise de Brinvilliers.

En décembre 1769, il acheta pour 162 000 livres au comte de Tessé, René-Maur de Froullay, la châtellenie de Meigneville, toujours à Montainville, avec les fiefs de Vimoy et du Puyseaux, ceux de la Rivière à Saumeray, du Petit Saussay-Hézard à Bullou, d'Allonville à Neuvy-en-Dunois et un autre, enfin, à Saint-Bomer.

En septembre 1773, pour une bouchée de pain, à peine 40 000 livres, il devint propriétaire de la Berthaudière-au-Gault au Gault-en-Beauce, avec les fiefs de Monasville et de Brodefrout à Villeneuve-sur-Cosnie, du Grand et du Petit Juday à Logron. L'année suivante, le même vendeur, Simon-Claude Amable, baron de Tubœuf, lui céda pour 25 000 livres seulement la métairie de la Blosserie à Saumeray.

L'année 1775 fut celle de ses acquisitions les plus nombreuses et les plus emblématiques : après la baronnie de Bullou achetée pour 300 000 livres à Jacques de Serres de Saint-Roman, il s'empara pour 531 000 livres de l'illustre marquisat de Dangeau avec ses fiefs de Grissay et de Villoiseau, ceux de la Bardillière à Trizay-lès-Bonneval, des Pelleries à Montharville et du Bois d'Illiers à Berchères-sur-Vesgre. Un mois plus tard, le même propriétaire, le duc de Luynes, lui céda pour 70 000 livres la seigneurie de Sonnay, également sur Dangeau.

La comtesse de Montboissier, voisine immédiate du marquisat de Dangeau, ne manqua pas de montrer sa vive irritation de voir s'installer un parvenu à ses frontières. Piquante comme elle savait l'être assez souvent, elle lui adressa sitôt la vente réalisée une mise au point où l'on devine son peu de considération pour son nouveau voisin :

« Je trouve que vous faites un sacrifice en payant Dangeau 600 000 livres ; c'est une bonne terre, mais c'est au moins ce qu'elle vaut : je serais très fâchée que cette acquisition manquât par la difficulté de la vente et du pot-de-vin, ou bien que l'on vous forçât sur ces deux objets qui sont une misère quand on vend si bien un si gros objet. À l'égard de ce qui me regarde, je n'*ay* nulle envie de rien de ce qui compose Dangeau ; ainsi, ni pour mon utilité je ne me l'approprierai, ni pour mon plaisir[1] [...]. »

Puis, en octobre 1775 :

« Vous vous êtes infiniment trompé si vous avez cru faire quelque chose d'honnête dans la manière dont vous avez essayé de porter tort à Alluye. Soyez sûr qu'il n'y a que des gens peu accoutumés aux procédés qui doivent exister entre des personnes comme il faut qui aient pu vous donner un aussi mauvais conseil[2]. »

Cinq ans plus tard, sans doute avec quelque plaisir, elle réclamera et récupérera la terre de Dangeau, sans bourse délier, démontrant ainsi la préexistence de ses droits...

Cette péripétie n'arrêta nullement Benoist-Dumas dans sa fièvre de possession. Sa renommée fut telle qu'on vint de partout lui proposer des biens dans la plaine beauceronne, notamment les nobliaux en situation financière délicate... Il se retrouva ainsi propriétaire d'une multitude de petits domaines comme Villarceaux, le Grand Chavernay et le Plessis en Chavernay à Montainville, et d'autres sur les paroisses de Boncé, Villars, Dammarie, Voves, Theuville, Pezy, Mézières-au-Perche...

Son extrême richesse et ses innombrables propriétés ne lui procuraient cependant toujours aucune réelle satisfaction. Il vivait isolé et esseulé sur ses domaines, humilié pour des riens par l'aristocratie beauceronne, tel le comte de Meslay qui lui refusait l'entrée de son château et ne discutait avec lui que par le biais de sa

1. *Archives départementales d'Eure-et-Loir.*
2. Idem.

domesticité, exclu des réceptions mondaines, contesté dans les droits honorifiques attachés à ses terres et moqué pour ses armoiries qu'il faisait peindre partout...

Jusqu'à sa mort, il chercha à faire oublier ses origines modestes en répétant à qui acceptait de l'écouter qu'il n'avait aucun parent, sa seconde épouse étant morte en 1775. Ses propos finirent par être galvaudés et déformés, à tel point que, si on le reconnaissait fort justement sans famille et sans héritier, on finit par le dire également bâtard ! Ce qui, dans les jours suivant sa disparition, survenue le 19 mai 1777 dans son hôtel de la rue Neuve des Capucines à Paris, engendra la convoitise immédiate sur ses biens de centaines de personnes, du roi lui-même aux Benoist et aux Dumas les plus pauvres de France entière !

Le lendemain du décès, le 20 mai, la chambre du domaine fit aussitôt poser des scellés sur son hôtel de Paris et sur ses châteaux de Villequoy, Bullou et Dangeau. Le 21, une sentence de la même chambre adjugea la succession au roi à titre de bâtardise et détruisit du même coup les revendications de tous les éventuels prétendants héritiers et des seigneurs hauts justiciers[1] sur les territoires desquels se trouvaient les biens ! La chambre des comptes puis le bureau des finances de la généralité d'Orléans, du fait de la qualité d'ancien comptable de Benoist-Dumas, firent à leur tour poser d'autres scellés pour l'inventaire et la vente par adjudication des biens meubles et immeubles de la succession, suivis en juin par la cour des aides, qui entendait de son côté juger toutes les contestations nées et à naître entre les créanciers et les héritiers de la succession !

Pour éviter les complications, le roi évoqua à son tour le 13 août son droit à juger ces contestations. Il fit alors lever tous les scellés posés et ordonna au receveur général des domaines de la généralité de Paris, Geoffroy de Monjay, de procéder pour son compte à l'inventaire et la vente des meubles et immeubles partout en France. Les seigneurs hauts justiciers, dont plusieurs avaient fait

1. Sur son territoire de justice, le seigneur haut justicier était compétent pour toutes causes en matière civile et toutes sortes de délits en matière criminelle. Il pouvait condamner à toutes sortes de peines afflictives, même à mort. C'était le niveau de compétence juridictionnelle le plus élevé de la justice seigneuriale.

affaire avec Benoist-Dumas : le duc d'Orléans, le duc de Luynes, Jérôme-Pélagie Masson, comte de Meslay, Charles-Louis de Paule de Barentin, beau-frère du précédent, la comtesse et le baron de Montboissier, les héritiers du président Talon, le baron Tubœuf, la dame d'Épernay, le duc de la Rochefoucauld, les religieux de Bonneval et le chapitre de Chartres, invoquèrent alors le droit féodal de déshérence qui leur permettait, faute d'héritiers connus et en tant que seigneurs dominants, de se mettre en possession de la succession et d'en percevoir les fruits jusqu'à ce que d'éventuels héritiers se fassent connaître. Dès le 23 mai, Fauconnier, conseiller de la comtesse de Montboissier, de qui relevaient notamment les biens de Dangeau, lui écrivait :

« Savez-vous bien une chose, madame, c'est que si, comme on le dit, il n'y avait pas d'héritiers ni de légataires, vous auriez, par droit de déshérence, les portions des terres de Dangeau, de Meigneville et de Bullou qui relèvent de vous à titre de haut justicier [...]. Cet événement serait si extraordinaire que vous allez sûrement dire que ces idées couleur de rose sont des folies [...]. Ce qu'il y a de certain, c'est que, s'il n'y en a pas d'héritier, la loi me semble vous déférer cette aventure [...]. »

Incrédule, le lendemain, Mme de Montboissier lui répondait :

« La mort de M. Dumas vous a en effet un peu tourné la *teste*, monsieur, il faut que cela soit pour que vous croyez qu'en laissant six ou sept millions de biens que je *luy* connais il manquera d'héritiers : pour cela il faudrait qu'il fût bâtard, ce qui n'est pas... »

Dans les faits, ce furent Charles de Barentin, le premier président de la cour des aides, et son beau-frère Masson, comte de Meslay, premier président de la chambre de la cour des comptes, qui contestèrent les premiers la décision d'adjuger au roi la succession pour cause de bâtardise. L'un comme l'autre, nécessairement plus juristes que Mme de Montboissier, argumentèrent à bon droit :

« Messieurs les avocats consultés ont pensé unanimement que la question ne pouvait souffrir de difficulté [...] ; tout examen fait, je suis du même avis : vous avez la supériorité de la justice, et dès lors la déshérence s'ouvre à votre profit. »

Le comte de Meslay envoya aussitôt copie de la lettre à la comtesse pour qu'elle agisse avec lui. Dès le 10 juin, elle écrivait à Fauconnier :

« Monsieur de Meslay a déjà [...] formé sa demande en réclamation à la chambre du domaine par une *requeste* et assignation. Je vais en faire autant. »

Ainsi donc, en quelques jours, la comtesse avait changé d'avis et ne traitait plus de folies les « idées couleur de rose » de son conseiller. L'affaire valait la peine d'être débattue : Dangeau était finalement un très beau marquisat !

Puis, plus simplement, ce fut au tour de plusieurs particuliers répondant au patronyme de Benoist de revendiquer la succession, arguant leur lien de parenté avec Gabriel-Olivier Benoist-Dumas au titre de l'acte de baptême du fils de « Pierre Benoist et de Marie Philippe sa femme ».

À leur immense déception, le 24 avril 1780, un arrêt du parlement de Paris rejeta les demandes de toutes les familles Benoist au motif qu'aucune d'elles ne prouvait sa parenté, mais à la grande satisfaction des autres parties, il invalida la décision de la chambre du domaine d'attribuer au roi toute la succession pour cause de bâtardise. Il adjugea en conséquence aux seigneurs hauts justiciers et au roi lui-même, pour cause de déshérence, les fiefs, terres et seigneuries de la succession se trouvant sur leur territoire de haute justice, à charge pour eux de le justifier dans le délai de trois mois, le receveur des domaines Geoffroy de Montjay étant condamné à remettre les titres relatifs à la propriété des biens à chacun desdits seigneurs...

Si juridiquement l'affaire sembla réglée, sur le terrain l'arrêt fit naître les prétentions d'autres aristocrates se considérant à plus ou moins bon droit hauts justiciers sur certaines parties des biens en déshérence ou se prétendant déjà légalement propriétaire de ces mêmes biens, qui du coup n'étaient plus en déshérence ! On vit ainsi des familles respectables, tels les Montmorency et les Montboissier, entrer en conflit et se déchirer quelques mois, avant de s'entendre par un discret accord amiable. Même insatisfaisant, ce genre d'accord valait mieux qu'un procès public afin de garder entre soi certains assauts de cupidité et de rapacité pour s'approprier sans bourse délier les biens du parvenu Benoist-Dumas qu'on lui avait précédemment vendus fort cher !

Il en était tout autrement pour les particuliers Benoist-Dumas déboutés de leurs prétentions faute de preuve suffisante. Pour eux, l'enjeu était trop considérable pour ne pas contester l'arrêt du 24 avril par tous moyens, des plus astucieux et inattendus aux plus illégaux et risqués. Nous avons choisi dans les dizaines d'actions lancées celles qui nous sont apparues les plus singulières, sachant que toutes étaient dirigées contre l'État, la couronne en l'occurrence, et les seigneurs hauts justiciers, puis, bien plus tard, leurs descendances, dépositaires ou déjà propriétaires des biens réclamés.

Jean Benoist, notaire royal et avocat à Narbonne, avec ses frères et sœurs de Béziers, prétendit à la succession sans aucun titre positif à l'appui de sa demande. Il considéra suffisant, avec une surprenante naïveté pour un notaire, de rapporter des traditions familiales qui évoquaient l'existence d'un aïeul ayant fait fortune aux Indes et dans les affaires...

Un dénommé Christophe Benoist, serrurier demeurant faubourg de la Guillolière à Lyon, déposa la première requête sérieuse dès mars 1778. Il expliqua, comme beaucoup de prétendants plus tard, qu'on disait dans sa famille qu'un parent lyonnais parti se fixer à Paris avait eu des enfants qui, par leur travail et leur intelligence, avaient réussi à amasser une fortune considérable ! Ayant appris, tardivement disait-il, le décès du riche Gabriel-Olivier Benoist-Dumas, il avait envoyé son fils à Paris pour s'enquérir, pensant être un de ses héritiers, comme le démontrait la généalogie qu'il possédait. À l'appui de ses dires, il présenta un document fort vraisemblable, basé sur des extraits authentiques de registres paroissiaux, tel qu'un acte de mariage, dressé le 20 juin 1694 à Saillans, en Dauphiné, concernant « Honnet-Pierre Benoist et Marie Philippe, tous deux domestiques de sieur François Barnave, marchand de soie ». Le prénom régional Honnet n'ayant jamais été porté par le père du *de cujus*, qui plus est ses parents n'ayant ni vécu en Dauphiné ni été domestiques, la demande de ce Christophe Benoist fut écartée, sans qu'il soit donné suite au caractère frauduleux du document présenté, comme le prouvèrent et le demandèrent les parties adverses...

Jean Benoist de Montluel, entrepreneur de travaux public à Lyon, fut moins chanceux. Mal conseillé par un certain Pétillot, qui l'avait persuadé qu'il était héritier, il présenta lui aussi un acte de célébration de mariage d'un Pierre Benoist et d'une Marie Philippe, porté cette fois sur les registres de la paroisse Saint-Pierre-en-Sentellé d'Orléans en date du 31 mai 1703. Il en présenta huit autres venant de l'église Saint-Étienne-et-Saint-Barthélemy de Montluel et un venant de l'église Saint-Roch de Paris, daté du 21 mai 1696, pour le baptême d'un enfant prénommé Benoît... La falsification des documents authentiques à l'aide d'un liquide corrosif et le remplacement des textes par d'autres justifiant la prétention ayant été établie[1], Jean Benoist, son « conseiller » Pétillot et un complice dénommé Lorichon furent arrêtés à Orléans en juillet 1779. Le curé, le vicaire et le sacristain de Saint-Pierre-en-Sentellé furent poursuivis avec eux devant le Châtelet de Paris. En février 1781, Pétillot fut condamné à neuf ans de galères, sentence dont il fit malheureusement appel auprès de la chambre de la Tournelle du parlement de Paris. Dans son arrêt du 19 mars 1784, elle le condamna cette fois à ramer le restant de ses jours sur les galères royales !

En 1791, ce fut au tour des consorts Benoist d'appeler, devant le tribunal civil de la Seine, le receveur des domaines Geoffroy de Montjay, le duc d'Orléans – qui n'était pas encore Philippe Égalité –, le baron de Montboissier, le duc de Luynes et les héritiers du comte de Meslay – le président Masson – pour faire ordonner le dépôt au greffe de tous titres et pièces en leur possession dépendant de la succession Benoist-Dumas ! Contre toute attente, le jugement du 1er octobre 1791 leur donna satisfaction, au motif essentiel que ces seigneurs hauts justiciers n'avaient pas justifié dans le délai de trois mois l'existence sur leur territoire de justice des biens de la succession, comme l'exigeait l'arrêt du

1. *Ainsi, le faussaire obtenait un double résultat : en faisant disparaître le texte réel de l'acte, il enlevait aux véritables héritiers la possibilité de faire triompher leurs revendications dans l'avenir, et il donnait une base certaine à la prétention de son client...*

24 avril 1780 ! Curieusement, ce jugement ne fut jamais mis à exécution... Révolution oblige, sans aucun doute !

En pleine période révolutionnaire, les soixante-quinze membres d'une famille Benoist de la région des Andelys revinrent ensemble devant la justice pour prétendre à la succession de leur aïeul Gabriel-Olivier Benoist-Dumas. Ils s'étaient assuré le concours d'un avocat en vue, Me Berryer, du barreau de Paris. À l'appui de leur demande, ils fournissaient l'acte de mariage du père et de la mère des frères Benoist-Dumas, prétendument célébré en la paroisse de Saillans dans le Dauphiné le 16 juin 1694 : « Honnet-Pierre Benoist et Marie Philippe tous deux domestiques de sieur François Barnave, marchand de soie », celui-là même produit une quinzaine d'années auparavant par Christophe Benoist, écarté comme faux pour avoir été inséré au registre paroissial après coup et, selon les juges, parce que le 16 juin 1694 était un dimanche, jour interdit par les lois de l'Église pour célébrer un mariage !

Ils furent tous poursuivis pour faux et cités à comparaître devant la Cour à Paris. Ils s'y rendirent à pied pour la plupart, en blouse et en sabots, avec un détour par la rue des Marmouzets où se trouvait l'étude de leur conseil. N'ayant pu tous y entrer, ceux qui restèrent dans la rue éveillèrent l'attention de la police par leur accoutrement et leur agitation. Finalement, seuls les six chefs de la famille eurent à se présenter devant la Cour, qui requalifia la plainte et voulut commencer par vérifier si le 16 juin 1694 était ou non un dimanche. Aucun almanach de l'année n'étant conservé au palais, l'avocat Berryer courut chercher le concours d'un astronome, le citoyen Delalande, qui en deux minutes donna la solution : le 16 juin 1694 était un mercredi ! L'avocat, persuadé que ses clients seraient proclamés bientôt héritiers, revint présenter son attestation à la Cour, qui entre-temps avait renvoyé la suite du procès à une date ultérieure... que des événements de la Révolution contribuèrent à laisser passer !

Le 17 février 1838, soixante ans après la mort de son prétendu ancêtre, le sieur Riche, négociant à Lyon, demanda à son député d'interpeller le gouvernement à la Chambre pour se voir remettre les biens de la succession Benoist-Dumas, affirmant ignorer jusqu'à peu le décès du sieur Dumas. Est-il utile de faire état de la réponse de la commission chargée d'examiner la demande ?

À la même époque, un dénommé Émile Tricon, inspecteur des manufactures du Languedoc, affirma sa prétendue parenté avec Gabriel-Olivier Benoist-Dumas sur le nom de Dumas, ignorant sans doute qu'il s'agissait d'un surnom pris par le vaniteux receveur général ! Jean-Jacques Lavigne, blanchisseur au Gros-Caillou, et ses deux sœurs, tous enfants de Jean Lavigne et d'une dame Barbe Dumas, usèrent plus tard du même mauvais argument...

Le tribunal de la Seine évoqua pour la première fois la prescription dans la succession Benoist-Dumas le 12 janvier 1848 afin de repousser la prétention de la famille Leroy de Marcoussis. Celle-ci disait tirer ses droits de sa parenté avec la mère des frères Benoist-Dumas qui, selon son affirmation, serait née à Marcoussis et se serait mariée avec Pierre Benoist-Dumas à Malesherbes ou à Ousson – deux communes du Loiret –, sans pouvoir toutefois fournir copie de l'acte de mariage, au simple prétexte que les registres des deux paroisses avaient été détruits dans des incendies !

En 1864, Paule Dumas, épouse Cancerre, originaire de Bayonne, demanda l'aide judiciaire de l'État pour revendiquer, contre le même État (!), des biens de la succession Benoist-Dumas. Elle prétendait descendre d'un Pierre Dumas né dans les Landes à Estibeaux le 24 août 1671 et produisait l'acte de naissance du frère de celui-ci, du nom de Pierre-Benoist Dumas, né au même lieu le 12 septembre 1668. Elle appuyait sa prétention sur une tradition qui disait que cet homme était parti s'établir comme marchand à Paris, où il avait épousé Marie Philippe, dont il avait eu deux fils... Une argumentation usée jusqu'à la corde ! Elle réussit néanmoins à convaincre (?), et l'aide judiciaire lui fut accordée pour former tierce opposition devant la Cour de Paris à l'arrêt du Parlement du 24 avril 1780. Pour tenter d'échapper à la prescription, elle fit valoir plusieurs minorités successives de descendants prétendument concernés. La Cour la débouta néanmoins le 3 mai 1872, constatant, sans chercher à argumenter davantage, que les minorités avancées visaient des collatéraux non concernés...

Les consorts Dumas, des cousins de la dame Paule Dumas, revendiquèrent à leur tour en 1898 devant le tribunal civil de la Seine le château de Villequoy – démoli au début des années 1830 – ainsi qu'un immeuble de la place Vendôme à Paris contre les héritiers du comte de Meslay: la marquise de Durfort de Civrac, le comte de Goulaine et la comtesse de la Roche-Thulon... Par jugement du 8 mars 1898, ces Dumas, peut-être intéressés par l'histoire du château, lieu d'un funeste exploit de la marquise de Brinvilliers, mais certainement davantage par la propriété parisienne, furent déboutés de leur demande aux motifs qu'ils ne produisaient pas l'acte de mariage des parents de Gabriel-Olivier Benoist-Dumas, qu'ils ne faisaient pas la preuve de l'identité de leur ancêtre Pierre-Benoist Dumas d'Estibeaux et du père des deux Dumas, et enfin pour cause de prescription... Leur vif intérêt pour les propriétés les poussa à faire appel du jugement, qui fut confirmé par arrêt de la première chambre de la Cour le 3 février 1924 ! Ils ne se découragèrent pas et demandèrent vainement en janvier 1925 une rectification d'état civil qui leur aurait ouvert de nouveaux droits...

La liquidation de la succession Benoist-Dumas fut-elle vraiment close dans les années 1920 ? Souhaitons-le, pour ne pas inquiéter les centaines de propriétaires actuels de biens beaucerons issus du patrimoine de Gabriel-Olivier Benoist-Dumas !

Chapitre IV

La révolution des brouettes

Le cahier de doléances de la paroisse de Courtalain, rédigé en 1789 en vue de la réunion des états généraux convoqués par le roi Louis XVI, révèle une conjoncture locale singulière. Étonnamment, celle-ci avait déjà contribué à ébranler la sérénité du village en 1781. Faut-il donc voir dans cette « révolution des brouettes » de Courtalain les prémices de la Révolution française ?

En cette fin du XVIIIe siècle, le territoire de la petite paroisse, aux confins de la Beauce et du Perche-Gouet, s'étendait sur une superficie d'à peine vingt-huit hectares[1] circonscrite au bourg proprement dit, avec ses maisons et ses jardins, et à une partie du domaine du château, « [...] et pas un pouce de terre au-delà[2] ». La conséquence de cette situation était bien entendu l'absence de tout paysan, cultivateur ou laboureur sur la paroisse, comme le rapporte encore le cahier de doléances :

« [...] Quoique nous n'ayons point de laboureur dans notre paroisse [...][3] ! »

1. *Cadastre napoléonien, Courtalain, 3 p 4135, 1833 (archives départementales d'Eure-et-Loir).*

2. *Cahier de doléances de la paroisse de Courtalain.*

3. *Cette situation perdurera, comme le montrent les recensements de population effectués à partir de 1836. L'extension de la superficie communale, qui passera à deux cent quarante-sept hectares par prélèvement sur le territoire de la commune voisine de Saint-Pellerin, n'y changera rien, s'agissant d'un transfert de terres du domaine seigneurial.*

Si, de nos jours, cette carence ne porte pas à conséquence, il en était tout autrement sous l'Ancien Régime, dont le système fiscal rendait les paysans, et eux seuls, redevables des fameuses corvées consacrées partout dans le royaume à l'entretien des chemins et des routes !

Faute de doléance sur ce sujet dans ses cahiers, faut-il penser que Courtalain se satisfaisait de l'état d'abandon de ses voies de circulation ? On ne saurait l'affirmer. Il en allait en revanche différemment quant à l'importance de la charge de mendicité supportée par la population déjà fiscalement écrasée :

« Nous allons finir par un tableau des plus désolants, c'est la mendicité. Notre province est remplie de pauvres. La seule paroisse d'Arrou en renferme au moins huit cents ; notre petit bourg en fournit à peu près autant à proportion[1]. »

Si le nombre de huit cents pauvres à Arrou pour une population d'environ deux mille huit cent cinquante habitants – deux mille huit cent cinquante-quatre habitants recensés en 1791[2] – est honnête, Courtalain devait en compter environ cent quarante sur une population de cinq cents âmes – quatre cent quatre-vingt-dix-huit habitants recensés en 1791 –, soit un taux ahurissant de vingt-huit pour cent !

Cette préoccupation était déjà en 1781 celle du baron de Montmorency, seigneur de Courtalain, auguste et généreux vieillard de soixante-seize ans « [...] qui jouissait dans sa belle résidence des loisirs qu'il avait si chèrement achetés[3] [...] ».

Anne-Léon de Montmorency-Fosseux descendait de l'illustre famille des Montmorency, la plus ancienne de France. Il se disait qu'il en était l'un des plus distingués représentants... Portant les titres de « premier baron chrétien », titre plus légendaire

1. *Cahier de doléances de la paroisse de Courtalain.*

2. *Chiffres joints aux procès-verbaux des assemblées électorales des paroisses (« Cahiers de doléances de 1789, Eure-et-Loir », in* Bicentenaire de la Révolution, région Centre, *tomes I et II, Denis Jeanson éditeur, 1990.*

3. CHAPRON, *Louis-Ferdinand (abbé), « Le vieux manoir de Bois-Ruffin, commune d'Arrou », in* Bulletins de la Société dunoise d'archéologie, histoire, sciences et arts, *tome XI, 1909, p. 449.*

qu'honorifique[1], « premier baron de France », après qu'un lointain ancêtre eut le premier prêté serment de vassalité au bisaïeul de Hugues Capet[2], et « premier du nom », en tant que chef du nom et des armes de sa maison, il était également marquis de Fosseux, seigneur de Courtalain, de Bois-Ruffin, du Plessis, d'Arrou, du Poilay, de Vernay et, par sa première femme, des deux Modaves – en Angleterre –, de Biéméré, de Banderelle, de Fermée, de Termoigne... Il se faisait néanmoins simplement appeler le « baron de Montmorency ». Veuf une première fois en 1731, il s'était remarié vingt ans plus tard avec une riche douairière et vivait depuis le décès de celle-ci en 1778, selon les saisons, à Courtalain en compagnie de sa descendance ou dans la capitale, où il mourra en 1785.

L'idée lui vint en 1781 de donner, à sa charge personnelle, du travail aux journaliers de sa paroisse sans activité ni revenu, afin de les distraire de la charge de mendicité qui pesait sur les habitants ! Un beau geste de générosité et de charité qui lui vaudrait assurément la reconnaissance de tous ! Il n'y avait aucune difficulté, devait-il penser, pour ouvrir un chantier, par exemple la réfection d'un chemin, et pourquoi pas celui menant à Châtillon-en-Dunois ? Au XVIIIe siècle, c'était un interminable chemin rectiligne creusé de profondes ornières et miné de fondrières, faute de paysans et de corvées, et faute aussi de la moindre contribution pour son entretien de la part de ses uniques usagers, les nobles, les ecclésiastiques et autres voyageurs qui l'empruntaient avec leurs carrosses, calèches, diligences et chaises de poste pour rejoindre en cahotant douloureusement Châtillon...

Nul ne sait aujourd'hui si le baron décida seul du chantier d'entretien d'un chemin ou si l'idée lui en a été suggérée. Nul ne connaît les raisons de son choix sur celui menant à Châtillon-en-Dunois, car il disposait dans son propre parc d'une voie quasi parallèle débouchant sur le chemin en question à hauteur du premier virage, là où se trouve aujourd'hui un pavillon de garde

---

1. *La légende veut que le premier ancêtre de la famille, compagnon de Clovis, fût le premier guerrier franc à se faire baptiser par saint Remi. Le titre n'a jamais été reconnu par le pouvoir royal.*
2. *CHÉRUEL, Adolphe,* Dictionnaire historique des institutions de la France, *Éditions Hachette, 1855.*

ruiné... Nul ne sait, en conséquence, s'il y trouva un intérêt personnel ou s'il agit effectivement par munificence. Nul ne se souvient, enfin, comment son généreux projet fut accueilli par la collectivité qui, tout entière, allait en profiter à double titre...

À l'image des opérations semblables qui rassemblent des personnes nourries d'une espérance, le chantier s'ouvrit avec des cantonniers d'occasion sans aucun doute suffisamment déterminés et pleins d'entrain, sous la direction du régisseur seigneurial. On peut penser que leur enthousiasme resta intact pendant quelques jours, malgré les vieux outils fournis par le château, les lourdes brouettes de pierres à concasser, les centaines de toises d'ornières à reboucher et autant de fondrières à combler, sans compter la végétation inextricable à arracher...

Puis leur ardeur dut fléchir quand certains firent remarquer que l'extrémité du chemin, tout là-bas à l'horizon, à peine discernable, paraissait chaque jour de moins en moins accessible, tant la tâche était rude, et que d'autres surenchérirent en ajoutant que, tout compte fait, le salaire convenu devenait chaque jour insuffisant... Les esprits s'échauffèrent davantage encore quand l'intendant du château, venu sur le chantier épauler le régisseur, entendit ramener le calme et mettre de l'ordre dans la troupe... On en vint très vite aux cris et aux injures, pour finir par menacer les deux hommes et les contraindre à prendre la fuite et galoper au château avertir le baron de la sédition à venir ! Ils se rendirent compte en franchissant la grille du domaine que la cohorte était toujours sur leurs talons et continuait à hurler après eux des cris de mort, ameutant le village tout entier ! La horde de mécontents avait descendu au pas de course la rue principale du bourg pour tenter de pénétrer dans le parc du château avant la fermeture du portail de l'entrée principale, située à l'époque sur le chemin d'Arrou. Elle y arriva trop tard, mais sans hésitation, les contestataires les plus hardis escaladèrent aussitôt le mur d'enceinte peu élevé pour ouvrir de l'intérieur les lourdes grilles. La course reprit dans le parc. Personne n'osa cependant pénétrer dans la cour en franchissant le pont-levis pourtant abaissé. On préféra contourner le château par les terrasses pour traverser la basse-cour puis monter à la cour intérieure et envahir, pourquoi pas, les salons du rez-de-chaussée, sans trop savoir en définitive le but réel d'une telle cavalcade !

L'exaltation des émeutiers s'arrêta net lorsqu'ils aperçurent le baron de Montmorency qui les attendait avec calme et sérénité, assis tranquillement sur une simple chaise devant la splendide porte ouvragée ouvrant sur son grand escalier ! Leur fureur leur avait-elle fait oublier quel genre d'homme était leur seigneur et son passé de glorieux soldat ? Aucun d'eux ne s'était-il donc souvenu que, comme ses ancêtres, il avait porté haut la renommée de sa famille sans jamais céder devant l'adversité ? Comment ces gens si respectueux d'ordinaire avaient-ils pu s'enflammer si promptement en oubliant son courage légendaire et ses états de service, reconnus pour être les plus beaux de son illustre famille, qui comptait tant de héros morts sur des champs de bataille ? Que pouvait craindre le baron d'une bande d'énergumènes, si excités soient-ils, lui l'ancien soldat engagé à seize ans comme guidon d'une compagnie de gendarmes et parvenu en quarante ans de carrière à des fonctions de gouverneur et de commandant en chef ? Lui qui avait participé à des dizaines de sièges et de batailles, comme celle de Fontenoy, où il avait été créé sur-le-champ maréchal de camp pour sa bravoure ? Que pouvait craindre un commandeur des ordres de Saint-Michel et du Saint-Esprit ?

À la vue d'un homme à l'apparence si tranquille et à l'évidence décidé à les affronter, les émeutiers impressionnés s'arrêtèrent à dix pas et cherchèrent dans leurs rangs celui qui oserait lui parler. Ils n'eurent pas besoin de représentant. Le baron de Montmorency les prévint aussitôt de l'arrivée imminente du bailli Charles-René Thenaisie pour assurer le retour au calme des esprits et contenir toute velléité de poursuite de violence. Puis, après avoir écouté son intendant exposer les griefs, il décida de tenir compte des réclamations qui lui semblaient justes et, à la surprise générale, fit procéder sur-le-champ au paiement des salaires dus pour les travaux réalisés. On remercia bien évidemment sa seigneurie de son initiative... Mais quand l'opération fut terminée, le généreux baron se leva de sa chaise et, d'un ton sec, annonça la fermeture immédiate du chantier, avant de se retirer sans autre façon dans son château !

La « révolution des brouettes », comme on l'appela plus tard dans la contrée, se terminait sur un coup de théâtre ! Les contestataires rentrèrent au village, le visage défait... Le lendemain, ils retournèrent à leur triste condition de pauvres pour les mieux lotis et de mendiants pour les plus impécunieux, puis le bourg retrouva son calme... pendant quelques années.

Le paradoxe de cette affaire tient au fait qu'en 1781 le baron de Montmorency avait en quelque sorte satisfait par anticipation une partie des revendications que présenta la paroisse dans ses cahiers de doléances en 1789. La contribution de la noblesse à des dépenses d'ordre public, la suppression des corvées avec l'attribution des travaux aux pauvres et la réduction des charges de mendicité ne furent-elles pas réclamées par le tiers état ? D'évidence, l'esprit révolutionnaire qui animera la population en 1789 manqua aux cantonniers émeutiers de Courtalain en 1781 pour poursuivre leur révolte...

Chapitre V

Dimanche 13 juillet 1788, 7 h 30

S'IL N'Y AVAIT EU 1789 avec les événements que l'on sait, il est certain que, pour bon nombre de Beaucerons, 1788 aurait été l'année repère de la fin du XVIIIe siècle : celle du « grand orage ». Comment en effet oublier l'ouragan qui, le dimanche 13 juillet en une heure à peine, dévasta une large zone depuis Cloyes-sur-le-Loir jusqu'à Épernon ? Comment oublier la Beauce saccagée, ses dizaines de villages désolés, ses populations hébétées, ses milliers de laboureurs ruinés ? Le cataclysme, l'un des pires jamais survenus en France, enregistré comme tel dans les annales du bureau des longitudes, avait pris naissance dans le Pays basque, puis traversé le royaume jusqu'aux frontières des Flandres. Il avait semé la désolation et la misère. Il s'ensuivit le désespoir et la révolte.

Le samedi 12 juillet 1788 fut sur l'ensemble du royaume la journée la plus chaude de l'année. À Paris, le thermomètre culmina à 33 degrés. Dès le milieu de la matinée, la chaleur était déjà accablante. Vers 11 heures, le ciel se couvrit de nuages annonciateurs d'orage, et l'air devint plus étouffant encore. En début d'après-midi, le soleil réapparut grâce à un vent chaud du sud-ouest, et la température atteignit son pic de la journée.

La nuit du samedi au dimanche fut partout assez belle, sauf dans le Pays basque où, dès avant le lever du jour, le temps avait nettement viré à l'orage avec des prémices de grands vents. L'ouragan se réveilla d'un coup. Bref, violent, chargé de grosses pluies et de grêle et animé de très fortes rafales, il entreprit alors son long voyage vers le nord nord-est à une vitesse estimée plus tard à soixante-quinze kilomètres à l'heure, se renforçant nettement au passage de la Loire. À son approche, la chaleur enveloppait les gens et devenait si étouffante « qu'elle paraissait sortir d'un brasier ».

Les témoignages signalèrent son passage à Amboise à 7 heures. Il entra en Eure-et-Loir aux environs de Cloyes-sur-le-Loir vers 7 h 15, puis s'en alla frôler Chartres par le sud vers 7 h 30. Une demi-heure plus tard, il dévastait Rambouillet. Il avait mis moins d'une heure pour traverser le département dans une diagonale sud-ouest/nord-est. Il atteindra la Hollande vers 14 h 30 avant d'aller se perdre en mer du Nord.

En fait, cet ouragan fut double et progressa d'un bout à l'autre de sa trajectoire sur deux bandes à peu près parallèles où la grêle était omniprésente. La bande la plus à l'ouest traversa l'Eure-et-Loir de toute sa largeur sur une quinzaine de kilomètres. L'autre, à une vingtaine de kilomètres plus à l'est, large de dix kilomètres environ, ne fit qu'effleurer la Beauce eurélienne et n'y provoqua que des dégâts épars, comme à Rouvray-Saint-Denis par exemple. Entre les deux zones, le temps fut maussade sans excès avec de la pluie sous des vents modérés à assez forts.

La commune de Saint-Hilaire-sur-Yerre fut la première du département à subir les effets de l'ouragan. À partir de 7 h 15, les habitants entendirent un roulement de tonnerre continu venant de Vendôme, un bruit comparable, diront certains, « [...] à celui de plusieurs carrosses roulant sur le pavé ». Les nuages noyèrent d'un coup l'horizon au sud-ouest et montèrent très vite. Le ciel tout entier devint couleur d'encre avec des masses blanc-jaune annonciatrices de nuées de grêle. Plus tard, du côté d'Épernon, les habitants évoqueront une « obscurité presque égale à celle d'une éclipse ».

Un éclair aussitôt suivi d'un craquement assourdissant donnait pour ainsi dire le signal du début du cataclysme ! Immédiatement, des grêlons énormes s'abattaient dans un tambourinement inouï, effrayant tout autant les hommes et les animaux. Pendant les dix minutes de l'averse, une éternité pour ceux qui la subissaient, la foudre ne cessait de tomber et le tonnerre d'éclater dans des craquements extraordinaires qui atteignaient les gens au plus profond de leur corps. En un instant, la terre se recouvrit de glaçons sphériques ou pointus d'une taille jamais vue :

« [...] Ces grêlons lancés avec une telle force rebondissent comme des balles de paume. »

En certains endroits, il y en eut plus de quatre pouces d'épaisseur ! Partout ils cassèrent les vitres et entrèrent au gré des rafales jusqu'au fond des maisons, interdisant de se tenir près des fenêtres « à cause d'une poussière de verre que le vent faisait jaillir et répandait ». On se tint entre les trumeaux des croisées, on ferma autant que possibles les rideaux, pendant qu'à l'extérieur les forces de la nature continuaient leur œuvre de destruction : la grêle cassait, hachait ; les tornades vrillaient, déracinaient, arrachaient et catapultaient tout ce qui dépassait du sol : arbres, bâtiments, animaux... Rien ne résista !

À Rambouillet, on rapporta qu'il tomba des grêlons « gros comme le poing ». Après pesées, on constata que les plus volumineux pesaient effectivement jusqu'à six cents grammes. Des poids de trois cents grammes étaient courants ! On en observa de différentes formes et couleurs. Les plus nombreux étaient irréguliers, anguleux, constitués de cristaux groupés et transparents. D'autres étaient parfaitement sphériques et blanc opaque. D'autres enfin ressemblaient à des stalactites « plus ou moins branchues de deux pouces et demi de longueur ».

Quand le cataclysme se fut éloigné, les habitants frappés de stupeur sortirent de leurs abris, et nombre d'entre eux se dirent alors étonnés de se retrouver vivants ! Partout autour d'eux, ce n'était qu'amoncellements de glace – « [...] jusqu'à quatre-vingts centimètres de hauteur dans les angles des murs, qui mirent trois jours à fondre, les grêlons se soudant par la chaleur [...] » –, bâtiments renversés, murs abattus, toitures crevées ou envolées, carreaux cassés, arbres rompus, ou tortillés « [...] comme des harts (liens) de fagots ». La terre était dépouillée et couverte de débris de toute nature : tout était « pilé », haché, abîmé, déraciné, enterré... L'orage avait atteint et dévasté plus du tiers des paroisses des pays d'élections[1] de Chartres et de Châteaudun, Dourdan...

Les récits les plus détaillés du passage de l'ouragan en Eure-et-Loir sont ceux que les curés de Douy (commune voisine de Saint-Hilaire-sur-Yerre) et de Sours ont consignés dans leur registre paroissial. Le curé de Douy, Michel Testu, très prolixe sur les dégâts ailleurs qu'à Douy, note cependant concernant sa paroisse :

« [...] Il s'éleva un horrible ouragan qui fit des ravages terribles : bâtiments renversés, arbres arrachés, coupés, vitres brisées, moissons enterrées, bestiaux tués ou blessés, hommes et femmes blessés. Dans plusieurs endroits, ce n'était pas de la grêle, c'étaient des glaçons qui bondissaient sur terre et portaient quatre à cinq coups meurtriers à ce qu'ils rencontraient [...]. Ici, toute la plaine du haut Douy a été perdue : il ne restait pas un boisseau d'avoine ; dans plusieurs champs, le fourrage était même enterré ; les méteils de même, les froments couchés ou égrainés aux trois quarts [...]. La rose du pignon de l'église a été brisée. L'autre partie de la paroisse n'a pas été si maltraitée. »

Le curé de Sours, au cœur de l'événement, rapporte quant à lui les dommages sur l'une des communes les plus durement atteintes du département :

« [...] Le 13 juillet le dimanche à 7 h 30 du matin, nous curé étant à confesser dans la sacristie, un ouragan affreux qui avait été précédé d'un tonnerre extrêmement fort mais continuel pendant environ une demi-heure a commencé avec la plus grande impétuosité. La grêle a été si forte et abondante, l'orage a été si furieux qu'en cinq minutes les grains, les fruits de toute espèce ont été gâchés. La moisson qu'on devait commencer quelques jours après a été entièrement détruite en sorte que après ce qui reste coûtera à ramasser plus qu'il n'en vaut. De quatre moulins, celui de pierre est resté seul et très endommagé. Certains autres ont été renversés et détruits, dans celui du château où six personnes étaient, deux ont été tuées par la chute et les quatre autres dangereusement blessées... et ce qu'il y a de plus triste notre pauvre

1. *Circonscription financière de la France sous l'Ancien Régime.*

église a été renversée depuis le pignon jusqu'au clocher qui reste seul à garantir la voûte du rond-point fort ébranlé. Les pierres de la voûte de la Vierge ont été transportées fort loin, toute la charpente jetée dans le cimetière et brisée. Heureusement que le sieur curé saisi de frayeur ainsi que la personne qu'il entendait et qu'une autre à la porte ont suivi la seule idée que Dieu lui inspira de se réfugier sous la voûte de la fontaine [...]. »

L'inhumation des deux meuniers écrasés par leur moulin est consignée dans le registre paroissial au lendemain de la catastrophe. On y apprend que l'un et l'autre étaient « [...] décédés hier à 7 h 30 du matin surpris dans un moulin que la foudre a renversé et brisé, sous les ruines duquel on a trouvé lesdits corps tout moulus [...] ». Il s'agissait de Denis-Parfait-Gérémie Milocheau, âgé d'environ onze ans, et de Pierre Colas, âgé de soixante-quatre ans, garçon meunier. Ces deux malheureux ont été les seules personnes en Eure-et-Loir à perdre la vie au cours de l'ouragan survenu, par chance (?), un dimanche, jour où peu de monde travaillait aux champs. On enregistra néanmoins dans les semaines qui suivirent plusieurs décès par intoxication qu'on attribuera à l'eau polluée des puits. De façon anecdotique, un curé consigna avoir vu des personnes avec de fortes contusions au visage et aux mains, conséquences des chocs de grêlons, malgré des protections.

Si on trouve peu de témoignages de pertes d'animaux domestiques – un chien étourdi par un gros grêlon (!) –, en revanche le gibier a payé un très lourd tribut à la grêle : par milliers, lièvres, lapins, perdrix, faisans, pigeons et autres oiseaux ont été tués ou blessés. « Par où elle a passé, elle a tué tout le gibier et jusqu'aux lièvres [...] », consigna l'abbé Poirier, curé de Soulaires...

Les dommages matériels se révélèrent en revanche bien plus conséquents. Du bris de la quasi-totalité des vitres et carreaux exposés au midi à l'effondrement de bâtiments importants, les dégâts furent innombrables : les églises de Sours et de Gallardon effondrées, le clocher de Logron menaçant ruines – « [...] Occupés que nous étions pendant la tempête à considérer le clocher, nous croyions à chaque instant voir l'église écrasée par sa chute [...]. Son état ne pouvait qu'augmenter notre frayeur ; les pièces principales, et en grand nombre, étaient pourries. En descendant une poutre, elle tomba en trois parties ; une seconde n'était pas meilleure, et ainsi du reste de la charpente[1] » –, les trois moulins de bois de Sours renversés, la maison de l'abbaye de l'Eau écroulée, et des centaines de toitures, de murs, de serres, etc., jetés à terre...

Hélas ! ces malheurs n'étaient cependant rien en comparaison du désastre causé par la destruction de dizaines de milliers d'hectares de cultures à la veille des moissons et des conséquences sur l'avenir des populations rurales. Dans la plaine, les blés qui n'étaient pas moissonnés furent hachés. Seigle, pois, froments, orges, avoines, lentilles, lin, tout fut broyé, couché, égrainé en proportion de la maturité :

« La moisson est faite [...]. La grêle moissonna toutes les espérances du laboureur[2]. »

À Alluyes, « la grêle a dévasté, ruiné, anéanti l'espérance de toutes les espèces de récolte » ; à Meslay-le-Vidame, « destruction de toutes les récoltes de la paroisse » ; à Saint-Loup, « deux tiers des moissons de la paroisse ruinés » ; à Umpeau, « on a pu rien récolter ». Partout ce n'était plus que « des plantes propres à faire du fumier ». Les vignes souffrirent tellement qu'il n'y eut pas de bois pour la taille de l'année suivante ! À Coltainville, la paroisse fut grêlée à cinquante pour cent, et les vignes souffrirent beaucoup :

« Les fruits ont été tellement meurtris qu'ils tomberont avant l'époque de maturité. »

Les estimations que nous connaissons des dommages sont uniquement celles des paroisses qui en ont faites, c'est-à-dire à peine la moitié d'entre elles – l'autre moitié n'a « [...] pas cru devoir se plaindre » –, et ne prennent en compte que les seuls dégâts aux cultures, ignorant ceux aux bâtiments, aux animaux, dans les jardins, les bois, etc.

Un bon millier de paroisses fut touché en France. La généralité d'Orléans, sur les actuels départements du Loiret, de Loir-et-Cher

1. *Registre paroissial de Logron.*
2. *Registre paroissial de Oinville-sous-Auneau.*

et d'Eure-et-Loir, est celle qui a le plus souffert du royaume. L'ensemble des dommages reconnus, sur les cultures seules, fut estimé à 25 millions de livres[1] pour la France entière. Selon une estimation de l'époque, il faudrait doubler ce montant pour la totalité des préjudices occasionnés, soit dix pour cent du budget annuel du royaume. En Eure-et-Loir, l'élection de Châteaudun les chiffra à 700 000 livres pour l'ensemble de ses communes, avec des montants conséquents pour certaines, comme 140 000 livres à Bouville et 80 000 au Gault-Saint-Denis, mais seulement 20 000 à Montainville. Plus au nord, Saint-Loup estima sa perte à 65 624 livres et Umpeau à 200 000 ! L'abbé Sainsot chiffre, sans doute avec exagération faute d'éléments, à 12 millions de livres (!) l'ensemble des pertes de toute nature sur le diocèse de Chartres, soit le quart de l'estimation nationale !

À une époque où la protection financière contre les conséquences des aléas de la vie n'existait pas, le seul espoir des populations ruinées d'obtenir une aide se limitait à d'éventuelles remises d'impôts d'un État lui-même ruiné pour d'autres raisons et aux bienfaits de la générosité et de la charité. Fort opportunément, les cahiers de doléances rédigés quelques mois après l'événement en vue de la préparation des états généraux de 1789 fournissent de précieux renseignements sur l'état d'esprit régnant dans les villages atteints et sur les demandes d'aide :

« Cette paroisse est surchargée par les impositions de toute espèce [...], et nos récoltes ont été ravagées par la grêle du 13 juillet dernier [...]. Pourquoi nous supplions Sa Majesté de modérer l'impôt, la supplions de même d'ordonner la suppression des privilèges pécuniaires et l'égalité de la répartition de l'impôt entre tous les ordres[2]. »

À Rouvray-Saint-Denis, l'argumentation est plus frappante :

« [...] Lesdits habitants se trouvent par le fléau de la grêle arrivée le 13 juillet dernier [...] à peine en état de pouvoir subsister et par conséquent dans l'impossibilité de payer cette année la totalité des

1. *À une époque où les rendements atteignent dix à douze quintaux par hectare, cela représente un million deux cent mille quintaux de blés perdus et plus de cent mille hectares de terres qui n'ont pas été moissonnés.*
2. *Cahier de doléances de Saint-Hilaire-sur-Yerre.*

impôts. Ils espèrent que le gouvernement [...] leur fera une remise proportionnée à la perte qu'ils ont faite. »

Meslay-le-Vidame et Andeville solliciteront pour la même raison la remise des impositions des années 1787 et 1788 et une modération sur les tailles et autres impositions accessoires... L'élection de Châteaudun obtiendra du directoire du département d'Eure-et-Loir, deux ans après l'événement seulement, un sursis pour le recouvrement des impôts dans les paroisses grêlées. Il sera renouvelé en juin 1791 à l'occasion d'une nouvelle demande.

Les particuliers qui tenteront la même démarche pour leur impôt personnel auront moins de succès, tels le curé de Dammarie qui demandera en août 1790 à être déchargé de ses impôts personnels en prétextant la grêle de 1788 et un certain Jacques Dupont, menuisier à Oinville-sur-Auneau, qui demandera en mars 1791 la remise de ses impôts de 1789 pour cause de grêle en 1788 ! Les archives ne disent rien du sort réservé à la demande faite en octobre 1790 par le baron de Montboissier d'être déchargé de ses « vingtièmes » au prétexte qu'il avait remis 26 454 francs à ses fermiers à cause de la grêle de 1788...

Le corps municipal de Chartres, qui se réunit dès le 15 juillet, considéra qu'il lui appartenait de porter les plaintes de la province et de solliciter les secours nécessaires. Sa détermination était sans faille : « [...] Il serait très intéressant de frapper promptement les oreilles du gouvernement pour venir au secours des infortunés laboureurs qui sont sans ressources[1] », avec des arguments qui ne pouvaient laisser quiconque insensible :

« [...] Nous avons vu une paroisse entière regretter que l'ouragan qui a détruit son église ne soit pas arrivé pendant la grand-messe ; la mort, comparée à la situation actuelle, eut été un bienfait pour elle[2]. »

Le roi fit rendre un arrêt en son conseil d'État le 26 juillet ordonnant la création d'une loterie de 12 millions en faveur des provinces dévastées et ravagées par cette grêle ! À Douy, le curé

1. *Extrait du procès-verbal de la réunion du corps municipal du 15 juillet.*
2. *Extrait du placet au roi Louis XVI remis par des représentants du corps municipal de Chartres, Triballet du Gort, le maire, Grandet de la Villette, conseiller assesseur, et l'abbé Duplessis du Colombier.*

jugea peut-être la somme insuffisante pour satisfaire les attentes de ses ouailles et démontrer l'extrême générosité de Louis XVI. Il la porta de son chef à 30 millions :

« Il y a une loterie à Paris dont le fonds est de 30 millions de livres en faveur des grêlés[1]. »

Le duc d'Orléans, possesseur du duché de Chartres, promit un secours de 12 000 livres. En conséquence, des membres du corps municipal de Chartres et du bureau intermédiaire dressèrent aussitôt des états de pertes de chaque laboureur, à partir des estimations réalisées, afin de distribuer les maigres 600 livres (!) immédiatement versées par le duc...

Le directoire du département d'Eure-et-Loir, quant à lui, se lassa de recevoir des demandes d'aide et de remise de toutes sortes. Il prit donc l'initiative de les transmettre à l'Assemblée nationale, qui refusa bien naturellement toute intervention !

Le chapitre cathédral, dont nombre de biens en Beauce avaient été atteints par l'événement, se montra sans doute le plus réactif tant dans l'organisation des secours sur le terrain que dans l'attribution des aides. Il nomma dès le lendemain du passage de l'ouragan une commission réunissant les régents des prébendes et les prébendés. Le 28 juillet, il avança des muids de blé et d'avoine à ses fermiers grêlés, et le sous-doyen accorda remises et avances jugées nécessaires. Le 23 août, le chapitre accorda les aides financières jugées indispensables pour ensemencer les terres et continuer les cultures. Le 2 octobre il accorda aux plus malheureux de ses fermiers une somme de 6 000 livres qui restait toutefois à emprunter. Plus tard, ce fut une autre somme de 20 000 livres qu'il attribua. Le 8 novembre, il avança 3 000 livres aux chanoines de Saint-Piat désargentés pour secourir leurs fermiers. Des curés ne manqueront pas de solliciter directement ce même chapitre, comme celui d'Umpeau, pour obtenir des secours sans passer par leur chanoine. L'évêque, Mgr Lubersac, ordonna de son côté une quête dans tout son diocèse pour laquelle il investit du temps personnel.

1. *Registre paroissial de Douy.*

L'indemnisation en espèces a été, on le voit, quasi inexistante. En revanche, l'administration acheta des semences et du pain pour assurer des distributions aux plus atteints. À Douy, « [...] la paroisse en a eu un muid et 120 livres d'argent, puis 100 francs en janvier qui furent distribués en pain aux pauvres, et vingt-sept *septiers* d'avoine en mars pour la semence et 30 livres en mai distribuées en pain ». À Alluyes, « le gouvernement a commencé par distribuer une faible portion de secours aux plus pauvres cultivateurs pour encourager les semences prochaines. La paroisse a reçu trente *septiers* de blé et une somme de 500 livres pendant l'hiver pour les plus nécessiteux, cultivateurs ou non, puis 200 livres. Rien pour les gros fermiers. » À Épernon, les propriétaires ont été obligés de remettre les loyers et donner de quoi ensemencer les terres...

Partout, les autorités conseillèrent de labourer aussitôt les terres ravagées et de semer des raves, de la moutarde, de la vesce, des choux, des navets ou de la chicorée sauvage, mais les graines manquèrent le plus souvent ! La perte des récoltes sur les milliers d'hectares ravagés réduira bien évidemment l'offre au cours de l'hiver 1788-1789, et même avant :

« L'hiver a commencé à se faire sentir dès la Toussaint[1]. »

La hausse du froment atteignit cent vingt-sept pour cent début 1789 – cent trente-six pour cent pour le seigle –, puis cent cinquante à cent soixante-cinq pour cent dans la première quinzaine de juillet 1789 ! Sachant que dans le budget populaire la part du prix du pain atteignait à l'époque quatre-vingt-huit pour cent, on peut aisément imaginer la conséquence de telles hausses pour les ménages :

« La famine fut réelle en juillet et août 1789[2]. »

Aux vicissitudes de l'été 1788 vint, hélas ! s'ajouter l'hiver rigoureux de 1788-1789, avec quatre-vingt-six jours de gelée à Paris[3] : – 21,8 degrés le 31 décembre 1788 à Paris, et jusqu'à – 25 degrés dans le Centre, avec pour autre conséquence une augmentation de près de cent pour cent du prix du bois de chauffage !

1. *Registre paroissial du Gault-Saint-Denis.*
2. *Registre paroissial de Oinville-sous-Auneau.*
3. *Ce « record » tient toujours !*

Faits divers insolites

On a dit que le climat de la décennie 1780 a participé à la remise en cause de l'ordre social. Il serait osé d'affirmer qu'il fut seul à l'origine de la Révolution de 1789, bien que la disette qui suivît pourrait être l'un de ses éléments déclencheurs. On peut également avancer que la rédaction des cahiers de doléances très peu de temps après le passage de l'ouragan fut un moment ô combien opportun pour l'expression des attentes, fortement exacerbées par la dure épreuve endurée par les populations atteintes.

Devant l'étendue des ravages, l'Académie des sciences chargea le géographe Jean-Nicolas Buache de la Neuville[1] et les savants Jean-Baptiste Leroy[2] et Henri-Alexandre Tessier[3] d'une enquête complète sur l'événement. Buache dressa notamment une carte montrant l'extension du phénomène qui semble avoir été la première jamais effectuée, au moins en France.

Pour l'anecdote, l'orage du 13 juillet 1788 pourrait avoir eu au moins une conséquence heureuse, celle d'avoir mis un terme au différend qui opposait depuis de nombreux mois les chanoines de l'abbaye de Saint-Chéron de Chartres à leur abbé commendataire, lequel réclamait deux tiers des revenus de l'abbaye de l'Eau. La grêle du 13 juillet ayant détruit les biens sur lesquels ils se disputaient, ils n'avaient plus de raison de poursuivre leur querelle, et ils firent la paix !

---

1. Neveu du cartographe Philippe Buache (1741-1825).

2. Physicien, spécialiste de l'électricité et du tonnerre (1720-1800).

3. Ecclésiastique, directeur de la ferme royale de Rambouillet, agronome, né à Étampes (1741-1837).

Chapitre VI

Les coureurs de thermidor

Pour la troisième fois en un mois, une salve d'artillerie réveilla Chartres au lever du soleil, afin que, à 5 heures de l'après-midi, les patriotes soient prêts pour la fête nationale commémorative de la journée du 10 août (1792)[1]. En ce temps-là, la nation n'aimait pas les lève-tard !

Depuis le premier jour de l'année, l'an VII du calendrier révolutionnaire, Chartres en était à sa dixième journée commémorative[2], sans compter la fête pour la plantation d'un arbre de la Liberté du 25 germinal (15 avril), la cérémonie funèbre en l'honneur des trois plénipotentiaires français tués à Rastadt du 20 prairial (9 juin) et les dizaines de fêtes décadaires, tous les dix jours du calendrier républicain ! Assurément, les révolutionnaires des années 1790 affectionnaient les fêtes patriotiques ! Les plus enflammés d'entre eux y voyaient un excellent moyen pour l'éducation du peuple et, davantage encore, une opportunité pour développer le sens du patriotisme, de la fraternité et de l'égalité... Robespierre était même persuadé qu'elles « rappelaient l'homme à la pensée de la

---

1. Le 10 août 1792, à Paris, les sans-culottes s'emparèrent du palais des Tuileries. Au terme d'une journée sanglante, le roi et sa famille furent jetés en prison. Ce fut la fin de la monarchie française.

2. La fête de la fondation de la République (1er vendémiaire), l'anniversaire de la juste punition du dernier roi des Français (2 pluviôse), la fête de la souveraineté du peuple (30 ventôse), la fête de la jeunesse (10 germinal), la fête des époux (10 floréal), la fête de la reconnaissance et des victoires (10 prairial), la fête de l'agriculture (10 messidor), la fête du 14 juillet (26 messidor) et la fête de la Liberté (9 et 10 thermidor).

divinité et à la dignité de son être», et qu'il convenait en conséquence d'en instaurer autant que de «vertus les plus chères et les plus utiles [...]». Il proposa ainsi la création de trente-six journées commémoratives avant que le couperet de la guillotine l'arrête dans son élan ! Sans cette décapitation, le pays aurait célébré dans l'enthousiasme qu'on imagine la vérité, la justice, la gloire, l'héroïsme, mais aussi la frugalité, la bonne foi, l'amour conjugal, le malheur, la pudeur et, bien plus surprenant encore venant du personnage, la haine des tyrans et des traîtres !

Finalement, en 1795, on se limita à sept fêtes nationales commémoratives, auxquelles on ajouta dans le temps, et successivement, la fête du 14 juillet, puis celle du 10 août, puis celle du 20 mars et enfin celle du 4 septembre, sans oublier les fêtes nationales décadaires... et quelques autres célébrations de circonstance. L'organisation administrative et le coût des onze premières étaient à la charge de la nation, donc des autorités départementales, nos préfectures d'aujourd'hui, qui déléguaient assez souvent l'organisation matérielle aux administrations municipales. Les autres étaient du ressort unique des municipalités. Toutes cependant avaient en commun des cérémonials convenus, quasi identiques, qui lassèrent le peuple vers la fin de la période directoriale, à partir de 1799.

À Chartres, la préparation du programme de la fête nationale du 23 thermidor an VII (10 août 1799), commémorative de la journée du 10 août, fut du ressort de l'administration du département d'Eure-et-Loir. Nicolas-Séverin Marceau-Villeray, le frère du célébrissime général, à l'époque commissaire du directoire exécutif près de l'administration centrale, valida un projet peu différent de celui des fêtes précédentes : au lever du soleil, une décharge d'artillerie ; à 4 heures de l'après-midi, le rendez-vous des autorités civiles et militaires à la maison commune, en vue du défilé ; à 5 heures, le démarrage du cortège vers la butte des Charbonniers ; sur place, les discours civiques et patriotiques devant le peuple, l'exécution des airs patriotiques par un corps de musique, des jeux populaires avec remise de récompenses, un banquet fraternel au Grand-Jardin ; en soirée, danses et bal pour la population.

L'omniprésent peintre décorateur chartrain de l'époque, le citoyen Bardou, fut chargé de la décoration des estrades, portiques et frontispices, qu'il factura 248 francs, somme que l'administration ramena d'autorité à 195 francs ! Le citoyen Doullay, tenant commerce de mercerie, fournit vingt-sept plumets et quarante-cinq mètres de ruban tricolores pour 73,30 francs. On réserva la fanfare du citoyen Pichon pour accompagner le défilé et exécuter les airs patriotiques, ainsi que l'ensemble musical du citoyen Maurer pour animer le bal de la soirée. Le citoyen Belhomme, horloger rue de la Monnaie, l'actuelle rue de la Pie, fournit pour 40 francs « une montre à boëtte d'argent au pois de trois décagrammes, six grammes et six cent vingt et un milligrammes » destinée au vainqueur de la course à pied. Enfin, le coût global du banquet civique de quatre cents convives (!) prévu au Grand-Jardin[1] fut arrêté à la somme de 248 francs, sans la dépense de boucherie de 70 francs laissée à la charge de ceux qui l'avait engagée[2] !

Dans l'esprit des autorités, attentives au respect des directives ministérielles et soucieuses de l'ordre public, la fête s'annonçait certainement sous les meilleurs auspices, car le programme peu innovant ne présentait *a priori* aucun risque susceptible de générer des incidents. Le transfert de la manifestation de la place de la Liberté, l'actuelle place des Épars, vers la butte des Charbonniers en raison de l'épreuve de course à pied – en remplacement de l'immémorial tir à l'oiseau sur la butte des Barricades – ne constituait nullement un risque, d'autant que les courses de toutes natures étaient depuis peu retenues par le ministre de l'Intérieur lui-même pour égayer les célébrations parisiennes de caractère national.

À 5 heures, le long cortège des autorités civiles et militaires au grand complet, suivies des employés des administrations, des citoyens méritants et d'un détachement de cavalerie, quitta la

1. À l'époque, le Grand-Jardin était un espace campagnard de plus de deux hectares dans le faubourg Nicochet. Il devint une guinguette renommée dans les années 1830, avant la construction sur son emplacement en 1840 de l'école normale des instituteurs.

2. Pour toutes ces dépenses : archives départementales d'Eure-et-Loir, LP 1123.

maison commune, l'actuel hôtel Montescot. Précédé de dix tambours battant la marche et de quatre cavaliers, le défilé serpenta en ville pour rejoindre le Grand-Pas sur la butte des Charbonniers, où plusieurs estrades avaient été dressées, faisant face à la porte Châtelet. Arrivé sur place, le cortège se rangea dans l'ordre qui était assigné à chaque autorité, et la musique entama les premiers airs patriotiques. Comme d'usage, le citoyen Nicolas-Séverin Marceau-Villeray, commissaire du directoire exécutif, prononça le premier discours. Comme d'usage, les applaudissements les plus vifs et les cris mille fois répétés de « Vive la République ! » ponctuèrent son allocution. Comme d'usage, le peuple écouta attentivement les autres discours et les applaudit tout aussi chaleureusement...

Enfin, bien plus tard, un roulement de tambour annonça l'exécution de l'hymne patriotique, point d'orgue de la cérémonie protocolaire, avant le passage aux jeux, en l'occurrence l'épreuve de course à pied. Faute d'archives sur le sujet, il est impossible de savoir si, comme au Champ-de-Mars à Paris le mois suivant pour la célébration de la fête de la fondation de la République, le règlement avait imposé aux coureurs le port « d'une veste et d'un pantalon de Nankin ou de quelque étoffe blanche » en provenance obligatoire d'une manufacture française ! Le nom du vainqueur de cette course, heureux récipiendaire de la montre en argent, n'est pas passé à la postérité, contrairement à celui du tir à l'oiseau deux semaines auparavant, à l'occasion de la fête du 10 thermidor (28 juillet), où le citoyen Rocton, boulanger de son état, repartit avec une magnifique paire de boucles d'oreilles ! Le procès-verbal de la fête ne précise pas cependant à qui il l'a ensuite offerte[1]...

Puis survint l'instant de la catastrophe, quand, dans un craquement sec, une estrade supportant des militaires, des musiciens et quelques vieillards s'effondra, entraînant dans sa chute celle d'un portique de décoration... Tout ce beau monde d'uniformes et d'instrumentistes se retrouva pêle-mêle dans un fatras de planches et de chevrons cassés sous les regards goguenards de la foule. Il y eut des blessés et des instruments endommagés. Il y eut sans doute

1. *Registre des délibérations de l'administration communale (archives municipales de Chartres, C 13/2).*

beaucoup plus de blessures d'amour-propre que de plaies sanguinolentes.

Dans les semaines qui suivirent, l'administration centrale du département dédommagea les victimes et indemnisa ceux qui avaient porté secours. Elle versa 12 francs au citoyen Esnault « pour l'indemniser du traitement que lui a occasionné une blessure reçue à la fête du 10 août », 78 francs au citoyen Châtelet pour avoir « donné le rafraîchissement [...] aux militaires blessés et aux vieillards le jour de la fête du 10 août », 50 francs au citoyen Bouchette, capitaine, « à titre d'indemnité tant pour la perte d'un habit que pour les blessures qu'il a éprouvées lors de la chute d'un échafaud à la fête du 10 août », 50 francs au citoyen Frédéric, musicien, « montant des réparations d'un corps (*sic*) de musique qui a été brisé à la fête du 10 août dernier par la chute d'un amphithéâtre », et 43 francs au citoyen Baquet, armurier, « pour le prix d'un fusil par lui fourni pour la fête du 10 août »[1].

Nous n'avons trouvé aucune archive du programme officiel et du procès-verbal de la manifestation, deux documents pourtant à caractère légal et obligatoire, réclamés ordinairement par l'administration départementale. Étant elle-même l'organisatrice, peut-on penser qu'elle s'était dispensée d'en produire ? Il faudra attendre l'arrivée du premier préfet en Eure-et-Loir, Jean-François Delaître, le 1er germinal an VIII (22 mars 1800) pour voir reparaître ce genre de pièces dans les classements des archives départementales.

L'épisode de l'écroulement de l'estrade a fait l'objet d'au moins deux narrations au cours du XIXe siècle. L'une parut dans *Le Journal de Chartres et du département d'Eure-et-Loir* du jeudi 7 juillet 1842, sous la signature d'un mystérieux V., plus précisément dans sa chronique « Souvenirs d'un Chartrain, le tour de ville, la porte Drouaise, la butte des Charbonniers ». Dans un style léger, et avec une imagination débordante mais peu crédible, le chroniqueur situe l'événement lors de la fête de la

1. Pour toutes ces indemnisations : archives départementales d'Eure-et-Loir, LP 1123.

fondation de la République, le 1er vendémiaire an VIII (23 septembre 1799). Il décrit principalement l'écroulement de l'estrade, sur laquelle, selon ses écrits, les autorités auraient été installées, au moment où le préfet Delaître remettait une couronne (?) au vainqueur. À l'époque de la parution du journal en 1842, les lecteurs les plus âgés encore au fait, quarante-cinq ans après, des subtilités du calendrier républicain avaient sans doute relevé qu'à la date du 1er vendémiaire an VIII (23 septembre 1799), il faudrait attendre encore sept mois la nomination du premier préfet ! Pour quelle(s) raison(s) le mystérieux « V. » a-t-il commis ces grossières erreurs, en se discréditant par la même occasion ?

L'autre narration est à mettre au compte de l'abbé Calluet, dans son ouvrage poétique *Le Tour de ville, promenade chartraine en vingt-deux stations*[1]. À la deuxième station, l'auteur laisse son lecteur dans l'ignorance de la date de survenance de l'événement :

« Il était une fois dans la cité ;
On célébrait un grand anniversaire ;
C'était la paix, c'était la guerre,
C'était sainte Charrue ou sainte Égalité ;
À mon récit cela n'importe guère.
Il s'agissait de bien courir [...].
Quand tout à coup sans prévenir,
Un coin du théâtre défonce,
La justice à grand bruit s'enfonce.
Sous un poids de cette importance,
Le plancher n'a pas résisté [...]. »

C'est parce que nous avons pu retrouver aux archives départementales d'Eure-et-Loir les comptes, factures et ordres de paiement de la fête nationale de l'an VII, commémorative du 10 août, dont la facture de l'horloger Belhomme datée du 22 thermidor (9 août) annotée par l'administration centrale comme étant précisément « [...] le prix d'une montre destinée pour le prix de la course [...] » et, mieux encore, les documents d'indemnisation des préjudices subis que nous avons pu fixer l'écroulement de la tribune non pas lors de la fête de la fondation de la République, le

1. *Noury-Coquart libraire-éditeur, 1858.*

1er vendémiaire an VIII (23 septembre 1799), mais un mois et demi auparavant, lors de la commémoration du 10 août 1792, le 23 thermidor an VII (samedi 10 août 1799). Cette erreur sur l'événement et l'absence d'archives pour la journée du 23 thermidor restent à expliquer, d'autant qu'il existe des pièces pour celle du 1er vendémiaire... Certains ont-ils souhaité « oublier » ce fâcheux épisode afin de ne pas ternir leur réputation ou l'image de la toute jeune République ?

Le Consulat, qui suivit la période du Directoire après le coup d'État de Bonaparte du 18 brumaire an VIII (9 novembre 1799), supprima dès le 24 décembre 1799 toutes les fêtes révolutionnaires, à l'exception de celles du 14 juillet et du 1er vendémiaire, « qui ne [laissaient] aucun souvenir qui tende à faire naître les divisions parmi les amis de la République ». La dernière fête du 1er vendémiaire fut célébrée en 1803. Il ne resta plus que celle du 14 juillet, que nous célébrons encore de nos jours.

Chapitre VII

Les cent turions de la marquise

LOUIS XVIII ADORAIT les asperges, davantage encore peut-être que son illustre aïeul le Roi-Soleil. De l'atavisme en quelque sorte. Sauf que l'arrière-arrière-arrière-petit-fils dévorait aussi, et sans exception, tous les autres légumes – ah ! les fameux épinards de printemps ! –, toutes les viandes et tous les poissons qui les accompagnaient – sans oublier les moules dont il raffolait –, tous les entremets – par dizaine à la fois –, tous les potages – les plus onctueux –, tous les fromages – gras, de préférence –, toutes sortes de desserts – crémeux à souhait... Bref, Louis XVIII était boulimique, il aimait s'empiffrer !

Il en mourut, obèse, goutteux, artérioscléreux, œdémateux... et rongé par la gangrène.

Que voulez-vous ! On ne mangeait pas impunément dix-huit côtelettes d'agneau au petit-déjeuner sans risque ! On ne savourait pas davantage l'« ortolan en cercueil[1] » ou la « côte d'agneau à la martyre[2] » sans qu'il en reste aucune trace dans l'organisme... Ne pensez pas néanmoins que ce brave roi – un homme qui se tenait aussi bien à table ne pouvait être que brave – n'avait aucune considération pour la médecine et les médecins ! N'a-t-il pas créé l'Académie royale de médecine ? Ne suivait-il pas

1. Recette de Louis XVIII et du duc d'Escars : cuire un ortolan dans le ventre d'un perdreau capitonné de truffes.

2. Recette de Louis XVIII et du duc d'Escars : côtelette ficelée entre deux autres, cuite sur le gril. On mange seulement celle du milieu...

scrupuleusement les conseils de ses docteurs, qui parvenaient à lui imposer des séquences de régime ?

« Je vous remercie de ce que vous me dites sur mon régime. Sachez que je ne me relâche sur rien, excepté les asperges, et j'ai lieu de croire que j'agis sagement ; car je me porte fort bien. Il y a un an et vingt-deux jours que je n'ai pas entendu parler de goutte[1] », écrivit-il à un proche le 5 mai 1811 d'Hartwell House, sa résidence d'exil dans le comté anglais du Buckinghamshire.

Ah ! les délicieuses asperges ! Elles auront ponctué les printemps du monarque telles des gourmandises d'anniversaire, et il en aura souvent fait état dans ses courriers privés du mois de mai. Mieux encore, elles pourraient avoir pesé sur ses projets dans deux événements importants de son règne.

Ainsi, lors de son voyage de retour d'exil en mai 1814 – en pleine période de production des asperges, faut-il le remarquer ? –, il s'arrêta curieusement à un jet de pierre de Paris dans le petit village de Saint-Ouen-sur-Seine, à l'époque très réputé justement pour ses asperges ! Il soupa et passa la nuit au château du comte Vincent Potocki. Faut-il parier qu'il y dégusta ses premiers *Asparagus officinalis* de l'année ? Le lendemain, ce fut toujours de ce village connu alors des seuls amateurs d'asperges qu'il signa la déclaration – dite plus tard « de Saint-Ouen » – précédant de quelques jours la publication de la Charte constitutionnelle et qu'il reçut les députations de toutes les autorités de la capitale ! Si le roi shakespearien Richard III offrit son royaume à quiconque lui fournirait un cheval, Louis XVIII décida peut-être de l'avenir du sien la main posée sur une botte d'asperges !

L'année suivante, encore au printemps, ce fut la ville de Gand qu'il choisit finalement pour résidence pendant les fameux trois mois qui devinrent les célèbres « Cent-Jours ». Gand, une autre ville où les asperges jouissaient d'une haute réputation ! Il ne regretta pas son choix, du moins sur le plan culinaire ! Pour satisfaire son royal « client » et sa cour, le chef cuisinier de l'hôtel de la comtesse de Hane de Steen Huyse « confisqua » la production

1. Correspondance privée et inédite de Louis XVIII pendant son séjour en Angleterre, *Coster et Cie libraires, 1830.*

locale d'asperges au bonheur des maraîchers, mais au grand dam des bourgeois contraints de se rabattre sur le turion de houblon[1], un ersatz local qui, quand l'asperge vint à manquer, fut à son tour préparé à la sauce blanche et proposé à la table du monarque français. En vrai roi gastronome, il le trouva fort délicieux et s'en fit livrer ensuite chaque année, sans se douter qu'il entamait ainsi le droit des pauvres de couper dans les houblonnières les premiers jets de la plante pour les vendre sur les marchés... De retour aux Tuileries – « Revoilà notre père de Gand ! » ironisa la presse –, il retrouva avec plaisir ses traditions de table de l'Ancien Régime, alternant gargantuesques soupers et tête-à-tête gourmands avec le duc d'Escars, son grand maître d'hôtel et compère gastronome, qui finit par en mourir, en pleine nuit, frappé d'indigestion.

« Je savais bien qu'il avait moins d'estomac que moi ! » soupira le lendemain le monarque quand on lui annonça la triste nouvelle.

En cette époque bénie pour les maraîchers d'un roi grand amateur de légumes, les plus ambitieux d'entre eux cherchaient à imposer leur production à la cour, usant de l'entregent d'une aristocratie courtisane. Barons, comtes et marquis en recherche d'estime s'y consacrèrent. La marquise de Vernon, peut-être plus habile que d'autres et assurément plus chanceuse, fit découvrir à son roi une nouvelle variété d'asperges. Il lui accorda aussitôt sa gratitude, et elle gagna du même coup la reconnaissance éternelle du jardinier producteur. On rapporta bientôt partout que trois turions avaient suffi à Émilie-Louise Picot de Dampierre, veuve du comte Ange-René de Brisay, seigneur de Denonville, épouse en secondes noces de Guillaume Gervais, marquis de Vernon, pour flatter le palais de Louis XVIII. C'était assurément méconnaître le penchant immodéré de ce dernier pour les asperges !

L'avisée marquise avait gardé à presque soixante-dix ans une vitalité que beaucoup de courtisanes revenues d'exil vieillies avant l'heure lui enviaient. Il se disait même que « son mariage l'avait

1. Six à huit jours après plantation des racines de houblon recouvertes de terreau et de litière, on les découvre et on détache à la main les jeunes bourgeons qui, lavés et blanchis, se mangent en guise d'asperges, assaisonnés ou préparés à la sauce blanche.

tellement rajeunie qu'on la voyait [...], droite et leste, courir les bals, les soirées et les sermons de charité[1] ». Remariée en effet à soixante-cinq ans passés, après vingt-sept années de veuvage, elle partageait son temps entre la cour, tantôt au palais des Tuileries, tantôt au château de Saint-Cloud, son domicile parisien place du Carrousel et le domaine familial de Denonville en Eure-et-Loir, passé à sa fille Eulalie de Brisay[2], marquise de Tholozan de Cesane. Son nouvel époux, le marquis de Vernon, commandant des écuries royales, était lui aussi couvert d'éloges par Louis XVIII, qui regrettait de ne pas pouvoir l'élever au titre de grand écuyer de France, car ce titre appartenait au prince de Lambesc, peu apprécié à la cour pour avoir fait charger contre des manifestants le 13 juillet 1789, décision à l'origine des émeutes du lendemain :

« Tout le service repose sur l'infatigable marquis de Vernon, vice-écuyer, commandant et chef suprême. Il m'offre l'image de l'Ancien Régime dont il fait observer les errements avec une fidélité scrupuleuse[3]. »

Le marquis passait pour un homme compétent, toujours prêt à rendre service. Talleyrand cherchait-il vainement, tard en soirée, un cheval de parade à confier le lendemain matin à Monsieur – le frère du roi – pour le cérémonial de sa réception ? Vite, on réveillait le marquis de Vernon[4] ! Le cocher du carrosse royal se trouvait-il mal embarqué dans une manœuvre hasardeuse ? Le roi lui-même réclamait le secours de son vice-écuyer pour le sortir du mauvais pas. Le brave marquis, issu d'une petite noblesse languedocienne, eut son heure de gloire en portant le heaume du roi dans le cortège des funérailles de ce dernier, un triste matin de septembre 1824.

---

1. BEUGNOT, *Jacques-Claude,* Mémoires du comte Beugnot, ancien ministre (1783-1815), *E. Dentu libraire-éditeur, 1868.*

2. *Eulalie de Brisay avait racheté aux biens nationaux la propriété confisquée au moment de la Révolution.*

3. BEUGNOT, *Jacques-Claude,* op. cit.

4. Ibid. *Suite à cette anecdote qui se situe le 11 avril 1814, le comte Beugnot, ministre de l'Intérieur de Louis XVIII, s'attribua la nomination du marquis de Vernon au poste de commandant des écuries royales. Nombre de ses affirmations ayant été ultérieurement contredites, sa contribution décisive dans la nomination mérite d'être prise avec circonspection.*

Suffisamment loin du tumulte révolutionnaire de la capitale et des clameurs belliqueuses des champs de bataille impériaux, la Beauce, aux espaces infinis où la sérénité est la compagne des esprits curieux, était à cette époque, pour certains, un lieu de repli et de ressourcement et, pour d'autres, un endroit propice à la réflexion et à l'expérimentation. C'était ainsi que, passées les heures sombres de la Révolution, la pétillante marquise de Vernon retrouvait le chemin de Denonville pour s'y reposer en famille de sa vie parisienne trépidante.

Simon Perrot, quant à lui, comptait parmi ceux de la seconde catégorie, depuis toujours. Du moins depuis les années 1780, lorsqu'il s'installa comme laboureur au hameau de Monvilliers, à une demi-lieue de Denonville. Alors qu'autour de lui on cultivait la terre pour nourrir sa famille et un peu le canton, il sacrifia un lopin de terrain pour s'adonner à l'horticulture, sa passion, aux fleurs rares en particulier. Ses parcelles de crocus intriguèrent jusqu'à ce qu'il récolte ses premières onces de safran... Puis ce furent des planches d'hyacinthes pour la multiplication de bulbes d'une espèce hybride, selon une technique juste introduite en Europe... Tout ce qu'il entreprenait de novateur réussissait à merveille !

Mais cela ne satisfaisait pas sa curiosité et son désir d'expérimentation. Pendant que ses cultures poussaient, l'amateur de simples qu'il était parcourait la plaine et ses rares taillis à la découverte de plantes indigènes. Et ce fut ainsi que, en 1782, son œil exercé repéra dans un bosquet un vigoureux pied d'asperge sauvage, une plante rare dans la région dont il pensa aussitôt faire un sujet d'étude et d'expérimentation. Il connaissait la capricieuse *Asparagus acutifolius* pour les nombreuses tentatives de culture dont elle avait fait l'objet, autrefois, dans les potagers royaux de Versailles afin de régaler les papilles du roi Louis XIV.

La saison venue, il transplanta délicatement le pied sur un de ses terrains. Pendant plusieurs années, il lui apporta tous les soins utiles pour assurer sa multiplication et améliorer sa qualité légumière. Soit que le terrain fût plus propice qu'un autre à la culture de l'asperge, soit que le végétal eût une vigueur particulière, qu'importe ! un succès complet couronna sa tentative, et chaque printemps, la terre s'entrouvrait et donnait passage à d'énormes pousses tendres et savoureuses, d'un vert rosé.

Enfin, un printemps, il se décida à faire goûter quelques turions à ses voisins, qui les trouvèrent si délicieux qu'ils n'en laissèrent rien dans leur assiette. Plus blonde que l'orléanaise, plus ferme que la hollandaise, pas du tout filandreuse, parfumée et fraîche en bouche, l'asperge de Perrot avait un atout à nul autre pareil : sa taille ! D'une circonférence moyenne de huit à onze centimètres, elle surpassait de très loin ses rivales, allant jusqu'à peser fréquemment plus de deux cents grammes la pièce, quand la meilleure de Ravenne ne dépassait pas les cent cinquante !

La vente pouvait commencer. Rapidement, les asperges de Monvilliers furent renommées dans le canton, puis bien au-delà, sans toutefois sortir des limites de la région. Il fallait pour ce faire le coup de pouce du destin, qui survint quand la marquise de Vernon, après les avoir goûtées et appréciées, décida d'en présenter à Louis XVIII. Elle n'eut pas à convaincre le cuisinier du palais de les préparer sans attendre. L'œil du roi, expert en la matière, brilla lorsqu'elles arrivèrent sur sa table. Au premier coup de dent, son visage s'illumina. Son assiette terminée, après quelques paroles élogieuses à son entourage sur ce qu'il venait de déguster, il fit adresser ses remerciements à la marquise et s'enquit du producteur. La renommée et la fortune du modeste Simon Perrot étaient en marche.

Très vite, la cour, pour se mettre au diapason des goûts royaux, s'enticha du légume à la grosseur et aux qualités gustatives exceptionnelles. La demande explosa l'année suivante, et la production se mit en devoir de suivre. Perrot dut trouver des parcelles de terre supplémentaires pour démultiplier sa culture, ce qu'il fit non sans difficulté avant de laisser l'affaire à son fils, qui la développa à son tour, complétant la production légumière par la culture et la vente de griffes de la variété nouvelle partout dans la région, en France et même en Europe. Une vingtaine d'années plus tard, la culture de l'asperge à graines occupait des surfaces conséquentes dans les environs de Denonville, à la satisfaction de Simon Perrot, qui terminait sa vie dans sa chaumière entourée de ses fleurs rares, à la sortie de Monvilliers sur la route de Chartres. Son souvenir est aujourd'hui perpétué dans son hameau par la rue principale qui porte son nom.

La renommée de l'asperge de Denonville survécut à la marquise, qui s'éteignit en 1837, à l'âge respectable de quatre-vingt-huit ans, sans toutefois conserver son rang à la cour royale après le décès de son époux survenu le 4 avril 1825. Deux mois après, en effet, le roi Charles X barra de sa main son nom sur la liste des dames de la cour invitées à s'asseoir au banquet royal annuel de l'Hôtel de Ville. Il lui attribua cependant une pension de 10 000 francs en considération des services rendus par le marquis à la cause royale.

Chapitre VIII

Le mystère de la momie qui prenait de la poitrine

QUAND, À L'AUTOMNE 1886, le vice-président de la Société dunoise d'archéologie, histoire sciences et arts, Amédée Lefèvre-Pontalis, évoqua devant ses collègues son prochain voyage en Égypte, certains l'imaginèrent aussitôt avec envie devant quelque tombe récemment découverte, eux-mêmes n'ayant pour satisfaire leur curiosité que l'exploration déjà cent fois entreprise des modestes églises romanes de la campagne dunoise...

« Ne nous rapporterez-vous pas une momie[1] ? » osa lui demander le président Brossier.

En fin politique et homme d'affaires adroit, Amédée Lefèvre-Pontalis ne releva pas la sollicitation, d'abord parce qu'il voyagerait pour affaires et, ensuite, parce qu'à l'époque trop de déconvenues pouvaient survenir à l'occasion d'un périple si lointain.

Cependant, tous les membres présents à cette réunion de l'honorable société approuvaient vivement au fond d'eux-mêmes la sollicitation de leur président. Ils étaient également intimement persuadés que, en tant qu'administrateur influent de la Société des messageries maritimes, leur collègue n'éprouverait aucun souci pour faire expédier en France un tel colis ! Restait pour lui à dénicher l'objet !

---

1. *Extrait du courrier d'Amédée Lefèvre-Pontalis au président Brossier lu en séance le 2 mai 1887 (*Bulletins de la Société dunoise d'archéologie, histoire, sciences et arts, *tome V, 1885-1887, p. 359).*

Issu d'une illustre et riche famille, Amédée Lefèvre-Pontalis, brillant avocat au barreau parisien pendant une vingtaine d'années (1855-1876), député légitimiste d'Eure-et-Loir de 1871 à 1875, fin lettré salué et récompensé par l'Académie française à l'âge de vingt-trois ans, administrateur ou président de quantité de sociétés, dont la Société générale, la Société des mines de la Loire, les Messageries nationales, les Messageries maritimes, la Société de crédit industriel et commercial, la compagnie ferroviaire Paris-Lyon-Méditerranée (PLM), etc. également maire de Saint-Christophe non loin de Châteaudun, était autant féru d'histoire que passionné d'archéologie.

Le voyage de la momie

Quelques semaines après la réunion de Châteaudun, quand il pénétra avec son épouse dans la plus grande salle du musée de Boulaq au Caire, la salle du centre, passé l'inéluctable instant de stupéfaction devant l'abondance et l'incroyable richesse des pièces exposées, Amédée Lefèvre-Pontalis remarqua sûrement sur sa droite, debout entre deux armoires, la première momie exposée bien en évidence aux regards des visiteurs, comme pour les saisir davantage encore dès leur entrée... Quelques pas plus loin, frappé d'émotion comme il l'a si bien évoqué à l'occasion de ses conférences, il accéda à l'extraordinaire salle des momies royales, qui présentait pas moins de trente-huit momies, dont celles des fameux pharaons que furent Thoutmès III, Séti Ier et Ramsès II[1] :

« [...] Quelle fut l'émotion [...] en découvrant ainsi trente-huit momies royales [...]. Elles sont maintenant conservées dans une salle au musée Boulaq [...], assurément un spectacle des plus frappants [...]. Rien n'égale la stupeur qu'on éprouve en se trouvant en présence des momies de ses puissants et orgueilleux pharaons, dont quelques-unes, entièrement dépouillées de leurs bandelettes, laissent voir le corps[2] [...]. »

1. *MASPÉRO, Gaston,* Guide du visiteur au musée de Boulaq, *Musée de Boulaq, 1883.*
2. *Extrait de la conférence d'Amédée Lefèvre-Pontalis du 26 avril 1887 sur l'ancienne Égypte (*Bulletins de la Société dunoise d'archéologie, histoire, sciences et arts, *tome V, 1885-1887, p. 364).*

S'est-il interrogé, malgré son saisissement, sur la raison pour laquelle toutes ces momies étaient exposées debout ? Son guide lui expliqua-t-il qu'il s'agissait de la solution adoptée pour faire face au manque de place dans le musée consécutif à l'afflux des vestiges qu'on y amenait ? Lui précisa-t-il que la religion égyptienne, où tout est symbole, ne concevait pas la position de l'homme debout et vivant dans le tombeau, attendant l'heure suprême de sa résurrection : « [...] Entre ces deux armoires, une boîte de momie est debout. Faute de place, c'est dans cette position que nous avons exposé toutes les boîtes de momies du musée. Il ne faudrait pas cependant conclure de là que telle était la position normale des cercueils dans les tombes où on les trouve. Contrairement à une opinion acceptée par quelques archéologues, les cercueils sont toujours couchés sur le dos, et on peut affirmer que cette règle ne souffre aucune exception[1] [...] » ? Bizarrement, alors que l'espace ne manquait pas dans ses lieux d'exposition, ce sera dans cette position verticale que la Société dunoise exposera plus tard sa momie...

Sa visite achevée, Amédée Lefèvre-Pontalis passa par la salle des ventes du musée, notre boutique de souvenirs actuelle, à la différence près qu'à l'époque, en Égypte, on n'y trouvait ni copies grossières des objets exposés, ni crayons, cartes postales, tee-shirts et autres gadgets au logo du musée, mais de véritables antiquités issues de fouilles, des « doubles » de second choix de ce qui était exposé, vendus néanmoins avec des garanties d'authenticité. Dans un lot proposé à la vente, il se décida pour la momie qui lui semblait présenter le plus d'intérêt pour la Société dunoise :

« [...] J'en ai trouvé une dans un beau cartonnage dans les magasins du musée de Boulaq et me la suis fait adresser à Châteaudun[2] [...]. »

La beauté du cartonnage en lin stuqué, peint des scènes du Livre des morts censé protéger la momie dans l'au-delà, semble avoir présidé à sa sélection davantage que la momie elle-même, aux

1. *Mariette-Bey, Auguste,* Album du musée de Boulaq, *Mourès et Cie, 1871.*
2. *Extrait du courrier d'Amédée Lefèvre-Pontalis au président Brossier lu en séance le 2 mai 1887 (*Bulletins de la Société dunoise d'archéologie, histoire, sciences et arts, *tome V, 1885-1887, p. 359).*

origines au demeurant inconnues, datant des environs de l'an 1000 avant notre ère, entre la vingt et unième et la vingt-deuxième dynastie.

À son retour en France, Amédée Lefèvre-Pontalis attendit l'arrivée de son précieux achat avant d'en aviser le président Brossier. Il lui précisa qu'il entendait se réserver la surprise d'en informer personnellement ses collègues, le 26 avril suivant, jour prévu pour la tenue de sa conférence sur l'ancienne Égypte :

« Je voulais en faire la surprise le jour de ma conférence[1]. »

L'entrée de la momie dans les collections de la Société dunoise fut consignée ce jour-là dans le registre des dons reçus :

« Une momie apportée du musée de Boulaq (Égypte) ; don de M. Amédée Lefèvre-Pontalis. »

Les insectes de Châteaudun apprécièrent eux aussi l'arrivée de la momie. Trouvèrent-ils très à leur goût ces nouveaux matériaux venus du Proche-Orient, inconnus à leurs « papilles » ? On peut le supposer, puisque dès l'automne 1887, la Société dunoise sollicitait son adhérent parisien l'abbé Lerebourg, vicaire de Saint-Jacques-du-Haut-Pas, pour se faire adresser des « œufs de naphtaline », pour la conservation de la momie. L'abbé s'empressa d'en trouver, et on annonça l'envoi imminent du colis en séance du bureau de la Société le 8 novembre 1887[2] ! Il n'est, hélas ! pas rapporté si cet insecticide, un produit tout nouveau à l'époque, eut les effets escomptés. On oublia également bien plus tard de se souvenir de cet épisode...

Quand la momie fit sa rentrée des classes rue Toufaire

À son arrivée à Châteaudun en 1887, la momie était l'unique pièce d'antiquité égyptienne du musée, hébergé depuis l'été 1875 dans une salle du château mise gracieusement à disposition de la société savante par la duchesse de Luynes en attendant une

1. Ibid.
2. Bulletins de la Société dunoise d'archéologie, histoire, sciences et arts, *tome VI, 1888-1890, p. 18.*

installation définitive. Elle en resta l'unique curiosité égyptienne au moment de la translation, en avril 1892, des collections du musée vers les bâtiments de l'ancienne école de la rue Toufaire, en centre-ville, concédés pour une durée de trente ans à la Société dunoise par la ville de Châteaudun. En 1905, elle demeura la pièce maîtresse de l'exposition permanente d'objets égyptiens que le musée constitua grâce au don exceptionnel de centaines de pièces fait par l'égyptologue Émile Amélineau, adhérent de la Société dunoise, en provenance de ses fouilles sur le site d'Abydos de 1895 à 1898.

Le musée s'enrichira encore en juillet 1907 d'un important apport d'objets égyptiens, provenant cette fois des fouilles faites sur le site d'Antinoë par l'égyptologue Albert Gayet, grâce à l'entremise du même Émile Amélineau auprès d'Émile Guimet, le grand mécène et collectionneur. Parmi ces pièces se trouvaient une momie d'enfant et son sarcophage[1] : la momie du musée de Boulaq avait enfin trouvé une compagne !

Quand la poitrine vint à la momie

Pendant un siècle, la momie Ecknoum-Ineck, qui allait perdre cette identité dans les années 1990, resta dressée au milieu de la salle des antiquités égyptiennes du musée de la rue Toufaire. Discrète derrière son cartonnage polychrome que des générations de visiteurs admirèrent et tentèrent de déchiffrer, elle traversa le XXe siècle sans souci apparent de santé, un exploit pour un être humain qui allait sur ses trois mille ans !

Hélas ! vint ce jour funeste de la fin des années 1980 où on détecta une anomalie dans son comportement : sous son cartonnage, Ecknoum-Ineck prenait de la poitrine ! La chose paraissant inconcevable du point de vue physiologique pour les raisons que

1. *« Objets provenant des fouilles sur le site Antinoë faites par M. Gayet et donnés par le ministère de l'Instruction publique et M. Guimet, lot 429 : momie d'enfant, entourée de bandelettes, revêtue de son armure magique, figure avec masque en carton, pectoral, scarabée ; aux pieds, une ligne de hiéroglyphes (assez mal faits) ne pouvant être lus, indiquait le nom. La boîte, en bois de sycomore, est ornée à la manière des anciens cercueils égyptiens. » (*Bulletins de la Société dunoise d'archéologie, histoire, sciences et arts, *tome XI, 1905-1908, p. 384.)*

l'on devine, un examen s'imposait, d'autant que le « mal » empirait avec une fracture du cartonnage au niveau des épaules et l'apparition d'une fissure au-dessus des jambes... La malade étant intransportable, on fit appel à l'antenne mobile de l'hôpital de Châteaudun pour réaliser une radiographie. Le résultat dut consterner tous ceux qui, chaque jour, côtoyaient la « vieille dame » âgée d'environ cinquante-cinq ans au moment de sa mort – une précision jusqu'alors inconnue... Sans doute pour ménager ses « proches », le médecin décrivit d'abord ses mains croisées au niveau du bassin, puis souligna le bon état général de ses os, du moins ceux qui restaient, car ceux du haut du corps avaient disparu, faisant « descendre » le crâne au niveau du sternum ! Le gonflement de la poitrine n'avait donc rien de physiologique !

Il est hautement probable que l'installation en position verticale de la momie un siècle durant, telle qu'Amédée Lefèvre-Pontalis l'avait vue à Boulaq pour toutes les momies exposées et qu'il avait sans doute conseillée au conservateur du musée de Châteaudun, a favorisé la « descente » du crâne quand ses os et ses muscles de soutien eurent disparu pour des causes diverses – pillages, humidité, vermines et attaques d'insectes... – que les fameux « œufs de naphtaline » du vicaire de Saint-Jacques-du-Haut-Pas n'avaient que momentanément repoussées... La dislocation des os restants – on a ainsi trouvé une dent près d'un talon – et la disparition de trop nombreux éléments du squelette ne permettant plus d'envisager une reconstitution acceptable de la momie, on décida de procéder au « traitement » des ossements restants, pour les placer « dans des conditions de conservation satisfaisantes[1] ».

On peut regretter de ne pas avoir offert à cette occasion à cette vieille amie de Châteaudun la sépulture digne du « rang relativement élevé[2] » qu'elle occupait dans la société de son époque et

1. PELLARD, S.-D., *« Extrait de la communication à l'assemblée générale de la Société dunoise d'archéologie par le conservateur du musée des beaux-arts et d'histoire naturelle de Châteaudun : sur les traces de la momie Lefèvre-Pontalis, le 23 mars 1996 », in* Bulletin de la Société dunoise d'archéologie, histoire, sciences et arts, *n° 287, 1997, p. 32.*
2. Ibid.

dont on l'avait exhumée cent ans auparavant... En revanche, et fort heureusement, la restauration poussée du cartonnage a permis la réinstallation de ce dernier, avec magnificence, dans la salle des antiquités égyptiennes du musée.

Quatrième partie

Crimes et châtiments

Les crimes de sang ne se comptent pas depuis l'origine des temps dans le département d'Eure-et-Loir, comme partout ailleurs. Les procès qui se sont ensuivis ont, hélas ! très souvent fait surgir des bas-fonds de la société des êtres misérables devenus assassins pour de sordides mobiles et dans des circonstances abominables. À de rares exceptions près, ces affaires caractérisent les mœurs du triste et banal quotidien de chaque époque.

Par chance, avant la naissance de la presse, les chroniqueurs et mémorialistes observateurs de la société ont volontiers rapporté dans leurs ouvrages des histoires criminelles retentissantes, avec davantage de détails quand elles concernaient des personnalités « en vue » ou quand les circonstances les rendaient exceptionnelles. Il suffit ensuite de s'en rapporter aux annales et archives judiciaires pour les connaître au fond : la vindicte de Louis XI, le procès du cochon Delalande et le jugement de la chambre du présidial de Chartres dans l'affaire de Blévy y sont révélés avec force détails. À défaut de jugement, l'affaire de Courville, datant du XIe siècle, est quant à elle seulement rapportée par Ordéric Vital, moine historien anglo-normand, dans son manuscrit *Historiae ecclesiasticae*...

Chapitre I

Arsenic et vieilles querelles

MALGRÉ UN FEU du diable, il faisait un froid glacial dans la salle haute du donjon choisie par Giroie de Courville pour recevoir ses deux invités en ce soir de Noël 1064. Une bien sinistre pièce où les ombres des trois silhouettes qui se réchauffaient à la cheminée s'étiraient jusqu'au grotesque sur les hauts murs de pierres, dévoilant leur immensité et leur triste nudité.

Au tintement lointain d'une cloche, le seigneur de Courville se dirigea vers une meurtrière calfeutrée d'une brassée de paille qu'il dégagea à moitié. Au bas de la motte féodale, les chaumières du village avaient disparu, comme happées par la nuit sans lune, tandis qu'au pied de la tour une lueur jaunâtre apparaissait à intervalle régulier tel un signal dans la masse sombre d'un bâtiment.

Sur un geste de Giroie, les trois hommes s'engagèrent dans la descente d'un étroit escalier en colimaçon, précédés des hommes d'armes qui ne quittaient jamais Ernaud d'Échauffour. La petite troupe sortit de l'enceinte du château par une poterne située en face de la porte de la chapelle Saint-Nicolas, qui s'ouvrit à ce moment-là pour avaler un couple empressé dans une bouche de lumière pâlotte.

Giroie de Courville, Guillaume II Gouet[1] et Ernaud d'Échauffour s'engouffrèrent à leur tour dans la chapelle par l'entrée principale

1. *Au* XI*e siècle, dans son manuscrit* Historiae ecclesiasticae, *Ordéric Vital, le moine historien anglo-normand, cite le nom de Guillaume Goiet, qu'on retrouve plus tard sous des formes différentes : « Goët » ou « Goet », puis « Gouët », et enfin, de nos jours, « Gouet ». C'est cette dernière orthographe que nous avons retenue.*

qui leur était réservée, laissant aux soldats qui les accompagnaient la consigne de ne plus laisser entrer quiconque.

Les trois hommes avaient en commun une lointaine parenté par une certaine Hildiarde de Courcerault, dont la descendance nombreuse – pas moins de quatorze enfants... – avait fait souche en pays chartrain. À cette époque, les liens établis par la parentèle s'étendaient de manière très large aux branches collatérales les plus éloignées pour les impliquer par besoin de solidarité politique ou de manifestation de puissance.

Guillaume II Gouet, âgé d'une quinzaine d'années au moment des événements de Courville, portait, comme son père avant lui, le titre de comte du Perche-Gouet. Guillaume Ier Gouet possédait en nom propre les seigneuries de Montmirail, de La Bazoche et d'Authon, auxquelles il avait adjoint grâce à son mariage avec Mathilde les seigneuries de Brou et d'Alluyes pour constituer les cinq baronnies du Perche-Gouet, sous la tutelle des comtes de Blois. Si les Gouet restèrent fidèles à leurs suzerains successifs, en revanche leurs relations furent difficiles avec leurs autres voisins, que ce soient les comtes du Perche, les Rotrou, les vicomtes de Châteaudun ou encore les seigneurs de Bellême, les Talvas, ces derniers les haïssant surtout pour leurs liens avec la famille Giroie, celle d'Ernaud d'Échauffour.

Quant à Giroie de Courville, troisième seigneur de Courville, il descendait d'une branche de la famille des Vieux-Pont, du pays d'Auge. Son aïeul, Ives de Courville, fidèle du premier comte de Chartres, Thibaut le Tricheur, avait construit la forteresse de Courville pour constituer, avec d'autres, le système de défense des frontières du comté. Les Courville ne cessèrent jamais d'agrandir leur domaine, comme le laisse penser un acte de 1366 dont la reproduction dresse, en vingt-cinq pages pas moins, une liste des propriétés sous les formes les plus diverses ! Le domaine resta dans la famille jusqu'en 1629, date de son aliénation par Louis des Ligneris, chevalier, seigneur baron de Courville.

La messe terminée, les trois seigneurs regagnèrent la forteresse, encadrés par leurs hommes d'armes. Délaissant le bâtiment qui se dressait au centre de l'enceinte – la résidence de Philippa, l'épouse de Giroie de Courville, et de leurs deux jeunes enfants –, ils remontèrent vers les hauteurs du donjon pour achever leurs discussions et prendre ensemble un dernier repas avant d'aller se coucher.

Giroie avait jugé utile de faire se rencontrer ses « cousins » : Ernaud, le banni, qu'il hébergeait de façon discontinue depuis de nombreuses années, et Guillaume, qui venait juste d'atteindre l'âge de majorité. Il savait que le premier avait encore et toujours besoin de soutien et qu'il devait initier le second aux préoccupations politiques, pour lui apprendre à proposer ses appuis à ceux de son camp. Il savait également que, en agissant ainsi, il apparaîtrait comme un allié sûr et sage à ses deux parents.

Depuis ses mois d'errance jusque dans la lointaine contrée italienne des Pouilles et ses interminables combats, Ernaud d'Échauffour vivait dans l'inquiétude et la méfiance. Tout événement inattendu, toute situation délicate et toute évocation de son avenir ou de celui de sa famille étaient sources d'angoisse, d'où émergeait souvent la plus grande brutalité. Il ne revenait pas à Courville pour se reposer de ses longues chevauchées. Il y venait pour se réfugier et échapper, encore et encore, à ses ennemis percherons et normands, qui cherchaient partout à l'éliminer, même au plus loin des frontières du duché de Normandie.

Ainsi, ce soir de Noël, craignant qu'ils ne profitent d'un moment de relâchement de sa part, il avait demandé à son chambellan, le chevalier Roger Goulafre, originaire du village du Mesnil-Bernard – devenu La Goulafrière, dans le département de l'Eure –, de préparer lui-même le repas qu'il partagerait avec ses cousins. S'il savait ces derniers parfaitement loyaux, il n'accordait en revanche aucune confiance à leurs gens, notamment à ceux qui s'intéressaient à la nourriture, moyen très souvent utilisé par des ennemis pour se débarrasser de leurs opposants.

En décembre 1064, Ernaud d'Échauffour se trouvait être l'un des derniers chefs de renom d'une des plus illustres familles de Normandie, constituée d'hommes vaillants et braves, fidèles à leurs amis mais terribles avec leurs ennemis, et pour certains proches de Guillaume le Conquérant, le puissant duc, entouré de seigneurs tous plus impétueux les uns que les autres. Issu d'une petite noblesse bretonne qui s'était installée à Courcerault, dans le

Corbonnais percheron, au cours de la première moitié du xe siècle, son arrière-grand-père, Ernaud Giroie de Courcerault, dit « le Gros », vit sa postérité assurée par ses deux enfants, Hildiarde et Guillaume, qui engendrèrent à eux deux pas moins de vingt-cinq rejetons !

Si le destin de la nombreuse progéniture d'Hildiarde reste à découvrir, en revanche les onze enfants de Guillaume Giroie de Courcerault, baron de Saint-Céneri-le-Gérei, d'Échauffour et de Montreuil, sont tous passés à la postérité, ayant eu la chance – ou la malchance, pour certains – de vivre à une époque riche en événements dans lesquels les personnalités et les tempéraments les plus divers et les plus opposés pouvaient trouver à s'exprimer. En ces temps de violence des sentiments et de cruauté physique, et souvent d'absence de morale, les ambitieux barons normands, toujours à la recherche d'une terre à agrandir, d'un château à s'approprier ou d'un village à annexer, savaient retrouver discipline, prévenance, ferveur religieuse et charité chrétienne face à un ennemi commun ou pour sauver leur âme avant de rendre leur dernier soupir.

Les fils et les filles de Guillaume Giroie de Courcerault vécurent dans cette étrange dualité à la fois nécessaire et ambiguë. Certains, avec courage, violence et cruauté, acquirent de puissantes seigneuries, pendant que d'autres, avec foi, générosité et sagesse, vécurent sous l'habit monacal, fondèrent des couvents, construisirent des abbayes ou entretinrent des clercs, et que d'autres enfin, à l'exemple de Guillaume Giroie d'Échauffour, furent tour à tour des conquérants redoutables, puis des hommes vaincus, souvent humiliés, avant de devenir fervents religieux.

Ce fut ce Guillaume Giroie d'Échauffour, le père d'Ernaud d'Échauffour, qui s'attira le premier la haine de son suzerain Guillaume de Talvas, seigneur de Bellême, puis celle de son gendre Robert de Montgommery, jaloux l'un comme l'autre de sa puissance ainsi que de ses richesses et, plus encore, des propriétés qu'il possédait en propre. Une haine implacable qui alla jusqu'à le faire torturer sadiquement un jour de fête familiale, lui coupant nez et oreilles, lui crevant les yeux et l'émasculant. Simplement pour l'humilier, assurèrent certains.

Quelque temps après la mort de leur victime, la jalousie de Montgommery, attisée par la cupidité et la cruauté de son épouse Mabille, se reporta sur son fils, Ernaud. Avec ruses et mensonges, il parvint à le faire dépouiller, à son profit, de ses biens par le duc de Normandie, puis à le faire bannir de la province. Ernaud d'Échauffour s'exila alors près de Chartres, à Courville, chez son parent Giroie de Courville, d'où, animé d'un esprit de vengeance sans limites et débordant de fureur comme savaient l'être les Normands de l'époque, à la tête d'une poignée d'hommes recrutés dans les contrées de Dreux, du Corbonnais et de Mortagne, il lançait sur le pays d'Ouche et la région de Lisieux des expéditions de pillage, commettant incendies et meurtres, lorsque l'absence des troupes normandes lui en fournissait l'occasion.

Trois années passèrent, et vint le moment pour Guillaume le Conquérant d'affronter ses voisins bretons et manceaux. Soucieux de ramener auparavant la paix dans sa grande province, il accorda son pardon à plusieurs de ses remuants barons, mais n'octroya qu'une simple trêve de trois années à Échauffour, peut-être sur les « bons conseils » de Montgommery. Le jeune homme mit cette clémence à profit pour se rendre chez des parents dans les Pouilles, en Italie du Sud. Il en revint enrichi et chargé d'une magnifique étoffe précieuse brodée d'or qu'il alla par tradition offrir au duc, en sollicitant humblement la restitution de ses biens. Guillaume, en considération de la noblesse d'Ernaud, ou peut-être finalement convaincu de l'injustice de sa disgrâce, promit de lui rendre son patrimoine au terme prescrit et lui octroya dès l'instant le droit d'aller et venir sur ses terres occupées par les Montgommery.

C'était compter sans Mabille de Bellême, qui médita aussitôt par quels moyens elle pourrait faire échouer l'heureux dénouement qui bafouait sa fierté et risquait de lui procurer des ennuis si les malversations auxquelles elle se livrait sur les terres d'Échauffour venaient à être connues du duc. Femme cruelle, meurtrière, empoisonneuse[1], plutôt laide et petite, mais au demeurant habile dans

1. *Les empoisonnements qu'Ordéric Vital et l'histoire lui attribuent concernent essentiellement la famille Giroie : celui en 1061 de Robert Ier Giroie, l'oncle*

les affaires et ingénieuse à conduire une intrigue, elle s'attaqua sans crainte tout au long de sa vie à toutes les classes de la société. À en croire Ordéric Vital, vexer et terroriser les religieux fut un de ses plaisirs préférés, avec pour cible favorite ceux de l'abbaye de Saint-Évroult, fondée par la famille Giroie. Du moins jusqu'à ce qu'un abbé courageux, Théodoric, excédé un jour de devoir lui donner l'hospitalité ainsi qu'à la centaine de soldats qui l'accompagnait, la menace de la vengeance divine si elle ne cessait pas ses troubles et ses menaces de spoliation.

Fière de son haut rang comme elle l'était, sa cupidité n'avait point de limite. Rusée, usant de tout son crédit et de son influence auprès de Guillaume le Conquérant, elle revendiqua sans cesse les biens de ses voisins et parvint le plus souvent à les en dépouiller, recourant s'il le fallait à la corruption, à la subornation et au crime commandité. Ce fut ainsi que, quelques jours après la décision du duc, elle convia Ernaud au village même d'Échauffour, dans le château confisqué à sa famille, pour un déjeuner, alors qu'il rentrait de Caen vers Courville. Ernaud ne déclina pas l'invitation, mais refusa poliment les boissons et les mets qu'on lui proposait, averti par un de ses amis qu'on tenterait de l'empoisonner. S'il évita le piège, en revanche un autre invité, Gilbert de Montgommery, le beau-frère de Mabille, ignorant ce qui se tramait, saisit une coupe qu'on tendait à Ernaud, la but d'un trait... et mourut le surlendemain à Rémalard au milieu de ses amis consternés. Ainsi périt le frère unique de Roger de Montgommery, par la scélératesse de son odieuse belle-sœur plus que jamais folle de rage et assoiffée de vengeance.

Giroie de Courville, Guillaume Gouet et Ernaud d'Échauffour arrachaient à belles dents les lambeaux de chair de la venaison qu'avait préparée Roger Goulafre et buvaient sans réserve le vin clairet qu'il leur servait quand, au même instant, ils se figèrent et se regardèrent, incrédules et grimaçants. Une douleur fulgurante à l'estomac, aussitôt suivie d'une implacable envie de vomir, venait

d'Ernaud d'Échauffour, et celui de ce dernier en 1064; le troisième qui lui est attribué, celui de Gilbert de Montgommery, est, de fait, comme on le verra plus loin, le résultat d'un « malheureux » concours de circonstances.

« Giroie de Courville, Guillaume Gouet et Ernaud d'Échauffour [...] buvaient sans réserve le vin clairet [que Roger Goulafre] leur servait... »
(Aquarelle originale de Christian Lefort.)

de les surprendre tous les trois au même moment. Courville se saisit alors de Guillaume Gouet et l'entraîna dans l'escalier vers le château, où il savait qu'on pourrait leur prodiguer des soins, laissant Ernaud se tordre de douleur aux mains d'un Goulafre embarrassé !

Échauffour agonisa à Courville jusqu'au 1er janvier 1065. Juste avant son trépas, il reçut la visite de Foulques de Guernanville, moine de l'abbaye de Saint-Évroult, fondée par son père. Après lui avoir rapporté la révélation qu'il avait eue la nuit précédente lui enjoignant de préparer son âme, il renonça au monde, se fit moine et rendit son dernier soupir. Son corps fut emmené à Saint-Évroult pour y être inhumé. Pour Giroie de Courville et Guillaume Gouet, qui se rétablirent en quelques jours, la culpabilité de Mabille de Bellême ne faisait aucun doute, comme celle de Roger Goulafre, son bras armé dans le crime, qui abandonna son maître agonisant, puis nia ensuite toute complicité, allant jusqu'à affirmer qu'Échauffour était mort d'avoir bu trop de vin...

Avec la mort d'Ernaud, toute la noblesse du nom des Giroie disparut sans qu'aucun de ses descendants puisse jamais lui faire recouvrer son éclat. Emma, son épouse, qui errait çà et là depuis plusieurs années se retira dans le Cotentin, chez son frère Eudes, sénéchal du duc de Normandie, avant de prendre le voile à la fin de sa vie. Son fils Guillaume devint chevalier et partit vivre chez des parents dans les Pouilles, où il s'enrichit par plusieurs coups d'éclat, terminant sa vie en Lombardie. Son autre fils, Rainauld, consacra toute son existence à Dieu, comme ses deux sœurs, Pétronille et Gève.

Les Montgommery, et la maison de Bellême, avaient triomphé et s'étaient débarrassés d'une famille dont la puissance gênait. Ils recueillirent le fruit de leurs crimes et jouirent des biens des Giroie jusqu'au 2 décembre 1082, date à laquelle Mabille subit à son tour la vengeance d'ennemis implacables qui la décapitèrent dans son lit... Entre-temps, Roger de Montgommery était devenu l'un des seigneurs les plus puissants d'Angleterre, où ses comtés et ses domaines se comptaient par dizaines.

Roger Goulafre poursuivit sa vie de chevalier auprès du duc de Normandie. Comme nombre de seigneurs de l'époque, il fut tour à tour prodigue et rapace, dotant en 1074 l'abbaye de Saint-Évroult de l'église de son village, pour s'emparer des terres du même monastère quelque temps plus tard !

La forteresse de Courville, construite aux Xe et XIe siècles sur une motte entourée de fossés, fut ruinée par les Anglais en 1428. Reconstruite, elle deviendra en 1629 la propriété de François de Béthune, le fils du duc de Sully, qui en fit un château au style de l'époque, avant sa démolition, ainsi que celle de ses dépendances, à la Révolution.

De la forteresse des Vieux-Pont, il reste aujourd'hui la motte féodale sur laquelle était autrefois construit le donjon, surnommé la « Tour brigantine », et, dernier vestige, une ancienne tour de défense au bas de laquelle se trouvait la prison de la justice seigneuriale.

Chapitre II

L'infidèle de Rouvres

Au printemps 1462, pour satisfaire une fourberie dont il avait le secret, le roi Louis XI décida de marier sa sœur naturelle préférée, Charlotte. Il la dota pour l'occasion de 40 000 écus et la donna au fils de son meilleur ennemi de l'époque, Pierre de Brézé, l'élargissant pour l'occasion de la geôle du château royal de Loches où il le tenait enfermé depuis plusieurs mois !

Jacques de Brézé, jeune homme de vingt-deux ans, vaillant soldat, grand amateur de chasse et cultivé, devint en mai, à son corps défendant, l'époux de Charlotte de Valois, l'une des trois filles de feue Agnès Sorel[1], dont elle avait la beauté et le tempérament amoureux.

Bien vite, le nouveau mari comprit son intérêt d'avoir sa femme à tout moment à ses côtés, aussi bien pour réprimer les élans de séduction de sa belle que pour décourager ses nombreux galants. Bien évidemment, la ravissante Charlotte s'en trouva fort contrariée, et le ménage fut bientôt connu pour ses fréquentes disputes, vite oubliées sur l'oreiller, comme le prouva sa nombreuse descendance... Le couple savait qu'il ne pouvait en être autrement sans craindre les foudres du « bon » roi Louis, de susceptibilité notoire.

À la mort de son père, tué en 1465 à la bataille de Montlhéry, Jacques de Brézé devint par héritage grand sénéchal de Normandie, comte de Maulévrier et seigneur d'une multitude de

1. *1422-1450.*

domaines et de terres disséminés sur tout le royaume dont, en pays chartrain, Nogent-le-Roi et Anet, ainsi que, tout à côté, Bréval et Montchauvet[1]. L'immensité de ses biens et la qualité de ses titres en firent, comme son père avant lui, un des personnages les plus puissants du royaume.

Le samedi 31 mai 1477, en séjour dans son fief de Rouvres où il possédait un château de bel aspect, il entreprit de se détendre par une longue partie de chasse en forêt d'Anet. Comme à l'ordinaire, il y emmena son épouse. Considérant l'isolement du domaine de Rouvres et son éloignement de toute tentation, on préfère penser qu'elle y fut cordialement invitée et s'en montra ravie plutôt que contrainte à accompagner son mari soupçonneux. Son comportement du soir démontra qu'elle savait saisir habilement les opportunités quand il s'en présentait...

Lancés sur les traces de la meute du veneur Pierre de la Vergne, gentilhomme d'origine poitevine commandant le château de Rouvres en l'absence du grand sénéchal, les chasseurs sillonnèrent la forêt pendant une grande partie de la journée.

En fin d'après-midi, Jacques de Brézé décida d'aller souper et passer la nuit à la ferme de la Couronne, située non loin du presbytère de la paroisse de Rouvres, une dépendance du château utilisée à l'occasion comme rendez-vous de chasse. Après le repas[2], il se prépara à aller se coucher et demanda à sa femme de le suivre. Quelques instants plus tard, elle vint dans leur chambre lui annoncer qu'elle le rejoindrait dans l'heure, après s'être lavé et séché les cheveux, salis pendant la chasse.

« Bien ! » acquiesça-t-il avant de s'endormir profondément, harassé par sa journée passée à cheval à courir le cerf.

Vers minuit, il sentit qu'on le secouait vivement par le bras. Il ouvrit un œil et, dans la lueur fragile d'une bougie, devina son

---

1. Dans l'actuel département des Yvelines, en proche limite du département d'Eure-et-Loir.

2. « Lettre de rémission pour Jacques de Brézé, comte de Maulevrier et grand sénéchal de Normandie, au sujet de sa femme, août 1486 » (Archives nationales, Trésor des Chartes, J. registre 218, pièce n° 50) reproduite in DOUËT D'ARCQ, *Louis-Claude, « Procès criminel intenté contre Jacques de Brézé, grand sénéchal de Normandie, au sujet du meurtre de sa femme », in* Bibliothèque de l'École des chartes, *tome V, J.-B. Dumoulin, 1848-1849.*

maître d'hôtel, Pierre l'Apoticaire, penché sur lui avec son barbier à ses côtés. Surpris d'être ainsi réveillé en pleine nuit, qui plus est de façon inhabituelle par deux de ses serviteurs, il ne remarqua pas aussitôt l'absence de sa femme à ses côtés.

« Que se passe-t-il ? »

Pierre l'Apoticaire hésita :

« Il faudrait que vous vous leviez... Il se passe quelque chose de grave...

– Parle, bon sang !

– Dame Charlotte, votre épouse... »

À ces mots, Brézé se retourna et constata qu'il était seul dans le lit.

« Mais parle, te dis-je ! Où est-elle ?

– Elle... elle est couchée dans la chambre au-dessus... »

Le grand sénéchal se dressa vivement sur sa couche, comprenant son infortune à demi-mot.

« Est-elle seule ?

– Euh... non... La Vergne est... Ils... »

Jacques de Brézé ne laissa pas son maître d'hôtel terminer. Ivre de colère et fou de rage, il bondit hors de sa couche pour s'emparer de son épée et courir, sans se vêtir davantage, dans le couloir, au bout duquel il grimpa l'escalier vers l'étage.

Sans hésiter, il défonça la première porte verrouillée qui se présenta et se trouva face à Pierre de la Vergne, glacé d'épouvante, debout, en chemise, au milieu de la chambre. Sur le lit, la silhouette recroquevillée de Charlotte se devinait dans la pénombre. L'adultère était manifeste. L'honneur de son nom commandait au sénéchal de laver l'affront subi sur-le-champ. Avec détermination et sans un mot, en trois mouvements rapides et précis, il porta trois coups d'épée d'estoc et de taille à son rival, le tuant net.

L'instant d'après, il trouva sa femme réfugiée dans la garde-robe. Toujours sous l'emprise de sa rage, il la sortit du réduit en la tenant fermement par le bras et, devant la couche où elle l'avait trompé, comme l'après-midi avec le gibier qu'il avait forcé, il la transperça sans pitié d'un seul coup d'épée dans la poitrine, « à l'occasion duquel elle alla semblablement de vie à trépas[1] ».

---

1. Ibid.

La ferme de la Couronne à Rouvres au début du XXe *siècle (entrée entre les deux pilastres) sur l'actuelle route de Berchères.*
(Collection de l'auteur.)

Le matin du dimanche 1er juin, on procéda dans la tristesse à l'inhumation du corps de Charlotte de Valois dans l'église de Rouvres, après une messe d'action de grâces dite par le curé de la paroisse.

Pierre de la Vergne fut enterré plus tard sans sépulture dans un jardin de la ferme de la Couronne, après une courte bénédiction.

« Si sa vengeance fut terrible, Jacques de Brézé ne tarda pas à la payer très cher[1]. » Dans les jours qui suivirent, le sénéchal gagna Paris, ne doutant en aucune façon de sa juste cause. Il se trompait. Dès son arrivée dans la capitale, son beau-frère Louis XI lui fit remettre par un huissier du Parlement un commandement de se constituer prisonnier à la Conciergerie sous huitaine. Le grand sénéchal obéit, persuadé qu'il serait bien vite absous. Mais le roi en avait décidé autrement. Pour lui, il ne s'agissait pas d'une affaire d'honneur, mais de rancune personnelle : il n'aimait pas la

1. Ibid.

maison de Brézé et entendait par tous les moyens lui faire payer le sang des Valois qu'elle avait fait couler.

Sur ordre royal, une cour composée de treize conseillers procéda aux premiers interrogatoires alors que l'été 1477 commençait. La fin du mois de novembre s'annonça sans que la phase d'instruction du procès soit achevée : chaque matin, invariablement, on venait tirer Jacques de Brézé de sa geôle pour l'interroger ; chaque soir, il regagnait sa cellule. Jamais quiconque n'évoquait devant lui la date d'ouverture d'un procès ni celle d'une éventuelle remise en liberté.

Tout s'accéléra le samedi 24 novembre, vers 6 heures, quand, juste après son retour à la Conciergerie, un groupe d'hommes armés vint se saisir de sa personne pour l'emmener, en chemise, garrotté et bâillonné, sur les berges de la Seine, où une barque attendait. Jacques de Brézé crut à cet instant sa dernière heure arrivée, connaissant trop bien la méthode expéditive de son beau-frère pour se débarrasser de ses ennemis encombrants, en les noyant, ligotés dans un sac comme de vulgaires condamnés, à la Grange-aux-Merciers, du côté de Bercy. Ses craintes s'apaisèrent un peu quand il constata qu'on l'emmenait vers l'aval, à l'opposé du lieu habituel du supplice. L'embarcation descendit le fleuve jusqu'à Saint-Cloud où, sur une berge à demi envasée, se tenait le prévôt de Paris, Robert d'Estouteville, son ennemi juré depuis l'ouverture du procès qui les opposait pour le règlement de la succession de leur ancêtre commun, l'archevêque de Narbonne Antoine Crespin ! La perfidie de Louis XI n'avait aucune limite !

Robert d'Estouteville emmena Jacques de Brézé à Vernon, où il le garda prisonnier dans la grosse tour du château, dont il était capitaine, sur la rive de la Seine, sans jamais l'interroger ni l'informer sur ce qu'on allait faire de lui, ni lui permettre de communiquer avec quiconque.

En juin 1480, deux ans et sept mois plus tard, à la mort de Robert d'Estouteville, Louis XI ordonna qu'on ramène Jacques de Brézé plus près de Paris, à Nemours, pour le rencontrer. Il n'y resta que quelques jours, sans voir le roi, avant d'être transféré dans le donjon de Vincennes. Là, il demeura enfermé au secret jusqu'au début du mois de janvier 1481, toujours sans jamais être interrogé.

Sur ordre royal, on le ramena dans sa geôle de Vernon sous la garde cette fois du fils de Robert d'Estouteville, dans un confinement extrême, sans lumière aucune sauf celle tombant de la cheminée et sans visite. Le roi craignait qu'il ne s'évade. Il avait raison. Jacques de Brézé parvint à fausser compagnie à son gardien avec l'aide de complicités. Il eut le temps de courir jusqu'à Neuilly avant d'être repris. Sa cavalcade dura huit jours[1].

En juin 1481, las de subir les sollicitations des amis de son prisonnier, le roi Louis consentit à ordonner au Parlement d'ouvrir un nouveau procès, afin d'obtenir une condamnation d'apparence suffisamment juridique. Il congédia très vite les juges qu'il avait nommés quand la Cour déclara qu'il n'existait aucune charge contre Jacques de Brézé ! Ne maîtrisant plus son impatience, il ordonna aussitôt une nouvelle comparution de son ancien grand sénéchal, cette fois devant une commission spéciale composée de six « commissaires », dont un seul, maître Pierre de la Dehors, était un homme de justice qui, voulant imposer de siéger dans les formes juridictionnelles usuelles, se vit aussitôt jeté en prison et démis de toutes ses autres fonctions !

La commission se réunit néanmoins en juillet 1481, avec les cinq autres « juges », au château royal de Lavardin, près de Vendôme, où Jacques de Brézé avait été amené. Menacé de la question, puis circonvenu par un des commissaires, le dénommé Navarrot d'Anglade, qui lui promit le pardon du roi s'il reconnaissait ce dont on l'accusait, l'ancien grand sénéchal confessa ce qu'on lui demandait. Contrairement à la promesse qu'on lui avait faite, le 22 septembre 1481 il fut reconnu coupable de forfait de corps et de biens envers le roi, crime passible de la peine de mort, que sa majesté, dans sa grande mansuétude, consentait à convertir en une amende de 100 000 écus d'or, une somme énorme que le condamné était bien incapable de réunir !

Remis néanmoins en liberté dès le lendemain, Jacques de Brézé vit arriver chez lui le soir même le commissaire Girard Bureau

1. *« Lettre de Jacques d'Estouteville, prévôt de Paris, au roi Louis XI, touchant une tentative d'évasion de Jacques de Brézé » (Bibliothèque nationale, manuscrit Béthune, n° 8448, folio 23).*

chargé du recouvrement sur-le-champ de l'amende ou, à défaut, de le conduire au château de La Roche-Courbon, près de Tours, pour y être enfermé jusqu'au paiement, ce qui se passa bien évidemment !

La rancune royale ne faisait que sommeiller... Dès les premiers jours de son nouvel emprisonnement, Jacques de Brézé reçut du roi lui-même sa promesse de grâce contre l'abandon à son profit de la totalité de ses biens ! Usé par cinq années d'emprisonnement épouvantables et lassé par des mois de procédures toutes plus fallacieuses les unes que les autres, il accepta le marché proposé, dans un accord signé à Tours le 6 octobre 1481.

Dans le mois même, pour bien montrer qu'il agissait par esprit de vengeance uniquement, sans cupidité aucune, Louis XI remit tous les biens abandonnés au fils aîné mineur de Jacques, Louis de Brézé, dont il était le parrain, et nomma pour curateurs François d'Orléans, comte de Dunois, puis Jean de Vendôme, troisième du nom, vidame de Chartres.

Pour assurer son quotidien, Jacques de Brézé conserva le bénéfice d'une rente de 2 000 livres sur le revenu de sa baronnie normande de Mauny et de quelques autres lieux de moindre importance. Il ne fit plus aucune tentative pour récupérer ses biens pendant le règne de Louis XI, qui s'éteignit en août 1483. Son successeur, Charles VIII, lui accorda en revanche des lettres d'appel pour faire plaider de nouveau sa cause devant le Parlement. Ainsi, le 3 mai 1484, il put obtenir la réforme de la procédure suivie par les commissaires spéciaux, du fait de son enlèvement illégal, et la remise en possession de ses biens et seigneuries, mais sous la réserve de se constituer prisonnier à la Conciergerie dans l'attente d'un nouveau procès pour le meurtre de son épouse !

L'ancien grand sénéchal refusa, on le comprend, de retourner dans cette prison au risque d'y rester définitivement cette fois, préférant vivre privé de ses biens et recourir à la clémence royale le moment venu ! Il attendit patiemment le mois d'août 1486 pour la réclamer en se constituant astucieusement prisonnier à Clermont-en-Beauvaisis, où le roi Charles VIII devait entrer pour la première fois de son règne et accorder à cette occasion, selon la coutume, sa clémence aux prisonniers de la cité ! Il obtint effectivement un plein pardon, ainsi que les fameuses lettres de grâce et de rémission qui mettaient fin à ses procès !

Il ne reste rien du château de Rouvres, qu'on dit avoir été rasé sur ordre de Louis XI sitôt après l'assassinat de sa sœur naturelle. Les cendres de Jacques de Brézé et de Charlotte de Valois reposent aujourd'hui dans l'église Saint-Chéron de Coulombs. Pierre de Brézé, le fils aîné du couple, épousa en 1515 Diane de Poitiers.

Notons que Jacques de Brézé n'eut jamais le plaisir de rencontrer ni sa belle-mère, Agnès Sorel, ni sa bru, Diane de Poitiers, les deux plus belles femmes de leur époque aux dires de leurs contemporains, la première étant morte quand il n'avait que dix ans, la seconde n'étant pas encore née quand lui-même décéda !

Chapitre III

Le cochon Delalande

LONGTEMPS, LE COCHON a été un animal domestique de basse-cour libre de vagabonder comme la volaille à la recherche de sa pitance partout où bon lui semblait. À l'époque médiévale, il suivit les hommes dans leurs cités où, contre de « menus » services comme prendre en charge leurs ordures ou contribuer à leur alimentation (!), les habitants toléraient ses incartades, ses chapardages, ses grognements... et ses effluves. Sa promiscuité ne semblait gêner personne, bien au contraire, à condition qu'il reste dans le corpus des usages, des conventions et des règlements que la société s'évertuait à mettre en place à cette époque et à faire respecter.

Bien évidemment, à force de vivre dans l'indépendance, l'animal prit ses aises et s'enhardit à tel point que les hommes finirent par se convaincre de l'idée qu'il devait comme tous les humains endurer leurs châtiments lorsqu'il transgressait l'une ou l'autre de leurs lois. On l'affecta ainsi, sans qu'il s'en rende compte (!), d'une responsabilité personnelle, le consacrant justiciable, tel le commun des mortels, et les mentalités ne distinguèrent bientôt plus le criminel à quatre pattes du criminel à deux jambes, sans qu'il ne vienne jamais à l'esprit des magistrats d'incriminer aussi ses propriétaires !

Des procès contre les animaux s'ouvrirent ainsi fréquemment pour apaiser la société et assurer un retour au cours normal des choses quand cela était nécessaire, dans un cérémonial qui s'apparentait néanmoins sous beaucoup d'aspects à celui d'une purification pour détourner des maléfices...

« Pauvre cochon ! » diront ceux qui ne savent pas combien il devenait redoutable quand, dégoûté de la glandée, il s'attaquait à d'innocents marmots... Il y gagna au fil du temps la triste réputation de roi de la bête à procès...

Ce jour de la Toussaint 1498, Bernardin Mouschet, marchand chartrain, s'entendit avec Jehan Delalande, vigneron à Longsault sur la paroisse Saint-Lazare à Lèves, pour confier son nourrisson à la femme de ce dernier, jusqu'à la Noël, pour le sevrer, moyennant une pension de 4 livres tournois.

Le samedi 3 novembre dans l'après-midi, la petite Gilon Mouschet fit son entrée dans la modeste demeure des époux Delalande. Dès le 18 novembre, étrangement, ils apprirent par la tante de l'enfant qu'elle leur serait retirée la semaine suivante, sans diminution toutefois du prix convenu de la pension. La nouvelle ne tracassa pas outre mesure le couple qui, dès le lundi 19, reprit ses habitudes journalières consistant pour le mari à s'occuper de sa vigne et pour la femme à ranger sa maison, faire la cuisine, prendre soin du nourrisson et discuter avec ses voisines des dernières nouvelles de la paroisse.

Ainsi, le jeudi 22 novembre à 1 heure, alors que Jehan Delalande était dans ses vignes et que sa femme bavardait chez une voisine à propos du prochain mariage du meunier de Longsault avec sa servante, une gamine de trente ans sa cadette, Gilon, dormait paisiblement dans la chambre du couple, dans une simple boîte faisant office de berceau posée à terre comme d'usage à cette époque.

À 2 heures, la femme Delalande revint chez elle et constata que la porte d'entrée, qu'elle était certaine d'avoir fermée en sortant, était entrouverte, de même que celle donnant sur sa chambre. Elle s'y précipita, envahie d'inquiétude, et découvrit le berceau renversé à côté de l'enfant gisant dans son sang, les mains et une partie du visage déchiquetées. La scène atroce lui tira des cris d'effroi. Elle sortit de chez elle et appela à son secours ses voisines, les femmes Broutard et Le Borgne, qui arrivèrent en courant. Au fond de la cour, elles eurent le temps d'apercevoir un porcelet qui trottinait à son aise vers ses compères, le groin et les pattes ensanglantés...

Malgré les soins prodigués par la nourrice, la fillette mourut le lendemain. Par tradition, sans que cela semble avoir posé de problème au curé, elle fut inhumée le jour même, bien avant que ses parents apprennent le drame par la rumeur publique, le temps pour celle-ci d'atteindre Chartres. Bernardin Mouschet déposa aussitôt plainte contre les époux Delalande auprès du prévôt du bailliage de Chartres, qui le renvoya vers le procureur fiscal de Josaphat, représentant le ministère public et les intérêts de l'abbaye sur le territoire de laquelle le drame avait eu lieu.

Le samedi 24 au matin, le magistrat se transporta chez le vigneron, assisté du lieutenant Matry Rougeau, du sergent Jehan Bruyères et du greffier Charles Brice, tous trois attachés au bailliage de Josaphat :

« [...] Ils firent prendre un jeune pourceau de l'âge de trois mois, taché de noir en d'aucunes parties de l'œil, près la *teste*, et le surplus blanc, lequel pourceau, et ladite femme (la femme Delalande), ils ont constitués et menés prisonniers *és* prisons de l'abbaye. »

Le lendemain, Jehan Delalande qui avait mystérieusement disparu, vint se présenter spontanément devant les autorités. Il raconta que le vendredi précédent, se sentant perdre la raison après le drame, il avait eu l'intention de se suicider en se noyant. Il avait erré pendant deux jours dans la campagne, puis était allé se réfugier chez son frère à Chavannes. Le magistrat jugea prudent de le faire incarcérer.

Le mercredi suivant, après l'audition de nouveaux témoins et un dernier interrogatoire des époux, le juge décida de leur libération moyennant le versement d'une caution et leur engagement de répondre aux convocations de la justice. Le couple sortit de prison aussitôt la garantie réunie auprès de parents et d'amis. Le pourceau, quant à lui, fut gardé à vue et plutôt bien nourri dans la basse-cour de l'abbaye par le sergent Jehan Bruyères, qui enregistrait avec le soin et l'attention qu'on devine les exactes dépenses engagées pour soigner la bête, puisqu'aux termes de la loi les frais de détention de l'animal, comme plus tard les frais de procédure et ceux d'une éventuelle exécution, incomberaient au propriétaire.

L'enquête prit fin avec la décision du procureur de renvoyer les époux Delalande devant le tribunal pour négligence et d'inculper le sieur « cochon Delalande » – son identité judiciaire – pour crime sur l'enfant Gilon Mouschet. Il n'y avait rien d'exceptionnel dans cet arrêt de renvoi, qui ne faisait que s'aligner sur une jurisprudence bien établie rendant l'animal responsable de ses actes et, plus tard, inéluctablement coupable. Jehan Delalande accepta la décision avec courage, sa femme pleura beaucoup pendant des semaines... et le porcelet continua d'engraisser dans sa geôle abbatiale, sans se soucier de ce qui se tramait à son sujet.

Le procès s'ouvrit le jeudi 18 avril 1499, après les fêtes pascales. Le local à usage de prétoire pour rendre la justice à Josaphat était à cette époque installé au premier étage d'un bâtiment ancien situé à droite de l'entrée de l'abbaye, à l'endroit exact où s'élève l'actuelle chapelle de l'ancien asile d'Aligre.

La salle se révéla très vite trop exiguë pour accueillir la foule nombreuse, des gens de justice pour beaucoup, accourus de Chartres pour entendre Me Macé-Loyseux, jurisconsulte de renom, avocat au parlement de Paris, nommé avocat d'office du sieur « cochon Delalande ». On attendait sa plaidoirie pour apprécier son habileté à tenter d'arracher la clémence des juges... et son client à la mort !

Le prévenu, exempté de paraître, attendait placidement l'issue de son procès, maintenu entre quatre claies devant la porte du prétoire laissée ouverte. Son bel embonpoint après cinq mois de cachot suscitait l'admiration et mille interrogations de la foule, qui ne doutait pas de son exécution malgré les prouesses attendues de son avocat. À qui reviendra sa belle carcasse ? La laissera-t-on à son propriétaire ? Sera-t-elle acquise d'office au bourreau qui, vu l'embonpoint de la bête, en tirerait un confortable bénéfice après l'avoir transformée en remèdes miracles ? Car la réputation du cochon auxiliaire de la médecine empirique était à cette époque solidement établie ! Sa graisse constituait, disait-on, un excellent détergent pour les plaies, et aussi un remède efficace contre les douleurs rhumatismales. Sa couenne plaquée sur les verrues puis pendue à la cheminée ou enfouie sous le fumier assurait leur desséchement. Un bain de pied dans ses entrailles soulageait de la goutte... Du cochon, on faisait toute guérison !

Les époux Delalande, débordant d'anxiété et intimidés par la foule et le brouhaha, cherchaient réconfort auprès de leur avocat, Me Guillaume Courtin, licencié en droit et avocat au barreau de Chartres, dont on leur avait vanté les compétences.

À 2 heures, l'audience s'ouvrit enfin sous la présidence de Me Simon Cognet, bailli de Josaphat, au nom de frère Jehan Pinart, abbé de Josaphat, légalement assisté pour la circonstance de deux conseillers, en l'occurrence Mes Michel Chantault et Jehan Babour, tous deux avocats, puisqu'une peine de mort pouvait être prononcée.

À cause de son débit lent et à peine audible, le greffier Charles Brice faillit endormir d'entrée l'assistance avec la lecture longue et fastidieuse des dizaines de pièces du dossier de procédure. Fort heureusement, les grognements sonores du prévenu, impatient comme tout le monde, réveillaient la salle...

On écouta ensuite distraitement les propos pourtant vindicatifs du procureur fiscal accusant les époux Delalande de négligence coutumière. Contre eux, dans l'indifférence générale, il réclama une peine d'amende conséquente. Contre leur cochon, qu'il déclara coupable de crime et de malice diabolique sans prendre la peine d'argumenter, il réclama la mise à mort. Personne dans la salle ne manifesta en faveur de la bête, chacun s'impatientait trop dans l'attente de la vedette de l'après-midi. Le cochon lui-même resta impassible.

La parole fut alors donnée à la défense, à ce fameux Macé-Loyseux qu'on disait érudit, fin latiniste et éloquent. Les juristes, plus que d'autres, allaient enfin savoir si, comme il se chuchotait, il utiliserait pour ce procès un moyen de défense inédit pour sauver son client. Ils ne furent pas déçus, car il en appela à la Bible et aux Hébreux !

Comme à son habitude, il se montra d'entrée provocateur en affirmant tout de go que « la législation [...] contre toute espèce d'animaux condamnés à mort pour meurtre [...] était inique et abusive, qu'elle devait être réformée comme contraire à la sainte Bible [...] ». Sur cette affirmation, la salle bruissa de murmures, et l'avocat attendit qu'ils cessent pour poursuivre. Il cita alors longuement en latin des passages de la Bible, évoqua pêle-mêle des textes chaldéen, syriaque, arabe, grec et hébreu, au risque de perdre les moins savants de l'assistance. Puis il se lança dans une analyse fouillée d'un extrait biblique pour enchaîner sur un interminable raisonnement, manquant parfois de logique, afin de démontrer, d'une part, que seuls le bœuf et le taureau pouvaient être déclarés coupables de meurtre, et donc mis à mort, et, d'autre part, que le porc, un animal grossier à l'intelligence peu développée et à la chair réputée impure et malsaine, donc inepte, ne méritait pas l'honneur de subir le même supplice que celui infligé à un homme !

Des applaudissements discrets partirent du fond de la salle. Emporté par sa fougue, Macé-Loyseux n'eut pas l'heur de les entendre et poursuivit par une attaque en règle des arguments développés par le procureur fiscal dans sa plaidoirie : il lui reprocha, preuves à l'appui, d'avoir eu recours à une version contestable d'un texte samaritain et d'avoir traduit de manière erronée le terme *jumentum* afin de prouver faussement que d'autres animaux que le bœuf et le taureau pouvaient être rendus coupables et exécutables ! Reprenant à peine sa respiration, il acheva sa plaidoirie en demandant la relaxe de son client à défaut d'un texte formel et en rejetant une partie du crime sur la femme Delalande, imputable selon ses renseignements à sa négligence habituelle.

Alors que l'assistance s'apprêtait à lui montrer sa satisfaction, il rappela au juge en guise de conclusion l'inestimable perte financière des Delalande si d'aventure il retenait les conclusions du procureur fiscal contre son client, puisque le corps du supplicié reviendrait au bourreau. L'auditoire en entier montra par de longs murmures son approbation et son plaisir d'avoir entendu une brillante plaidoirie pour une cause perdue d'avance.

À la suite, la prestation de l'avocat des époux Delalande ne pouvait apparaître qu'ordinaire, quoi qu'il fasse ! Il se borna donc à réclamer qu'on leur restitue leur porc en compensation des frais de détention qu'ils avaient subis. La sentence fut rendue le même jour dans la soirée, à 6 heures:

« *Veu* le procès criminel *faict* par-devant nous à la *requeste* du procureur, de MM. les religieux, abbé et couvent de Josaphat, à l'encontre de Jehan Delalande et sa femme, prisonniers *ès* prisons de céans, pour la raison de la mort advenue à la personne d'une enfant nommée Gilon, âgée d'un an et demi ou environ, laquelle enfant leur avait *esté* baillée à nourrice par sa mère, *ledict* meurtre advenu et commis par un pourceau de l'*age* de trois mois ou *environs aulxdicts* Delalande et sa femme appartenant; les confessions *dudict* Delalande et sa femme; les informations par nous et le greffier de *ladict jurisdiction, faictes* à la requête *dudict* procureur; le tout *veu* et en ce conseil *aulx saiges maistres* Michel Chantault et Jehan Babour, licenciés ès *loix* et *advocats* en Parlement, *ledict* Jehan Delalande et sa femme avons *condampné* et *condampnons*: en l'amende envers justice, de 18 *franz* pour les *fraiz*, qu'il a convenu pour ce faire *telz* que de raison, et à tenir prison jusqu'à plein paiement et satisfaction d'*iceulx*, à tout le moins, qu'ils auraient baillé bonne et *seure* caution d'*iceulx*. Et en tant que touche *ledict* pourceau, pour les causes contenues et *establies audict* procès, nous le avons (*sic*) *condampné* et *condampnons* à *estre* pendu et exécuté par justice en la *jurisdiction* de *mesdicts* seigneurs, par *nostre* sentence définitive et à droit. »

La conformité du jugement à la jurisprudence donna satisfaction à tout le monde, sauf peut-être au cochon, mais on se passa de son avis...

Le lendemain, le procureur nomma l'exécuteur de justice Jacques Despaignes, dit « Souppe-tard », attaché au bailliage de Chartres, pour procéder le jeudi 25 avril à la pendaison du condamné. Il était convaincu que son choix satisferait le peuple, qui exigeait en semblables circonstances l'intervention d'un homme de l'art pour une exécution dans les rites.

En accord avec l'abbé de Josaphat, il décida également, faute de pouvoir utiliser les fourches patibulaires de Pimillery, situées sur la paroisse de Lèves entre la Ravaudière et le Gorget, détruites par suite de guerres, de faire exécuter la sentence à titre exceptionnel au hameau de Generville sur la paroisse de Sours, précisément sur le chemin de Generville à Chartres par Nogent-le-Phaye, où l'abbaye de Josaphat possédait un poteau de justice.

Les documents d'archives ne précisent pas les modalités de pendaison du « cochon Delalande ». A-t-il été assommé avant d'être étranglé ? Pendu par les pattes arrières jusqu'à ce que mort s'ensuive comme cela se pratiquait en Bourgogne ? Revêtu d'habits comme à Falaise ? Aurait-il dû être brûlé vif comme on l'exigeait quand l'animal avait commis son crime de cannibalisme un vendredi, jour de jeûne et d'abstinence ? Les archives n'indiquent pas non plus si les Delalande eurent à payer une paire de gants au bourreau afin de lui éviter tout contact direct avec l'animal impur, l'usage voulant qu'il ne s'en serve qu'une seule fois et qu'il les brûle après l'exécution...

L'histoire veut que, le matin du jeudi 25 avril 1499, vers 9 heures, entre deux roulements de tambour, le sieur « cochon Delalande » entendit dans sa geôle de l'abbaye de Josaphat le greffier Charles Brice lui lire dans les formes habituelles sa sentence de condamnation à mort. On ne sait rien de sa réaction... On le fit ensuite grimper dans une charrette attelée de deux chevaux, puis le cortège, composé du bourreau, de son valet, du greffier escorté par quatre sergents de l'abbaye et d'une foule de deux cents curieux excités, s'ébranla pour trois heures de marche vers Generville, distant de trois lieues environ (une douzaine de kilomètres).

Au lieu du supplice, un public estimé à huit cents personnes, des Chartrains pour la plupart, attendait pour assister à un spectacle hors du commun. Craignant des débordements, le prévôt de Chartres avait envoyé une petite compagnie de hallebardiers sous les ordres d'un sergent. Vers midi, alors que l'angélus sonnait à l'église de Sours, Despaignes et son valet parvinrent péniblement à hisser au gibet le cochon Delalande, dont les cris de protestation aigus et assourdissants s'entendaient jusqu'à Chandres et Houville-la-Branche.

Quand tout fut prêt, un court instant de silence se fit. Tout le monde, y compris le cochon dont les yeux exorbités tournaient comme des billes, attendait la chute de l'échelle qui retenait encore le supplicié. Despaignes la repoussa alors d'un violent coup de pied, et on perçut distinctement les bois de justice craquer sous la charge. Le porc lâcha une dernière bordée de hurlements stridents qui s'étouffèrent progressivement jusqu'à devenir des grognements rauques, pendant que ses mouvements se faisaient de plus en plus désordonnés et sporadiques. Chacun attendait l'instant du dernier soupir, mais la bête, avec sa courte encolure massive enveloppée de gras, semblait pouvoir résister longtemps et peut-être ne pas vouloir mourir...

Quand le corps se figea enfin, et qu'il n'y eut plus de doute sur le trépas, la foule applaudit au supplice de ce cochon immonde qui avait occis une petite chrétienne... De nouveau, Charles Brice entra en scène pour dresser un énième procès-verbal, le dernier constatant l'exécution du coupable qui mettait un point final à l'affaire. Il quitta Generville aussitôt après pour regagner Lèves.

L'animal serait resté pendu au gibet jusqu'à 6 heures du soir. Il aurait alors été descendu par Despaignes, qui l'aurait ramené chez lui, rue aux Ânes, à Chartres, pour en user à sa guise. Mais nul ne connaît aujourd'hui le sort qu'il lui aurait ensuite réservé.

Les règles de procédure, scrupuleusement observées dans toutes les autres phases du procès qui venait de s'achever, interdisaient la consommation par tout être humain de la viande d'un animal exécuté après condamnation pour meurtre, afin d'éviter les suites fâcheuses d'un transfert maléfique de ses penchants démoniaques.

Dans certaines régions, l'animal restait pendu le plus longtemps possible, « pour inciter à la réflexion ceux de ses pareils », les rapaces, corbeaux et corneilles se chargeant de mettre fin à l'exposition. Dans d'autres régions, la chair était découpée et abandonnée aux chiens errants... Ailleurs, la dépouille était brûlée et les cendres toujours dispersées au vent, car jetées à la rivière elles risquaient de se revigorer et de redevenir maléfiques, et enterrées elles risquaient de compromettre à jamais les récoltes...

Le rythme des procès d'animaux en France a évolué au fil des siècles. On en recense une centaine en six cents ans, avec dix-sept arrêts jusqu'au XIVe siècle, puis soixante-quinze environ pour les trois siècles suivants, dont quarante pour le seul XVIIe siècle et, enfin, une petite dizaine du XVIIIe siècle à nos jours...

Les Mystères d'Eure-et-Loir

Sur le territoire de ce qui allait devenir l'Eure-et-Loir en 1790, on relève sept affaires entre 1479 et 1650, toutes soldées par l'exécution des animaux – cochons, ânesse, jument et chien... –, condamnés par des magistrats qui, en de telles circonstances, se conduisaient davantage en conjurateurs de maléfices qu'en juges éclairés.

Chapitre IV

Coups de feu à l'office

La nouvelle de l'arrivée de l'intendant d'Orléans flanqué d'un grand vicaire envoyé par l'évêque de Chartres se répandit dans tout Blévy en moins d'une heure. Un laps de temps à peine suffisant à Arnoul Marin de la Chastaigneraye pour prendre ses quartiers à l'auberge de l'Écu, dans la grand-rue, et y dîner frugalement, tandis que son compagnon de voyage s'installait à la cure paroissiale chez le curé Bouillart et son chapelain Desloges. À la grande satisfaction des habitants, la venue dans le pays de hauts représentants des autorités royale et religieuse marquait la reprise en main des pouvoirs temporel et spirituel trop longtemps défiés et bafoués par une petite poignée de nobliaux orgueilleux et obstinés, dont le dernier « exploit » avait ensanglanté l'église Saint-Pierre le dimanche 20 octobre 1669 précédent.

Sitôt informé, Arnoul Marin s'était saisi de l'affaire sans attendre l'arrêt d'attribution du conseil d'État, disposant du droit d'enquêter s'il jugeait que la juridiction ordinaire ne présentait pas une garantie suffisante d'impartialité, ce qui était le cas pour l'événement de Blévy, avec son nombre inhabituel de protagonistes et la qualité de certains d'entre eux... Le temps d'achever ses occupations en cours, il avait sauté dans son carrosse pour parcourir en une grosse journée de voyage les vingt-cinq lieues entre Orléans et Blévy, soucieux d'adresser le plus tôt possible une première note de renseignement à l'autorité royale, comme l'exigeait sa charge d'intendant. La rapidité d'exécution primait d'autant plus que, avec ses quatre morts violentes dans une église au moment de l'office, l'affaire constituait une violation particulièrement grave aux lois sur l'ordre édictées par Louis XIV, qui exigeait dans ce cas d'être tenu informé sur-le-champ.

Le jeune marquis de la Chastaigneraye, allié au grand Colbert, conseiller du roi et maître des requêtes ordinaires en son hôtel, depuis deux mois à peine commissaire et intendant de la généralité d'Orléans, avait une réputation de haut fonctionnaire rigoureux, adroit et intraitable, mais passait aussi pour être ambitieux, vaniteux, sarcastique et rancunier. Comme tous les intendants de justice, de police et des finances des provinces, il détenait ses pouvoirs directement du roi, des pouvoirs très étendus, que nul ne pouvait lui contester. Les habitants de Blévy réalisèrent la fermeté du personnage à l'occasion de son enquête pendant l'automne 1669, puis à la fin du mois de janvier 1670, quand ils découvrirent la sévérité du jugement du siège présidial de Chartres.

Ses premières investigations à Blévy n'avaient d'autre but que d'identifier les gens compromis dans l'affrontement et déterminer les charges susceptibles de leur être opposées, afin de fournir au conseil d'État du roi l'argumentaire d'ordonnancement d'un procès pour sacrilège et profanation commis dans une église, voire pour crime de lèse-majesté. Peu lui importaient l'origine du désaccord, les torts des uns et des autres, et même de distinguer les agresseurs des agressés : tous avaient enfreint d'une manière ou d'une autre les lois sur l'ordre et profané un lieu saint ; pour cela, tous devaient être arrêtés, poursuivis judiciairement et condamnés.

Encore lui fallait-il inspirer la confiance des paroissiens pour obtenir leurs témoignages, car aucune des dix-huit personnes qui s'étaient affrontées et entre-tuées ne l'avait patiemment attendu : quatre étaient mortes, trois se trouvaient dans les prisons chartraines, et les onze autres se terraient quelque part dans la région. Il réussit avec habileté à s'allier la population en déclarant dès son arrivée qu'il n'y avait rien de plus urgent à entreprendre, pas même son enquête, que la bénédiction de l'église profanée pour permettre au curé Claude Bouillart d'y célébrer de nouveau la messe. Comme il l'avait deviné, les habitants se montrèrent si satisfaits de cette première décision qu'ils lui accordèrent aussitôt reconnaissance et estime.

La cérémonie de réconciliation fut conduite l'après-midi même par le grand vicaire, et le lendemain matin, chacun vint remercier l'habile intendant pour sa « bienveillance » et lui confier de bon gré ce qu'il connaissait de l'affaire...

Ce dimanche-là, les fidèles étaient déjà nombreux dans l'église Saint-Pierre à attendre le début de la messe quand la porte s'ouvrit sur un groupe d'une douzaine de gentilshommes, en habit de cérémonie, bottés, l'épée au côté, emmenés par Charles de Pâris, sieur de la Noue, l'allure plus martiale que jamais.

On s'étonna aussitôt de la présence à la messe de Blévy de gens venus pour certains de loin, tels le sieur de Blainville, Jean de Garrault, accouru de la proche région de Dreux, ou encore les deux frères de Raimbert, seigneur et chevalier de Saint-Arnoult-des-Bois. Quel rassemblement avait donc organisé le sieur de la Noue ? Pourquoi avait-il invité tous ces seigneurs à l'accompagner à la messe ?

Les chuchotements allèrent bon train également du côté des bancs réservés aux femmes : que venait faire là Marguerite de Gaillarbois, à la veille d'accoucher, qui s'appuyait sur le bras de son mari, Henry de Fayel ? L'église de Prudemanche serait-elle donc actuellement fermée ? Et le seigneur des Routis, ce vieux Taneguy de Glapion, l'ancien homme d'armes du cardinal de Richelieu, ne devrait-il pas prier dans sa paroisse de Crucey avec sa jeune femme et leurs trois marmots ? Et pourquoi donc ceux qui fermaient la marche, les deux frères de Beaumestre et ce Jean Le Velu, seigneur de Vernay, paraissaient-ils autant sur leurs gardes ?

Charles de Pâris gagna son banc de famille tout à la gauche de la nef, devant l'autel de la Vierge et la balustrade du chœur. À sa gauche vinrent s'agenouiller le baron de Maisonfort et sieur de Favières, Gédéon du Bois des Cours, puis Charles de Récusson, sieur de Marcouville et de Soret. À sa droite prit place Charles de la Vigne du Bois-Rouvray. Tous les autres s'installèrent derrière, sur les deuxième et troisième rangées de bancs[1].

Quelques minutes plus tard, alors qu'on attendait toujours l'officiant, Guillaume de Collas, le sieur de Baronval, suivi comme son ombre par son valet Florent Galliot, dit « de la Houssaye » – son lieu de naissance –, pénétra dans l'église en compagnie de Claude-Charles de Phillemain. Il remontait l'allée centrale vers son banc, voisin de celui du sieur de la Noue, quand il remarqua le voisinage inhabituel de ce dernier. Envahi par un mauvais pressentiment, il bifurqua alors sur sa droite, vers la chaire, puis entreprit de redescendre l'allée latérale, comme pour quitter les lieux.

Il n'avait pas fait trois pas dans cette direction qu'il entendit Charles de Pâris lui cracher haut et fort un flot d'injures et d'insultes. Un brouhaha général s'ensuivit, les uns hurlant de concert avec le sieur de la Noue, les autres, les humbles fidèles venus prier, réclamant le silence et le respect des lieux. Le sieur de Baronval avançait l'échine courbée, comme pour éviter de recevoir un mauvais coup. Il atteignait les fonts baptismaux placés à gauche de la porte en sortant quand le premier coup de feu claqua. Les cris de haine furent instantanément couverts par des hurlements d'effroi, et en quelques secondes, les bancs se vidèrent de leurs occupants. Les plus forts et les plus valides couraient pliés en deux vers la sortie. Les autres s'allongeaient sous leur siège à la recherche d'une vaine protection. La fuite des fidèles mit les adversaires directement en face à face, et un échange nourri de coups de pistolets s'engagea.

Touché au flanc, le sieur de Baronval s'écroula le premier, tué net devant la balustrade en bois entourant la vasque de baptême, aux pieds de Henri-François de la Chaussée qui entrait, incrédule, dans l'église. Galliot, en arrière de son maître de quelques pas, sortit alors deux pistolets de son habit et riposta, atteignant M. de la Vigne au bas-ventre, puis M. de Pâris en pleine poitrine. Il n'eut le temps ni de recharger ni de fuir et tomba raide mort,

1. À cette époque, l'église de Blévy était meublée de bancs simples, avec ou sans dossier. Les bancs clos que l'on peut voir aujourd'hui ont été installés une centaine d'années plus tard, en 1778 très exactement (d'après les registres paroissiaux).

fusillé par les tirs adverses qui se concentrèrent sur sa personne. Puis ce fut au tour de Mathurin Allais, le meunier du moulin des Prés, jusque-là dissimulé sous la chaire, d'exhiber une arme à feu à la surprise de tous et de tirer au jugé sur le parti de la Noue, avant de replonger sous un banc.

Quand la fusillade cessa, on évacua rapidement les blessés au-dehors : M. de la Vigne, M. de Pâris ainsi que le sieur de Fayel, retrouvé allongé entre la balustrade du chœur et un banc renversé, perdant son sang en abondance par une vilaine blessure et déjà à l'agonie. On mit tant bien que mal les trois hommes sur leurs chevaux pour les ramener chez eux, tandis que d'autres « bonnes âmes » transportaient à Maillebois les dépouilles du sieur de Baronval et de son valet Galliot.

La tuerie avait duré une minute à peine, mais laissait une nef dévastée, avec ses bancs renversés en tous sens, des flaques de sang partout et la porte du parquet de charité[1] défoncée par la foule, qui s'y était précipitée pour tenter de se protéger. Il restait au curé Bouillart à prier pour le salut des âmes défuntes ainsi que la guérison des blessés et à fermer son église profanée.

Mis à part les coups au but de Florent Galliot que de nombreux témoins affirmèrent avoir effectivement vus, il fut impossible à Arnoul Marin de savoir qui avait blessé ou tué qui : Loup Rimbert, dit « le chevalier de Saint-Arnoult », était souvent cité pour avoir été l'auteur du coup de feu mortel sur de Baronval, mais d'autres témoins dénonçaient le sieur de la Noue... Le tir du meunier Mathurin Allais sur le clan de Charles de Pâris avait-il pu atteindre M. de Fayel ? Ou était-ce celui de Charles Leroux, un autre valet de Guillaume de Collas que personne n'avait revu depuis ce jour-là ? Ou bien encore l'œuvre de Claude-Charles de Phillemain, le discret seigneur du Mesnil-Caupré, également en fuite ?

1. Espace clos de hauts balustres au bas de la nef où les membres de la confrérie de charité de la paroisse rangeaient leur équipement, dont les bannières. Le parquet de charité de l'église de Blévy est toujours en état, dans le coin gauche de la nef en entrant dans l'église. La confrérie de charité de Blévy aurait été fondée en l'an 1501 par Mgr Jean d'Ô, seigneur de Maillebois.

« Puis ce fut au tour de Mathurin Allais, le meunier du moulin des Prés, jusque-là dissimulé sous la chaire, d'exhiber une arme à feu à la surprise de tous... »
(Aquarelle originale de Christian Lefort.)

Pour vérifier ces hypothèses, il restait à l'intendant Marin la possibilité d'interroger les trois gentilshommes qui s'étaient constitués prisonniers : Henri-François de la Chaussée, sieur de la Lucazière, arrivé après le début de la fusillade, Jean de Garrault, sieur de Blainville, beau-frère par sa femme du sieur de la Noue, et le baron de Maisonfort, Gédéon du Bois des Cours, de la paroisse de Favières, un homme brave aux dires de la population.

Sur le chemin du retour vers Chartres, le grand vicaire informa Marin des ressentiments des petits seigneurs de Blévy les uns envers les autres et de certains d'entre eux envers leur curé Claude Bouillart et son chapelain.

Pauvre curé ! Vilipendé par toutes ses ouailles lorsqu'il entreprenait le recouvrement des redevances dues au chanoine détenteur de la prébende, pressé par ce dernier, toujours plus exigeant, méprisé par la petite noblesse, suspecté d'obscures intentions quand il se montrait trop servile, malmené verbalement et physiquement dès qu'il osait faire preuve d'autorité, l'abbé Bouillart avait profité de ses soirées avec le grand vicaire pour lui exposer toutes ses misères, espérant sans doute au fond de lui-même qu'il en informerait l'évêque.

Les derniers affronts subis n'étant pas les moindres. L'année précédente, il avait échappé à la vindicte meurtrière du sieur de Montreuil, qui s'était convaincu à tort que ses nombreuses visites avaient pour but de séduire son épouse, dame au demeurant fort sage et respectable ! Il avait dû fuir sa paroisse et se réfugier un temps chez le marquis du Coudray à Saint-Ange, puis, son poursuivant l'ayant retrouvé, à Marville-les-Bois, où l'entremise de la châtelaine locale avait fait revenir le bouillant M. de Montreuil à de meilleurs sentiments envers son curé.

Survint au printemps le différend entre les sieurs de la Noue et de Baronval au sujet de la place de leur banc de famille respectif dans l'église, pour bénéficier des droits honorifiques de priorité quant à l'eau et au pain bénits. Chaque partie, arguant qui de sa qualité d'écuyer du roi, qui de son antériorité dans le titre, qui de son âge, qui de l'ancienneté de sa famille dans la religion catholique, avançait son banc au gré de ses arguments, reculait celui de l'adversaire au bas de la nef, s'installait dans le chœur ou construisait des balustrades ! Le curé Bouillart, qui voyait chaque jour l'ordonnancement de son église bouleversé sans pouvoir intervenir, sauf à recevoir injures et coups, en appela au marquis de Maillebois, le seigneur de Blévy. Les deux nobliaux passèrent outre les décisions de ce dernier et s'entêtèrent jusqu'au paroxysme, atteint le dimanche 20 octobre 1669.

Fort de ces informations – dont il n'avait cependant que faire pour son procès-verbal ! –, l'intendant Marin boucla à Chartres son enquête en rencontrant les deux derniers belligérants emprisonnés et Gédéon du Bois des Cours remis en liberté. Il put ainsi alourdir son rapport, déjà bien chargé, par les preuves de sacrilège et de profanation commis dans une église, ainsi que par la démonstration qu'il y avait eu effectivement, au préalable, crimes pour rassemblement illicite et affrontement prémédité.

Charles de Pâris avait décidé au cours de l'été 1669 de chasser définitivement Guillaume de Collas de l'église de Blévy, n'étant pas parvenu à lui imposer sa préséance par de simples déplacements de bancs.

La démonstration de force étant à cette époque l'argument courant pour arriver à ses fins, M. de Pâris avait rassemblé autour de lui un groupe de douze seigneurs tous convaincus de son bon droit, certains acquis à son projet pour cause d'exécration personnelle de l'adversaire, d'autres du fait de leur filiation ou de leur croyance religieuse, ou tout simplement connus pour leurs dispositions à l'action.

Il les avait invités à se retrouver chez lui, en fin de matinée le dimanche 20 octobre, dans sa demeure de la Noue, à l'époque un austère manoir percheron entouré de douves, flanqué en façade de deux tourelles d'angle[1], située à un quart de lieue environ au nord de Blévy, dans le fond d'un vallon au bord de la Blaise. Ils vinrent de Prudemanche, de Marville-Moutiers-Brûlé, de Favières, de Crucey, de Saint-Ange, de Saint-Arnoult-des-Bois, de Saint-Lubin-des-Joncherets, de Châtaincourt, de Vitray-sous-Brezolles et chevauchèrent ensuite ensemble jusqu'à Blévy, vers leur destin.

1. Plan cadastral de la commune de Blévy, dit « cadastre napoléonien », établi en 1819 (section C, feuille 1).

Charles de Pâris, mourut de sa blessure à la poitrine le lendemain, chez lui, dans les bras de sa femme, Marie Morice. Son fils unique, Marc-Antoine, avait à peine cinq ans. Henry de Fayel, le sieur de Marigny et de la Perruche, succomba une semaine plus tard. Son décès fut enregistré le jour même par le curé Touzé au registre paroissial :

« Du dimanche 27 octobre 1669, Henry de Fayel, seigneur de Marigny, âgé de trente-huit ans, est décédé après avoir reçu les saints sacrements de l'Église et son corps inhumé en l'église de Prudemanche par moi curé soussigné [...]. Touzé. »

Il laissa une veuve, Marguerite de Gaillarbois, épousée à peine deux ans auparavant, et une fillette d'un an. Un second enfant, Mathias, naquit le lundi 4 novembre suivant.

Charles de la Vigne, le sieur de Bois-Rouvray, survécut à sa grave blessure au bas-ventre et, aussitôt guéri, entra dans la clandestinité. Henri-François de la Chaussée, Jean de Garrault et Gédéon du Bois des Cours furent emprisonnés à Chartres. Le dernier nommé comparut libre le jour du procès.

Les sept autres – les frères Jacques et Loup Raimbert, les deux frères de Beaumestre, Taneguy de Glapion, Jean le Velu et Charles de Recusson ne réapparurent plus chez eux pendant – très – longtemps.

Dans le camp adverse, la dépouille de Guillaume de Collas, le sieur de Baronval, fut emmenée et autopsiée à Maillebois, puis inhumée dans l'église de cette paroisse. Le sort du corps de Galliot n'est pas connu. Les autres « pro-Baronval », Claude-Charles de Phillemain, sieur du Mesnil-Caupré, Mathurin Allais, le meunier du moulin des Prés, et Charles Leroux, l'autre valet de Baronval, se terrèrent eux aussi dans l'attente de jours meilleurs.

Arnoul Marin adressa son procès-verbal d'enquête au chancelier avec l'espoir de recevoir du conseil d'État du roi un arrêt d'attribution de l'affaire renvoyant tous les belligérants, « les vivants et les morts », devant un tribunal, bien sûr sous son autorité[1].

1. *L'arrêt rendu le 31 décembre 1669 comprend une première partie assimilable à une ordonnance de renvoi d'aujourd'hui et une seconde qui décide d'attribuer le dossier à Arnoul Marin. C'est la première partie qui est retranscrite* in extenso *ci-après (les passages éludés concernent le cas du chevalier d'Aunay accusé de*

Le conseil d'État lui donna satisfaction dans son arrêt du 31 décembre 1669, et le procès s'ouvrit devant la chambre du présidial de Chartres dès la première quinzaine de janvier 1670. Y siégeaient Arnoul Marin, le président Jacques Nicolle – plus tard maire de Chartres –, le lieutenant général criminel rapporteur Gobineau et les conseillers Recoquillé, Prévost, Gallais, Estienne, Maubuisson, Deganeau, Davignon, Lecomte, Hallegrain, Genneret, Dutemple et Garnier.

Le jugement, rendu le 17 janvier, relève d'un droit pénal suranné qui ferait sourire aujourd'hui si certaines condamnations n'avaient pas abouti à la mort civile de plusieurs individus et à la déchéance d'une quinzaine de familles[1].

---

violence sur un sergent royal, arrêté par l'intendant lors de son passage à Blévy et condamné à mort) : « Veu *au conseil* d'Estat *du Roy Sa Majesté y* estant *les informations faites le 5*e *du présent mois par le sieur Marin de la Chastaigneraye [maître]* des requestes *ordinaires de l'*hostel *commissaire* desparty *en la généralité d'Orléans à l'encontre des sieurs de La Leucasière, La Noue, Blainville et autres complices des assemblées, assassinats, meurtres et* voyes *de fait commis en* l'églize *et* village *de Blévy le [20]*e *du mois d'octobre dernier [...], et l'intention de Sa Majesté* estant *que le* procez *soit instruit fait et parfait aux prévenus, suivant la rigueur des ordonnances.* Ouy *le* raport *du sieur commissaire à ce député. Le* Roy estant *à son conseil a ordonné et ordonne que le procès* encommencé *par* led. *sieur Marin de la Chastaigneraye* ausd. *La Leucasière, La Noue, Blainville [...] et leurs complices leur sera continué, fait et parfait par* led. *sieur commissaire pour raison des faits et cas* cy-dessus *mentionnez circonstances et dépendances et par lui jugé au présidial de Chartres* jusques *à jugement définitif inclusivement en dernier ressort et sans appel, lui en attribuant Sa Majesté toute cours de* jurisdition *et connaissance et icelle interdisant à tous autres juges et à cet effet toutes charges et informations et autres procédures criminelles faites contre lesdits* accusez *seront portées au greffe dudit sieur commissaire, qu'à ce faire les greffiers, leurs commis ou tous autres dépositaires seront contraints par corps* quoy *faisant ils en demeureront bien et valablement* deschargez. *Et seront les ordonnances* dud. *sieur commissaire exécutées nonobstant opposition, appel,* recusation, *prise à partie et sans préjudice d'icelles dont si aucunes interviennent Sa Majesté s'en est réservé la connaissance et icelle interdit à tous les autres juges.* Faict *en conseil* d'Estat *du* Roy *Sa Majesté y* estant *tenue ; à Saint-Germain-en-Laye, le dernier jour de décembre l'an de grâce 1669, de* nostre regne *le vingt-*septiesme *[...]. » (Archives nationales, O*^{1}*, 14.)*

1. La seule copie connue du jugement semble être celle réalisée en 1867 par un ancien greffier, M. Job, de Dreux, pour la Société archéologique d'Eure-et-Loir. Le document original était alors conservé au greffe du tribunal de Chartres, comme toutes les pièces du siège présidial de Chartres non abandonnées aux archives départementales. Elles le furent plus tard, mais hélas ! les pièces du jugement de l'affaire de Blévy en date du 17 janvier 1670 restent introuvables. La transcription – ou peut-être le document original – recèle des lacunes qui rendent incertaines les décisions à l'égard de Jean le Velu et Henry de Fayel.

Reconnus « coupables de crimes de lèse-majesté divine et humaine, et convaincus d'assemblées illicites, de combats prémédités, de sacrilège et profanation commises dans l'église », les sieurs de Glapion, de Phillemain, de Recusson, de Bois-Rouvray, les frères de Raimbert et les frères de Beaumestre, tous gentilshommes jugés par défaut, furent déchus à titre personnel de leurs privilèges de noblesse et déclarés roturiers, sans possibilité d'acquérir de nouveau un titre nobiliaire...

Les mêmes, ainsi que Allais et Leroux, hommes du peuple, furent condamnés à être aussitôt pendus en effigie place des Halles à Chartres, puis, dès qu'on aurait pu se saisir de leur personne, à faire amende honorable devant la porte de la cathédrale, tête nue, en chemise, la corde au cou et une torche allumée à la main, à se repentir et demander pardon à Dieu, au roi et à la justice, avant d'être pendus et étranglés. Solidairement, ils furent condamnés à une amende au roi de 10 000 livres, sur laquelle seraient prélevées 4 000 livres pour la réfection de la chambre du conseil du présidial (!), 2 500 pour le bureau des pauvres de Chartres, 250 pour celui de Blévy et la même somme pour le pain des prisonniers des geôles royales de Chartres. Le reste de leurs biens étant confisqué et acquis au roi.

La décision du présidial concernant Jean Le Velu, sieur de Vernay, ne manque pas de surprendre, faute des attendus du jugement – s'il en existe.... En fuite et jugé par défaut comme dix autres personnes, il n'a été ni reconnu coupable des crimes et délits, ni déchu de ses titres, ni dépouillé de ses biens, mais condamné quand même à une amende de 300 livres envers le roi !

Cette curieuse décision d'un prévenu non reconnu coupable, mais condamné malgré tout à une amende, pourrait venir d'une omission de citation du sieur de Vernay dans la liste des « déclarés coupables » ou d'une erreur lors de la copie du jugement. Pour réparations et punitions des mêmes crimes et délits, le présidial ordonna la pendaison « pendant vingt-quatre heures » des effigies « la tête en bas » des personnes décédées, à savoir celles des sieurs de la Noue, de Baronval, de Fayel et du dénommé Galliot – place des Halles à Chartres –, et condamna les deux premiers nommés à la confiscation de leurs biens – acquis au roi –, avec prélèvement d'une amende de 1 500 livres chacun, employée « pour la gravure du texte du jugement sur une plaque de cuivre à apposer sur le mur de l'église entre l'autel de la Vierge et le parquet de Charité, et l'achat et l'entretien d'une lampe d'argent pour brûler éternellement devant le saint sacrement» (*sic*). Il convient de souligner dans cette décision la non-déchéance de titre pour les trois seigneurs et l'absence de toute condamnation d'ordre financier à l'encontre du sieur de Marigny, le dénommé Henry de Fayel...

Le présidial n'a semble-t-il pas retenu les chefs d'accusation de crimes et délits à l'encontre des trois gentilshommes Jean de Garrault, Henri-François de la Chaussée et Gédéon de Bois des Cours, mais a décidé néanmoins de «sanctions» à leur encontre, dont on aurait aimé connaître les motivations tant elles sont surprenantes: il ordonna l'attribution d'un blâme aux deux premiers cités, et une admonestation de la Chambre au troisième: «sanctions» assorties du sursis («défense de récidive»), mais complétées par des amendes fermes, respectivement de 50, 100 et 200 livres!

Les archives que nous avons consultées ne nous ont pas permis de reconstituer précisément la destinée de chacun de ces hommes et de leurs familles. Néanmoins, la présence de leurs noms dans divers actes ou registres sur la période 1670-1710, permet quelques évocations.

Le domaine de la Noue, propriété de Charles de Pâris, fut effectivement confisqué et adjugé à Nicolas Desmarets, seigneur de Maillebois. Marc-Antoine de Pâris, le fils de Charles, acquit plus tard un domaine sur la commune de Favières et devint écuyer du roi avec le titre de sieur de Bois-Rouvray.

Marguerite de Gaillarbois, veuve de Henry de Fayel, baptisa son fils le lundi 4 novembre 1669, lui donnant pour parrain le comte d'Ablis, conseiller du roi, et pour marraine l'épouse d'un autre conseiller du roi... La noblesse et les fonctions de ces gens prouvent de manière suffisamment formelle que le sieur de Fayel et sa veuve bénéficiaient d'une bonne notoriété et disposaient d'un relationnel important. Madame de Gaillarbois, qui vendit un bien propre à Laons pour faire lever le séquestre frappant les biens de son mari, était la tante d'une claveciniste très en cour à l'époque

– reconnue par Lully et Rameau –, Mlle Marie-Françoise Certain. Elle mourut en 1688.

Jean de Garrault, Jean Le Velu, Gédéon du Bois des Cours et Henri-François de la Chaussée reprirent leur existence de gentilshommes. On retrouve leurs noms dans les registres paroissiaux et dans quelques actes notariés postérieurs à l'événement. Le premier cité mourut en 1675, le deuxième avant 1687, le troisième en 1700 et le dernier en 1719.

Taneguy de Glapion « s'exila » avec sa famille à Marcilly-la-Campagne, aujourd'hui dans le département de l'Eure, sur le domaine des Routis, où il vécut dans la gêne et où, en 1674, naquit sa dernière fille, Marie-Madeleine, plus tard mère supérieure de la célèbre maison royale de Saint-Cyr. Il mourut dans les années 1685 à 1690.

Charles de Recusson s'éteignit à soixante-dix ans passés, vers 1705. Il convola en secondes noces à l'âge de soixante-deux ans avec une jeune veuve de dix-neuf ans, qui décédera après cinq ans seulement de mariage.

Le sort de la famille de Guillaume de Collas, sieur de Baronval, reste à élucider. La propriété passa plus tard dans le giron de Nicolas Desmarets.

L'histoire des « condamnés par défaut », les frères de Raimbert de Saint-Arnoult-des-Bois, les frères de Beaumestre de Saint-Lubin-des-Joncherets, Charles de la Vigne de Favières et Claude-Charles de Phillemain de Saint-Ange, n'a laissé aucune trace dans les archives que nous avons consultées.

On sait cependant sur Saint-Arnoult-des-Bois qu'un Jacques de Raimbert, seigneur de Saint-Arnoult, a cédé son titre en 1669 à sa sœur Jeanne-Angélique, pour avoir été déchu de ses droits. Son épouse Madeleine de Chambray décédera des suites de son dernier accouchement le 7 octobre 1671, à l'âge de vingt-huit ans. Le couple aura eu trois enfants, nés respectivement en 1666, 1669 et 1671. La confiscation des biens et la mort civile de ces personnes sont peut-être l'explication en l'absence de citation dans les archives communales et paroissiales. Il en est de même pour les roturiers Mathurin Allais et Charles Leroux.

La destinée de l'intendant Arnoul Marin fut quant à elle, brillante, avec quelques épisodes hauts en couleur dont un, au moins, mérite d'être rapporté. Il conserva sa charge d'intendant de la généralité d'Orléans jusqu'en novembre 1673, puis occupa tout à la fois les charges de premier président du parlement d'Aix-en-Provence et d'intendant de Provence jusqu'en 1690. Sa manière très personnelle d'exercer ses fonctions et son caractère bien trempé lui valurent inimitiés et moqueries. Certains ne s'en privèrent pas, telle Mme de Sévigné qui interrogeait régulièrement sa fille, résidente dans la région aixoise, sur les dernières frasques du « cheval-marin »... Madame de Grignan ne manqua certainement pas de lui raconter la curieuse péripétie dans laquelle Arnoul Marin, le vénérable intendant de Provence, faillit perdre la vie dans des circonstances analogues à celles qu'il avait eu à connaître et à juger quinze ans plus tôt à Blévy !

En avril 1684, le cardinal archevêque d'Aix ordonna des prières publiques et une procession pour faire cesser la sécheresse extrême qui sévissait en Provence. Le Parlement, présidé par Arnoul Marin, s'arrogea le droit d'assister à la cérémonie, mais l'interdit aux conseillers de la Cour des comptes. Ceux-ci passèrent outre la décision et se présentèrent devant les portes fermées du chœur de l'église Saint-Sauveur, où ils vociférèrent des insultes à l'endroit des membres du Parlement qui s'y trouvaient en grand habit de cérémonie. Les portes ne s'ouvrant toujours pas, un conseiller plus excité que d'autres escalada les grilles et, avec un mousquet, arraché à un garde, mit en joue le président Marin qui, plus mort que vif, plongea pour se protéger sous une stalle... Quelques instants plus tard, dans le cortège processionnaire, il échappa une nouvelle fois à ses assaillants en se jetant dans une chaise à porteurs qui le ramena à son palais !

On peut penser que pendant ces brèves minutes où sa vie fut menacée, Arnoul Marin, conspué et couché en joue dans une église pour une affaire de préséance, s'imagina vivre à son tour avec effroi les derniers instants du sieur de Baronval sur le point d'être fusillé par le sieur de la Noue et ses acolytes...

Blévy et son église ne gardent aucune trace visible de cet épisode sanglant. La lampe d'argent payée sur l'amende des sieurs de la Noue et de Baronval pourrait être celle que des voleurs ont emportée dans la nuit du 19 au 20 novembre 1784. La fameuse plaque en cuivre rappelant le jugement aurait été, quant à elle, descellée en 1793 pour récupérer le métal.

Cinquième partie

D'étonnants destins !

Peu de personnes peuvent se vanter d'avoir présidé toute leur vie avec succès à leur destinée et réglé leur « au-delà » pour l'éternité... Le duc de Sully en fut, jusqu'à ce qu'une Révolution cent cinquante ans après sa mort vienne décider de son « avenir » à sa place... Destin surprenant, mais somme toute peu cruel en regard de celui qui affecta définitivement la vie du capitaine Dupont, qui n'imaginait certainement pas l'hallucinante épopée qu'il entreprenait en montant à bord de *La Méduse* le 17 juin 1816...

D'autres personnes subirent leur sort avec des issues plus heureuses, mais tout autant étonnantes, comme Noémi Trochu, la lointaine descendante de Jean Racine, ou Hubert Latham, devenu pionnier de l'aviation comme il aurait pu être banquier, homme d'affaires ou patron d'industrie...

Enfin, il y a ceux à qui l'histoire donna rendez-vous, souvent inopinément, tels Sebastiano Galigaï à la veille d'accéder aux plus hauts rangs de l'église catholique, Suzanne de Lacour dans son relais de poste un soir de novembre 1715... ou le calife algérien el Hamelaoui, hôte malgré lui de Nogent-le-Rotrou.

La destinée des hommes est rarement celle à laquelle ils rêvent et aspirent, en Eure-et-Loir comme partout ailleurs, mais ici, il est arrivé qu'elle soit très étonnante !

Chapitre I

L'Italien du Bois

QUAND LE GLAIVE du bourreau s'abattit sur le col de l'infortunée Leonora Galigaï, place de Grève à Paris, le 8 juillet 1617, son frère, l'archevêque de Tours et abbé de Marmoutier, Sebastiano Dori-Galigaï, avait quitté depuis plusieurs semaines toutes ses fonctions et pris la fuite, craignant de subir le même châtiment. Longtemps, on le crut reparti chez lui, en Italie, riche des bénéfices et des pensions tirés de ses résignations. On se trompait ! Il avait trouvé refuge à quelques lieues de Tours, précisément au Bois de Nottonville, près de Châteaudun, où il vivait dans le dénuement.

Les origines modestes des Galigaï et les controverses exacerbées que l'un et l'autre suscitèrent réduisent à peu de chose les informations crédibles dont on dispose sur leur jeunesse. On sait avec certitude qu'ils sont nés d'un père menuisier et d'une mère blanchisseuse. La famille, une fratrie de quatre enfants, était établie dans les années 1560 à Florence, non loin de l'immense palais Pitti, la résidence des Médicis. Le père avait tardivement troqué son patronyme familial « Dori » contre celui de « Galigaï », qu'il avait acheté, pratique courante à l'époque en Italie, au dernier survivant d'une lignée aisée et en vue.

Leonora et Sebastiano avaient en commun un physique ingrat : une physionomie à peine dégrossie, une petite taille et une silhouette disgracieuse, voire bancale, au moins pour le garçon. Quand ils se montrèrent à la cour de France, où ils attisèrent par la suite haine et ressentiment, les qualificatifs les plus désagréables circulèrent à leur endroit : « magot de cour[1] », « naine », « demi-naine »... Aucune expression désagréable ne manqua, d'autant que leur allure et leurs manières non raffinées ajoutaient à leur laideur. Plus tard, le beau-frère de Sebastiano hésita longtemps avant de le présenter à Henri IV tant il craignait que ce dernier, railleur et spirituel, ne fît des plaisanteries sur sa difformité, sa figure hideuse ou son rire horrible...

À son arrivée en France, Sebastiano Galigaï cumulait un manque complet d'éducation et de culture que ses ennemis ne cessèrent jamais de lui rappeler : le pauvre ne savait ni lire ni écrire ! Mieux, alors qu'on lui attribuait des charges religieuses conséquentes, il ne connaissait rien du latin ! Ses efforts pour se cultiver suscitèrent, là encore, l'ironie : ne disait-on pas que, après quatre ans de travail, il n'était toujours pas parvenu à lire de façon satisfaisante ?

Ces remarques n'atteignirent jamais sa sœur cadette[2], sans doute moins exposée que lui pour son inculture dans ses fonctions de dame de cour de la reine. Ses travers étaient ailleurs... Leonora Galigaï était entrée au service de la maison des Médicis en 1584 comme femme de chambre de la jeune princesse Marie alors âgée d'à peine dix ans, elle-même en ayant tout juste quinze. Très vite, elle prit une sorte d'ascendant sur sa maîtresse, qui l'emmena à Paris lorsqu'elle épousa le roi Henri IV et devint reine de France. On la disait sa sœur de lait. Elle fut avant tout son éminence noire...

Avec son mari, Concino Concini, le maréchal d'Ancre, la Galigaï a écrit une page sombre de l'histoire de France. Sa vie et sa destinée tragique ont plus tard alimenté une abondante littérature dans laquelle son frère Sebastiano apparaît épisodiquement. C'est elle qui le fit venir à Paris et le contraignit à s'engager en religion pour se doter de la caution de l'Église et, plus tard, bénéficier de ses soutiens, à l'image de ces grandes familles

1. Mot du chroniqueur Pierre de l'Étoile sur Sebastiano Galigaï, cité par le duc de Sully.

2. Sebastiano naquit en 1562 et mourut en 1621. Leonora vit le jour en 1568 et disparut en 1617.

italiennes de l'époque, véritables « pépinières » de cardinaux les plus influents. Pour servir ses propres ambitions, elle en fera sa « créature » et lui fera tutoyer les plus hauts rangs de la hiérarchie catholique, avant de le précipiter avec elle dans la disgrâce.

Il débarqua à Paris en 1604 avec pour tout bagage son savoir-faire de menuisier ébéniste. Il y vécut discrètement le temps d'acquérir une expérience ecclésiale et de recevoir le sous-diaconat, sauf-conduit élémentaire pour être admis à la cour et introduit auprès de la reine sans subir les foudres du roi Henri, de plus en plus excédé par la présence dans ses palais de tous ces Italiens, qu'il jugeait oisifs et inutiles...

Leonora, qui tissait sa toile depuis plusieurs années déjà, s'empressa de le présenter à sa souveraine, à qui elle suggéra d'en faire son conseiller, puis bientôt son aumônier personnel. Marie de Médicis s'attacha les services du « religieux » – juste ce qu'il fallait – en ne pensant pas un seul instant qu'il était là pour servir avant tout les ambitions de sa femme de chambre !

Il resta dans la fonction jusqu'en juillet 1610. Ce mois-là, sitôt terminées les cérémonies des funérailles du bon roi Henri[1], Leonora laissa enfin libre cours à ses appétits de pouvoir et à sa cupidité sans limite. Disposant à sa guise de l'esprit de la reine qui n'agissait plus sans lui demander conseil, elle se risqua très vite à suggérer puis finalement à dicter les décisions royales dans tous les domaines du pouvoir. Elle ne cessa à partir de cette époque de tirer bénéfice des grâces et autres « promotions » accordées à son entourage par la nouvelle Régente, grâce à son entremise. Sebastiano Galigaï en fut l'un des premiers bénéficiaires...

Sans la moindre fortune, sans titre de noblesse, sans fonction religieuse d'importance, trois conditions partout requises pour espérer recueillir une charge de même nature, il reçut fin juillet 1610 directement de Marie de Médicis, la très riche et très convoitée abbaye tourangelle de Marmoutier dont l'abbé, l'archevêque de Rouen Charles III de Bourbon, le demi-frère de feu le roi Henri IV, venait de mourir.

---

1. *Assassiné le 14 mai 1610 et inhumé à la basilique Saint-Denis le 1er juillet.*

Son engagement à se faire prêtre avant la fin de l'année calma à peine la colère des chanoines tourangeaux, « qui n'en voulaient point pour leur abbé, disant qu'ils avaient accoutumé d'être commandés par des princes, et non par des menuisiers, comme celui-ci, qu'on avait vu manier le rabot[1] ». En conséquence de quoi, au fil des ans, ils firent échouer toutes ses tentatives de réforme, dont celle de faire revivre à Marmoutier l'esprit de saint Benoît.

L'hostilité des chanoines n'était en rien comparable à celle des grands du royaume, qui voyaient chaque jour Leonora Concini renforcer sa puissance et sa fortune, tandis que son époux, devenu ministre, cherchait à régenter à lui seul le tout jeune roi, âgé de dix ans à peine...

À la fin de l'année 1610, parce qu'elle était depuis trop longtemps l'objet du mépris des femmes de la cour pour sa roture, Leonora acquit la terre d'Ancre, en Picardie, érigée en marquisat trente ans auparavant, pour la somme considérable de 330 000 livres, financée par la reine, qui en déboursa 450 000 au final de l'opération ! La nouvelle marquise d'Ancre partagea le titre avec son mari, mais dut patienter quatre années avant de parvenir à convaincre sa maîtresse d'offrir également à son frère Sebastiano la charge d'abbé commendataire de la belle abbaye de Sélincourt, située sur ses terres picardes... L'abbé Galigaï s'enrichit une seconde fois de belle manière, autant que sa sœur qui préleva ensuite sa part sur les prébendes qu'il retira de sa nouvelle abbaye.

Deux ans à peine plus tard, ce fut au tour de Concino Concini d'œuvrer pour la promotion de son beau-frère. En cette année 1616, sa puissance était immense. Maréchal de France, lieutenant général des provinces de Picardie puis de Normandie, il tenait tête aux « grands », princes et seigneurs, paradait au Louvre et défiait le roi, auquel il arracha pour Sebastiano, le 9 mars 1616, le siège d'archevêque de Tours, vacant depuis quatre ans et brigué par bon nombre d'abbés du royaume. La pourpre était maintenant à portée de main des Concini, et ils allaient s'empresser d'y œuvrer !

L'encre de la nomination à l'archevêché de Tours était à peine sèche qu'ils avaient déjà réussi à convaincre séparément

1. Dixit *le chroniqueur Pierre de l'Étoile.*

Louis XIII et sa mère Marie de Médicis de solliciter le pape Paul V pour l'élévation de leur bien-aimé frère à la dignité de cardinal ! Le tout nouveau secrétaire d'État chargé des affaires étrangères, l'évêque de Luçon, futur cardinal de Richelieu, fut chargé de rédiger les courriers. Les deux lettres, des modèles du genre, furent adressées à quelques jours d'intervalle, dans les derniers jours de l'année[1], sans recueillir toutefois un écho immédiat du Saint-Père.

Les semaines passèrent, pendant lesquelles s'envola le crédit des Concini à la cour royale. Au printemps, Sebastiano Galigaï sut qu'il ne revêtirait jamais l'habit pourpre et qu'il ne coifferait pas davantage la mitre épiscopale...

En avril 1617, agissant sous la pression des princes, Louis XIII ordonna l'exécution de Concino Concini. Le jeudi 27 vers 11 heures, le marquis de Vitry se chargea de la tâche à l'entrée du palais du Louvre en tirant trois coups de pistolets sur sa victime dont le corps fut ensuite lacéré de coups d'épée par des gardes avant d'être inhumé. Les Parisiens, qui le haïssaient au plus haut point, exhumèrent son cadavre dans la soirée et lui firent subir les pires atrocités. Les derniers lambeaux du corps furent jetés à la Seine...

L'après-midi même, on procédait à l'arrestation de Leonora Galigaï chez elle. On la sortit de son lit, sous le matelas duquel

1. *Courrier du roi préparé par le secrétaire d'État, l'évêque de Luçon, futur cardinal de Richelieu, adressé le 24 décembre 1616 : « Très Saint-Père, mon cousin le cardinal Ubaldin retournant vers Votre Sainteté, nous avons bien voulu prendre cette occasion de redoubler la prière que nous lui avons déjà faite touchant la promotion du sieur abbé de Marmoutier nommé à l'archevêché de Tours à la dignité de cardinal. La bonne volonté que nous portons à notre cousine la maréchale d'Ancre sa sœur, les services que nous rend continuellement notre cousin le maréchal d'Ancre, son beau-frère, et la piété que nous reconnaissons à la personne que nous recommandons à Votre Sainteté nous conduit à lui faire cette supplication. Nous nous promettons tant d'elle que nous ne doutons point qu'elle ne nous donne en cette occasion le contentement que nous en désirons, principalement puisque nous l'en conjurons avec toute l'affection qu'il nous est possible et que la bonne odeur en laquelle sa probité le met parmi les gens de bien fera approuver l'honneur qu'il plaira à Votre Sainteté lui départir à notre recommandation. Sur ce, Très Saint-Père, nous prions Dieu qu'il fasse prospérer Votre Sainteté et la conserve longues années pour le bien et utilité de son Église. »*

on trouva sa fortune en bijoux. Le 8 juillet, au terme d'un procès d'un mois et demi au cours duquel elle fut notamment accusée de crimes, de sorcellerie, de pratique de la magie pour dominer la reine et obtenir grâces et faveurs, de tenir le jeune roi sous sa tutelle, d'intelligence secrète avec l'Espagne... On la reconnut coupable de crimes de lèse-majesté divine et humaine, et on la condamna à être décapitée dans l'heure suivante ; sa tête et son corps étant ensuite brûlés.

La couronne récupéra l'immense fortune du couple, au détriment du jeune Henri Concini, frappé d'indignité, qui quittera la France pour l'Italie après plusieurs années d'emprisonnement.

Sebastiano Galigaï n'avait pas attendu le verdict pour résigner l'ensemble de ses charges et disparaître. Il avait discrètement quitté ses appartements parisiens au lendemain de l'arrestation de sa sœur. Pendant longtemps, on le crut retourné à Florence, enrichi de la cession de ses charges et de la vente de ses biens matériels. C'était méconnaître le personnage et ne rien savoir sur sa conversion opérée au cours de ses treize années passées en religion. À Marmoutier comme à Sélincourt, il avait trouvé la foi et vécu religieusement, avec la sagesse des meilleurs abbés, pour le bien de leur monastère.

Quand l'heure de la disgrâce sonna, ce fut dans le repentir qu'il quitta Paris pour gagner un refuge isolé et vivre dans la pauvreté pour le salut de son âme. Il choisit de s'exiler au prieuré du Bois de Nottonville, une dépendance de l'abbaye de Marmoutier, dans le Dunois.

Lorsque la porte charrière de la poterne monumentale du prieuré se referma sur sa voiture, l'abbé Sebastiano Galigaï resta au fond de celle-ci le temps d'une prière de remerciement. Sans escorte, par crainte d'être remarqué et pour que nul ne sache où le retrouver rapidement, il avait parcouru d'une traite la distance jusqu'à Nottonville. Personne ne l'y attendait. On le reçut néanmoins, à l'annonce de son nom qui jeta le trouble chez les deux seuls moines présents, qui ignoraient tout de sa résignation à la tête de l'abbaye et de sa fuite.

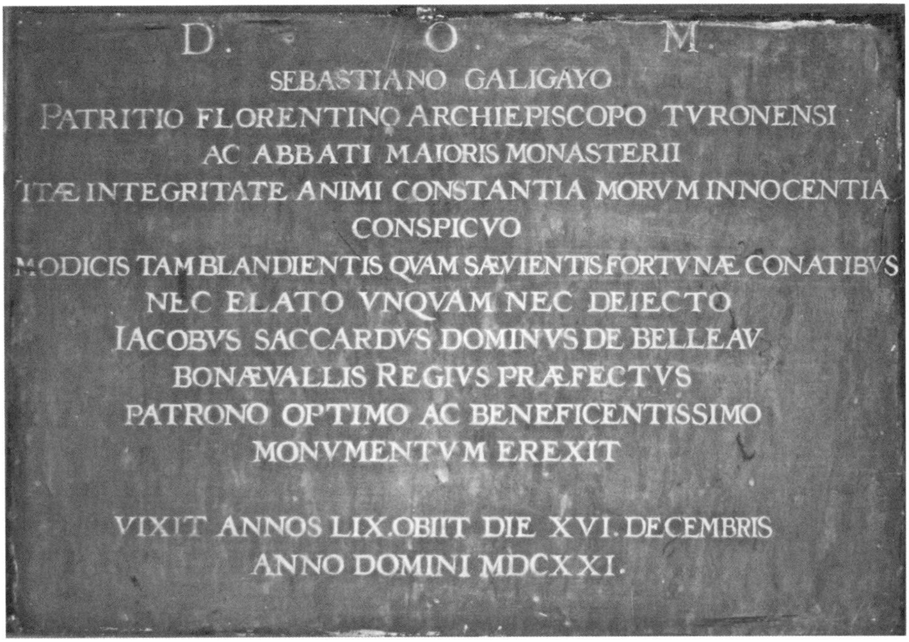

Une plaque à la mémoire de Sebastiano Galigaï
à l'intérieur de l'église de Nottonville.
(Photographie de l'auteur.)

Du temps de sa charge d'abbé de Marmoutier, il n'avait jamais visité Nottonville, comme d'ailleurs la majorité des autres dépendances de son abbaye. Il avait choisi le Bois comme lieu d'exil, pour son isolement en pleine Beauce, et aussi pour son austérité, dont les prieurs lui avaient régulièrement fait cas lors de ses audiences annuelles à Tours.

Lorsqu'il gagna le logis prioral adossé à une imposante tour donjon, il jeta un regard circulaire sur la cour empierrée où s'était garé son attelage. La sobriété des lieux qu'il découvrait était telle qu'il l'avait imaginée. Elle lui procura aussitôt l'apaisement espéré. Tout, autour de lui, n'était que hauts murs, épais et d'apparence inviolables. Le regard ne portait nulle part au-delà de la trentaine de pas. Déjà, il devinait qu'il trouverait ici une richesse de vie intérieure salutaire à son âme, après tant d'années de turpitude.

Les deux religieux qui le précédaient vers la chambre du premier étage du logis réservée aux hôtes de passage ne se remettaient toujours pas de leur surprise, d'autant que l'abbé restait muet à leurs questions. Vivant seuls et visités épisodiquement par un prieur taiseux, ils ne savaient rien des événements de la cour, mais ne cherchèrent pas à savoir, craignant par-dessus tout de contrarier leur auguste visiteur par des interrogations inopportunes. De lui-même, il ne leur annonça que bien plus tard son intention de vivre en reclus avec eux, sans leur en fournir toutefois les raisons. S'ils se réjouirent certainement de sa décision, ils n'en furent pas pour autant rassurés, faute d'explication.

La grande piété de l'abbé Galigaï et ses austères conditions d'existence furent peu à peu adoptées par les deux autres moines du prieuré. Ensemble, ils redonnèrent au site un caractère plus religieux et y réhabilitèrent la vie monastique perdue depuis la transformation du Bois, cent cinquante ans plus tôt, en simple *châtel* abbatial à vocation temporelle de centre de gestion. Faute de moyens financiers suffisants qui auraient permis d'affirmer pleinement le renouveau de la vocation monastique du lieu, par exemple avec la construction d'une église et d'un cloître, il fit élever une modeste chapelle de dimensions très réduites (onze mètres sur six et demi), appuyée sur le mur d'enceinte, face au logis prieural.

Son édification fit du Bois une abbaye, vocable toujours utilisé pour désigner l'endroit, quand bien même cette chapelle survécut peu d'années à Galigaï comme lieu de culte et fut démolie ensuite.

L'abbé Sebastiano Dori-Galigaï mourut au Bois le 16 décembre 1621. Selon ses vœux, son cœur fut placé dans un coffret, qu'on scella dans un mur de sa chapelle, et son corps fut inhumé dans le chœur de l'église paroissiale de Nottonville. On y voit toujours la dalle gravée de son tombeau au pied du nouvel autel, ainsi que son épitaphe composée par Jacques de Sanardy, gouverneur et prévôt de Bonneval, gravée sur une plaque d'ardoise scellée sur le mur à droite de la dalle (en regardant l'autel).

Quand, deux siècles plus tard, on voulut réunir le cœur et le corps dans l'église, on constata la disparition du coffret...

Chapitre II

Deux mariages et cinq enterrements ?

S'IL N'EST PAS RARE de convoler plusieurs fois en justes noces au cours de son existence, il est déjà moins courant d'être inhumé à plusieurs reprises, et bien plus improbable encore de « vivre » successivement toutes ces multiples « péripéties ». C'est pourtant ce qui est arrivé à un illustre Eurélien avant l'heure : le duc de Sully.

Tout au long de sa vie, Maximilien de Béthune eut un penchant pour le territoire qui devait devenir bien plus tard le département d'Eure-et-Loir. On le vit de 1589 à 1593, alors marquis de Rosny au service de Henri de Navarre, sillonner en tous sens les terres euréliennes pour obtenir la reddition des villes et poursuivre les troupes de la Ligue jusqu'au fin fond de la Beauce.

S'il reste dans l'histoire de l'Eure-et-Loir pour être celui qui permit à Henri IV de vaincre au siège de Dreux en juin 1593, en revanche son fait d'armes le plus spectaculaire en Beauce est peu connu. Il eut lieu le 18 mai 1589, quelque part entre Bonneval et Luplanté, lorsqu'à la tête d'un détachement de cavaliers, il se trouva au sommet d'un repli de terrain nez à nez avec une compagnie ligueuse de quatre cents chevaux conduite par le sieur de Saveuse qui se repliait sur Chartres :

« [...] Nous nous rencontrâmes en haut d'une colline, que chaque troupe avait montée de son côté ; de manière que nous ne pûmes nous voir que lorsque nous fûmes à deux cents pas les uns des autres. On en vint aux mains sans délibéré, et ce avec tant de furie que dans le premier instant quarante des nôtres furent renversés. J'étais de ce nombre[1] [...]. »

L'issue de l'engagement lui fut cependant favorable. Après une nuit pluvieuse passée du côté de Beaugency, où le roi s'empressa d'aller le féliciter pour son exploit et rendre hommage aux vaincus, dont le sieur de Saveuse blessé à mort, il vint se reposer pendant une huitaine de jours à Châteaudun. Il eut moins de chance au printemps 1591 quand, sur sa route de Rosny à Chartres où il se rendait pour participer au siège de la ville, il tomba dans une embuscade et reçut une décharge de pistolet à la face. Il s'en retourna alors à Mantes, où il resta six semaines à se soigner[2].

Une fois la paix rétablie dans le royaume, et devenu le ministre de Henri IV que l'on connaît, le duc de Sully – le titre que lui donnait l'élévation en 1606 de son fief de Sully en duché-pairie – entreprit patiemment l'acquisition de biens partout en France, et en Eure-et-Loir en particulier.

Le 28 juillet 1607, il se rendit une première fois acquéreur pour 100 000 livres de la seigneurie de Villebon, qu'il ne posséda définitivement que bien plus tard, après l'avoir aliénée en 1614 au prince de Condé, qui la lui rétrocéda par échange en 1624... À la même époque, le roi octroya à son huguenot de ministre la très sainte et très catholique abbaye Notre-Dame de Coulombs, près de Nogent-le-Roi ! Il la dirigea personnellement pendant huit ans, ayant placé à sa tête un obscur abbé nommé Pierre Cottan, qu'il oublia totalement au point de ne pas le tenir informé de la vente de l'abbaye en 1614 ! Le malheureux engagea une procédure inutile contre l'acquéreur, le prince de Condé, qui entendait le faire déguerpir.

En 1624, il acquit la baronnie de Nogent-le-Rotrou, à laquelle se trouvaient joints bien d'autres fiefs comme Montigny et Villebon, puis progressivement un immense territoire de centaines

1. *BÉTHUNE, Maximilien de (duc de Sully),* Mémoires de Maximilien de Béthune, duc de Sully, principal ministre de Henri le Grand, *mis en ordre avec des remarques par l'abbé de l'Écluse des Loges, tome I, 1745, livre III.*
2. Ibid., *livre IV.*

d'hectares situé à Champrond-en-Gâtine, Montlandon, Les Yys, Saint-Denis-des-Puits, Chuisnes, Courville, etc. Retiré des affaires, il projeta de vivre à Nogent-le-Rotrou, la ville la plus importante du Perche, mais y renonça finalement devant l'hostilité affirmée de la congrégation des moines de Saint-Denis. Il prit alors parti de s'installer à Villebon où, pendant une quinzaine d'années, jusqu'à sa mort, il vint passer ses étés et ses hivers[1].

Ses deux mariages contribuèrent à accroître sa fortune, et par coïncidence peut-être, l'un d'eux l'enracina encore davantage en pays eurélien. Il se maria pour la première fois à l'âge de vingt-quatre ans, en 1584. Il épousa chez elle, au château de Boutin, une riche huguenote bourguignonne, Anne de Courtenay, dont la noblesse remontait aux rois Louis VI le Gros et Henri Ier d'Angleterre. Elle le laissa veuf dès 1589, après lui avoir donné un fils l'année précédente et légué sa fortune considérable en terres et autres biens.

Il se remaria le 23 – ou 24 – mai 1592 avec Rachel de Cochefilet, d'ascendance percheronne par son père, de religion catholique et veuve en premières noces de François Hurault, sieur de Châteaupers, près de Dourdan. Elle embrassa la religion réformée lors de son union avec Maximilien de Béthune et ils eurent ensemble de nombreux enfants : François, César, Marguerite et Louise, ainsi que plusieurs autres, morts en bas âge. Elle lui survécut jusqu'en 1659, année qui la vit s'éteindre à l'âge de quatre-vingt-treize ans, à Paris.

Sur la fin de sa vie, le duc de Sully choisit Nogent-le-Rotrou pour lieu de sa sépulture, probablement parce qu'il y possédait un droit d'inhumation dans la chapelle Saint-Jacques-de-l'Aumône, une dépendance de l'hôtel-Dieu. Mais comme sa qualité de protestant lui en interdisait l'exercice à l'intérieur de l'église, en novembre 1639 il chargea la duchesse d'agir en son nom pour faire élever un mausolée en dehors de celle-ci et pour signer avec les administrateurs de l'hôtel-Dieu – et au nom de leurs successeurs – une

1. *BÉTHUNE, Maximilien de (duc de Sully),* Mémoires de Maximilien de Béthune, duc de Sully, principal ministre de Henri le Grand, *complété par un* Supplément à la vie du duc de Sully depuis sa retraite, *mis en ordre avec des remarques par l'abbé de l'Écluse des Loges, tome VIII, 1767.*

convention stipulant qu'ils s'engageaient à entretenir le sépulcre, moyennant une somme forfaitaire et définitive de 51 livres et 4 sols.

La construction du mausolée commençait à peine en décembre 1641 quand Maximilien de Béthune, duc de Sully, rendit son dernier soupir à Villebon. L'abbé de l'Écluse des Loges, dans son *Supplément à la vie du duc de Sully depuis sa retraite*, rapporte qu'on a aussitôt procédé à l'embaumement du corps, coutume courante à l'époque pour des personnages de haut rang. Puis « [...] ses entrailles furent mises dans un seau ou espèce d'urne en plomb, garni d'anses de fer, et portées dans le caveau de la collégiale de Sainte-Anne de Villebon, sur la muraille duquel on voit écrits ces mots : "Ici reposent les entrailles de très haut, très puissant et très illustre seigneur Mgr Maximilien de Béthune, duc de Sully, pair et maréchal de France." Pour son corps, il fut porté à l'Aumône [...], mais comme le mausolée qu'on commença à lui construire en cet endroit ne put être achevé si tôt, ce corps demeura un temps assez considérable en dépôt dans la chambre qu'habitait le duc de Sully à Villebon [...], dont on fit noircir les murailles, le plancher et l'intérieur tout entier. On l'y laissa exposé sous le poêle de velours noir, avec des bandes de moire d'argent et les armes de la maison de Béthune aux quatre coins [...]. »

La première inhumation du duc, celle de ses entrailles, aurait ainsi eu lieu sans cérémonie particulière dans la chapelle du château de Villebon. Il convient toutefois de souligner qu'il n'existe aucun témoignage direct ni aucune évocation de cet ensevelissement autre que ce que rapporte l'abbé de l'Écluse des Loges, recueilli auprès de la descendance du grand homme, mais un siècle après l'événement... Comme la rénovation du pavement de la chapelle Sainte-Anne et le lambrissage interne de ses murs au XIXe siècle interdisent de vérifier *de visu* l'existence d'un caveau et de l'inscription murale, il convient d'adopter les réserves d'usage quant à la véracité de cette première inhumation.

Il n'existe pas non plus de témoignage écrit précisant la date exacte, au cours de l'année 1642, de la deuxième inhumation du duc, celle de son corps embaumé, dans le mausolée nogentais, une fois celui-ci achevé[1]. Le mois de juin est cependant le plus souvent évoqué. On sait seulement que le pasteur officiant pour ces obsèques fut Jacques Couronné, de l'église réformée d'Authon-du-Perche, assisté de tous les ministres des environs.

En revanche, on connaît la date à quelques jours près de sa troisième inhumation, intervenue dans des circonstances particulières qui ont longtemps fait l'objet de controverses.

Pendant la période révolutionnaire, Nogent-le-Rotrou, comme toutes les villes de France, fut administré par un conseil général communal où siégeaient, comme souvent ailleurs, quelques membres exaltés toujours prompts à proposer au vote des initiatives propres à montrer leur zèle patriotique à la population et à l'administration supérieure. Ce fut ainsi que, le 18 septembre 1793, le conseil de la commune de Nogent vota la démolition du mausolée et du tombeau de Sully et de son épouse, « emblème du despotisme [...] » élevé pour « [...] des êtres dont les actions ne rappellent à la postérité que les lois de l'esclavage le plus avilissant », et invita les autorités du département d'Eure-et-Loir à donner leur accord.

Par une décision du 15 octobre, le directoire du département adressa une suite favorable à la demande. Il exigea cependant l'expertise préalable du monument pour envisager éventuellement sa conservation au musée national en tant que chef-d'œuvre de l'art. Il ordonna dans le même avis la récupération immédiate des cercueils de plomb pour fondre des balles et « [...] la destruction des cercueils renfermant les cendres desdits individus [...] ». Fort heureusement, aucune des décisions irrémédiables ne fut immédiatement exécutée, et les autorités nogentaises, peut-être saisies de remords, en profitèrent pour s'opposer au musée

1. *« On entre dans le mausolée par une petite porte Renaissance [...]. Au centre [...] s'élève un piédestal sur lequel sont agenouillées, tournées vers l'orient, les deux statues en marbre blanc du duc et de la duchesse de Sully, revêtus de leur costume d'apparat ; elles sont de grandeur naturelle, à genoux [...]. À leurs genoux sont deux coussins ; sur le premier est un sautoir de bâtons de maréchal [...] ; sur le second est déposé un livre de prières ; au socle sont gravés les noms des illustres morts [...]. Au-dessous du monument est un caveau où les deux corps avaient été déposés [...]. » (*GOUVERNEUR, *Aristide,* Un coin du vieux Nogent : l'hôtel-Dieu, esquisse historique, *autoédité, 1868.)*

« On entre dans le mausolée par une petite porte Renaissance [...]. Au centre [...] s'élève un piédestal sur lequel sont agenouillées [...] les deux statues en marbre blanc du duc et de la duchesse de Sully, revêtus de leur costume d'apparat... »
(Aquarelle originale de Christian Lefort.)

national quand celui-ci réclama tardivement les deux statues de marbre.

Le *statu quo* dura jusqu'à la fin de l'année 1793, quand l'agitation qui gagnait le pays tout entier ramena dans la petite ville percheronne des commissaires envoyés par le directoire chartrain pour stimuler le zèle des conseillers nogentais. Si ces commissaires n'avaient aucun droit pour exiger la démolition du mausolée et le transfert des statues à Paris, en revanche ils disposaient de l'autorité suffisante pour faire procéder à l'enlèvement des cercueils en plomb et à leur fonte pour en faire des balles. Ce qu'ils exigèrent et firent exécuter dans les derniers jours de décembre 1793.

Les deux cercueils furent sortis du caveau, transportés sous la halle de l'Audience toute proche, puis ouverts en présence des autorités municipales ainsi que des voisins et des badauds faisant office de témoins. Le juge de paix Daupeley, qui présidait à l'exhumation, préleva un fragment minuscule d'étoffe noire, relique pieusement encadrée, longtemps conservée par la famille, qui l'a remise en 1884 à la municipalité de Nogent. Le pharmacien Bruzon, qui habitait en face de la halle, place du marché, « subtilisa » quant à lui un menu fragment d'os du crâne, qu'il conserva dans une urne, qualifié de « caillou » par le notaire chargé de l'inventaire de ses biens à son décès...

Les quelques restes du duc furent joints à ceux de la duchesse dans le cercueil en chêne de celle-ci, consolidé pour l'occasion par une doublure de bois blanc. Le nouveau sarcophage fut inhumé le même jour près de l'entrée du cimetière de l'Aumône, séparé de la halle par la rue Gloriette. La troisième inhumation du duc de Sully eut lieu sans pompe ni cérémonie, mais avec le respect qui s'impose en pareilles circonstances.

Sous la Restauration, l'abbé Fret, chroniqueur percheron érudit, fit un récit détaillé très différent de l'exhumation. Il y décrit longuement et avec passion des scènes de profanation des corps et de dispersion des restes du couple par des révolutionnaires nogentais vengeurs. Une vive controverse sur le sujet s'installa à Nogent-le-Rotrou après la publication de son ouvrage. Elle s'atténua grandement en 1868 quand Aristide Gouverneur, directeur du journal

Le Nogentais, publia un long article démontrant, témoignages à l'appui, une vérité toute autre, celle que nous avons retenue. Il la confirmera en 1883 en apportant des précisions. Plus tard, au début du XXe siècle, des recherches complémentaires menées par la Société percheronne d'histoire et d'archéologie vinrent conforter la version d'Aristide Gouverneur.

Dans le courant de l'année 1883, la municipalité de Nogent-le-Rotrou décida la suppression du cimetière de l'Aumône et le nivellement des terrains qui le constituaient. Averti des travaux envisagés, l'un des descendants du duc et de la duchesse de Sully, le comte Eugène de Béthune-Sully, émit le désir de retrouver les restes de ses ancêtres, pour ensuite les revendiquer et les transférer au château de Sully-sur-Loire. Un accord fut trouvé avec Aristide Gouverneur, alors maire de la commune, sans tenir compte de la volonté exprimée par de précédents descendants du duc qui, en 1779, à l'occasion de la cession de la baronnie de Nogent-le-Rotrou avaient fait stipuler dans l'acte de vente que, « [...] dans aucun temps, en aucune circonstance et par quelque raison que ce puisse être, il ne pourra rien être distrait ni transporté dudit monument ».

Les administrateurs de l'hôtel-Dieu, tenus au terme de l'accord conclu en novembre 1639 avec Rachel de Cochefilet d'entretenir le mausolée, donnèrent leur accord pour la réalisation d'un moulage des deux statues du tombeau afin d'en réaliser une reproduction en plâtre destinée au mausolée que le comte de Béthune-Sully se proposait d'élever dans son château de Sully-sur-Loire. L'exhumation des restes de Maximilien de Béthune et de Rachel de Cochefilet eut lieu le 28 novembre 1883. On retrouva facilement l'endroit où le cercueil contenant leurs ossements avait été enterré, et après vérifications et identifications permises grâce aux informations détenues sur l'inhumation de 1793, on procéda au reconditionnement des restes dans une nouvelle caisse.

Si le comte de Béthune-Sully assura effectivement la translation des cendres de ses ancêtres dans son château du bord de Loire, il n'en conduisit cependant pas l'inhumation « officielle ». Celle-ci n'intervint qu'au cours de l'été 1934, le 9 juillet précisément, par la mise au tombeau des ossements dans une salle du château,

Le mausolée du duc de Sully au château de Sully-sur-Loire (reproduction en plâtre du mausolée élevé en 1642 à Nogent-le-Rotrou).
(Collection de l'auteur.)

située au premier étage du « donjon », en présence du régisseur de la terre de Sully, du gardien du château, du maire de la commune, des artisans maçons, du président du syndicat d'initiative local, mais sans aucun membre de la famille...

Il faut souligner qu'il s'était écoulé cinquante ans depuis l'exhumation des restes du cimetière de l'Aumône, avec pas moins de quatre « entreposages » temporaires de la bière dans différents endroits du château ! Cette quatrième inhumation ne fut cependant pas la dernière, puisqu'en 2009, dans le cadre de la rénovation du château de Sully, on considéra plus opportun d'ériger le mausolée dans la chapelle, dépouillée dans ce but de toute ornementation. Le 23 octobre, on procéda à la nouvelle inhumation, la cinquième, au cours d'une cérémonie religieuse en présence d'autorités officielles auxquelles on présenta le coffre renfermant les restes du couple, porté par deux militaires, avant de le sceller dans le nouveau tombeau.

S'il fallait intégrer tous les « vagabondages » du tombeau dans le château de Sully-sur-Loire à notre décompte, nous atteindrions le nombre de neuf inhumations, un vrai périple dans l'éternité, en oubliant toutefois le dépôt en 1884 d'un ossement de chacun des deux illustres personnages dans un petit sarcophage de marbre noir offert par le comte de Béthune et toujours visible dans le mausolée de Nogent-le-Rotrou !

Chapitre III

Une chaise pour un trône

LE DUC de Saint-Simon nous dit dans ses *Mémoires* qu'il avait coutume de changer ses chevaux d'attelage au relais de poste de Nonancourt lors de ses fréquents voyages entre Paris et son domaine de La Ferté-Vidame. Il ajoute qu'il louait également ses services pour obtenir des chevaux frais sur un parcours différent, lorsqu'il « abrégeait » son itinéraire. Il justifie de la sorte ses bonnes relations avec le maître de poste Pierre de l'Hôpital, et plus encore avec sa femme Suzanne Delacour, qui lui aurait ainsi conté « plus d'une fois » l'affaire du guet-apens monté dans son relais contre le prince Jacques III, prétendant au trône d'Angleterre, le 10 novembre 1715.

Si le duc a largement contribué à la célébrité de l'épisode grâce à l'évocation qu'il en fit dans ses *Mémoires*, la vérité oblige à dire qu'il manqua de rigueur dans la narration des faits. Ses souvenirs de l'événement, vieux de vingt-cinq ans quand il prit la plume, étaient-ils trop édulcorés dans sa mémoire ? Voulut-il accentuer le rôle de la maîtresse de poste pour magnifier sa présence d'esprit ? On ne sait. Qu'importe ! L'immensité de son travail de mémorialiste excuse bien les contorsions historiques auxquelles il s'est parfois livré, d'autant qu'il suffit, pour qui veut connaître l'exactitude des faits, de consulter quelques procès-verbaux[1]. C'est ce que nous avons fait.

---

1. *Transcriptions par Pelet et Ducy, greffiers, des déclarations de Suzanne Delacour, femme de Pierre de l'Hôpital, maître des postes extraordinaires de*

Le dimanche 10 novembre 1715 vers midi, l'employé du relais de poste de Nonancourt en faction dans son bureau à droite de la porte cochère aperçut, par l'œil-de-bœuf qui donne sur la rue, l'arrivée d'une chaise de poste à deux chevaux escortée par deux cavaliers. Il se précipita pour ouvrir le portail et indiquer aux voyageurs les anneaux scellés sur la façade des écuries au fond de la cour, pour y attacher leurs chevaux.

La chaise à peine immobilisée, un homme de forte corpulence élégamment vêtu en descendit et pénétra sans attendre ses gens dans la salle du relais, où il demanda à boire à l'hôtesse. Tout en se désaltérant, il la questionna, avec un accent trahissant ses origines anglaises, pour savoir si un de ses compatriotes, un homme grand, maigre, le visage long et picoté de petite vérole, coiffé d'une perruque blonde, n'était pas passé par Nonancourt la veille. Sans arrière-pensée, Suzanne Delacour appela alors un postillon, le dernier encore au relais parmi ceux arrivés le soir précédent, puis laissa les deux hommes discuter en tête-à-tête, sans tendre l'oreille. Quand ils se séparèrent, l'Anglais commanda trois repas pour l'immédiat et autant de chevaux pour l'heure suivante – deux pour la chaise et le troisième pour une selle –, précisant qu'un de ses compagnons, fatigué après vingt-deux jours de courses sans interruption, resterait au relais pour se reposer. Le dîner terminé, l'attelage recomposé et le cheval sellé, l'équipage partit au galop en direction de Verneuil.

Dans la soirée, l'individu resté sur place, un Anglais lui aussi, annonça qu'il séjournerait peut-être trois à quatre jours. Il alla ensuite se coucher, non sans avoir demandé à être réveillé si d'aventure une chaise transportant un compatriote arrivait dans la nuit.

Le lendemain lundi 11, vers 6 heures du matin, Suzanne Delacour monta dans sa chambre pour l'avertir de l'arrivée de plusieurs courriers à cheval qu'il refusa de voir, répétant avec insistance qu'il attendait uniquement une chaise.

Nonancourt, de Nicolas de l'Hôpital, sieur de Lacunelle, contrôleur des exploits de Nonancourt, et de Louis Aubry, soldat dans le régiment des gardes françaises, compagnie du sieur d'Harbouville, faites à Nonancourt le lundi 18 novembre 1715 devant le grand prévôt d'Évreux.

Il s'en présenta une dans la matinée, qu'il courut inspecter aussitôt sans prendre le temps de s'habiller correctement. Après avoir dévisagé le passager, il remonta dans sa chambre en déclarant à la maîtresse de poste que ce n'était pas celle qu'il attendait. Cependant, quelques instants plus tard, il réapparut dans la cuisine tenant en main une sorte de mousqueton à la crosse cassée, qu'il déchargea puis rechargea et amorça à plusieurs reprises, avant de sortir de nouveau dans la cour pour revenir très vite dans la cuisine réclamer qu'on lui apprête sur-le-champ un cheval afin de pouvoir s'en aller dès que la chaise qui venait d'arriver repartirait...

Ce comportement erratique intrigua vivement Suzanne Delacour, dont le mari était fâcheusement absent ce lundi-là. Il lui fit craindre chez cet Anglais décidément bien singulier de sombres desseins à l'endroit du nouvel arrivant, également anglais mais s'exprimant dans un accent différent, qui achevait tranquillement sa demi-bouteille de vin dans la salle du relais.

À l'autre bout de la pièce, Nicolas de l'Hôpital, sieur de Lacunelle, un parent de l'hôtesse, regardait lui aussi avec quelque inquiétude le nouveau voyageur, car il avait reconnu en lui l'homme recherché par l'Anglais distingué passé la veille ! Il s'empressa d'en informer sa cousine, et ils convinrent de l'aviser discrètement des craintes qu'ils nourrissaient tous les deux sur sa sécurité et sa vie, puis ils décidèrent de ne pas laisser le sbire au mousqueton brisé partir avec lui !

Suzanne Delacour retrouva son nouveau voyageur sur le point de quitter le relais, déjà installé dans sa chaise. Lui ayant exposé ce qu'elle avait vu et entendu depuis la veille et fait partager ses suspicions, elle parvint à le convaincre de la suivre jusqu'à une pièce isolée, où le sieur de Lacunelle les attendait.

Sans jamais révéler à aucun moment son identité, l'étranger leur expliqua qu'il se savait poursuivi par quatre hommes, sans doute payés pour le tuer, dont l'un pouvait effectivement être l'Anglais au mousqueton, que l'affaire à laquelle il était mêlé était une affaire politique connue du Régent, le duc d'Orléans, et du marquis de Torcy, le surintendant des postes, que la chaise qu'il utilisait appartenait au roi et, enfin, qu'il lui fallait poursuivre sa route coûte que coûte.

Convaincu de la bonne foi de ses hôtes, il accepta en l'absence du lieutenant de police de la ville d'aller rencontrer le vicomte de Nonancourt, avec qui il eut un entretien en aparté. Puis, guidé par le sieur de Lacunelle, il fila ensuite chez ce dernier pour organiser son départ dans les conditions les plus discrètes possibles. Pendant ce temps, au relais de poste, Suzanne Delacour faisait éloigner sa chaise, prenant garde de ne pas éveiller l'attention de l'Anglais occupé à se réchauffer dans la salle, son mousqueton chargé toujours sur les genoux...

Peu après, travesti en abbé avec soutanelle, porte-collet, chapeau et petite perruque brune apportés par Suzanne Delacour, et escorté du soldat Aubry, lui-même habillé pour la circonstance d'une veste noire et d'un habit pinchina[1] brodé d'argent avec des boutons bois, l'inconnu fut raccompagné à sa chaise garée dans une impasse non loin du relais. Au moment de quitter ses sauveurs, il les assura qu'il n'oublierait jamais le service qu'ils venaient de lui rendre et qu'il en ferait état à la cour.

Contrairement à ce qu'écrivit bien après le duc de Saint-Simon, ni Suzanne Delacour, ni son parent Nicolas de l'Hôpital, ni le soldat Aubry ne semblent avoir su à ce moment qui était effectivement cet inconnu qu'ils aidèrent à s'échapper du guet-apens. Du moins leurs déclarations devant le prévôt le 18 novembre n'en font-elles jamais état...

On saura plus tard que le prince Jacques Stuart, puisqu'il s'agissait de lui, poursuivit sa route par Verneuil, L'Aigle, Argentan puis Falaise où, le mardi matin, il laissa Aubry sans jamais lui avoir adressé la parole du voyage, mais en le gratifiant toutefois de trois louis d'or. Il continuera son chemin par Condé-sur-Orne pour s'embarquer finalement dans un port normand à destination de son pays. Aubry, quant à lui, revint à Nonancourt dès le vendredi 15 novembre et rendit compte aussitôt à son lieutenant et à de Lacunelle... Quand l'affaire se dénoua, il aurait déclaré ne pas

1. *Déclaration de Louis Aubry du 18 novembre : étoffe de laine non croisée, fabriquée à l'époque à Toulon.*

avoir reconnu le prétendant, qu'il avait pourtant aperçu plusieurs années auparavant !

Revenue à son relais après s'être assurée que personne ne se lançait derrière la chaise de son « protégé », Suzanne Delacour fut aussitôt questionnée par l'Anglais, toujours à se chauffer à la cheminée, inquiet sans doute de ne plus voir dans la cour l'attelage qu'il surveillait bien mal. Avec l'aplomb qu'on imagine, elle lui affirma qu'après avoir rencontré un ami, le voyageur avait finalement rebroussé son chemin pour se rendre chez Mme de Vendôme à Anet, où il resterait quatre à cinq jours. Sans manifester d'aucune façon sa surprise face à cet inattendu changement de programme, l'homme retourna dans sa chambre, n'ayant d'autre solution que d'attendre le retour de sa proie à Nonancourt.

Son attente prit fin bien plus tôt qu'il ne l'avait prévu, précisément le mercredi 13 novembre au matin, avec l'arrivée au relais de poste d'un détachement de la maréchaussée d'Évreux commandé par le grand prévôt de Haute-Normandie, avec mission de l'arrêter[1] sur ordre de l'intendant Roujault de la généralité de Rouen. Ce dernier agissait sur ordre du Régent, le duc d'Orléans, instruit par ses espions d'une tentative d'assassinat sur le prétendant pendant sa fuite vers l'Angleterre, fomentée par le comte de Stair, qui abusait des droits non acquis d'ambassadeur d'Angleterre en France.

Thomas Dean – ou Deanne – se rendit sans résistance. Il déclara être aux ordres du comte écossais Douglas – le gros « Anglais » distingué... – et présenta un passeport délivré par le comte de Stair. Inopinément, alors que la maréchaussée entourait Dean, un individu d'une vingtaine d'années se présenta et demanda le même comte Douglas, avec qui il prétendait avoir rendez-vous. Interpellé aussitôt par le prévôt, il déclara se nommer Louis Verdun et, bien qu'étant français, présenta à son tour un passeport

1. *Procès-verbal établi par Pelet et Ducy, greffiers, de l'arrestation à Nonancourt le mercredi 13 novembre 1715 des nommés Thomas Deanne et Louis Verdun par le grand prévôt de Haute-Normandie.*

délivré par le comte de Stair ! Il ne lui en fallut pas davantage pour subir le sort de l'Anglais !

Dean et Verdun, qui ne se connaissaient pas, furent emmenés à Évreux l'après-midi même, puis transférés le lendemain, jeudi 14, à Rouen pour être interrogés par l'intendant Roujault. Celui-ci commençait à peine son interrogatoire le samedi quand il reçut l'ordre du Régent lui-même de libérer les deux comparses sur-le-champ, suite à la plainte qu'il avait reçu du comte de Stair, qui les réclamait comme étant deux de ses simples domestiques !

L'épisode du guet-apens de Nonancourt se terminait ainsi par un revers sérieux pour le faux ambassadeur de Stair, l'éminence grise en France du roi anglais George Ier, qui n'était parvenu au bout du compte qu'à sauver in extremis ses affidés. Il ne put ainsi empêcher le retour du prétendant Jacques Stuart en Écosse, n'ayant pas su détourner le duc d'Orléans de sa loyauté envers un prince qu'il aidait à retrouver son royaume et n'ayant jamais imaginé qu'une simple maîtresse de poste déjouerait ses basses manœuvres assassines !

Jacques Stuart, dit le « chevalier de Saint-Georges », atteindra l'Écosse en décembre 1715. Incapable de reconstituer et de diriger une armée, il fuira à nouveau devant les Anglais et réembarquera pour la France en février 1716, où il vivra un temps à Avignon, avant de partir pour Rome. Il décédera en 1766.

Le duc de Saint-Simon conclut sa narration de « l'affaire infâme de Nonancourt » (*sic*) en alléguant que la reine d'Angleterre, l'épouse de feu Jacques II, roi d'Angleterre, d'Irlande et d'Écosse, mère du prétendant, fit venir Mme L'Hôpital à Saint-Germain-en-Laye, où elle vivait en exil :

« Elle la remercia, la caressa comme elle le méritait et lui donna son portrait ; ce fut tout [...] ; et longtemps après le roi Jacques lui écrivit et lui envoya aussi son portrait. »

Une autre source, contemporaine de l'événement, rapporte que la reine aurait également envoyé 100 pistoles au maître de poste...

La plaque commémorative sur la façade
de l'ancien relais de poste de Nonancourt.
(Photographie de l'auteur.)

L'église de Nonancourt[1] conservait au XIXe siècle dans son trésor un curieux corporalier – une bourse enserrant un linge utilisé pendant la messe – fait par l'assemblage de quatre morceaux juxtaposés de soie rouge, ornés de broderies d'or représentant des feuilles et des fleurs d'étoffe, provenant, on le découvrit vers 1850... du cordon de l'ordre du Bain du prince Jacques !

Le corporalier avait été confié à cette époque à un artisan local pour restauration. En le démontant, celui-ci avait trouvé un avertissement sur une note de papier entre la broderie et une doublure de soie[2] :

« Je suis le cordon de l'ordre du Bain de Jacques, dernier *roy* de la Grande-Bretagne, dernier *roy* de la famille des Stuarts. Si vous *voulé* savoir comment je suis parvenu jusqu'à cet ornement, *voiés* les *anecdottes* du temps comme : *Histoire de la régence du duc d'Orléans sous la minorité de Louis XV*[3] ; comme : *Sa vie privée* ; enfin, *Anecdotes des règnes de Louis XIV et de Louis XV*[4]. 1805. Donné à l'église en 1753 à M. Héron, curé dudit lieu, par Mme L'Hôpital, maîtresse de la poste. »

1. *RÉGNIER, Louis,* Monographie de l'église de Nonancourt (Eure) et de ses vitraux, *1894.*

2. Journal général de l'instruction publique et des cultes, *volume XXVIII, n° 2, 5 janvier 1859, p. 16.*

3. *Par J.-F. Marmontel, 1788.*

4. Galerie de l'ancienne cour, ou mémoires anecdotes pour servir à l'histoire des règnes de Louis XIV et de Louis XV, *1786.*

Chapitre IV

Jours de fête au château

L'HISTOIRE DE VARIZE reste profondément marquée par le massacre d'une partie de ses habitants et la destruction du village par les troupes prussiennes en octobre 1870. La cruauté aveugle de l'ennemi envers une population qui somme toute ne faisait que se défendre hante toujours les esprits.

Cet épisode tragique relativise bien évidemment l'importance de tous les autres événements, anecdotiques ou non, qui ont pu jalonner le passé de la commune, à l'instar de ce qu'on observe ailleurs : faits divers, crimes, aléas climatiques ou encore péripéties seigneuriales...

Si l'on en croit les auteurs d'ouvrages à caractère historique sur le Dunois, mis à part le drame de 1870, Varize a toujours vécu dans un quotidien paisible, sous la protection et l'autorité de ses seigneurs bienveillants, à l'exception toutefois d'un seul, peu évoqué d'ailleurs, peut-être parce qu'il n'a résidé que quelques semaines dans son château au cours des années 1770 et qu'il y a laissé le souvenir d'un individu peu « recommandable »...

Du château de Varize construit au XVIIe siècle, il ne reste aujourd'hui que des vestiges après les exactions commises par l'envahisseur en 1870. Il était autrefois le lieu de résidence du seigneur du fief érigé en baronnie par le comte de Dunois.

En octobre 1767, les descendants de Louis-François de Laubespine, le très respectable marquis de Hauterive, cèdent château et châtellenie de Varize à Armand-Louis-Joseph Pâris de Montmartel, marquis de Brunoy, conseiller-secrétaire du roi. L'affaire est conclue avec le conseil de tutelle du jeune marquis – il a tout juste dix-neuf ans – héritier de la fortune colossale de son père, Jean Pâris de Montmartel, fils d'un modeste hôtelier, devenu conseiller puis financier et finalement banquier de Louis XV.

Armand Pâris de Montmartel, qu'on a marié en juin 1767 avec Émilie de Pérusse d'Escars, descendante d'une illustre famille, est à la tête d'une fortune estimée à plusieurs dizaines de millions de livres[1], dont le magnifique domaine de Brunoy en région parisienne érigé en marquisat par le roi du temps de son père, pour services rendus. Ses tuteurs acquerront pour lui de nombreuses autres grandes seigneuries : Châteaumeillant, Châteauneuf-en-Auxois, Varize, Crèvecœur, Villers...

Le personnage était exceptionnel, au sens qu'il n'avait rien de commun ! On l'a décrit comme « l'homme de l'agonie du XVIIIe siècle », « débauché », « fin de race », « excentrique de la plus belle eau »... On a dit qu'il a passé sa vie à se venger des courtisans qui se moquaient de son titre alors que son grand-père avait été aubergiste... Mais n'a-t-on pas dit aussi que « sa démence naquit et grandit avec lui [...] » ?

Qui était-il réellement ? Était-il effectivement un original ou simplement un être malade, atteint d'une forme de démence ? Ses contemporains, mémorialistes et observateurs de la société, ont été nombreux à tenter de comprendre ses actes. Il leur manquait bien évidemment tout ce qu'ont apporté bien plus tard les sciences du comportement, pour nous laisser des diagnostics pertinents.

Plutôt que d'émettre, après tant d'autres, des conjectures hasardeuses, il nous est apparu avisé de citer quelques réflexions et commentaires d'un chroniqueur judiciaire du temps du marquis, l'avocat Nicolas Le Moyne des Essarts[2], et de rapporter quelques épisodes de la conduite du jeune homme, à Varize comme ailleurs.

---

1. *Selon les auteurs, elle se situait entre 20 et 36 millions de livres. Par comparaison, à cette époque, le salaire annuel moyen d'un ouvrier se situait entre 30 et 60 livres...*
2. LE MOYNE DES ESSARTS, *Nicolas-Toussaint, « L'affaire du marquis de Brunoy », in* Choix de nouvelles causes célèbres avec les jugements qui les ont décidées, *tome V, Moutard, 1785.*

« [...] Tout paraissait étrange et bizarre dans cette cause [...] : ses goûts opposés à tous les goûts dominants du siècle [...], le contraire étonnant de ses discours avec sa conduite, et de la partie de son âme qui pense et qui raisonne, avec celle qui veut et agit [...]. La même contrariété dans les jugements du public, les uns le regardant comme un fou [...], les autres ne voyant en lui qu'un jeune homme étourdi par la fougue de son âge [...], avec un caractère original [...], mais qui n'en jouit pas moins de toutes les facultés et de son entendement et de sa volonté [...]. On peignit le marquis de Brunoy comme un composé de contradictions choquantes dans ses vices et dans ses défauts mêmes : avare et à la fois prodigue, hautain et rampant jusqu'à la bassesse, mêlant l'assiduité religieuse d'un saint à l'irrévérence scandaleuse d'un impie [...]. Il n'y a pas une seule action du marquis de Brunoy qui soit marquée au coin de la raison ; il n'a même aucune des passions ordinaires aux autres hommes [...]. Sa vie est un tableau, une scène mouvante remplie d'actions qui n'ont aucune suite, aucune liaison, souvent sans objet entre elles [...]. »

Qu'avait donc pu commettre le marquis de Brunoy pendant sa courte vie pour amener, sitôt après sa mort, de telles réflexions sous la plume d'un des plus éminents chroniqueurs judiciaires de l'époque ?

Tout, ou presque, figure dans les minutes des dizaines – des centaines ? – de procès auxquels il a dû faire face ou que ses conseils ont engagés – avec ou sans son accord : de l'action judiciaire la plus banale pour coups et blessures lors de ses accès de fureur, par exemple devant le bailliage de Chartres, aux procès les plus longs, les plus complexes et les plus retentissants, visant à l'interdire de gérer lui-même ses propres biens, ou contre ses *obsesseurs*, heureux bénéficiaires de sa prodigalité sans limite et de sa crédulité, ou encore contre ceux qui l'avaient engagé trop à la légère[1], lesquels se révélèrent quelquefois être les mêmes !

Quand la loi n'y trouvait rien à redire, c'était au tour de la morale et de la bienséance d'adresser leurs reproches au marquis, pour ses excentricités comme pour ses mœurs dépravées. Ne lui

1. Arrêt du Parlement du 29 mars 1779.

Portrait du marquis de Brunoy en habit de paysan (copie d'un dessin à la plume du XVIIIe *siècle conservé au musée du Louvre).*
(Aquarelle de Christian Lefort.)

a-t-on pas reproché la macabre mascarade pour les obsèques de son père, où il drapa de noir son château, ses statues, sa domesticité, les arbres de son parc et teinta à l'encre noire l'eau des fontaines du village et du canal de sa propriété ? Le délaissement de son épouse le soir même de leurs noces ? Les dispendieuses célébrations des Fête-Dieu à Brunoy dont celle du 21 juin 1772 qui le vit dépenser plus de 500 000 livres pour le recrutement de cent cinquante membres du clergé des environs, de trois à quatre cents paysans qu'il habilla de chapes et de riches costumes ; pour la décoration du village de vingt-cinq mille pots de fleurs et de six reposoirs ; pour l'organisation d'un banquet de huit cents convives amenés de Paris par cinq cents carrosses ? Sa dépense de 50 000 livres pour habiller de deuil tout son personnel à la mort de la reine, alors qu'il ne fréquentait jamais la cour ? Les travaux d'embellissement de l'église de Brunoy et sa décoration en lustres, vases, chapes, dais, bannières, candélabres, boiseries, chaire à prêcher, cloches ? Les habits sacerdotaux brodés d'or et de pierres précieuses offerts aux curés de ses paroisses ? Ses changements saisonniers complets de mobilier ? Ses vêtements déchirés, son linge sale, ses bas sur ses souliers crottés, sa chevelure hirsute ? Ses beuveries avec ses ouvriers et ses laquais ? Ses actes inouïs de générosité pour les gens du peuple (pour le mariage de la fille de son paveur, Senez, il donna huit jours de fêtes, habilla toute la famille, fit sabler les rues et paya les repas à cent vingt personnes ; l'année suivante, il maria la sœur d'un ami et lui donna 24 000 livres ; à la mort de la mère d'un autre ami, il dépensa 30 000 livres pour son deuil) ?

Aucune mesure prise pour tenter d'endiguer ses folles dépenses ne l'a jamais contraint, ou convaincu, de changer son comportement : ni son engagement pris devant notaire en octobre 1770 de limiter ses prodigalités et d'obtenir préalablement à ses dépenses l'assentiment de quatre de ses conseils, ni les arrêts judiciaires d'interdiction de juillet 1770 et du 13 novembre 1772.

À partir de l'époque où ces mesures lui furent imposées, loin de les réduire, il augmenta toujours de beaucoup ses dépenses...

Il vint pour la première fois à Varize au cours de l'été 1772 – quelques jours après la fameuse procession de la Fête-Dieu de

Brunoy –, accompagné de son cortège ordinaire dans lequel se trouvaient ses compagnons habituels de beuverie de l'époque : Senez, Maréchal, Roussin et d'autres, fils de plusieurs des artisans de Brunoy qui travaillaient pour lui.

Il découvrit un château sans aucun doute très différent de ceux qu'il avait l'habitude de fréquenter. Constitué d'un assemblage sans harmonie véritable de plusieurs corps de bâtiments de volumes différents qui fermaient une vaste cour sur trois côtés, défendu par un réseau de douves et un pavillon d'entrée avec porche et pont-levis, il avait davantage l'apparence d'une belle ferme fortifiée que d'une agréable demeure aristocratique. Sa situation remarquable à l'entrée du bourg, à l'extrémité d'une longue allée bordée d'arbres parallèle à la route de Chartres qu'il semblait surveiller, en faisait néanmoins un lieu imposant, symbole fort de pouvoir et de puissance.

Dans une aile l'attendait Pierre Bordet, le régisseur du domaine depuis des lustres. L'homme, âgé d'une soixantaine d'années, accoutumé depuis près de quarante ans à respecter ses seigneurs et à les faire respecter, s'offusqua bien évidemment des manières de son nouveau maître et refusa de participer aux excès de toute sorte auxquels celui-ci le convia très vite, puis entendit le contraindre de participer[1].

Le marquis en prit rapidement ombrage, et un beau matin, dans un de ses accès soudains et coutumiers de fureur, il décréta le démettre de toutes ses fonctions, dont celle de greffier de la justice seigneuriale de Varize qu'il détenait en fermage. Escorté des gardes de la maréchaussée de Châteaudun qu'il était allé requérir, il entra par force dans le logis de son régisseur, rafla ses titres, ses papiers et ses comptes, puis le fit enfermer dans une chambre du château pour le contraindre, après lui avoir signifié son renvoi, à abandonner également les terres qu'il affermait, à replanter un

1. Le dépôt de plainte auprès du bailliage de Chartres qui suivit l'épisode d'affrontement avec le régisseur Bourdet fait état d'une multitude de provocations et de vexations gratuites du marquis et de ses acolytes envers ses gens de Varize pendant son séjour de 1772 : il les força à boire et à manger avec excès, les frappa avec des ustensiles de cuisine, ordonna le renvoi sur-le-champ des servantes, insulta la femme du régisseur, sauta inopinément à la gorge de ce dernier, tira sans cesse des coups de fusil sur les statues, dans les vitres...

arpent de vigne pourtant arraché avec le consentement du conseil de tutelle, et à lui verser une indemnité de plus de 1 300 livres.

Le vieux régisseur résista cinq jours, rejoint dans sa prison par sa femme que le marquis était allé chercher par force...

Pâris de Montmartel reviendra régulièrement séjourner quelques semaines à Varize, une fois par an, toujours à la même saison, jusqu'en 1775.

S'il ne s'y montra plus jamais violent envers ses gens, comme au cours de l'été 1772, en revanche ceux-ci furent souvent les témoins de ses excentricités, dont à plusieurs reprises le curé du village Michel Kebrat fit les frais, rapidement « dédommagé » cependant par des dons somptueux sous la forme d'ornements complets d'église par exemple.

Comme il le faisait à Brunoy, il s'intéressa au sort de la population de Varize, car c'était là un des paradoxes de son comportement de protéger un jour ceux que la veille il avait tourmentés.

En juin 1773, puis en juillet de l'année suivante, il devint le parrain de deux enfants du village. Le 9 mai 1775, il fut le témoin de son jardinier, Louis Bouvier, à son mariage avec Marie-Anne Maison, jeune femme de Varize, qui se présenta à l'église avec pour témoins, deux « invités » du marquis : Alexis Nicolas de Filhol aîné, lieutenant général de la capitainerie royale du Louvre, maître des requêtes de Monsieur, frère du roi, et sa belle-sœur, Marie-Armande-Jeanne Gacon, l'épouse de Jacques Antoine Filhol des Hunières, contrôleur de la maison du roi et maître des requêtes de monseigneur le comte d'Artois, autre frère du roi[1].

Ce printemps 1775 les avait vus débarquer à Varize en compagnie d'un cinquième larron, un certain marquis de Beaufleuve, bel homme et hardi cavalier, en réalité ancien palefrenier et simple roturier, répondant au nom de Guillaume du Change. Aucun d'eux ne se doutait qu'ils s'apprêtaient à jouer à Varize la première scène du dernier acte d'une tragi-comédie.

---

1. Registres paroissiaux de Varize en date des 26 juin 1773, 28 juillet 1774 et 9 mai 1775.

Quelques jours après leur arrivée, la domesticité pléthorique du marquis vint prendre possession du château, bientôt suivie des invités les plus assidus, puis de leurs propres invités, puis des amis de ces derniers, souvent avec femme et famille, et enfin des ecclésiastiques, des affairistes... au final toute la cohorte des bénéficiaires de ses largesses et de ses libéralités qui le suivait au gré de ses voyages d'été dans ses propriétés.

Pendant quatre semaines, le bourg de Varize fut encombré de carrosses, de voitures et de cavaliers qui le matin aux aurores partaient vers Châteaudun ou Chartres et revenaient en soirée chargés de provisions et d'achats de toute sorte aux frais du maître de céans. On envoyait chaque jour un maître d'équipage avec sa voiture à six chevaux acheter de simples pots de crème fraîche en compagnie d'une servante dans une ferme voisine. On commandait chez Lemaître, le tailleur de la rue Royale à Châteaudun, des douzaines de paires de bas, des vestes brodées, des toises de toiles et de mousselines... On déjeunait, on dînait, on soupait par tablées de dizaines de couverts jusqu'à point d'heure. Quand il fallait repartir, aucun invité, aucun visiteur ne s'en allait de Varize les mains vides : aux cadeaux d'usage succédaient les donations d'argent. On se pressait dans l'antichambre du marquis. On écoutait distraitement le notaire. On signait. On empochait son billet et on allait remercier Filhol, la nouvelle âme grise du marquis, le grand ordonnateur de ses séjours en province !

Ceux qui restaient au château passaient leur soirée autour d'une table de billard en compagnie du marquis et de ses fidèles : les frères Filhol et du Change. On misait gros, le marquis surtout : des parties à 1 200 livres ! On perdait gros, le marquis toujours... qui signait des billets, faute d'espèces, car vivre dans l'opulence toute la journée vidait les coffres... jusqu'au lendemain matin.

À ce jeu-là, à la fin mai, Filhol aîné se trouva dépositaire de 800 000 livres de billets, qu'il courut sans prévenir quiconque présenter aux banquiers parisiens le 1er juin. Peine perdue ! Il n'obtint rien de leur part, mais provoqua une débandade générale, tant à Varize qui fut déserté en une seule matinée, que dans le monde parisien des banquiers, notaires et procureurs, qui connaissaient trop bien le marquis, ses folies et ses prodigalités... et qui redoutaient la perspective d'une faillite retentissante !

Le vendredi 2 juin, en soirée, les frères Filhol, Jeanne Gacon, du Change et tous les détenteurs de billets de Varize se retrouvèrent à l'hôtel du Cheval noir rue Saint-Antoine à Paris. Filhol aîné avait réussi à convaincre dans la journée un notaire parisien, peu clairvoyant, de l'accompagner pour faire signer au marquis, lui aussi de la « fête », un acte notarié exigé par les banques, reconnaissant avoir reçu le montant en espèces des billets et chargeant leurs détenteurs de les négocier pour son compte...

L'acte enfin signé, la compagnie d'une cinquantaine de personnes s'attabla et Mercier, l'aubergiste, servit le souper... bien sûr au frais du marquis !

Tous menèrent ensuite une vie joyeuse, utilisant des relations, distribuant des commissions, compromettant d'honnêtes gens, pour échanger au mieux leurs fameuses valeurs. Il en fut ainsi jusqu'au jour où le parlement de Paris fut saisi par une requête de la marquise de Brunoy, l'épouse délaissée. Elle entendait qu'il se prononce sur la question de la validité des billets de Varize et des donations de rentes viagères faites par son mari à des amis (environ quatre-vingts), devant le notaire de Varize et d'autres tabellions de Brunoy et de Paris. Le marquis était-il ou non en capacité – juridique – de signer des reconnaissances de dette et des actes de donation en mai 1775 ? Subsidiairement, elle cherchait à savoir si certaines personnes avaient pu encourager sa prodigalité et abuser de sa crédulité.

Au cours de l'instruction, qui dura deux ans, on mit en prison une bonne partie de sa domesticité, ses compagnons de débauche, ses meilleurs amis – dont les Filhol et Jeanne Gacon – et même deux notaires parisiens et un banquier...

Le conseiller enquêteur Pasquier de Couland fit reconnaître aux Filhol leur présence à Varize au mois de mai, ainsi qu'à tous ceux qui s'y étaient trouvés, puis leur participation aux divers paris et aux fameuses parties de billard. Il démonta enfin les prétentions des créanciers filous qui entendaient « profiter » de l'occasion pour obtenir davantage que les billets qu'ils détenaient...

L'affaire intéressa une nuée incroyable de procureurs et d'avocats, de Paris et d'ailleurs, tant les accusés et les victimes étaient nombreux, et de toutes les régions de France, car chaque lieu de villégiature du marquis avait vu son lot de « bénéficiaires » !

Les audiences du procès durèrent des mois, et l'arrêt définitif du Parlement, un document épais de quatre-vingt-cinq pages, tomba le 29 mars 1779, soit quatre ans après la plainte de la marquise. Il ne prononça, sur le plan pénal, que des condamnations insignifiantes déchargeant ou mettant hors de cause dix-neuf des trente-cinq inculpés, dont tous les notaires et les banquiers...

Dans le lot des condamnés, on relève le cas d'un dénommé Jean Bourguignon, domestique du marquis, condamné à trois heures de carcan en place publique avec un écriteau au cou indiquant ce que la justice lui reprochait – « Escroc et domestique insolent envers son maître » – et à trois années de bannissement de Paris mais aussi celui d'Alexis-Nicolas Filhol condamné... à un blâme et à 10 livres d'amende ; de Guillaume du Change condamné... à être admonesté et à 3 livres d'aumône ; et pour l'originalité de la condamnation, les cas de Jacques-Antoine Filhol des Hunières et de sa femme[1], condamnés... à être plus circonspects à l'avenir (sic) !

Autrement plus importante pour toutes les parties, la décision du procureur qui déclara nuls et nuls d'effet – entre autres – la reconnaissance sous signature privée datée de Varize du 30 mai 1775 donnée à Alexis-Nicolas Filhol l'aîné, ainsi qu'une autre également datée de Varize du 31 mai, et enfin l'acte de reconnaissance et décharge passé le vendredi 2 juin à l'hôtel du Cheval noir de la rue Saint-Antoine !

Si l'affaire se terminait par un simple « manque à gagner » pour ceux qui n'avaient pu négocier leurs billets à temps, en revanche elle constituait un désastre financier pour les imprudents qui les avaient acceptés et payés, et qui ne pouvaient plus dorénavant les monnayer...

Le verdict fit, hélas ! une victime. Le surlendemain de la publication de l'arrêt du Parlement qui le blâmait pour avoir imprudemment tenté de négocier à titre de service un billet de 120 000 livres (!) que lui avait confié Jeanne Gacon, sans en avoir versé la contrepartie, le nouvelliste François Pidansat de Mairobert, un homme de lettres très

1. Marie-Armande-Jeanne Gacon, épouse Filhol des Hunières, née à Paris en 1753, devint plus tard lectrice à la cour du roi Louis XVI, puis une femme de lettres réputée doublée d'une agronome distinguée, sous le nom de Gacon-Dufour d'Humière, du nom de son second époux, l'avocat Dufour de Saint-Pathus. Elle mourut en 1835.

en vue, exerçant par ailleurs la fonction de censeur royal, s'estima déshonoré et se suicida en s'ouvrant les veines dans son bain.

Du dernier séjour à Varize datant de l'année 1775 à l'énoncé de l'arrêt du Parlement en mars 1779, le marquis de Brunoy ne changea en rien son train de vie et ne cessa pas de se livrer à ses habituelles frasques. Ainsi, trois jours après la soirée mémorable du 2 juin 1775 à l'hôtel du Cheval noir, il annonça son projet de se rendre en Palestine, à pied et en costume de pèlerin, pour y visiter le tombeau du Christ et des apôtres, en compagnie de trente hommes à recruter. Il promettait une prime de départ de 600 francs ainsi qu'une pension viagère de 400 livres à ceux qui reviendraient avec lui en France. Les amateurs accoururent en nombre mais le projet échoua finalement quand le roi s'opposa à la délivrance des passeports nécessaires.

Il fit cependant un autre voyage, à Londres, où ses dépenses inconsidérées – 60 000 livres en seulement vingt-neuf jours de villégiature – firent intervenir l'ambassadeur de France pour rassurer ses créanciers londoniens et tenter de réduire le montant des factures qu'ils lui présentaient !

À partir de l'année 1779, bridé par ses interdictions judiciaires qui ne reconnaissaient plus ses engagements et, en conséquence, abandonné par ses compagnons bien ingrats, le marquis de Brunoy malade et déprimé alla de château en château. Chassé de Brunoy tombé en 1774 dans le giron du comte de Provence, le futur Louis XVIII, qui le convoitait depuis longtemps, exclu de Varize vendu en septembre 1780 à Louis-François de Talarue, conseiller d'État et premier maître d'hôtel de la reine Marie-Antoinette, il termina son existence dans des conditions restées longtemps mystérieuses.

On a écrit l'avoir retrouvé au mois d'août 1789 à la prise du château de Pierre-Encise, au-dessus de Lyon, enfermé dans un cachot, détenu sous le sceau du plus haut secret[1]. On l'a dit mort

1. *Voir la narration mensongère de la prétendue prise de Pierre-Encise à l'imitation de la prise de la Bastille, intitulée* Résurrection de M. le marquis de Brunoy

au prieuré d'Elmont près de Saint-Germain, où il aurait été assigné à résidence sur lettre de cachet après un court internement. On l'a également dit mort aux Loges, à Saint-Germain-en-Laye, où une seconde lettre de cachet l'aurait exilé... En réalité, le marquis de Brunoy est décédé le mardi 10 avril 1781 de la variole dans son château de Villers-sur-Mer et fut enterré le lendemain au cimetière de cette commune. L'acte d'inhumation qui figure au registre paroissial de Villers a été établi le mercredi 11 avril 1781 par Jean-Michel Le Comte, curé de Grangue, et signé par huit curés des paroisses voisines, et deux témoins, les dénommés Lassuez et Hubert. L'inhumation a eu lieu en présence de Jean-Baptiste-Louis-Frédéric de la Suze, ancien major d'infanterie, chevalier de l'ordre militaire de Saint-Louis[1].

La vie excentrique et tumultueuse du marquis de Brunoy ne pouvait pas ne pas intéresser la littérature. En mars 1836, une pièce de théâtre en cinq actes, intitulée tout simplement *Le Marquis de Brunoy*, fit le bonheur des spectateurs du théâtre des Variétés à Paris.

Messieurs Théaulon de Lambert, Ernest Jaime... et un certain Alexandre Dumas en cosignèrent le livret, en omettant toutefois de préciser que leurs dialogues étaient pour partie l'œuvre d'un dénommé Léon Gozlan, le secrétaire d'Honoré de Balzac ! Dans la scène 2 de l'acte II, ils font dire à leur héros, qui parlait des nobles à ses gens :

« Ils ne m'ont pas laissé descendre jusqu'à eux, alors je me suis hissé jusqu'à vous. »

---

retrouvé à Pierre-Encise *(Imprimerie de Lormel, 1789) : « Mes amis, mes frères, voilà le plus beau moment de mon existence : M. le marquis de Brunoy que l'on avait fait mort, il y a quelques années, en est sorti comme du tombeau en comblant des marques de sa reconnaissance les braves Français qui le rendaient à la nation. [...] Tout est faux dans cette pièce, dessin et texte. [...] Le commandant a certifié que le marquis de Brunoy n'y a jamais été prisonnier. »*

1. Archives départementales du Calvados, registre paroissial de Villers-sur-Mer BMS 1750-1792 2 MI-EC 975 du 11 avril 1781 et L'Intermédiaire des chercheurs et curieux, *n° 352, 10 janvier 1883, p. 47.*

Chapitre V

Douze jours d'enfer

DANS LE FRACAS de sa mâture, la frégate talonna à trois reprises puis s'immobilisa comme si une main invisible venait de la saisir pour la stopper net : une situation incroyable pour un bateau qui, l'instant précédent, filait à belle allure toutes voiles dehors, au grand large, sur une mer calme et par temps clair... Le mardi 2 juillet 1816 à 3 h 15 de l'après-midi, *La Méduse* se jetait à marée haute sur le banc d'Arguin, au large de la côte sénégalaise, enfoncée dans le sable d'au moins trois pieds, un bon mètre ! Stupéfaction, consternation, abattement et colère se lurent instantanément sur les visages des quatre cents passagers...

Le capitaine d'infanterie Gervais Daniel Dupont, originaire de Maintenon, l'un des deux chefs de compagnie du bataillon d'Afrique chargé d'accompagner l'expédition de prise de possession par la France de terres sénégalaises, a rapporté dans ses carnets la tragédie du naufrage à venir. Ses notes constituent avec le récit conjoint de l'ingénieur géographe Alexandre Corréard et du chirurgien en second Jean-Baptiste Savigny, ses infortunés compagnons, un témoignage saisissant sur une tragédie assez courante à l'époque, mais jamais jusqu'alors rapportée avec autant de réalisme.

Quinze jours après son départ le 17 juin de l'île d'Aix, *La Méduse* résistait sur le banc d'Arguin aux manœuvres de renflouage tentées par son équipage. L'incurie du capitaine[1] – « Sa sotte suffisance », dira un témoin à son procès –, les avis de son énigmatique homme de confiance Richefort et la morgue de quelques-uns des officiers concoururent à aggraver la situation. Dans la nuit du jeudi 4 au vendredi 5 juillet, à 4 heures du matin, par grosse mer, la frégate se cassa en deux et prit l'eau. Au lever du jour, quand celle-ci, malgré les pompes, monta à deux mètres soixante-dix dans les cales, il fut décidé de quitter au plus vite le navire, que les plus pessimistes disaient sur le point de chavirer.

Deux jours auparavant, le mardi 3 juillet, au cours d'un conseil extraordinaire, le capitaine, le gouverneur du Sénégal Schmaltz et les officiers de marine, avaient réservé les quatre canots et la yole du bord pour leur éventuelle évacuation personnelle, celle de leur famille, des membres de l'expédition et d'une partie de l'équipage ; ils laisseraient la vieille chaloupe démunie de rames aux matelots et à la troupe. Pour le reste des passagers, deux cents personnes environ essentiellement des soldats, ils s'étaient mis d'accord pour la construction immédiate d'un radeau, sur une idée et un plan du gouverneur, une sorte de plate-forme rudimentaire tirée par les canots, suffisante à leur avis pour les quelques heures de voyage nécessaires jusqu'à la côte.

Sitôt l'ordre donné, l'évacuation fut entreprise dans une précipitation indescriptible où la confusion, l'étourderie, l'intimidation et le pillage engendrèrent quantité de négligences et d'erreurs qui conduisirent des dizaines de personnes à la mort.

Le capitaine Dupont fit descendre ses hommes, sans leurs armes à feu, sur le radeau qui flottait à peine alors que personne n'y avait encore pris place, et où ils devaient trouver des biscuits et du vin en quantité suffisante dans des barriques. Malgré ses vingt mètres de long sur sept de large, la barge, faite de pièces de bois liées et clouées à des morceaux divers de la mâture, commença à

1. Hugues Duroy de Chaumareys (1763-1841), officier d'Ancien Régime, émigré. Il est nommé en 1816 par le ministre de la Marine commandant de l'expédition du Sénégal à titre de récompense et capitaine de vaisseau de La Méduse. *Il sera jugé pour abandon de son bateau ainsi que du radeau et condamné par le tribunal militaire de Rochefort à trois ans de prison militaire et à la privation de ses décorations.*

s'enfoncer dans les flots d'au moins soixante-dix centimètres dès la descente de la première cinquantaine d'individus. Tout le monde fut dans l'eau jusqu'à la ceinture quand les cent cinquante « passagers » furent « installés », debout, serrés les uns contre les autres, et il en vint encore que le capitaine dut refouler !

Ainsi donc les passagers constatèrent qu'à condition de rester debout ils auraient sans cesse le corps à demi immergé et que, si recrus de fatigue, ils voulaient s'asseoir, ils auraient de l'eau jusqu'au cou...et mourraient noyés s'ils leur prenaient l'idée de vouloir dormir !

Ne trouvant « à bord » ni l'officier de marine promis ni les biscuits annoncés, Dupont remonta sur *La Méduse* et apprit par la centaine de personnes abandonnées qui s'y trouvait encore, que ces « messieurs » étaient déjà tous partis ; quant aux biscuits, ils avaient disparu, jetés par-dessus bord pour alléger le radeau, ainsi que des barils de farine. Finalement, un aspirant de marine blessé à la cuisse, nommé Coudein, arriva pour prendre le commandement de la barge, sans un seul instrument de navigation.

Vers les 7 heures, le signal du départ fut donné. Les embarcations mises en convoi et solidaires les unes des autres par des remorques, s'éloignèrent de l'épave. Sur le radeau, on était inquiet mais confiant. Le capitaine et plusieurs de ses officiers n'avaient-ils pas juré de ne point abandonner le halage de la barge amarrée en queue de file ? Las ! après un appareillage salué aux cris de « Vive le roi ! Vivent les Bourbons ! » par les naufragés qui pensaient que la terre était proche, puis deux heures à souquer dur pour les marins des canots, la remorque fut larguée[1] et le radeau laissé à la dérive. Il était 10 heures du matin.

« Je vis dans le même moment la plus grande partie des militaires, des passagers et des marins qui [...] versaient des larmes de douleur et faisaient de justes reproches à leurs chefs qui nous abandonnaient aussi inhumainement », écrivit le capitaine

1. Une controverse très vive s'ouvrit en septembre sur l'abandon de la remorque. Savigny, Corréard, Dupont et les autres rescapés du radeau affirmèrent qu'elle avait été volontairement coupée. La Marine affirma que l'abandon avait été consécutif à des circonstances indépendantes de la volonté des commandants des embarcations chargés du remorquage.

Dupont. « De la stupeur la plus profonde, les matelots et soldats passèrent bientôt au désespoir ; tous voyaient leur perte infaillible et annonçaient par leurs plaintes les sombres pensées qui les agitaient », écrivit quant à lui Alexandre Corréard.

Lorsqu'un semblant de sérénité revint dans les esprits, grâce aux discours d'apaisement et aux propos consolants des officiers puis après les prières lues par Savigny, on s'occupa à s'organiser. Un matelot fournit une petite boussole qui devait malencontreusement tomber à la mer peu de temps après. On installa une mâture de fortune à l'avant sur laquelle on fixa une voile. Savigny, encore lui, fit attacher des cordages sur le pourtour du radeau pour permettre aux hommes ballottés par la houle de s'accrocher.

Enfin, alors que la journée se terminait, on confectionna une mixture à base de vin et de biscuits retrouvés trempés d'eau de mer : ce fut le premier repas depuis la veille, l'unique avec des biscuits, et le dernier de tout le séjour sur le radeau, puisqu'il ne restait plus que six barriques de vin... La distribution se fit après un comptage par numérotation des effectifs qui dénombra cent quarante-sept individus. Le capitaine Dupont, qui en attendait au moins cent cinquante, pensa toujours que certains avaient triché en prenant plusieurs billets dans l'espoir d'obtenir davantage de nourriture...

La nuit tombée, la mer grossit monstrueusement. Des vagues déferlèrent et renversèrent les hommes, menaçant de les entraîner. Bientôt tout le monde voulut se porter sur l'avant du radeau pour échapper aux lames qui se brisaient avec force sur l'arrière, où Dupont découvrit les premiers noyés. Dans l'obscurité sinistre, les cris de lamentation et les prières de ceux qui se préparaient à la mort se mêlaient au bruit des flots... Au matin, on retrouva une douzaine de cadavres, tous avaient les jambes broyées entre les pièces de plancher du radeau... À l'heure du « repas », une unique ration de vin, un nouveau dénombrement révéla la disparition d'une vingtaine de passagers pendant la nuit.

Dans la journée du samedi 6, après seulement une journée de dérive, des soldats eurent déjà leurs premières hallucinations : certains aperçurent la terre, d'autres des navires... En milieu d'après-midi, le désespoir conduisit déjà deux mousses et un boulanger à se jeter dans les flots, après de pathétiques adieux à leurs compagnons...

La perspective d'une nouvelle nuit profondément obscure avec des vagues assassines et des requins maraudeurs effraya tous les passagers sans exception. Ils étaient loin d'imaginer les scènes terribles qu'ils allaient vivre alors qu'il n'était pas question pour eux de dormir un seul instant ni même de somnoler.

Dès la tombée des ténèbres, le vent se leva et d'énormes lames emportèrent les plus affaiblis incapables de se cramponner. Parmi les plus valides, beaucoup pensèrent leur heure arrivée et, voulant l'adoucir, se ruèrent sur une barrique de vin pour boire à en perdre la raison. Dans leur folie, ceux qui voulaient entraîner avec eux dans la mort tous leurs compagnons s'en prirent aux cordages à coups de sabres et de haches avant de se jeter sur leurs officiers qui tentaient de les en empêcher. Une première mêlée générale de plus d'une heure se termina par le repli des fous furieux à l'arrière ; le combat reprit quand un officier se précipita sur un homme occupé à cisailler des amarrages. Les plus hardis des mutins parvenus jusqu'à l'avant, entreprirent alors de rompre les haubans soutenant le mât qui, en s'affalant, assomma le capitaine Dupont[1] et faillit lui casser une cuisse. Saisi par des mains ennemies, il fut aussitôt jeté à la mer. Secouru et ramené à bord, il fut alors attaqué par un individu qui voulut cette fois lui crever les yeux !

Après ce second choc, la furie des révoltés tomba et plusieurs d'entre eux redevenus lucides implorèrent un pardon qui leur fut accordé. Mais peu après minuit, d'autres, l'esprit toujours absent, repartirent à l'assaut, qui à l'arme blanche, qui à mains nues en cherchant à mordre ses adversaires !

Quand les survivants épuisés ou dégrisés s'écroulèrent sur les cadavres immergés et entrèrent en délire comme la nuit précédente, les rares malheureux encore sous l'emprise de l'alcool tentèrent de se précipiter à la mer ou se jetèrent sur leurs voisins, tel celui qui sortit le capitaine Dupont de sa léthargie en lui entaillant le pied, qu'il prenait pour une pièce de bois du radeau !

1. Dans ses carnets, le capitaine Dupont écrit s'être évanoui de faiblesse avant le début des affrontements et ne s'être réveillé que le lendemain. Ce que nous rapportons est consigné dans l'ouvrage de Corréard et Savigny (p. 69 de l'édition de 1817).

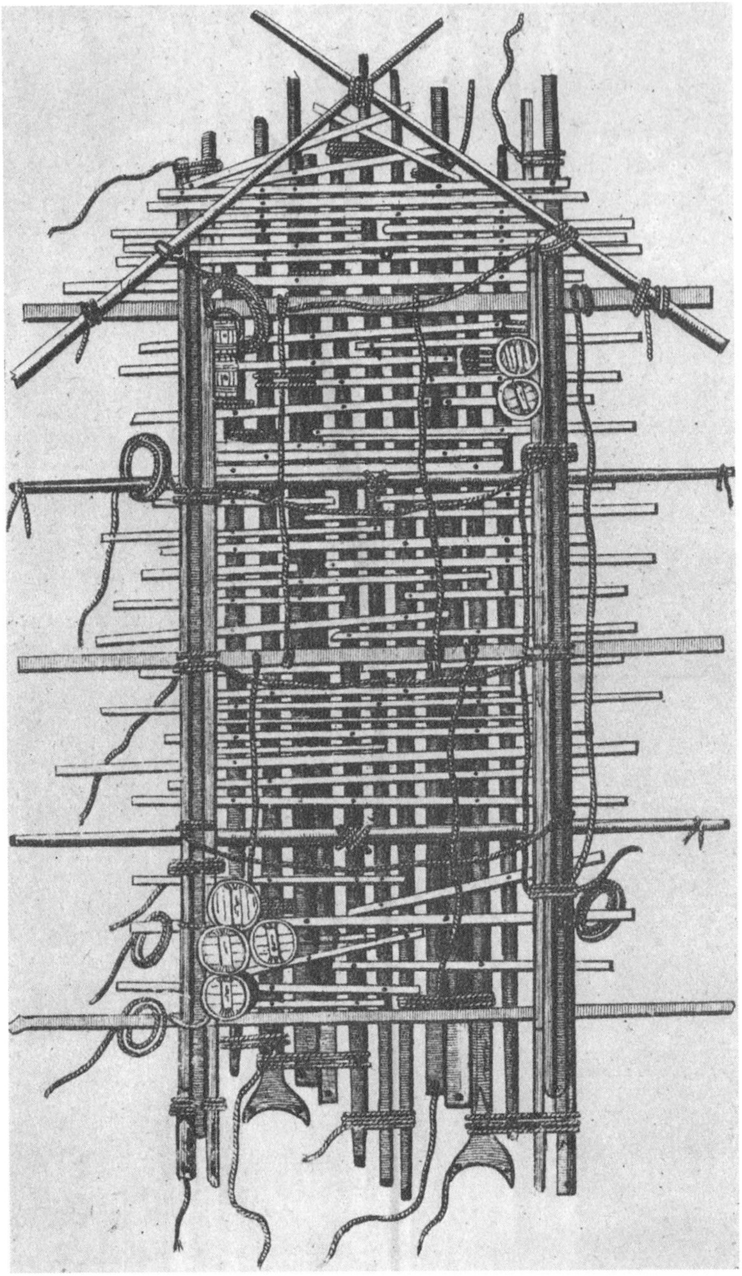

Plan du radeau de La Méduse *au moment de son abandon réalisé par l'ingénieur Alexandre Corréard, naufragé.*
(SAVIGNY, Jean-Baptiste-Henri, et CORRÉARD, Alexandre, *Naufrage de la frégate La Méduse*, Hocquet imprimeur, 1817.)

Au matin du dimanche 7 juillet, les rescapés redevenus eux-mêmes crurent sortir d’un rêve pénible, d’un cauchemar abominable dans lequel une soixantaine de leurs compagnons avait effectivement disparu...

À peine en restait-il autant encore vivants, sans nourriture et presque sans vin puisqu’au moment de la folie générale de la nuit, les barriques avaient été jetées à la mer, à l’exception d’une seule, qu’il fallut préserver en réduisant la ration journalière, au grand dam des hommes qui voyaient disparaître le seul moyen d’oublier leur triste condition, puis en instaurant une garde afin de déjouer les vols, pourtant punis de la peine de mort par noyade.

Le lundi 8 juillet et les jours suivants, des poissons volants, d’abord grillés puis mangés crus faute de combustible, coupèrent la faim des survivants, du moins ceux qui avaient jusque-là refusé de se nourrir de lambeaux humains que les plus affamés mangeaient depuis plusieurs jours déjà. Faute d’appétence pour la chair de leur semblable, ils avaient mastiqué qui des baudriers de sabres, qui le cuir de chapeaux crasseux..., des gibernes, du linge, du tissu...

Quand les « réserves » de poissons et de vin furent sur le point d’être terminées, les luttes revinrent pour la survie de la cinquantaine de rescapés. Un complot, fomenté par un sergent italien pour jeter à la mer les officiers et leurs fidèles et s’emparer de leur or et des bijoux qu’ils conservaient dans un sac, se termina par une nouvelle bataille à l’arme blanche. Une vingtaine de combattants y perdirent la vie. Il ne resta bientôt plus que vingt-sept survivants, dont une douzaine couverts de blessures graves ou devenus fous. Les plus forts décidèrent alors du sort des plus faibles pour assurer leur propre salut.

Le 23 juillet, soigné à l’hôpital de Saint-Louis du Sénégal, Lavillette, un Chartrain rescapé du radeau, fit part à son ami Brédif, natif de Châteaudun, rescapé quant à lui d’une chaloupe, de la terrible décision prise par les « vaillants » du radeau pour se procurer six jours de vin supplémentaires... Ses propos sur Savigny et d’autres laissent à penser qu’il n’y eut pas unanimité sur la solution retenue, contrairement à ce que sous-entendent Corréard et Savigny dans leur récit.

Après quoi, on jeta toutes les armes à la mer... Quand il n'y eut presque plus rien à boire, chacun trouva des expédients pour survivre encore quelque temps : on but de l'urine refroidie, de l'eau de mer... on se battit pour de l'ail, pour deux gouttes d'un citron miraculeusement retrouvé... on lapa une goutte de liqueur alcoolique pour les dents qui faisait disparaître quelques instants la soif dévorante ; on huma une fiole vide qui avait contenu autrefois de l'essence de roses... Daniel Dupont passa une journée allongé sur le ventre, avec un objet humide dans la bouche pour moins souffrir de la soif... tandis que d'autres suçaient du plomb, de l'étain ou des piécettes d'argent...

Au dixième jour de dérive, le radeau se couvrit de physalides, sortes de mollusques transparents dont les bras urticants vinrent effleurer les jambes des naufragés, brûlées par le soleil et le sel, leur occasionnant les plus vives souffrances...

Le mardi 16 juillet, s'estimant près de la côte, on tenta dans un sursaut de courage la construction d'une espèce de pirogue pour cinq ou six personnes, qui chavira aussitôt sa mise à l'eau, dès qu'un matelot plaça le pied sur une planche transversale.

« Il fut alors décidé que nous attendrions tous la mort sur le radeau », écrivit Alexandre Corréard.

Le mercredi 17, le soleil parut dans un ciel sans nuage. À 6 heures, comme à l'ordinaire, Daniel Dupont distribua à chacun son quart de vin quotidien. Tous les moribonds retournèrent ensuite s'allonger sous une tente confectionnée avec une voile fixée autour du mât, au centre du radeau. À 7 heures, jetant un regard à l'extérieur, il aperçut un navire, un minuscule point au loin, et l'annonça à force de grands cris.

Tout le monde voulut le voir : c'était un brick qui voguait à trois lieues sur la ligne d'horizon. Sa vue déclencha une joie immense et des appels aux limites des dernières forces. Un des hommes se hissa sur une barrique et agita un mouchoir[1]. Mais on dut se rendre à l'évidence, le bateau ne venait pas dans la bonne

1. *Le peintre Théodore Géricault immortalisa cet instant avec son immense toile* Le Radeau de La Méduse.

direction et il disparut rapidement ; l'allégresse vira alors au désespoir le plus profond.

Dupont entreprit de réconforter encore une fois son monde et retourna s'allonger. Deux heures plus tard, ce fut au tour du maître canonnier Courtade de mettre la tête au-dehors de la tente et de hurler :

« Sauvé ! Voilà le brick sur nous ! »

C'était l'*Argus*, tout au plus à une demi-lieue, avec un pavillon blanc au mât de misaine pour annoncer sa mission de secours.

Pendant le voyage vers le Sénégal, après l'abandon du radeau qui s'échouera finalement sur la côte, on donna aux rescapés du bouillon et un verre de vin puis, l'après-midi, une soupe à l'oseille et au riz. Dupont obtint du médecin une cuisse de poulet en supplément... et tomba évanoui après l'avoir dévorée !

Le vendredi 19, les quinze furent débarqués à Saint-Louis et admis dans un hôpital anglais, où on leur fournit un couchage rudimentaire fait d'un lit de sangles sans matelas, d'une couverture et de deux draps sales.

Le capitaine Dupont y resta vingt jours en convalescence. Trois de ses malheureux compagnons, le sous-lieutenant Clairet, le maître canonnier Courtade et le soldat Jean Charles, y moururent peu de jours après. Le sous-lieutenant Lozach et le sergent-major Chariot s'éteindront plus tard...

Gervais Daniel Dupont terminera en janvier 1818 sa carrière militaire commencée en 1792, usé par ce qu'il avait enduré sur le radeau. Il rentrera à Maintenon, où il vivra de sa modeste retraite de capitaine jusqu'en 1850.

Chapitre VI

Le calife de Nogent

NOGENT-LE-ROTROU, un matin de septembre 1842, devant une maison cossue de la rue Saint-Hilaire... Un jeune homme d'une trentaine d'années aide un vieux monsieur engourdi par son long voyage, à descendre d'une berline devant un attroupement de badauds attentifs et plusieurs gendarmes au garde-à-vous. Personne ne semble étonné de voir ces deux étrangers, vêtus à l'arabe du burnous traditionnel et coiffés du keffieh, pénétrer avec leur escorte encombrée de bagages dans une belle demeure nogentaise au seuil de laquelle un interprète leur souhaite la bienvenue :

« *Salam aleïkoum*[1] !

– *Aleïkoum salam !* »

Les curieux sur le trottoir sont des lecteurs fidèles du *Nogentais*, qui a annoncé les jours précédents dans ses colonnes l'arrivée imminente d'un important chef algérien à Nogent-le-Rotrou, sa nouvelle ville de résidence assignée par le ministre de la Guerre. Ahmed ben Hadj Ahmed ben el Hamelaoui[2] arrive tout droit du fort de l'île Sainte-Marguerite, où il purgeait une peine de vingt ans de détention. Il est accompagné par son fils Mohammed, qui s'était empressé d'aller le chercher aussitôt connue la décision de grâce du roi Louis-Philippe.

---

1. « Salut à vous ! »

2. D'une manière générale, nous avons retenu l'orthographe des noms propres d'origine arabe la plus couramment utilisée dans les ouvrages de l'époque des événements que nous avons consultés.

L'ex-calife el Hamelaoui, ne restera que quelques mois dans la cité percheronne. Il y laissera le souvenir d'un homme paisible et courtois, si différent du personnage qu'il avait été un demi-siècle durant dans son pays d'origine, qu'on peut s'interroger sur ce que savaient réellement de lui les notables nogentais qui le fréquentèrent et, pour certains, le reçurent chez eux.

Descendant d'une très ancienne famille de la noblesse arabe de la tribu des Ouled si Hamla du constantinois algérien, el Hamelaoui, né autour de 1775, a été toute sa vie un chef de guerre puissant au service de onze beys successifs. Son armée personnelle comptait plusieurs milliers de cavaliers dans les années 1830, lorsque sous les ordres de l'agha Ali ben Aïssa il s'opposa à la colonisation de son pays par la France.

Après la prise de Constantine par les troupes françaises en octobre 1837, il se soumit et obtint l'autorisation de rentrer dans sa ville natale. L'année suivante, à l'occasion de la création de l'organisation administrative indigène de la vaste province de Constantine, il fut désigné chef d'une des quatre subdivisions créées par le maréchal Valée et nommé calife de Ferdjiouab, avec des pouvoirs administratifs dont le recouvrement de l'impôt.

Le 4 octobre 1838, jour de son investiture, une cérémonie grandiose eut lieu au palais provincial de Constantine. À cette occasion, après avoir prêté serment d'obéissance et de fidélité au roi des Français, sur le Coran, il reçut avec pompes toutes les marques de dignité en égard à son titre et fut raccompagné à sa demeure dans un imposant défilé précédé par la musique du palais.

Pendant les mois qui suivirent, il remplit ses fonctions administratives au mieux de ses possibilités et selon la bonne volonté des contribuables pour le recouvrement de l'impôt, puis se joignit aux troupes françaises dans leurs expéditions contre les tribus insoumises de la région. Il gagna la confiance des autorités et l'admiration des militaires pour le courage dont il faisait preuve au combat, ainsi que la croix de chevalier dans l'ordre de la Légion d'honneur remise par le duc Ferdinand-Philippe d'Orléans en personne, le fils aîné du roi Louis-Philippe, l'héritier du trône de France. En octobre 1840, à peine une année plus tard, il sera fait officier dans le même ordre.

Pendant que el Hamelaoui percevait des autorités coloniales les dividendes de sa collaboration et en recevait tous les honneurs, l'ancien bey Abd el Kader s'opposait toujours à l'armée française avec, dans de nombreuses régions, la complicité discrète de chefs ayant fait leur soumission : des moins connus au plus en vue d'entre eux, tel el Hamelaoui !

Son départ avec femme et enfants de Constantine, où l'administration l'avait obligé à résider à sa nomination, puis les bruits sur sa probable complicité dans les soulèvements de tribus kabyles du Ferdjiouab éveillèrent la suspicion des autorités. L'interception d'un courrier portant son sceau, promettant à un lieutenant d'Abd el Kader de lui apporter son concours dans ses attaques et faisant état de sentiments anti-français, acheva de convaincre la France de la déloyauté de son vassal.

El Hamelaoui protesta vivement de son innocence, arguant que l'écriture de la lettre accusatrice n'était pas la sienne et que son sceau lui avait été dérobé... En vain. Le général Négrier fit instruire son procès, lequel s'ouvrit le 14 juillet 1841 devant un conseil de guerre présidé par le colonel Eugène-Casimir Lebreton qui, par coïncidence, sera plus tard élu conseiller général du canton de Nogent-le-Rotrou, puis en 1848 député d'Eure-et-Loir du collège de Nogent-le-Rotrou !

El Hamelaoui nia avec force tous les faits d'accusation, sans exception. Il ajouta que la lettre dont on l'accusait d'être l'auteur devait être l'œuvre d'ennemis qui avaient juré sa perte, ce qui n'était peut-être pas faux, mais comme il avait autant d'adversaires dans les rangs algériens que français, il ne pouvait les désigner... Il conclut sa plaidoirie en faisant remarquer « qu'un homme comblé comme il l'était par la France ne pouvait, à moins d'être fou, s'attacher à tarir la source de tant d'honneurs et de bienfaits ».

Par six voix sur sept votants, il fut reconnu coupable de correspondance avec l'ennemi et de haute trahison. Pour ces motifs, le conseil de guerre le condamna à la peine maximum de vingt ans de détention. En septembre 1841, il fut transféré à Alger, puis à Toulon pour être enfermé au fort de l'île Sainte-Marguerite, celui du Masque de fer, où il retrouva... son collègue Ali ben Aïssa, nommé comme lui par l'administration française en 1838, calife d'une des quatre régions de la province de Constantine et condamné à la même peine en avril 1841 pour s'être rendu coupable de fabrique et d'émission de fausse monnaie, activité de pratique immémoriale en Kabylie, bien utile à invoquer pour se débarrasser d'un allié devenu encombrant !

Les deux vieillards, qui partageaient la même chambre, se révélèrent des prisonniers sans problème.

En août 1842, Sida-Aïcha, la jeune épouse d'el Hamelaoui, obtint de rencontrer à Paris en audience personnelle l'épouse de Louis-Philippe, la reine Marie-Amélie, pour la supplier d'obtenir du roi la grâce de son mari. Certains chroniqueurs, comme Félix Mornand, auteur d'un article sur Ahmed ben el Hamelaoui, ont alors cru pouvoir avancer que son intervention aurait pu être motivée par le décès accidentel du fils de la souveraine, le duc d'Orléans, tué le mois précédent dans un accident de calèche sur la route de Paris à Neuilly. Sida-Aïcha savait fort bien que son mari avait été l'un de ses compagnons d'armes en Algérie et avait été décoré par lui en octobre 1840... Les mêmes chroniqueurs ajoutèrent que la reine, toujours dans le chagrin du souvenir de son fils, fut émue par le courage de la jeune femme et aurait obtenu du roi la grâce implorée. Mais dans le même temps, on apprenait qu'Ali ben Aïssa, le compagnon de cellule d'el Hamelaoui, était finalement lui aussi gracié pour son « dévouement envers la France ».

El Hamelaoui vécut paisiblement et bourgeoisement à Nogent-le-Rotrou. Il bénéficiait en permanence d'une petite escorte et d'un interprète, bien pratique pour ses rencontres et ses visites aux notables de la ville. Il se promenait régulièrement à pied dans les rues de Nogent, où on l'abordait sans arrière-pensée et même avec plaisir tant il se montrait affable, courtois et attentif. Un demi-siècle après son séjour, de vieux Nogentais se rappelaient encore entre eux avoir sauté sur ses genoux !

Son épouse, qui vivait à Paris, obtint le déplacement de sa résidence surveillée à Meaux puis, finalement, l'abandon de la contrainte, ce qui permit au couple de résider définitivement dans la capitale. Il y parut dans nombre de soirées mondaines, mais toujours après s'être assuré de l'absence de tout autre concitoyen arabe ou musulman, afin de vivre pleinement à l'occidentale.

Chapitre VII

Une descendante de Jean Racine

Le mardi 30 août 1842, Louise-Théophile Mirleau d'Illiers des Radrets, épouse Trochu, âgée de vingt-deux ans, donna naissance à 2 heures du matin, au domicile conjugal, à une petite fille que son mari, Victor-Ernestin Trochu, alors dans sa vingt-huitième année, déclara le jour même vers midi à la mairie de La Bazoche-Gouet. L'enfant sera enregistrée à l'état civil sous les prénoms de Noémi-Anna, plus tard appelée Noémie, Anne-Noémie ou, plus fréquemment, Noémi-Anne.

Les époux Trochu, mariés en mai 1840 à Sargé-sur-Bray, commune du Loir-et-Cher en limite d'Eure-et-Loir, s'étaient s'installés à La Bazoche-Gouet, où le mari exerçait depuis 1839 la profession d'instituteur. Ils y resteront jusqu'en 1846, date à laquelle ils partent vivre à Paris.

L'existence de Louise-Théophile Trochu, la jeune mère, fut marquée par le malheur. Née du second lit de Louis Mirleau de Neuville, qui engendra dix-huit enfants[1], elle n'avait que neuf ans

1. Louis Mirleau de Neuville se remaria à l'âge de soixante ans, deux mois après le décès de sa première épouse, avec une jeune femme de trente ans sa cadette. Il plaida inutilement pendant des années contre les enfants de son premier lit. À sa mort en 1829 à l'âge de soixante-douze ans, il légua tous les portraits de famille en sa possession, dont ceux de son ancêtre Jean Racine, à son fils Stanislas, âgé de onze ans, issu de son second lit – l'aîné du premier en avait quarante-six ! Celui-ci les livrera aux flammes en 1880 pour punir son fils héritier devenu gendarme... après avoir été capitaine de dragons (sic) *!*

à la mort de son père. Mariée à vingt ans, elle sera cruellement affectée par la mort en bas âge de trois de ses quatre enfants, puis par le décès de son mari, qui surviendra en décembre 1850, la laissant élever seule sa fille Noémi-Anne.

En 1833, à la liquidation de la succession de son père – décédé quatre ans auparavant –, comme chacun de ses onze frères, sœurs, demi-frères et demi-sœurs survivants, elle avait hérité d'un capital d'environ 10 000 francs, dont le placement lui assura une rente de quelques centaines de francs, peut-être son unique revenu après la mort de son mari. Elle décédera en 1865, précédant d'une vingtaine d'années sa mère dans la tombe.

Par son père, Louise-Théophile Trochu était une petite-fille d'Anne Racine – épouse de Louis-Grégoire Mirleau de Neuville –, elle-même petite-fille du grand poète tragique Jean Racine. Noémi-Anne Trochu était ainsi une arrière-petite-fille, à la cinquième génération, du célèbre homme de lettres.

Au printemps 1853, alors qu'elle se trouvait dans une situation de détresse financière profonde, Louise-Théophile Trochu – judicieusement conseillée ou prenant parti d'agir comme certains héritiers d'hommes célèbres – s'adressa à la Société des auteurs et compositeurs dramatiques créée en 1829 pour lui faire prendre en charge les frais d'éducation de sa fille Noémi-Anne !

À cette époque de balbutiement du principe des droits d'auteurs, il était courant pour cette institution d'apporter son aide financière sous forme de subventions, ou par le biais de souscriptions, à ses vieux adhérents en difficulté, ainsi qu'à leurs veuves, ou encore aux lointains héritiers d'auteurs anciens de grande notoriété. La veuve Trochu n'eut pas à convaincre de celle de son illustre aïeul, le grand Jean Racine !

L'hebdomadaire *La France musicale*, journal de la musique, des beaux-arts et du théâtre, révélera que dès la demande formulée, les membres de l'honorable commission se proclamèrent avec orgueil « tuteurs de la descendante de Racine » et placèrent Noémi-Anne, au frais de leur société, au couvent des dames des Ursulines de Blois. Sitôt prise, cette décision philanthropique fit le tour du monde, pas moins ! Ainsi, la gazette *The Pen and Pencil* de

Cincinnati aux États-Unis en date du 11 juin 1853 – qui, hélas ! situe La Bazoche-Gouet dans le département du Loir-et-Cher ! –, évoque-t-elle l'affaire en soulignant l'obligation morale pour l'association d'honorer la mémoire du poète... Plus prosaïquement, elle conclut, par un savant calcul prenant en compte les recettes des théâtres jouant encore *Andromaque*, *Athalie* ou *Phèdre*, sur le montant des droits d'auteurs perdus par la demoiselle Trochu faute d'une législation appropriée. *Business is business* !

La Société des auteurs et compositeurs dramatiques respectera son engagement et assurera le financement de l'éducation de sa protégée jusqu'à son terme. En décembre 1859, soucieuse d'honorer davantage encore Jean Racine en la personne de sa petite-fille, elle entendit la doter, et pourvoir ainsi à son avenir, par le biais d'une souscription nationale – initiative courante à l'époque – aussitôt ouverte.

La démarche prit une ampleur ahurissante sans que l'on puisse distinguer encore aujourd'hui qui d'une Société des auteurs volontariste ou d'une presse enthousiaste lui assura une notoriété hors de tout entendement, à défaut d'un réel succès sur le plan financier. Ce fut, pour commencer, à la fin décembre 1859 le président de la Société des auteurs, Honoré Melesville, qui en appela à la famille impériale pour ouvrir la liste des souscriptions ; puis le 12 janvier 1860, ce fut au tour de l'hebdomadaire *Le Monde dramatique* de lancer un vibrant appel :

« Elle (la souscription) s'adresse à tous ceux qui pensent, comme nous, qu'il y a là une dette nationale à acquitter et qui veulent attacher leur nom à l'œuvre de réparation. Elle s'adresse à la France entière. Elle s'adresse aussi à l'Europe, aux esprits d'élite de toutes les nations pour qui la langue française est le territoire neutre où les idées se rencontrent, se communiquent, pour qui la France elle-même est la patrie adoptive de toutes les intelligences. »

L'article se terminait par une précision plus terre à terre :

« On souscrit chez les deux agents principaux de la Société, MM. Guyot, 5 rue Ventadour ; Peragallo, 30 rue Saint-Marc. »

La famille impériale, qui ne pouvait pas faire moins que les rois de France[1] pour la famille Racine, répondra aussitôt par l'intermédiaire de son secrétaire en faisant inscrire l'empereur pour 10 000 francs, l'impératrice pour 5 000 francs et le prince impérial pour 1 000 francs. Au total, une somme conséquente qui parut de bon augure pour la suite, d'autant que nombre d'hebdomadaires du monde des arts, tels *Le Théâtre français, Le Journal des arts* ou encore *Le Monde dramatique*, allaient tenir leurs lecteurs informés de la progression des souscriptions et les relancer ainsi chaque semaine. *La France musicale* du 1er janvier 1860 se chargea quant à elle de la reconnaissance anticipée de l'intéressée dans un article plein de candeur et d'émotion :

« Depuis six ans, la jeune fille qui avait compris que la noblesse des lettres oblige aussi, n'a cessé de répondre par sa conduite, son travail, ses sentiments, à la protection toute paternelle dont elle était l'objet ; sa reconnaissance était écrite dans tous ses bulletins. »

Le mouvement était lancé. Dans un premier compte rendu, le 2 février, *Le Monde dramatique* donna une liste conséquente des généreux donateurs : aux côtés du prince Napoléon et de la princesse Clotilde, on trouvait le nom du ministre de l'Intérieur pour 500 francs, celui du cardinal archevêque de Paris pour... 100 francs – il justifiera la modicité de la somme quelques jours plus tard, dans le journal *Le Siècle*, en déclarant « regretter que les charges nombreuses qui pèsent sur sa personne ne lui permissent pas de faire davantage » –, celui du président de la Société des auteurs et compositeurs dramatiques, lui-même, pour 1 000 francs, celui du préfet de police, ceux de tous les membres de la commission dramatique et, parmi tant d'autres, celui d'une demoiselle Catherine Corneille, de la famille d'un autre illustre poète, maintes fois prétexte, lui également, aux sollicitations d'une descendance impécunieuse...

1. À la mort de Jean Racine en 1699, en l'absence de droits posthumes sur les œuvres jouées, Louis XIV avait accordé une rente de 2 000 livres à sa veuve et à ses enfants, à partager entre eux jusqu'au dernier survivant. Louis Racine décédera le dernier de la fratrie en 1763.

La Semaine illustrée du 10 février, reprenant la même liste, suggéra malicieusement au donateur de la modique somme de 10 francs, propriétaire de l'immeuble du 21 de la rue des Marais-Saint-Germain à Paris où mourut Jean Racine, d'offrir en sus de sa contribution, le loyer gratis à la demoiselle Trochu !

Tout juste un mois après le lancement de la souscription, les fonds recueillis s'élevaient déjà à 23 680 francs et, dans l'esprit de certains, le succès de l'opération ne faisait pas de doute, malgré plusieurs articles de presse, comme celui du *Magasin de la librairie* de janvier 1860 qui, bien qu'approuvant la démarche, mettait en garde ses initiateurs en faisant remarquer que Mlle Trochu n'était certainement pas la seule petite-fille de Jean Racine... Il s'interrogeait également sur le sort des descendants d'autres grands hommes peintres, sculpteurs, inventeurs, aussi peu fortunés que l'était Noémi-Anne Trochu... ?

La pertinence des remarques fut aussitôt constatée par *Le Monde dramatique* du 26 janvier, qui révéla que son confrère *Le Siècle* avait déjà reçu des réclamations, dont la plus sérieuse émanait d'un certain Chouilloux, qui assurait être le père de trois jeunes filles, descendantes de Jean Racine au même degré que Noémi Trochu, comme elle placées dans une institution à Blois... Le journaliste concluait en conseillant à la Société des auteurs de vérifier les réclamations formulées pour n'oublier aucun des ayants droit, faisant ainsi la preuve de l'attachement qu'elle portait à la descendance de Jean Racine...

Pour l'anecdote, *La Presse littéraire*, dans son numéro du 5 février, révéla que le sieur Chouilloux, prénommé Pierre-Vincent, n'était autre que le mari de la propre sœur de Louise-Théophile Trochu, une demoiselle Mirleau d'Illiers des Radrets prénommée Anne-Marie, qu'il exerçait le métier de professeur de calligraphie et qu'il était aussi collaborateur occasionnel au journal *Le Siècle* !

En avril, mois au cours duquel l'empereur d'Autriche fit savoir qu'il abondait à la souscription pour 200 ducats d'or, un nouvel élan était donné par la décision de plusieurs théâtres parisiens d'organiser des représentations au bénéfice de Noémi-Anne Trochu !

Le samedi 21, jour anniversaire de la mort de Jean Racine, la Comédie-Française présenta dans la même soirée *Athalie*, *Les Plaideurs* et le quatrième acte de *Phèdre* interprété avec exubérance[1] par l'actrice italienne Mme Adélaïde Ristori – « la » Ristori –, et sa troupe. Une cérémonie à la mémoire du poète clôtura le spectacle avec sur scène, autour du buste du grand homme, tous les artistes du Théâtre-Français venus déclamer leur hommage en vers. La soirée rapporta 6 040 francs net, entièrement versés à la souscription Noémi Trochu, à comparer aux dérisoires 300 francs apportés par l'*Andromaque* donnée à l'Odéon huit jours auparavant... La réussite de la soirée conduira la Comédie-Française à inscrire une commémoration annuelle à Jean Racine, jusqu'alors réservée à Molière et Corneille, à son registre journalier jusqu'en 1900[2].

Le lundi 21 mai, ce fut au théâtre Déjazet, un théâtre de boulevard, de proposer un petit « à-propos » (un vaudeville en un acte) intitulé *Racine vit encore*, écrit pour l'occasion par le dramaturge Pierre Carmouche.

Si l'engouement pour les représentations théâtrales restait intact, en revanche il en allait tout autrement pour la souscription qui depuis fin janvier n'avait essentiellement progressé que de 6 000 francs grâce à la soirée de la Comédie-Française. Pour quelques critiques, comme Pierre Obey dans le *Monde de la mode* du mois de mai, le compte n'y était pas :

« Il est à souhaiter que tous les théâtres suivent l'exemple de la Comédie-Française ; ce sera un moyen tout naturel d'appeler sûrement l'argent du public, lequel est un peu lent à venir à cette œuvre nationale. À l'heure qu'il est, la France aurait dû déjà avoir souscrit 1 million à la petite-fille de Racine [...]. Nous ne comprenons pas et nous blâmons très haut l'indifférence du public. »

1. *Qu'on en juge par ce qu'écrivit le critique Georges d'Heylli : « Je parlais de la fougue de Mme Guyon, mais pour Mme Ristori, le terme serait insuffisant, c'est de la rage, parfois épileptique, qu'elle a montrée. Voilà bien la Phèdre de la vieille tragédie, consumée par l'amour inassouvi qui l'a envahie tout entière et se roulant sur le sol dans une sorte d'attaque nerveuse qui est peut-être dans le caractère du personnage, mais qui, à y bien réfléchir, est absolument exagérée. »*

2. *Renseignement aimablement fourni par Mme Agathe Sanjuan, conservateur archiviste à la bibliothèque-musée de la Comédie-Française.*

La presse britannique emboîta le pas, mais versa uniquement dans d'ironie. Un chroniqueur suggéra de faire donner une tragédie de Jean Racine par les acteurs du Théâtre-Français dans chaque théâtre du boulevard et d'obliger le futur époux de Noémi-Anne Trochu d'adjoindre le nom de Racine au sien, puisqu'il aura assuré la « petite fortune » de sa femme et qu'elle devra à son pays de perpétuer sa descendance... On peut s'interroger sur la réaction des Anglais à la lecture d'un article français du même genre sur les éventuels descendants de l'illustre William Shakespeare !

Fallait-il voir le même humour dans l'article de l'échotier du très sérieux *L'Ami de la religion* du 17 juillet, qui annonça le mariage de Noémi-Anne Trochu avec un capitaine d'infanterie ? Les démentis fusèrent la semaine suivante tant dans *Le Monde dramatique* par un laconique « Nouvelle dénuée de fondement... » que dans *La Presse* et *L'Entr'acte* :

« L'arrière-petite-fille de Racine est toujours au couvent des ursulines de Blois, et il n'est nullement question de son mariage. »

Fermons le ban ! Fallait-il penser à une idée de la presse pour rappeler à ses lecteurs la souscription nationale qui s'essoufflait ? En tout état de cause, le second semestre s'écoula sans nouvelle initiative marquante susceptible de sensibiliser de nouveau le public.

À la fin du mois de décembre, à quelques jours de la clôture de l'opération, après avoir enregistré les derniers versements ô combien symboliquement importants, du duc de Saxe-Cobourg-Gotha, de Sa Sainteté le pape Pie IX – pour 2 000 francs – et du conseil municipal de Paris, la Société des auteurs publia un bilan de la souscription arrêté à 42 301 francs, sans jamais fournir ultérieurement d'information sur son attribution.

Le feuilleton Noémi-Anne Trochu s'arrêta à cette époque. Les organisateurs de la souscription s'abstiendront même de toute conclusion. Aucun journaliste ne s'aventura à commenter le bilan financier, et la presse dans son ensemble se désintéressa du sort de Noémi-Anne Trochu. Cette dernière n'en demandait peut-être pas moins.

Sa vie auprès d'Adrien Franchet – originaire de Pezou en frontière du Loir-et-Cher et d'Eure-et-Loir –, qu'elle épousa en 1866, fut aussi discrète que celle de son conjoint, pourtant l'un des plus éminents botanistes français du XIXe siècle. Ce savant cultiva toujours sa science pour lui-même sans jamais y chercher honneur ou fortune, quand bien même fut-il nommé directeur de l'herbier du muséum national d'histoire naturelle de Paris. Un de leurs trois fils, Louis, atteindra également une renommée internationale au début du XXe siècle pour ses travaux dans le domaine de la céramique.

En août 1867, *Le Journal des arts* crut utile de publier la lettre qu'une dame Racine d'Hariague avait adressée le 30 juillet 1837 – trente années auparavant ! – au directeur de l'Odéon fraîchement nommé pour lui demander le maintien de la faveur dont elle bénéficiait en tant que descendante de Jean Racine, à savoir des entrées gratuites pour elle-même et sa fille... Cette dame ne pouvait être que Marie-Aricie d'Hariague, épouse Jouanne, effectivement arrière-petite-fille de Jean Racine, de la quatrième génération. En enquêtant davantage, le journaliste aurait découvert, à partir de cette anecdote, une histoire aussi surprenante que celle de Noémi-Anne Trochu...

Ce sera bien plus tard, en 1902, qu'une autre revue, *L'Intermédiaire des chercheurs et des curieux*, lèvera un coin du voile sur la filiation de l'intéressée, sans toutefois remonter très en avant dans l'histoire de la famille d'Hariague. Le journaliste aurait alors découvert qu'une autre descendante de Jean Racine avait, en son temps, attiré elle aussi l'attention de plusieurs grands personnages de son époque, dont les rois Louis XVI et Louis XVIII. Elle s'appelait Émilie de Hariague. Elle vécut à cheval sur deux siècles, le XVIIIe et le XIXe, à une époque de troubles dont elle eut à souffrir. Comme Noémi-Anne Trochu, elle descendait de Jean Racine. Comme elle également, elle connut une vie difficile... Comme elle, enfin, elle avait bénéficié largement de la bienveillance de la France. Mais quand bien même y avait-il dans cette famille une attache « eurélienne » par son oncle Pierre d'Hariague de Guiberville, baron d'Auneau, son histoire n'appartient pas à celle du département d'Eure-et-Loir...

Chapitre VIII

Quand Antoinette chassait le canard...

DIMANCHE 7 AOÛT 1910, en fin d'après-midi. La chaleur étouffante commençait enfin à s'estomper, et Maillebois sortait de sa torpeur estivale. Ici, nul tumulte ne venait jamais rompre le calme et la quiétude. À peine, à l'occasion, une brève pétarade d'automobile, le temps de sa traversée du village. Les habitants de Maillebois vivaient dans la discrétion et le silence et se rassuraient à l'écoute de « leurs » bruits familiers.

Aussi, ce dimanche, quand vers 7 h 30 un son étrange et inconnu monta de la direction de Châteauneuf, un trait d'inquiétude s'inscrivit sur le visage de nombreuses personnes. Le bruit enfla et changea de nature à plusieurs reprises : le bourdonnement devint ronflement, vrombissement, puis fracas assourdissant au-dessus des toits, avant de s'éteindre après une dernière pétarade dans une salve de cliquetis métalliques... Puis le silence retomba.

Les plus curieux, et les plus hardis, sortis pour scruter le ciel, comme les autres habitants restés sur le pas de leur porte, avaient pu apercevoir furtivement entre les pignons des maisons et au ras des frondaisons un engin d'envergure impressionnante[1] descendre vers le château en planant tel un oiseau majestueux : Hubert Latham allait réussir un atterrissage parfait !

Son voyage en aéroplane pour rendre visite à ses proches avec un atterrissage sur la propriété familiale, une « première mondiale », réjouit une presse qui épiait chaque jour les moindres

1. *L'envergure du monoplan* Antoinette V *atteignait près de treize mètres...*

occupations du talentueux jeune homme. Elle s'empara aussitôt de l'information pour cultiver l'engouement du public aux exploits des pilotes les plus habiles et contribuer au succès populaire des futurs meetings aériens, nombreux à cette époque. L'épisode de Maillebois sera ainsi colporté par les journaux du monde entier.

Un rédacteur de l'hebdomadaire anglais spécialisé en aéronautique *Flight Magazine* daté du 13 août, sans doute emporté par son imagination et son enthousiasme, alla jusqu'à écrire qu'Hubert Latham avait posé son monoplan *Antoinette* sur la pelouse même du château familial... juste devant le perron, en quelque sorte ! En réalité, tout ce que Maillebois comptait de curieux se retrouva autour de l'avion, derrière le château, dans un champ de chaume, au-delà des limites du parc traversé par la Blaise, bien trop boisé pour songer à y atterrir !

L'intrépide aviateur, alors âgé de vingt-sept ans, avait décollé du champ d'aviation d'Issy-les-Moulineaux près de Paris, une heure auparavant environ, un simple terrain de manœuvres de l'armée de terre situé en bordure des fortifications de Paris, mis à la disposition des pionniers de l'aéronautique par les autorités militaires. Il faisait le voyage de Maillebois entre deux meetings pour retrouver sa mère qui séjournait comme chaque été au château familial.

« Il est arrivé juste à temps pour le dîner », crut pouvoir affirmer la presse, qui ajouta que le nom du village était désormais inscrit « dans le grand livre de l'histoire de l'aviation » !

Cela n'avait pas échappé au photographe drouais Charles Foucault qui, dès la nouvelle connue à Dreux, s'empressa de rejoindre Maillebois pour immortaliser l'événement... et éditer une série de cinq cartes postales montrant chacune l'aéroplane entouré d'une vingtaine de personnes uniquement de sexe masculin ! Les premières cartes furent vendues et postées à peine une dizaine de jours plus tard. Charles Foucault complétera sa série par un photomontage du château survolé par l'appareil mythique avec, en médaillon, un portrait de l'aviateur.

Dans le même esprit, un éditeur parisien réalisera un autre photomontage montrant le champ d'aviation d'Issy-les-Moulineaux, à l'instant du décollage d'un aéroplane *Antoinette*, devant une foule de spectateurs endimanchés. La carte fut très habilement légendée : « Latham partant d'Issy-les-Moulineaux sur son monoplan *Antoinette* pour dîner chez sa mère, à Dreux » !

Malgré la fatigue accumulée lors de ses dizaines de compétitions et de ses nombreux déplacements, Hubert Latham resta peu de temps à se reposer à Maillebois, trop impatient de retourner à Amiens poursuivre le Circuit de l'est-aviation. Il rejoindra ensuite Le Havre pour la Grande Quinzaine de l'aviation de la baie de Seine, organisée fin août et début septembre, qu'il espérait secrètement remporter, peut-être en mémoire de son grand-père Charles Latham, industriel havrais prospère, un temps président de la chambre de commerce locale. Il atteignit effectivement son objectif puisqu'au quatrième jour de la compétition, après avoir raflé tous les prix de la journée, il devint la vedette incontestée du meeting. Les organisateurs le fêtèrent lors du dîner de clôture, en lui offrant un grand centre de table en sucre (!) le représentant survolant la Seine ! Il se dit plus tard qu'en 1910, entre autres records, il détint celui du pilote le plus assidu aux compétitions et aux tentatives de performances en tout genre !

Que de chemin parcouru depuis ce mémorable matin enneigé de début janvier 1909 quand son lointain cousin Robert Gastambide, le fils de Jules Gambastide, un cousin de son père, arrivé de Paris sans crier gare, le surprit la canne à pêche à la main au bord de la Blaise !

À défaut d'une pêche exceptionnelle, c'est son destin qui bascula ce matin-là. Il rentrait tout juste d'un périple de deux années passées à chasser et explorer pour son plaisir l'Afrique, les Indes et l'Indochine. Il se reposait avant d'entamer, à l'âge de vingt-six ans et à la demande pressante de sa mère, une sage carrière dans la finance, l'industrie ou le commerce, domaines dans lesquels ses ancêtres Latham et Mallet avaient tous fait fortune.

C'était justement ce que Roger Gastambide venait lui proposer : entrer au capital de la société anonyme Antoinette, au fauteuil de vice-président laissé vacant par Louis Blériot, avec, en plus, la charge de pilote officiel de la marque pour sa promotion dans les meetings aériens !

Restait à Hubert Latham à apprendre à piloter un avion... Ce qu'il entreprit en quelques semaines, après avoir obtenu l'accord de sa mère pour risquer dans la société Antoinette[1] – société de construction de moteurs et d'aéroplanes, fondée au début des années 1900 par Jules Gastambide avec l'ingénieur Léon Levavasseur, bientôt rejoints par Louis Blériot – une petite part de l'héritage qui lui était revenue de la fortune de son père décédé.

Habitué aux engins peu sophistiqués comme les bateaux de course et les automobiles sportives, son apprentissage d'un pilotage fin et complexe sous la férule d'Eugène Welferinger, le pilote d'essai attitré de la société Antoinette, se déroula non sans casse, avant même qu'il ne parvienne à faire décoller ses appareils du terrain d'Issy-les-Moulineaux ! Sa patience, sa détermination et des entraînements intensifs eurent finalement raison de sa fougue, et il s'engagea sans tarder dans des meetings, où il se fit aussitôt remarquer pour sa hardiesse et sa vélocité.

Dès ses premières compétitions en avril 1909, il enchaîna victoires et records. Ses deux échecs face à Louis Blériot pour la traversée de la Manche en juillet, n'entamèrent en rien son flegme, son dynamisme et sa popularité, bien au contraire !

On sait ainsi qu'après avoir amerri lors de sa première tentative pour traverser la Manche, il alluma une cigarette en attendant les secours, assis sur l'aile de son avion. De retour à Calais, au cours d'une interview, il raconta qu'avant sa chute, « [...] à quelque chose comme cent vingt mètres [...], [il fuma] une cigarette, car [il avait] la faiblesse de ne pouvoir [se] passer de ce léger stimulant[2] [...] ».

L'année 1910 le vit voler en France, en Grande-Bretagne, en Allemagne, en Russie, en Hongrie et même en Égypte... Partout, il enthousiasmait le public par des prouesses qu'aucun autre pilote n'osait tenter ; partout sa simplicité, son aisance relationnelle et sa familiarité sans excès, lui attiraient la sympathie des spectateurs.

Début octobre, il fut retenu avec Roland Garros et d'autres pilotes pour représenter la France, pendant deux mois, aux États-Unis, dans la célèbre coupe internationale Gordon Bennett, une

1. *Antoinette était le prénom de la fille de Jules Gastambide.*
2. Dictionary of Aeronautical Terms and Phrases, *1916.*

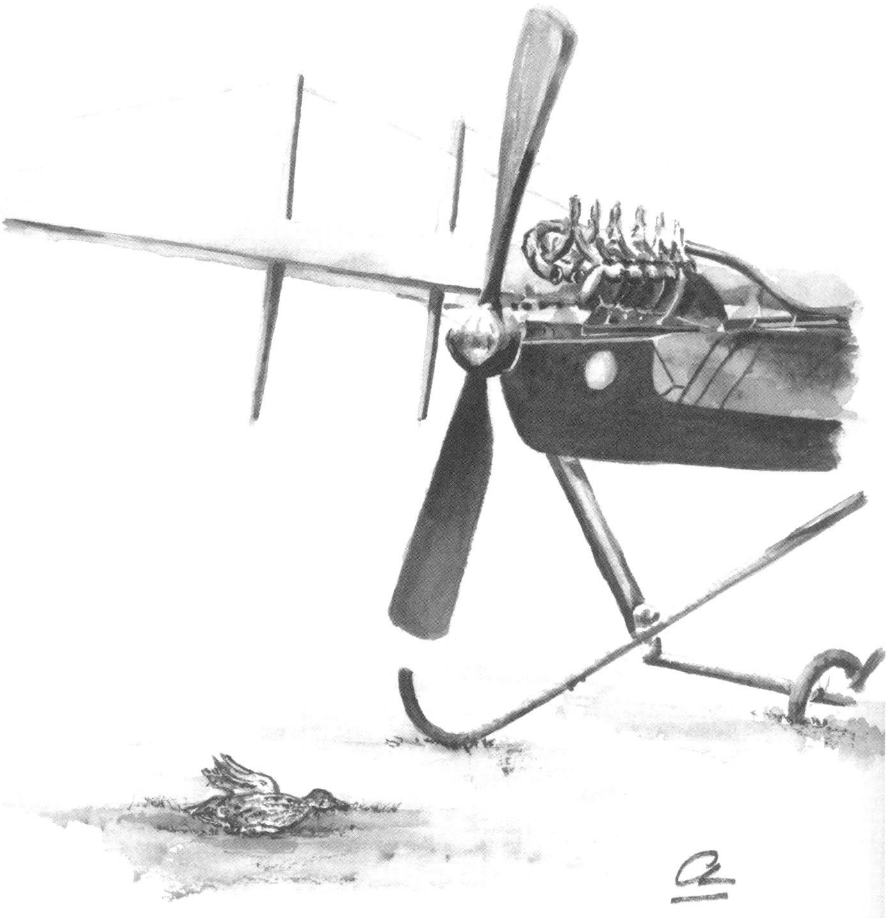

« On retrouva le volatile malchanceux, une cane "blue bill", *que le président du* Bolsa Chico Gun Club *s'empressa de faire naturaliser... »*
(Aquarelle originale de Christian Lefort.)

longue série de compétitions organisées successivement à New York, Baltimore, San Francisco et Los Angeles. Le nouveau monde allait découvrir les talentueux pilotes français, les véritables pionniers de l'aéronautique, tous plus décidés les uns que les autres à montrer leur savoir-faire dans des épreuves où, pour vaincre, le courage et la hardiesse prévalaient souvent sur la vitesse et la rapidité.

Le jeudi 22 décembre, à quelques jours de l'ultime confrontation, Hubert Latham s'accorda quelques heures de détente, invité à une partie de chasse par le très sélect *Bolsa Chico Gun Club* de Los Angeles, dans des marais sur la côte Pacifique, à une dizaine de miles de la ville. Comme à son habitude désormais bien ancrée, il s'y rendit en avion, mais au lieu de poser son monoplan Antoinette sur les pelouses du club, il mit le cap sur les marais... et commença aussitôt sa partie de chasse en poursuivant à bord de son aéroplane les canards sauvages qui fuyaient à son approche !

Il tira une dizaine de coups de fusil – « du calibre 20 », écrivirent les journalistes enthousiastes du *New York Times* dans leur édition du lendemain – pour n'en tuer finalement qu'un seul, dont il fit rechercher la dépouille par le personnel du *club house* pour preuve de son succès. On retrouva le volatile malchanceux, une cane « *blue bill* », que le président du *Bolsa Chico Gun Club* s'empressa de faire naturaliser par l'éminent comte Jaro von Schmidt pour l'offrir « à Hubert Latham, le premier homme à avoir tiré avec succès un canard en aéroplane », comme on peut lire sur l'embase du trophée qu'il ramena à Maillebois, où il a toujours sa place dans une des collections du château ! L'exploit ne passa pas inaperçu et eut même une publicité inattendue. Dans l'édition du 31 décembre 1910 du *Los Angeles Herald*, un journaliste rédigea un piquant article énumérant les infractions commises par Hubert Latham dans sa chasse au canard : absence de licence de chasse de l'état de Californie, absence d'autorisation préalable, non acquittement de 25 dollars de droits, au grand dam des autorités représentées par un certain W. J. Durm qui recommanda vivement à M. Latham de respecter la loi... une prochaine fois !

D'étonnants destins !

Hubert Latham fut effectivement l'homme des « premières » : premier fumeur en avion, en mai 1909 (!) ; premier pilote à saluer en vol des journalistes, le 20 mai 1909 ; premier à tenir l'air au-delà d'une heure, en juin 1909 (une heure et sept minutes) ; premier amerrissage (involontaire), le 19 juillet 1909 ; premier survol de Berlin en avion, le 23 septembre 1909 ; premier à dépasser l'altitude de mille mètres, le 7 janvier 1910 ; premier à atteindre la vitesse de soixante-dix-sept kilomètres cinq cent soixante-dix-neuf à l'heure en avion, le 23 avril 1910 ; premier vol à des fins privées, le 7 août 1910 ; premier à atteindre la vitesse de cent dix kilomètres à l'heure en avion, le 27 septembre 1910 ; premier chasseur de canards en avion, le 22 décembre 1910 ; et, hélas ! premier pilote d'avion à mourir piétiné par un buffle en Afrique, le 25 juin 1912...

Index des noms de lieux

Bibliographie

Cette liste comprend principalement les ouvrages consultés pour écrire ce livre, qu'il s'agisse de sources primaires, de monographies ou de travaux plus généraux. Elle n'entend pas être exhaustive.

Curiosités historiques

ALEXANDRE, Paul, *Du château à la vie quotidienne, Senonches : simple histoire d'une petite ville de province et de ses environs*, Association des amis du Perche, 1996

BADAIRE, R., « La peur de 1791 à Épernon », in *Histoire locale Beauce et Perche*, n° 2, 1961

BÉTHUNE, Maximilien de (duc de Sully), *Mémoires de Maximilien de Béthune, duc de Sully, principal ministre de Henri le Grand*, mis en ordre avec des remarques par l'abbé de l'Écluse des Loges, tome II, 1745

BÉTHUNE, Maximilien de (duc de Sully), *Économies royales de Henri le Grand ou mémoires de Sully*, par M. Petitot, tome II, Foucault libraire, 1820

BLONDEAU, Marie-Louise, « Notice sur le siège de Prouais, en 1595 », in *Mémoires de la Société archéologique d'Eure-et-Loir*, tome II, 1860

BOISVILLETTE, Ludovic de, « Notice sur le vieux château de Fréteval », in *Procès-verbaux de la Société archéologique d'Eure-et-Loir*, tome II, 1864

BORDAS, Jean-Baptiste (abbé), *Histoire sommaire du comté de Dunois, de ses comtes et de sa capitale*, édition revue par Achille Guenée, Auguste Lecesne éditeur, 1850

BOUVART, Jean, *Journal de Jean Bouvart, sergent royal au bailliage de Chartres*, manuscrit du XVIe siècle copié par Adolphe Lecocq

CHAPPET, Alain, MARTIN, Roger, et PIGEARD, Alain, *Le Guide Napoléon, 4 000 lieux de mémoire*, Éditions Tallandier, 2005

Chronique de la Pucelle, intégralité du texte écrit au XVe siècle, Adolphe Delahays éditeur-libraire, 1859

COYNART, Raymond de (commandant), *L'Année 1562 et la bataille de Dreux, étude historique et militaire*, Librairie Firmin-Didot et Cie, 1894

DETOURNAY, Jean-Paul, *Nogent-le-Roi et son canton*, Jean Grassin éditeur, 1984

HARDY DE PÉRINI, Édouard (colonel), *Batailles françaises de François II à Louis XIII*, Majesté et Bouchardeau éditeurs, 1894

HAYE, E., « Notes historiques sur Chartres et le diocèse pendant l'épiscopat de Louis et de Charles Guillart », in *Mémoires de la Société archéologique d'Eure-et-Loir*, tome X, 1896

HÉNAULT (curé de Lucé), « Notice sur la Borne de la Crosse », in *Mémoires de la Société archéologique d'Eure-et-Loir*, tome I, 1858

JUSSELIN, Maurice, « Les maîtres verriers à Chartres au XVIe siècle », in *Mémoires de la Société archéologique d'Eure-et-Loir*, tome XVI, 1936

LE BRETON, Guillaume, « *La Philippide*, poème, par Guillaume Le Breton », in *Collection des mémoires relatifs à l'histoire de France*, J.-L.-J. Brière, 1825

« Le chemin des Bornes », *La Voix du Frou*, bulletin municipal de Chartainvilliers, no 218, mai 2009

LECOCQ, Adolphe, « Recherches sur les enseignes de pèlerinage et les chemisettes de Notre-Dame de Chartres », in *Mémoires de la Société archéologique d'Eure-et-Loir*, tome VII, 1876

LEFÈVRE, Édouard, *Documents historiques sur le comté et la ville de Dreux*, Garnier imprimeur, 1859

LEFÈVRE, Édouard, *Documents historiques sur les communes du canton de Nogent-le-Roi, arrondissement de Dreux*, Garnier imprimeur, 1866

LE HODEY DE SAULTCHEVREUIL, Étienne, *Journal des états généraux convoqués par Louis XVI, le 27 avril 1789, aujourd'hui*

Assemblée nationale permanente, ou journal logographique, tome XXVIII, Le Hodey, 1791

Le Journal du siège d'Orléans et du voyage de Reims, intégralité du texte publié en 1576, Éditions Charpentier et Cuissard, 1896

LÉPINOIS, Ernest de, *Histoire de Chartres*, tome II, Garnier imprimeur, 1858

LÉPINOIS, Ernest de, « Mémoires de Guillaume Laisné », in *Mémoires de la Société archéologique d'Eure-et-Loir*, tome II, 1860

MERLET, Lucien, *Inventaire sommaire des archives départementales antérieures à 1790 : Eure-et-Loir, archives civiles, série E (supplément)*, Garnier imprimeur, 1877

MONSTRELET, Enguerrand de, *La Chronique d'Enguerrand de Monstrelet*, intégralité du texte écrit au XVe siècle, Éditions L. Douët d'Arcq, 1860

PÉTIGNY, Jean de, *Histoire archéologique du Vendômois*, Henrion éditeur, 1849

PHILIPPE-LEMAÎTRE, Delphine, *Histoire de la ville et du château de Dreux, avec une notice archéologique et historique sur l'église Saint-Pierre de Dreux*, Lemenestrel et Huchot, 1850

QUICHERAT, Jules, *Histoire du siège d'Orléans et des honneurs rendus à la Pucelle*, Librairie Hachette et Cie, 1854

RÉMY, Albert et Arthur, *Senonches à travers les âges : dans le Thymerais*, deuxième édition mise à jour, Publicatour, 1980

RISCH, Léon, « Saint-Hilarion et ses hameaux », in *Mémoires de la Société historique et archéologique de Rambouillet et de l'Yveline*, tome XV, 1901

ROTROU, Eustache de, *Dreux, ses antiquités, la chapelle Saint-Louis*, Lacroix libraire, 1864

SAINT-VENANT, Raoul de, « Nouveaux aperçus sur le combat de Fréteval du 5 juillet 1194 », in *Bulletin de la Société archéologique, scientifique et littéraire du Vendômois*, tome XLIV, 1905

SOUCHET, Jean-Baptiste, *Histoire du diocèse et de la ville de Chartres*, tome III, Garnier imprimeur, 1869

WAVRIN DU FORESTEL, Jean de, *Chroniques d'Angleterre*, intégralité du texte écrit au XVe siècle

Mystères, croyances et légendes

BELLIER DE LA CHAVIGNERIE, Émile, *Célébration du jubilé à Chartres en 1751, le père Bridaine*, Garnier imprimeur, 1855

BORDAS, Jean-Baptiste (abbé), *Histoire sommaire du comté de Dunois, de ses comtes et de sa capitale*, édition revue par Achille Guenée, Auguste Lecesne éditeur, 1850

BOUTRY, Philippe, et NASSIF, Jacques, *Martin l'archange*, Éditions Gallimard, 1985

BRISSON, Adolphe, *L'Envers de la gloire, Victor Hugo, le roman d'un roman : Les Misérables*, Éditions Flammarion, 1904

BULTEAU, Marcel-Joseph (abbé), *Monographie de la cathédrale de Chartres*, tome I, Librairie R. Selleret, 1887

CHABERT, Philibert, FLANDRIN, Pierre, et HUZARD, Jean-Baptiste, *Instructions et observations sur les maladies des animaux domestiques*, tome IV, Librairie vétérinaire de Mme Huzard, 1812

CHAPISEAU, Félix, *Le Folklore de la Beauce et du Perche*, tome I, Éditions Maisonneuve et Larose, 1902

CHASSEUR, Antoine, « Le château d'Oysonville », in MÉTAIS, Charles, *Châteaux en Eure-et-Loir*, volume I, C. Métais éditeur, 1902

CHEVARD, Vincent, *Histoire de Chartres et de l'ancien pays chartrain*, tome II, Durand-Le Tellier imprimeur, an X

COUDRAY, Louis-Désiré, « Les gobbes ou gogues et les empoisonneurs de bestiaux », in *Bulletins de la Société dunoise d'archéologie, histoire, sciences et arts*, tome II, 1870-1874

COUDRAY, Louis-Désiré, « Le verre de Charlemagne », in *Bulletin de la Société dunoise d'archéologie, histoire, sciences et arts*, no 287, 1883

« Cour d'assises d'Eure-et-Loir » (rubrique), *Le Glaneur, journal d'Eure-et-Loir*, no 27, 2 juillet 1840

« Cour d'assises d'Eure-et-Loir » (rubrique), *Le Journal de Chartres et du département d'Eure-et-Loir*, nº 53, 2 juillet 1840

DOUBLET DE BOISTHIBAULT, Jules, « Le verre de Charlemagne », in *La Revue archéologique*, quatorzième année, première partie, A. Leleux libraire-éditeur, 1857

DURAND, Roger, « Famille de Dallonville (d'Allonville) », in *Mémoires de la Société historique et archéologique de Rambouillet et de l'Yveline*, tome XXI, 1910

GESLAIN, Jean (dom), *Journal de dom Geslain, souvenirs historiques chartrains, 1746-1758*, Pétrot-Garnier libraire, 1862

GUIARD, Nicolas, *Journal du vigneron chartrain, 1741-1755*, manuscrit, médiathèque de Chartres, NA nº 48

LAIRE, Gabriel, « Jean Valjean était-il havrais ou habitant de Faverolles (Eure-et-Loir) ? », in *Bulletin municipal de Faverolles*, premier semestre 1993

LECOCQ, Adolphe, « Un visionnaire beauceron, histoire mystico-politique », in *Chroniques, légendes, curiosités et biographies beauceronnes*, Pétrot-Garnier libraire, 1867

LÉPINOIS, Ernest de, *Histoire de Chartres*, tome I, Garnier imprimeur, 1858

LIZIER, Henri, *Chartres et la Beauce au temps de Louis-Philippe, 1830-1848*, Jean Legué éditeur, 1972

MANSEL, Philip, *Louis XVIII*, Éditions Perrin, 1982

MARTIN (famille), *La Vérité sur la mort de Thomas Martin de Gallardon, ou réponse à un article inséré dans le journal intitulé « L'Ami de la religion »*, Ledoyon, 1834

MERLET, Lucien, *Histoire de l'abbaye Notre-Dame de Coulombs*, Pétrot-Garnier libraire, 1864

MERLET, Lucien, *Inventaire sommaire des archives départementales antérieures à 1790 : Eure-et-Loir, archives civiles, série E (supplément)*, Garnier imprimeur, 1877

MÉTAIS, Charles, *Archives du diocèse de Chartres, églises et chapelles du diocèse de Chartres*, quatrième série, C. Métais éditeur, 1908

« Nouvelles diverses » (rubrique), *Le Glaneur, journal d'Eure-et-Loir*, n° 9, 27 février 1840 ; n° 12, 19 mars 1840 ; n° 14, 2 avril 1840

« Nouvelles du département » (rubrique), *Le Journal de Chartres et du département d'Eure-et-Loir*, n° 16, 23 février 1840 ; n° 26, 26 mars 1840 ; n° 61, 30 juillet 1840

PERREAU, Pierre (abbé), *Le Passé et l'Avenir expliqués par des événements extraordinaires arrivés à Thomas Martin, laboureur de la Beauce*, Édouard Bricon, 1832

RILLY (comte de), *Oysonville, son château, ses seigneurs*, tome I, Garnier imprimeur, 1892

SCHEFER, Charles, « Musée de Chartres : le verre dit de Charlemagne », in *Album archéologique des musées de province*, Ernest Leroux éditeur, 1890

SEVRIN, Ernest (abbé), « Croyances populaires et médecine supranaturelle en Eure-et-Loir au XIXe siècle », in *La Revue d'histoire de l'Église de France*, volume XXXII, 1946

SILVY, Louis, *Relation concernant les événements qui sont arrivés à un laboureur de la Beauce dans les premiers mois de 1816*, Adrien Égron, 1817

SILVY, Louis, *À l'auteur de l'écrit intitulé « Le Passé et l'Avenir expliqués par des événements extraordinaires arrivés à Thomas Martin, laboureur de la Beauce »*, A. Pihan-Delaforest imprimeur, 1832

SOUCHET, Jean-Baptiste, *Histoire du diocèse et de la ville de Chartres*, tome III, Garnier imprimeur, 1869

THIERS, Jean-Baptiste (abbé), *Traité des superstitions qui regardent les sacremens* (*sic*), tomes I à IV, Jean de Nully, 1697-1704

VENARD, Germain-Napoléon (abbé), *Les Rêveries d'un curé de campagne*, Jeanthon libraire-éditeur, 1835

Faits divers insolites

BÉTHOUART, Alfred, *Histoire de Chartres, 1789-1900*, tome I, auto-édité, 1904

BORDAS, Jean-Baptiste (abbé), *Histoire sommaire du comté de Dunois, de ses comtes et de sa capitale*, édition revue par Achille Guenée, Auguste Lecesne éditeur, 1850

BULTEAU, Marcel-Joseph (abbé), *Description de la cathédrale de Chartres, suivie d'une courte notice sur les églises de Saint-Pierre, de Saint-André et de Saint-Aignan de la même ville*, Garnier imprimeur, 1850

« Cahiers de doléances de 1789, Eure-et-Loir », in *Bicentenaire de la Révolution, région Centre*, tomes I et II, Denis Jeanson éditeur, 1990

CAROBBI, Arnaud, *L'Incendie et la Reconstruction d'une ville : Châteaudun, 1723-1743*, mémoire d'étude, Université de Tours, 1997

CHAPRON, Louis-Ferdinand (abbé), « Doléances de Courtalain en 1788 », in *Bulletins de la Société dunoise d'archéologie, histoire, sciences et arts*, tome IX, 1897-1900

CHAPRON, Louis-Ferdinand (abbé), « Courtalain », in *Bulletins de la Société dunoise d'archéologie, histoire, sciences et arts*, tome IX, 1897-1900

CHAPRON, Louis-Ferdinand (abbé), « Courtalain, château et seigneurs », in *Revue des archives historiques du diocèse de Chartres*, C. Métais éditeur, 1901

CHAPRON, Louis-Ferdinand (abbé), « Le vieux manoir de Bois-Ruffin, commune d'Arrou », in *Bulletins de la Société dunoise d'archéologie, histoire, sciences et arts*, tome XI, 1909

DOUBLET DE BOISTHIBAULT, Jules, *La France, description géographique, statistique et topographique présentant l'état actuel, physique, moral, politique, militaire, administratif, judiciaire, religieux, financier, agricole, industriel, commercial, scientifique et littéraire des départements de la France et de ses colonies : l'Eure-et-Loir*, Verdières libraire-éditeur, 1836

LACOUR, Jacques, *Chartres, églises et chapelles*, Société archéologique d'Eure-et-Loir, 1985

LECOCQ, Adolphe, *Annales, souvenirs et traditions historiques du pays chartrain*, Pétrot-Garnier libraire, 1875

LEFÈVRE, Édouard, *Documents historiques et statistiques sur les communes du canton d'Auneau*, Garnier imprimeur, 1867

MARIETTE-BEY, Auguste, *Album du musée de Boulaq*, Mourès et Cie, 1871

MASPÉRO, Gaston, *Guide du visiteur au musée de Boulaq*, Musée de Boulaq, 1883

MAYEUX, Albert, « L'église Saint-André de Chartres et l'église Saint-Nicolas », in *Mémoires de la Société archéologique d'Eure-et-Loir*, tome XIV, 1914

MERLET, Lucien, « Une succession en litige », in *Mémoires de la Société archéologique d'Eure-et-Loir*, tome II, 1860

MERLET, Lucien, *Inventaire sommaire des archives départementales antérieures à 1790 : Eure-et-Loir, archives civiles, série E (supplément)*, Garnier imprimeur, 1877

MERLET, Lucien, *Cérémonies publiques à Chartres pendant le XVIIIe siècle*, Garnier imprimeur, 1887

OLAGNIER, Paul, « La succession Benoist-Dumas », in *Revue de l'histoire des colonies françaises*, n° 49, 1925

PELLARD, S.-D., « Extrait de la communication à l'assemblée générale de la Société dunoise d'archéologie par le conservateur du musée des beaux-arts et d'histoire naturelle de Châteaudun : sur les traces de la momie Lefèvre-Pontalis, le 23 mars 1996 », in *Bulletin de la Société dunoise d'archéologie, histoire, sciences et arts*, n° 287, 1997

PINKNEY, Nathan, *Travels through the South of France*, T. Purday and Son, 1809

ROLLAND, Monique, *Châteaudun, capitale du Dunois*, Ville de Châteaudun, 1986

SAINSOT (abbé), « L'orage de 1788 », in *Mémoires de la Société archéologique d'Eure-et-Loir*, tome XII, 1895-1900

WAQUET, Françoise, *Les Fêtes royales sous la Restauration ou l'Ancien Régime retrouvé*, Droz, 1981

Bibliographie

Crimes et châtiments

DOUËT D'ARCQ, Louis-Claude, « Procès criminel intenté contre Jacques de Brézé, grand sénéchal de Normandie, au sujet du meurtre de sa femme », in *Bibliothèque de l'École des chartes*, tome V, J.-B. Dumoulin, 1848-1849

DOYEN, Guillaume, *Histoire de la ville de Chartres, du pays chartrain et de la Beauce*, tome II, Imprimerie Deshayes, 1786

DURAND, Roger, « Chronologie des premiers seigneurs de Courville : Courville et Vieuxpont, notice généalogique », in *Mémoires de la Société archéologique d'Eure-et-Loir*, tome XII, 1895-1900

GODARD, Charles, *Les Pouvoirs des intendants sous Louis XIV, particulièrement dans les pays d'élections, de 1661 à 1715*, Éditions Larose, 1901

GUIZOT, François, *Histoire de la Normandie par Ordéric Vital*, J.-L.-J. Brière libraire, 1825

« Jugement souverain du siège présidial de Chartres à l'occasion de la bataille faite dans l'église paroissiale de Blévy le 22 octobre 1669 », in *Mémoires de la Société archéologique d'Eure-et-Loir*, tome V, 1867

LECOCQ, Adolphe, « Histoire véridique du cochon de Jehan Delalande », in *Chroniques, légendes, curiosités et biographies beauceronnes*, Pétrot-Garnier libraire, 1877

MERLET, Lucien, *Inventaire sommaire des archives départementales antérieures à 1790 : Eure-et-Loir, archives civiles, série E (supplément)*, Garnier imprimeur, 1877

P. (abbé), *Chronique sagienne, Saint-Céneri-le-Gérei*, Imprimerie Monnoyer frères, 1865

PELÉ, Armand, *Histoire de Courville*, Éditions Res Universis, 1989

« Petite chronique de Blévy », in *Mémoires de la Société archéologique d'Eure-et-Loir*, tome II, 1860

PITARD, Jean-François, *Fragments historiques sur le Perche, monographies des villes et villages de France*, 1866

TROYES, Jean de, *La Chronique scandaleuse de Louis XI*, Galliot-Duprez, 1557

VARTIER, Jean, *Les Procès d'animaux du Moyen Âge à nos jours*, Éditions Hachette, 1970

D'étonnants destins !

BÉTHUNE, Maximilien de (duc de Sully), *Mémoires de Maximilien de Béthune, duc de Sully, principal ministre de Henri le Grand*, complété par un *Supplément à la vie du duc de Sully depuis sa retraite*, mis en ordre avec des remarques par l'abbé de l'Écluse des Loges, tome VIII, 1767

BORDAS, Jean-Baptiste (abbé), *Histoire sommaire du comté de Dunois, de ses comtes et de sa capitale*, édition revue par Achille Guenée, Auguste Lecesne éditeur, 1850

COMBESCOT, Pierre, *Faut-il brûler la Galigaï?*, Éditions Grasset, 2006

FAUQUET, Georges, « La rue Mahomet à Nogent-le-Rotrou », in *Bulletin de la Société percheronne d'histoire et d'archéologie*, tome III, 1904

FOIRET, Faustin, « Un excentrique : le marquis de Brunoy », in *Bulletins de la Société dunoise d'archéologie, histoire, sciences et arts*, tome XIV, 1927

FRET, Louis-Joseph, *Antiquités et chroniques percheronnes*, Imprimerie de Glaçon, 1840

GOUVERNEUR, Aristide, et DAUPELEY, Georges, *Documents sur Nogent-le-Rotrou*, autoédité, 1890

GOZLAN, Léon, « Marquisat de Brunoy », in *La Revue de Paris*, tome XXI, 1885

La Poste aux chevaux, le relais de Nonancourt, Université drouaise de la retraite et du temps libre, 1989

LECŒUR, Eugène, « Mémoires et notes du capitaine Dupont à Maintenon, naufragé du radeau de *La Méduse* ; deuxième partie : voyage en Afrique par terre et par mer en 1816 », in *Mémoires de la Société archéologique d'Eure-et-Loir*, tome XIII, 1901

LE MONTEY, Pierre-Édouard, *Histoire de la Régence et de la minorité de Louis XV*, tome III, Paulin libraire-éditeur, 1832

LE MOYNE DES ESSARTS, Nicolas-Toussaint, « L'affaire du marquis de Brunoy », in *Choix de nouvelles causes célèbres avec les jugements qui les ont décidées*, tome V, Moutard, 1785

LOISON, Alain, *Fallait pas s'approcher de l'hélice*, Éditions Libra Diffusio, 2009

MARTELLIÈRE, Jean, « Descendance et portrait du grand Racine en Vendômois », in *Bulletin de la Société archéologique, scientifique et littéraire du Vendômois*, tome LII, 1913

MARTÈNE, Edmond (dom), « Histoire de l'abbaye de Marmoutier », in *Société archéologique de Touraine*, tome XXV, 1875

MORNAND, Félix, « L'Arabe », in *Les Étrangers à Paris*, Éditions Charles Warée, 1844

PESCHOT (abbé), « Notes percheronnes », in *Bulletin de la Société percheronne d'histoire et d'archéologie*, tome XII, 1913

RACINET, Philippe, *Le Bois de Nottonville jusqu'au XVIIIe siècle, pouvoir et évolution de l'environnement du site*, Association des amis de l'abbaye du Bois de Nottonville, 2003

RACINET, Philippe (sous la direction de), *Archéologie et histoire d'un prieuré bénédictin en Beauce : Nottonville, Eure-et-Loir, Xe-XVIIe siècles*, Comité des travaux historiques et scientifiques (CTHS), 2006

SAINT-SIMON (duc de), *Mémoires sur la Régence*, Éditions Flammarion, 2001

SAVIGNY, Jean-Baptiste-Henri, et CORRÉARD, Alexandre, *Naufrage de la frégate La Méduse*, Hocquet imprimeur, 1817 ; Éditions Folio, 2005

TRÉMAULT DE BELLATOUR, F.-C.-G. de, « Essai généalogique et chronologique sur la famille Racine », in *Bulletin de la Société archéologique, scientifique et littéraire du Vendômois*, tome VI, 1867

WALSH, Barbara, *Forgotten Aviator Hubert Latham, a high-flying gentleman*, Tempus Publishing, 2007

Remerciements

Au terme de cet ouvrage, j'ai envie de renouveler l'expression de ma gratitude à toutes les personnes qui m'ont apporté leur concours lors de sa préparation et qui ont contribué à son achèvement :

Paul Alexandre, érudit local et écrivain, Senonches (« Vive l'Empereur ! ») ;

Bernard Barbiche, professeur émérite à l'École des chartes (« Deux mariages et cinq enterrements ? ») ;

Nadine Berthelier, directrice du patrimoine culturel et historique, conservateur en chef du patrimoine, musée des beaux-arts de Chartres, et Philippe Bihouée, assistant de conservation (« Le verre de Charlemagne ») ;

Séverine Bourdais, archiviste, archives municipales de Chartres (« Les coureurs de thermidor » et « Les momies de la collégiale ») ;

Pascale Brus, archiviste, archives municipales de Châteaudun (« Jeux interdits ») ;

Vincent Gajas, maire de Maillebois (« Coups de feu à l'office » et « Quand Antoinette chassait le canard... ») ;

Madame Guyomard, secrétaire de mairie, Faverolles (« Jean Valjean, émondeur à Faverolles... ») ;

Amaury de la Raudière, château de Villebon (« Deux mariages et cinq enterrements ? ») ;

Jean-Francis Ressort, érudit chartrain, président du Cercle philatélique chartrain (« Une chaise pour un trône ») ;

Agathe Sanjuan, conservateur archiviste à la bibliothèque-musée de la Comédie-Française (« Une descendante de Jean Racine ») ;

Marcelle Sergent, érudite locale, Rouvray-Saint-Denis (« Les harengs de Beauce ») ;

Jacky Tessier, maire de Nottonville (« L'Italien du Bois ») ;

Maurice Vié, érudit local et écrivain, Gallardon (« Les visions de l'*aricotier* »).

Je tiens également à remercier chaleureusement mesdames et messieurs les archivistes des archives départementales d'Eure-et-Loir, ainsi que mesdames et messieurs les bibliothécaires de l'espace patrimoine de la médiathèque de Chartres, pour leur participation à mes recherches dans leurs fonds.

Enfin, c'est avec une vive sympathie que je remercie Christian Lefort, dont les aquarelles originales, comme d'opportunes respirations, agrémentent la lecture de cet ouvrage.

Table des matières

Table des matières

Chez le même éditeur

Les Mystères de l'Ain
Alain Lequien

Les Mystères de l'Allier
Jean Débordes

Les Nouveaux Mystères de l'Allier
Jean Débordes

Les Mystères de l'Ardèche
Claude Didier et Jacques Duclieu

Les Mystères des Ardennes
Jean-Claude George

Les Mystères de l'Ariège
Olivier de Robert

Les Mystères de l'Aube
Guy Capet

Les Mystères de l'Aude
Paula et Olivier Astruc

Les Mystères de l'Aveyron
Paul Astruc, Jean-Michel Cosson et Jean-Philippe Savignoni

Les Nouveaux Mystères de l'Aveyron
Paul Astruc, Jean-Michel Cosson et Jean-Philippe Savignoni

L'Aveyron mystérieux et insolite
Paul Astruc, Jean-Michel Cosson et Jean-Philippe Savignoni

L'Aveyron secret
Jean-Michel Cosson et Jean-Philippe Savignoni

Les Mystères du Cantal
Daniel Brugès

Les Mystères de la Côte-d'Or
Alain Lequien

Les Mystères des Côtes-d'Armor
Danièle Vaudrey

Les Nouveaux Mystères des Côtes-d'Armor
Danièle Vaudrey

Heurs et Malheurs du Dauphiné
Claude Muller

Les Mystères du Dauphiné
Claude Muller

Histoires extraordinaires du Dauphiné
Claude Muller

Les Mystères du Doubs
Chloé Chamouton

Les Mystères de la DRÔME
Claude Didier

*Les Mystères de l'*EURE
Roger Delaporte

Les Mystères de FRANCE
Jean-Michel Cosson

Les Nouveaux Mystères de FRANCE
Jean-Michel Cosson et Gisèle Vigouroux

Les Mystères de GIRONDE
Pierre Chavot

Les Mystères de HAUTE-GARONNE
Patrick Caujolle

Les Nouveaux Mystères de HAUTE-GARONNE
Patrick Caujolle

Les Mystères de HAUTE-LOIRE
Roger Briand

Les Mystères de la HAUTE-MARNE
Bruno Théveny

Les Nouveaux Mystères de la HAUTE-MARNE
Bruno Théveny

Les Mystères de HAUTE-SAÔNE
Chloé Chamouton

Les Mystères de la HAUTE-SAVOIE
Jean-Philippe Buord

*Les Mystères de l'*HÉRAULT
Paula et Olivier Astruc

*Les Nouveaux Mystères de l'*HÉRAULT
Paula et Olivier Astruc

*Les Mystères d'*ILLE-ET-VILAINE
Christophe Belser et Lenaïc Gravis

Les Mystères du JURA
Alain Lequien

Les Nouveaux Mystères du JURA
Alain Lequien

Les Mystères du département de la LOIRE
Philippe Marconnet

Les Nouveaux Mystères du département de la LOIRE
Philippe Marconnet

Les Mystères du LOT
Élisa Sabathié

Les Mystères de LOT-ET-GARONNE
Anne-Charlotte Delangle et Michel Gardère

Les Mystères de Lozère
Élisa Sabathié et Marie-Pascale Vincent

Les Mystères de la Manche
Jean-François Miniac

Les Nouveaux Mystères de la Manche
Jean-François Miniac

Les Mystères de la Marne
Jean-Claude George

Les Mystères de Meurthe-et-Moselle
Frédérique Volot

Les Mystères de la Meuse
Alain Fisnot

Les Mystères du Nivernais
Sandra Amani

Les Mystères du Nord – Pas-de-Calais
Bernard Coussée

Les Nouveaux Mystères du Nord – Pas-de-Calais
Bernard Coussée

Le Nord – Pas-de-Calais secret
Bernard Coussée

Les Mystères de l'Orne
Jean-François Miniac

Paris mystérieux et insolite
Dominique Lesbros

Paris mystérieux et insolite (tome 2)
Dominique Lesbros

Les Mystères du Périgord
Pascal Audoux et Jean-Jacques Gillot

Les Mystères du Rhône
Pierre Grison

Les Mystères du Roannais
Jean-Michel Bérerd

Les Mystères de Saône-et-Loire
Alain Lequien

Les Nouveaux Mystères de Saône-et-Loire
Alain Lequien

Les Mystères de Seine-Maritime
Lionel Acher et Daniel Fauvel

Les Nouveaux Mystères de Seine-Maritime
Lionel Acher et Daniel Fauvel

Les Mystères du Tarn
Paula et Olivier Astruc

Les Nouveaux Mystères du TARN
Paula et Olivier Astruc

Les Mystères du TARN-ET-GARONNE
Patrick Caujolle

Les Mystères du VAR
Charles Bottarelli

Les Mystères des VOSGES
Bruno Théveny

*Les Mystères de l'*YONNE
Jean-Pierre Fontaine

*Les Nouveaux Mystères de l'*YONNE
Jean-Pierre Fontaine

*L'*YONNE *secrète*
Jean-Pierre Fontaine

*L'*YONNE *mystérieuse et insolite*
Jean-Pierre Fontaine